§ 히비스커스 §

2014년 2월 20일 초판 1쇄 인쇄
2014년 2월 24일 초판 1쇄 발행

지은이 § 이경하
발행인 § 곽중열
기획&편집디자인 § 신연제, 이윤아
발행처 § (주)조은세상

등록 § 2002-23호(1998년 01월 20일)
주소 § 경기도 고양시 일산동구 장항동 558번지 6호
Tel § 편집부 (02)587-2977
영업부 (031)906-0890
e-mail romance@comics21c.co.kr
값 9,000원

ISBN 979-11-5512-360-7

CIP제어번호 : CIP2014005013

이 도서의 국립중앙도서관 출판시도서목록(CIP)은 e-CIP홈페이지(http://www.nl.go.kr/ecip)와
국가자료공동목록시스템(http://www.nl.go.kr/kolisnet)에서 이용하실 수 있습니다.

히비스커스

이경하 장편소설

hibiscus

(주)조은세상

contents

프롤로그.

날이 눅진했다.

언덕 위에 똑같이 생긴 두 집이 사이좋게 자리 잡았다고 해서 '쌍둥이 집'이라고 불리는 집 대문 앞, 늘천은 제법 익숙하게 담배 한 개비를 빨아대고 있었다.

그가 빨아댈 때마다 담배 끝머리가 빨갛게 달아올랐다. 희뿌연 담배 연기는 습한 대기에 묻혀 아지랑이처럼 꿈틀거렸고, 빨갛게 달아올랐던 담배 머리는 이내 회색 재가 되어 바닥 위로 흩어졌다.

한동안 담배만 태우던 늘천의 시선이 바로 옆, 이층 방 창문을 마주보고 있는 집으로 향했다. 더운 여름, 방충망만 남겨둔 채 활짝 열어놓은 창문과 대문 덕분에 집 안의 소음이 고스란히 노출되는 중이었다.

"아, 알았어. 가면 될 것 아니야, 가면!"

"한 번에 가면 칭찬도 받고 좀 좋아? 꼭 끝까지 버팅기다 가요. 얻어맞고, 욕 들어 먹고, 그러고 가면 둘 다 손해잖아."

"엄마도 가기 싫어하는 걸 왜 나보고 가래?"

"이게 진짜!"

일종의 모녀간 심부름 밀고 당기기 정도 되겠다. 엄마의 언성이 높아지자 눈치가 보였는지, 울며 겨자 먹듯 슬리퍼에 발을 끼워 넣는 산희의 얼굴이 울상이었다. 슬리퍼를 직직 끌고 나오다 엄마가 던진 지갑을 날쌔게 낚아챈 그녀는 입술을 부루퉁하게 부풀리고는 현관 계단을 통통 튀어 내려왔다. 그러다 대문 앞에서 담배를 태우고 있던 늘천을 마주쳤다.

"엇."

늘천을 보기 무섭게 산희의 미간이 구겨졌다. 자신을 맞닥뜨렸음에도 담뱃불을 끌 생각조차 하지 않는 그의 모습에 산희는 뽀르르 그의 앞으로 뛰어가 날쌔게 담배를 잡아채 바닥으로 던져버렸다.

막 태우기 시작한 담배가 바닥에 처박히는 순간, 늘천이 얼굴을 구긴 채 조막만 한 산희를 노려봤다.

"뭐하는 짓이야?"

"뭐하는 짓이긴."

자신의 눈빛이 그녀에게 통하지 않을 거라는 것 정도는 이미 오래전부터 알고 있었다. 하지만 움찔하는 기색 하나 없이 통통거리며 돌아다니는 그녀는 아주 약간 얄밉긴 했다.

담배를 바닥에 내동댕이친 것으로도 모자라 발로 비벼 확인 사살까지 끝낸 산희가 설교 한바탕할 기세로 늘천을 바라봤다.

"대체 언제부터 핀 거야?"

"알면 어쩌게?"

"아줌마한테 다 일러버릴 거다."

"유치하긴."

늘천이 아쉬운 마음에 입맛만 다시며 투덜거렸다. 그러다 슬리퍼를 직직 끌며 늘천을 지나쳐 가는 산희를 보고 그녀를 불러 세웠다.

"어디 가?"

"슈퍼. 엄마가 심부름시켰거든."

물론 그 사실은 알고 있다. 소머즈 버금가라 할 정도로 강산희에 관해서는 오감이 날카로워지는 늘천이 활짝 열린 대문 너머의 사정을 못 들었을 리 만무했다.

"저녁 아직 안 먹었냐?"

"저녁은 먹었지. 입이 심심하시단다."

늘천은 확인차 물어보고는 어둑어둑해지려는 여름 하늘을 물끄러미 바라봤다. 아무리 해가 길다고 해도 8시가 넘어가는 시점에 여자아이 혼자 슈퍼를 가는 건 말이 안 된다.

"같이 가."

"왜?"

"왜애? 방금 전 네가 땅바닥에 던져버린 담배가 돛대였단 말이다. 이 잔인한 계집애야."

늘천이 바닥에 처참하게 해체되어 있는 담배를 가리키며 울분을 토하자 산희는 입술을 비쭉거리며 눈치를 봤다.

"뭐 좋은 거라고 그렇게 펴 대는지."

그렇게 중얼거린 산희는 발걸음을 늘천에게 맞추었다. 늘천이 맞추어 주고 있다는 생각은 하지 못한 채 자신의 배려에 나름대로 뿌듯함을 느끼고 있을 때 즈음, 불현듯 한 가지가 떠올랐다.

"그러고 보니 슈퍼는 꼭 너랑 같이 간다."

"뭐?"

"어릴 적부터 말이야. 밤에 슈퍼 가려고 하면 꼭 옆에 네가 있었던 것 같아. 참 희한한 우연이야?"

산희의 말에 늘천이 움찔 몸을 떨었다. 하지만 이내 언제 그랬냐는 듯 태연한 얼굴로 뻔뻔하게 대꾸했다.

"우연이고 자시고, 옆집 사는데 안 마주치면 그게 더 이상하지."

"그런가?"

산희는 대수롭지 않게 여기고는 곧장 슈퍼로 뛰어들어갔다. 그런 산희를 지켜본 늘천도 느지막이 슈퍼 안으로 발을 내디뎠다.

늘천은 산희가 미리 들고 온 에코백 가득 물건을 들고 슈퍼 밖으로 나올 때까지 입구에 기대서 기다리고 있었다.

"여."

"안 갔어?"

"담배만 사고 휙 가버리길 바란 거야?"

늘천의 물음에 산희는 대답하지 않은 채 어깨를 으쓱했다. 그런 그녀를 따라 늘천도 어깨를 으쓱해보인 뒤 기대선 몸을 일으켰다.

"뭘 그렇게 많이 샀냐?"

"몰라. 엄마가 사오라는 거에 내가 먹고 싶은 거 잔뜩 주워 담았어."

"혼나지 않겠냐?"

늘천의 물음에 산희가 뾰로통한 얼굴로 어깨를 으쓱거렸다. 분명 늦게 심부름을 시킨 엄마에 대한 사소한 복수쯤으로 생각하고 있을 게 뻔했다.

저러다 한 대 맞지.

고개를 절레절레 저은 늘천이 자연스럽게 산희의 손에서 에코백을 빼앗아 들었다. 산희는 "쌩큐!"라는 한 마디를 남긴 채 헤벌쭉 웃으며 늘천의 옆으로 재빨리 따라붙었다.

"참, 너 전화가 안 되더라?"

"아, 폰 바꿨어. 지금은 될 거야."

"뭘로 바꿨는데? 좀 보자, 누나가."

"누나는 무슨."

입술을 비죽거린 늘천이 이내 고갯짓을 했다.

"오른쪽 주머니."

말이 떨어지기 무섭게 산희가 늘천의 카디건 주머니로 손을 불쑥 집어넣었다. 최신형 핸드폰을 불쑥 꺼내는데 무언가 툭, 바닥에 떨어졌다.

"어? 이게 뭐야?"

산희의 눈이 동그래졌다. 바닥에는 비닐도 뜯지 않은 담배가 한 갑, 이미 뜯은 담배가 한 갑, 도합 두 갑이 나뒹굴고 있었다. 아뿔싸 싶어 늘천이 수습하려고 했을 때엔 이미 늦었다. 산희가 이미 뜯어버린 담배 속을 들여다보고 있었기 때문이었다.

"한 개비밖에 안 태웠는데?"

무어라 변명할 말이 떠오르지 않는다. 머리 좋고 순발력 좋기로 유명한 하늘천, 오늘만큼은 입에 꿀 칠을 하고 말았다.

"너……."

이제 와 들키는 건가?

가슴이 두근거렸다. 두려움이 절반, 홀가분함이 절반이다. 오랫동안 이 마음을 숨겨오면서 목이 졸리는 듯한 답답함을 한두 번 느낀 것이 아니었기에 이쯤 됐으면 산희가 눈치라도 챘으면 하고 바랐었으니까.

하지만.

"돛대는 무슨 돛대야. 너 착각했구나? 바보, 돈 낭비했네요!"

시험에서 꼴등을 하려고 노력하는 아이처럼 산희는 껄껄대며 웃었다. 눈치를 못 채려고 노력을 해도 이 정도로 못 챌 수는 없는 노릇이니까.

이쯤 되면 강산희가 머리를 굴려 되레 고백하지 못하게 수를 쓰는 건지 의심까지 된다. 하지만 어릴 적부터 지금까지 죽 그녀를 봐온 늘천으로서는 그것이 현실화될 수 없는 일임을 알고 있었다.

"어쨌든, 네가 착각한 덕분에 나로서는 심심치 않게 슈퍼 갔다 왔다? 쌩큐!"

산희가 늘천의 손에서 에코백을 빼앗아 들고는 잡힐세라 빠르게 집 안으로 들어갔다. 뒤도 돌아보지 않은 채 깔깔대는 웃음만 남기고 산희가 사라졌고, 이내 대문 너머에서는 산희 모친의 우렁찬 고함소리가 들려왔다.

"뭘 이렇게 잔뜩 사온 거야, 기집애야!"

그 소리를 들은 늘천은 쿡, 짧게 웃고는 산희네 집에서 등을 돌렸다.

"혼날 줄 알았다, 인마."

그렇게 중얼거린 늘천은 두 갑이나 되는 담배를 대충 주머니에 쑤셔 넣고는 옆집 대문을 열고 들어갔다.

깔깔거리는 산희의 웃음소리 탓에 머리가 계속 지끈거렸다. 수아는 오랜 통화로 뜨끈해진 핸드폰을 베개 위에 떨어트린 뒤, 스피커폰으로 돌려버렸다. 그리고는 배를 대고 누워 읽고 있던 책에 마저 집중을 했다.

–그래서 과자만 잔뜩 사왔지 뭐야. 그런데 울 엄마는 사오라는 과자가 딸기 맛이 아니라면서 엄청 화내는 거 있지? 울 엄마 너무하지 않냐?

"엄마의 취향 정도는 좀 알아둬."

–알지, 아는데 딸기 맛이 다 떨어졌다잖아. 혼자 갔었으면 좀 더 멀리까지 가서 사올 텐데 하늘천도 옆에 있고 해서 그냥 관뒀어.

"하늘천?"

책에 꽂아두고 있던 수아의 시선이 단번에 떨어져 나갔다. 몸을 굴려 천장을 바라보고 누운 수아는 다리를 굴려 상체를 일으킨 뒤, 스피커폰을 해제시켰다.

"걔가 왜 거기 있어?"

―흡연자신 걸 여태 몰랐네. 대문 앞에서 담배를 빨고 있는 거 있지? 그래서 내가 냅다 담배를 구겨버렸어. 돛대라면서 어찌나 성을 내던지 슈퍼까지 쫓아와서는 담배 한 갑 사더라.

"호오."

―그런데 보면 볼수록 웃겨. 하늘천 있잖아, 똑똑하고 매사에 빈틈없는 녀석이잖아, 걔가?

"계속해."

―그런데 있지? 지 담뱃갑에 담배가 몇 개비 들어 있는지도 모르고 있더라고. 돛대가 아니라 개봉 후 첫 담배였으면서 돛대라고, 돛대라고. 그렇게 성을 내다가 쫓아와서는 담배 하나 사고 가는 거 있지? 바보.

"바보네, 정말."

―그치?

그래. 하늘천이 아니라 강산희, 너. 너 말이다, 너!

수아는 소리 내 외치고 싶은 것을 꾹 참고는 고개를 절레절레 저었다. 그러고 보면 오래전에도 이런 일이 있었다. 새파란 청춘에 생채기가 난 날이기도 했기에 잊으려야 잊을 수 없다.

"우리, 사겨! 사귀자고, 우리."

며칠째 집요하게 늘천을 따라다닌 지 5일이 되던 날, 늘천이 못 이기는 척 오케이를 했다. 거절하려거든 제대로 된 이유를 달라며 들들 볶은 탓일까, 좋아하는 사람이 있다면 말해달라고 조른 탓일까. 이유는 아무래도 상관없었다. 수아는 중학생이었고, 하늘천이

14

좋았고, 그래서 무모했으니 어떻게라도 늘천이 곁에 있으면 그것으로 족하다고 여겼다. 어쩌면 다른 학교에서 원정까지 와 수아를 보고 갈 정도로 외모로 일가견이 있던 그녀였기에 남자친구는 학교에서 가장 잘생긴 하늘천 정도는 되야 한다며, 그를 액세서리 취급을 했는지도 모른다.

어쨌든 중요한 것은 하늘천이 거절할 답을 찾지 못한 채 수아에게 넘어왔다는 것. 오늘부로 명실상부한 차수아의 남자친구라는 것.

그 날이었다. 마음에 생채기가 생긴 날이.

여자친구가 생겼음에도 불구하고 삼인조 체제를 버리지 않는 늘천과 수아가 늘천과 사귄다는 사실조차 모르고 있는 듯한 산희의 모습을 제삼자처럼 바라보던 날.

"집에 같이 가자고 했잖아!"

산희와 단둘이 하교하는 모습을 확인한 수아는 단박에 곁으로 뛰어가 다짜고짜 늘천에게 따졌다. 그런데도 늘천은 무덤덤한 눈빛으로 수아를 바라봤다.

돌아온 것은 냉정한 한 마디.

"가는 방향이 다르잖아?"

그 말에 오기가 나 더 끈질기게 달라붙었다.

"그래도 갈래. 데려다 줘."

"흠."

탐탁지 않아 하는 늘천의 태도는 알고 있었다. 단지 그 이유를 몰랐을 뿐.

답답함에 늘천과 눈싸움을 하는데 곁에 있던 산희가 불쑥 끼어들었다.

"그래, 그러자!"

소녀인지 소년인지 헷갈리는 얼굴을 한 산희는 더벅머리를 흔들어대며 웃고 있었다. 아무것도 들지 않은 손으로 자잘한 주근깨가 박힌 콧잔등을 문지르는 그녀의 모습을 가만히 바라보고 있던 수아가 이상한 점을 하나 깨달았다.

"그런데 왜 네 짐을 늘천이가 들고 있어?"

"우리 집에 갈 때마다 이거 해. 가방 들어주기 가위바위보."

"늘천이가 진 거야?"

"너도 해. 해서 하늘천에게 다 들리자!"

해맑기만 한 산희의 얼굴을 가만 바라보고 있던 수아가 입술을 비죽거리며 늘천에게 가방을 들이밀었다.

"난 그냥 들어줘."

왜? 여자친구니까.

하지만 썩을 놈의 남자친구는 배려 따위 보이지 않았다. 한 손에 든 짐을 들어 보이고는 메고 있던 가방을 어깨 밑으로 주르륵 밀어내리는 것으로 빈손을 채웠다.

"보다시피 손이 없어서."

늘천의 태도는 수아의 경쟁심에 불을 지폈다.

"그럼 해, 가위바위보."

야무지게 주먹을 말아 쥔 수아가 두 눈을 반짝 빛냈다. 그러자 수아의 곁에 바싹 붙어 선 산희가 키득거리며 그녀의 귀에 속삭였다.

"쟤 매일 주먹만 내. 주먹밖에 모르는 애야."

그 말을 힌트 삼아 가위, 바위, 보!

수아는 보자기, 늘천은 가위.

늘천이 이겼다. 승리에 젖은 녀석은 입술을 비딱하게 말아 올리고는 핏, 비웃음을 남겼다. 수아의 손에는 늘천의 가방이 전리품처럼 들렸다.

그런 일은 한두 번이 아니었다. 산희가 아플 때엔 수업 도중에 자리를 박차고 나가 병문안에 열을 올렸으면서 바로 다음 날 수아가 감기에 걸리자 녀석은 문자만 한 통 달랑 보냈다. 그것도 안부 문자가 아닌 그룹 과제에 대한 내용으로.

어릴 적의 웃픈 이야기를 떠올린 수아가 고개를 절레절레 저었다. 그때와 비슷한 일의 반복에 이제는 재미가 없어지려 했다.

'기계더미에 쌓여 있어 더미라고도 하지만 바보라서 더미 (dummy)라고 하는 줄은 모르는 강산희.'

"귀엽다, 하늘천."

ㅡ응?

"아니야. 아무것도."

웃음기 배인 목소리로 수아가 중얼거리자 산희는 헤실헤실 웃더니 막 생각이 났는지 호기심 가득한 목소리로 물었다.

ㅡ그나저나 너, 내일을 위한 준비는 다 된 거야?

짧은 더벅머리, 유달리 하얀 민얼굴, 얼굴의 반을 가리는 커다란 잠자리 안경에 손에 자석처럼 달라붙은 공구상자, 왜소한 체구에 헐렁한 멜빵바지, 그마저도 먼지투성이. 그 덕에 강산희의 성별은 여자보다 남자에 가까웠다. 늘 운동장을 누비며 먼지와 상처를 달고 사는 초등학생 정도의 남자애.

알고 지냈던 친한 남자애는 언제부턴가 퉁명스럽게 변해갔고, 주변 친구라는 녀석들은 무리에 자연스럽게 동화하는 그녀를 여자 취급조차 하지 않았다. 그 덕에 변했고, 한편으로는 잊고 살았다.

　그러던 어느 날, 그가 나타났다.

　동기 녀석의 부탁으로 동아리방 전등을 바꿔주러 갔던 날이었다. 갑작스러운 소낙비가 쏟아지던 날, 우산이 없는데도 대수롭지 않게 빗속을 헤치고 동아리 방에 도착했을 땐 한 번도 보지 못했던 남자가 그녀를 반겨주고 있었다.

　"누구?"

　"그건 내가 해야 할 질문 같은데."

　물이 가득 찬 운동화 탓에 복도 바닥에서 뽀득뽀득 소리가 났다. 예상치 못한 누군가의 등장에 당황한 산희가 애꿎은 발을 굴러댔기 때문이었다.

　호남형 스타일에 깔끔한 남자를 보는 순간, 한 번도 느껴보지 못했던 부끄러움이 몸을 지배했다. 얼굴은 물론이요, 귀까지 새빨개진 채 남자와 비교되는 자신의 모습을 번갈아 본 산희가 한 걸음 물러났다.

　"전등이 나갔다고 해서 왔어요."

　"학생?"

　"기계공학부입니다."

　"전등 가는 것과 관계가 있나?"

　"뭐, 이것저것 가리지 않고 잘 만지니까요."

　"병진이 녀석이 부탁했어요?"

　"네."

그 순간, 남자의 입에서 짧게 쯧, 혀를 차는 소리가 들린 것도 같았다.

"전등 가는 것까지 여학생한테 시킬 정도로 무능한 놈이군."

"네?"

남자의 혼잣말에 놀란 산희가 두 눈을 동그랗게 떴다. 지금껏 들어본 말이라고 해봐야 여자인지 남자인지 궁금해하는 질문뿐이었던 그녀로서는 남자의 말이 놀라울 따름이었다. 처음으로 제대로 된 여자 취급을 받는 날이라고 해도 과언이 아니었다.

"줘요. 내가 할 테니까."

"아뇨, 제가 해주겠다고 온 건데요."

"내가 갈 테니까 몸부터 닦는 게 어때요? 흠뻑 젖은 것 같은데."

걱정스러운 남자의 목소리에 가까스로 가라앉혔던 홍조가 불쑥 끓어오르는 느낌이다. 방치에는 익숙하지만 관심에는 낯선 산희에게는 어색하기만 한 상황이었다.

"비가 금방 멎을 것 같진 않으니 괜찮아요. 어차피 나갈 때 다시 맞을 테니까요."

"계속 젖은 채로 있음 감기 걸려요. 갈 때 우산 줄 테니 쓰고 가고."

남자의 배려가 부담스럽다. 몸에 자연스럽게 밴 듯한 여자 대접 역시 익숙하지 않아 받아들이기도 힘이 든다. 얌전히 앉아 물기를 닦아 내며 남자가 전구를 가는 모습을 지켜볼 자신이 없다. 산희는 다급한 손길로 머리를 툭툭 털고는 괜찮다는 듯 씩 웃었다.

"짧아서 금방 말라요."

"그럼 의자 잡아줄게요."

"아니, 정말 괜찮……."

미래가 눈앞에 그려지는 탓에 그녀를 내버려둘 수 없는 남자와 그런 남자의 배려가 불편하기만 한 여자가 실랑이를 거듭한 다음, 미래는 남자의 예상대로 흘러갔다. 급하게 의자를 잡은 그녀가 성급히 발을 내딛는 순간, 물에 젖은 운동화가 제 역할을 하지 못했기 때문이다.

산희의 몸이 중심을 잃고 흔들리는 순간, 남자가 반사적으로 그녀를 받아냈다. 그리고 바로 그 찰나에 산희는 한 번도 느껴보지 못했던 설렘을 느꼈다. 누군가에게 보호를 받은 순간, 그의 듬직한 팔에 안긴 자신이 한없이 여린 여자가 된 것 같다는 생각이 들었다.

그리고 지금, 산희는 데자뷰현상에 눈 한번 깜빡이지 못하고 있는 중이었다. 창밖으로 보이는 풍경은 쾌청하기만 하건만 지금 이 순간, 산희의 귓가에는 후두둑 떨어지는 빗줄기 소리가 들리는 듯했다.

카페를 나서려다 간발의 차로 들어오는 손님 탓에 한 걸음 물러선다는 게 그만 중심을 잃고 뒤로 넘어지려는 순간이었다. 들어오던 손님이 넘어지려는 산희의 팔을 잡아주었고, 그 덕에 다가오던 늘천의 걸음이 잠시 멈추었다.

"괜찮아요?"

남자의 목소리가 그날처럼 다정했다.

그의 눈에 마력이 깃들어 있는 모양이다. 얼굴을 확인하기 무섭게 무언가에 홀린 듯 놀라 토끼 눈을 한 산희가 말 한마디 할 겨를도 없이 강압적인 힘에 의해 일으켜졌다. 가까이 다가온 늘천 때문이다.

"조심 좀 해."

무뚝뚝한 단 한 마디를 던지고 재빨리 산희를 등 뒤로 숨긴 늘천이 눈앞의 남자를 물끄러미 바라봤다. 남자가 늘천을 보며 웃은 그 순간.

"왔어요, 희건 선배?"

산희는 늘천의 말에 또 한 번 놀랐다. 희건이라고 불린 그 남자는 산희를 기억하고 있다는 듯 눈을 한 번 찡긋하더니 아무 일 없었다는 듯 늘천에게 물었다.

"그 친구야? 나한테 소개해준다던 사람이."

서로 아는 것 같은 뉘앙스가 불쾌하기만 한 늘천이다. 사랑에 빠지는데 단 3초면 충분하다는 글귀가 귓가를 스치는 듯한 느낌도 들었지만 그 역시 착각이길 바란다. 늘천은 불안감이 엄습한 얼굴로 희건을 바라보며 고개를 저었다.

"설마요."

딱딱한 말투 때문일까, 희건은 아무 말 없이 웃기만 할 뿐 말을 아꼈지만 늘천의 귓가엔 똑똑히 들리는 듯했다.

난 지금 그 애가 더 흥미로운데.

뒤이어 뒤로 숨긴 산희가 배꼼 고개를 내밀었다. 그리고는 쐐기를 박았다.

"운명인가 봐!"

자그마한 속삭임에 늘천의 심장이 바야흐로 빙하기를 맞이했다.

상황은 역전이 되었다. 소개팅은 모두의 기억 속에서 순식간에 소멸했고, 하나의 작은 모임으로 탈바꿈했다. 음료를 사러 간 희건과 그 곁에 딱 붙어 서 있는 산희를 바라보고 있던 수아가 중얼거렸다.

"운명을 느꼈다더니 정말 운명이 되려는 모양이네."

수아가 고개를 저으며 곁에 앉아 있는 늘천을 흘깃 바라봤다.

"들은 적 있거든. 더미의 첫사랑에 대해. 운명을 느꼈다나 뭐라나. 들은 적 없어?"

늘천은 대꾸도 하지 않고 가만히 서 있었다. 그 모습에 괜히 눈치를 본 수아가 불편한 침묵을 참지 못하고 주절주절 떠들어댔다.

"너희 둘을 보면 뭐랄까…… 드라마를 보는 기분이야. 둘을 연결해주고 싶어 미쳐버리겠는 시청자의 마음이랄까?"

"시청자들이 반발하면 대개는 연결시켜주던데, 좀 해보지?"

"그럴 수 있었음 진즉 했어. 10년 넘게 똑같은 레퍼토리로 반복되는 드라마 보는 게 얼마나 고역인 줄 알아? 드라마면 드라마답게 법칙 좀 지키라고. 발단, 전개, 위기, 절정, 결말의 반복 정도는 돼야 하는 거 아니야? 너흰 발단, 전개, 전개, 전개, 전개. 무슨 전개만 끝없이 반복이야. 그것도 너만! 남자가 달고 태어났음 화끈하게 쇼부라도 보든가. 것도 아님 쿨하게 포기하든가. 좀 극단적인 맛이라도 있어야지."

자신이 흥분해서 지껄여대는 수아를 가만 바라보고 있던 늘천이 자그맣게 한 마디 던졌다.

"네가…… 사랑을 아냐?"

"헐."

"연애 한번 못해본 녀석이 강산희야. 오랫동안 친구로 지내왔던 녀석이 불쑥 남자 얼굴을 하고 변하면 저게 기다렸다는 듯 남자로 인정해줄 것 같아? 놀라 도망가지만 않음 다행이지. 몇 번이고 말하지만 저 녀석이 친구라는 관계를 잃고 싶지 않아 하는 이상, 난 그렇게 해줄 거야. 괜한 답답함에, 자존심에 조급하게 굴어 저 녀석이 친구마저도 하기 싫다고 도망가면 네가 책임질 거냐? 책임지지 못할 거면 날 채근하지 마."

장난스러움 속에 담긴 진심이 투박했다. 아, 코끝이 찡해져온다. 수아는 넉살을 떨며 눈가를 지그시 누르며 물었다.

"들어나 보자. 하늘천에게 사랑이란?"

"더럽고 치사해도 참는 거다, 짜샤."

늘천은 수아에게서 시선을 돌려 멀리서 보기에도 다정해 보이는 한 쌍을 응시했다.

"예를 들면 저런 모습을 보고 있으면서도 더럽고 치사해서 안 보고 만다, 자리를 박차고 일어나지 않는다든가."

"치사하다, 새끼야."

"별수 있냐. 자리 박차고 나가서 곧장 후회하는 것보단 낫지."

"다시 말하지만 너, 그거 떼야 돼."

"여자 맞냐, 너?"

"넌 남자고?"

서로가 서로에게 콧방귀를 뀌어대는 와중, 다가온 희건이 맞은편에 자리를 잡으며 물었다.

"둘이 무슨 말을 하는데 이렇게 다정한 거야?"

강아지처럼 쪼로로 따라온 산희가 당연하다는 듯 곁에 자리를 잡고 앉으며 조잘거렸다.

"둘이 요즘 수상하다니까요."

그 말을 듣고 있던 수아가 고개를 절레절레 저었다.

'가슴에 대못 박고 알콜까지 들이붓는구만.'

지금 이 순간, 늘천의 편이 되어줄 사람은 오직 수아뿐. 수아가 눈치 없는 산희를 타박했다.

"더미 너, 그만 좀 해."

"더미?"

"얘 별명이에요, 산보다는 하나의 더미 같고, 더미 속에서 살며, 더미로 완전히 동화하는 녀석이거든요. 선배, 아! 선배라고 불러도 되죠?"

"좋을 대로."

웃는 얼굴이 부드럽고 언행이 친절하지만 그 속내가 시커멀 것 같은 남자라는 생각을 하며 수아가 생긋 웃었다. 웬만큼 순진한 남자들은 넘어오고도 남는다는, 일명 살인미소였다. 하지만 수아의 예상대로 희건은 꼼짝하지 않았다.

"두 사람은 꽤 친해 보이는데 무슨 사이야?"

희건의 물음에 수아가 늘천을 돌아보며 어깨를 으쓱거렸다.

"사이랄 것까지 있나?"

"없지."

"무슨 사이면 소개팅을 주선하고 말고 할 게 없지요."

수아의 말에 희건은 가볍게 웃으며 고개를 저었다.

"종종 무슨 사이인데 소개팅을 빌미로 서로의 마음을 확인하거나 하는 경우가 있어서 말이야. 미끼가 되는 건 그다지 유쾌한 일이 아니더라고."

희건의 대답에 수아가 알겠다는 듯 고개를 끄덕이며 늘천을 흘끗 바라봤다.

"그런 일은 없을 거예요. 우린 오래전에 서로 안 맞는다는 걸 몸소 체험했거든요. 경험을 통한 검증이라고 하죠?"

대수롭지 않다는 듯 말하는 수아와 침묵으로 긍정을 표하는 늘천의 모습에 놀란 것은 산희였다.

"뭐?"

경악과 함께 터진 산희의 목청에 모두가 그녀를 돌아보았다.

"뭐가?"

"둘이 사귀었었어?"

"몰랐던가?"

"몰랐어!"

"아주 오래전 일이야. 중학생 때 잠깐. 그것도 몇 주. 사귀었다고 할 수도 없는 수준이었지, 아마? 친구였을 때나 사귀었을 때나 별 차이가 없었거든. 손 한 번 잡았으면 다행이게?"

탁구 하듯 토스가 수아에서 늘천으로 자연스럽게 이어진다. 그 모습마저도 놀라운 까닭에 한동안 벌린 입을 다물지 못하던 산희가 고개를 내저었다. 약간의 배신감과 상상해보지 못한 조합이 주는 경악에 정신을 차리지 못하고 있던 그녀는 이내 장난스럽게 늘천을 향해 말했다.

"에이, 하늘천. 차수아를 놓치다니 언젠가 후회한다?"

그뿐이었다. 두 사람의 짧은 연애담이 산희에게 준 것은 순수한 충격, 그 이상도 이하도 아닌 모양이다. 그 반응을 예상했으면서도 실망한 늘천의 마음을 아는지, 곁에 있는 수아의 시선이 느껴진다. 늘천은 핸드폰을 열어 문자를 찍어 보냈다.

[동정하는 눈길 보내지 마.]

곁의 수아를 돌아보지도 않은 채였다. 답장은 금방 왔다.

[안 보고 어떻게 아니?]

[느껴져. 그러니까 하지 마.]

늘천은 눈앞에서 희건을 바라보며 조잘거리는 산희에게 시선을 고정시키고 있었다. 변함없는 속앓이를 곁에서 지켜보고 있던 수아가 답답했던 모양인지 한숨과 함께 프러포즈를 던졌다.

"너, 그냥 나한테 올래?"

"장난하냐?"

"얼렁뚱땅 남 주긴 아까운 물건이거든, 너."

"나를 계륵으로밖에 여기지 않는 여자에게 가고 싶지 않거든, 난?"

"답답해서 그런다, 답답해서."

"어이, 영문학도. 그걸 영어로 해봐."

"브레스트 콱, 쏘 다이 하드."

"쯧. 생돈 들여 허투루 소비하셨다 전해 드려, 부모님께. 진정한 과소비의 표본을 보이셨다, 부모님께서."

"과소비보단 과대평가에 가깝지. 내가 엄청난 미모의 고슴도치라고, 사실."

"그래 봤자 고슴도치인데 말야."

늘천이 입꼬리를 들어 올리고 픽 웃어버린다. 평소라면 재수 없다고 타박이라도 할 텐데 오늘은 어찌나 안타까운지 핀잔조차 주질 못하겠다.

늘천이 넋이 나가 희건만 바라보는 산희를 불러 일으켰다.

"야, 강산희. 너 안 가나?"

"가라고?"

거부의 의사가 담긴 산희의 물음에 늘천은 눈살을 찌푸리는 것으로 대답을 대신했다. 그 표정에서 조금만 더 지체했다가는 엄청난 후폭풍이 자신을 피곤하게 할 것임을 직감한 산희가 무거운 엉덩이를 일으켰다.

"간다, 가. 치사하게, 진짜."

이젠 이름도 알겠다, 연락할 수 있는 방법도 있겠다, 괜히 속 끓이는 일 없을 거라는 사실이 안심이기도 했기에 산희는 제법 미련 없이 자리를 뜨기로 했다. 물러날 때를 아는 여자가 쿨하다고들 하기도 했고 말이다.

"다음에 봐요, 선배."

"운이 좋으면 병진이 동아리방에서 볼 수도 있겠네."

"이젠 종종 봐요."

고개를 꾸벅 숙이고는 돌아서 나가는 산희의 걸음이 나비처럼 팔랑거린다.

싱긋 웃은 탓에 반달 같은 눈이 귀엽게 접히고, 콧잔등을 찡긋거린 탓에 자잘하게 흩뿌려진 주근깨마저 사랑스러웠다는 것은 모르겠지. 화장기 없는 맨송한 얼굴에 붉게 피어오른 열꽃들이, 눈동자 가득 차오른 별무리들이, 그녀가 설레고 있다는 것을 알려준다는 것도 아마 모르고 있을 거다.

스스로 깨닫지 못하는 건 괜찮다. 다만 지금 늘천의 심기가 불편한 것은 눈앞의 희건 역시 그 변화를 눈치챈 것 같기 때문이다.

"그럼 나도 이만 실례할게요."

늘천이 뒤이어 빠르게 자리에서 일어났다. 지금 뛰어가면 금방

산희를 따라잡을 수 있을 것 같기도 했고 본연의 소개팅이라는 목적
달성을 위해서는 자신도 그만 물러나야 할 것 같았기 때문이기도 했
다. 하지만 희건이 그를 잡았다.

"잠깐."

변수였다.

금방이라도 달려나갈 것 같던 늘천이 멈칫하고 그를 돌아보았다.

"잠깐 앉지?"

이유를 묻기도 전에 희건은 맞은편의 수아를 보며 다정하게 물
었다.

"차수아라고 했던가?"

"맞아요."

"이름이 참 예쁘네."

수아는 듣는 순간 직감했다. 이건 밑밥이다.

"그런데 미안해서 어쩌지? 오늘 소개팅은 없던 일로 해야 할 것
같아서."

역시나!

예상하고 있던 전개이기도 했고, 애초에 남자의 속내가 퍽 투명
하지도 않던 차였으니 그다지 아쉽거나 미련이 남지는 않는다. 그랬
기에 수아는 변화 없는 얼굴로 희건을 바라보며 그 뒤에 이어질 이
유에 집중했다.

"강산희라고 했지?"

정확히 알고 있으면서 모르는 척 되묻는 저 치밀함. 역시 꿍꿍이
속은 따로 있는 듯하다. 수아가 눈을 가늘게 뜨고 그를 바라봤다. 물
론 산희의 이름을 들먹거리는 순간 늘천의 눈에서 불꽃이 튄 것은

듣는 수아도, 말하고 있는 희건도 모르쇠로 일관했다.

"더미라는 별명의 저 아이가 퍽 인상 깊어야 말이지. 뇌리에 꽉 박혀서 쉽게 빠질 것 같지 않아. 이런 마음으로 소개팅한다면 상대에게 실례지 싶어서 오늘 일은 없던 것으로 하는 게 좋을 것 같아."

그의 목소리에는 머뭇거림이 묻어 있지 않았다. 화살이 과녁을 꿰뚫는 것처럼 단도직입적인 희건의 말투에는 호기심 이외에 다른 감정은 담겨 있지 않았다. 그럼에도 그의 가벼운 호기심은 늘천을 자극하기 충분했다.

곁에 있는 것만으로도 피부가 따끔거리는 것 같다. 무서울 정도로 날카로운 상태임을 알고 있는 수아는 손으로 팔을 문지르며 아까부터 궁금했던 질문을 던졌다.

"더미의 어떤 점이 인상 깊었냐고 물어봐도 돼요?"

그 물음에 희건의 시선이 서 있는 늘천을 향했다 떨어졌다. 아주 찰나에 일어난 일이었음에도 명백한 도발임을 확인시켜주고 있었다.

가슴이 서늘한 건 비단 수아만이 아니었다. 하지만 묘한 떨림을 느낀 것은 오직 수아만이었다. 폭풍전야의 그 느낌, 무언가 모든 관계를 바꾸어놓을 것 같은 두려움과 설렘이 희건 속엔 있었다.

"처음 만났을 때 홀딱 젖었으면서 아무렇지 않게 머리를 툭툭 털어내는 모습이 인상 깊었어."

모르는 이야기다. 사랑을 노래하던 모습과 희건을 보자마자 두 눈 빛내던 산희의 모습이 오버랩되면서 퍼즐이 짝 맞춰지는 느낌에 수아가 늘천을 흘깃거렸다. 알고 있었으니 그렇게 예민하게 굴거겠지, 이제야 이해가 간다.

뒤이어 나온 희건의 발언이 스트라이크존으로 향했다.

"왜, 남자의 마음을 옭아매기에는 여자의 젖은 모습만큼 파괴력이 있는 것도 없다고들 하잖아?"

어감이 묘한 게 홈런이다. 늘천이 주먹을 단단히 말아 쥐는 광경을 바라보며 수아는 생각했다. 쥐구멍에도 볕 들 날 있다더니, 후하게는 사내아이 취급을 받고 박하게는 거리에 굴러다니는 돌멩이 취급을 받던 강산희에게 바야흐로 전성기가 도래한 것인지도 모른다고.

묘한 신경전 덕분에 덕을 본 사람은 생경하게도 병진이었다. 인기 없기로는 둘째 가라면 서러울 정도로 한산했던 동아리방이 사람들로 북적인 덕분이다. 그것도 학교 내에서 소문 자자한 세 명과 다른 의미로 유명한 한 명이 머무는 덕에 동아리도 입소문을 타기 시작했다. 한 가지 문제가 있다면 네 사람이 동아리 활동 대신 동아리방을 저들만의 휴식공간으로 사용하고 있다는 점 정도랄까. 하지만 그마저도 고마웠기에 병진은 별다른 말없이 묵인하고 있었다.

"그래서, 이 동아리 정식 명칭이 뭐라고?"

누군가의 물음에 병진이 당당하게 대답했다.

"뷰러크!"

"뷰러, 뭐?"

"뷰티! 러브! 크리에이터!"

이름만으로는 감도 잡히지 않는 탓에 다들 멍한 눈으로 이어질 설명을 기다렸다. 이름을 들어보니 대단한 명칭은 아닐 것 같다는 막연한 생각들이 모두의 머리를 차고 들었다. 하지만 그 사실을 아는지 모르는지 병진은 두꺼운 안경을 콧잔등 위로 밀어 올리며 부서 창단의 목적 전파에 열을 올렸다.

"정식 명칭은 좀 길어. 청춘이여, 사랑에 빠져라. 자신감 없는 소수를 위해 우리가 존재한다. 너희들의 이미지를 업시키고, 자신감마저 부활시켜 사랑을 전파하리라! 그리하여 우리는 너희들의 아름다움과 사랑을 만들리라."

패기 좋게 주먹까지 치켜올렸지만 폼이 꽤 어설펐다. 목소리 자체가 힘이 없고 가늘게 떨려서 그러는지도 몰랐다. 어쨌든 그로써 동아리가 왜 인기가 없는지 증명은 되었다.

'목적이 그리 뚜렷하진 않구만.'

모두가 그렇게 생각할 무렵, 수아가 되물었다.

"그래서 뭐하는 동아린데?"

"아, 미적 연구 동아리. 메이크업과 패션을 연구하고 직접 경험해 보는 부서라고나 할까?"

"이름부터 바꿔. 이름이 너무 이상해. 변태를 보듯 꺼려지는 느낌이랄까? 부원부터가 이렇게 우중충하니, 원."

"뭐가, 왜! 우리는 순수한 연구원들이라고."

그 말에는 그다지 신빙성이 느껴지지 않았다. 부원들의 외모와 흐리멍덩한 목적, 더불어 의심스러운 동아리 이름까지 의심의 삼박자가 모두 맞아떨어지는 느낌이었다. 모두가 그렇게 생각하고 있을 무렵, 침묵을 지키고 있던 산희가 순진무구한 눈을 빛내며 입을 열었다.

"내가 보기엔 멋진데?"

산희의 지지에 병진의 얼굴이 순식간에 밝아졌다. 당장이라도 뛰어가 그녀를 포옹하려는 병진의 움직임은 늘천에 의해 저지되었지만 그는 허공에서 팔을 허우적거리며 산희를 향해 엄지를 추켜올렸다.

"역시 더미밖에 없다!"

그 말에 산희는 누군가에게서 얻은 노트북 분해를 멈추고 병진에게로 바싹 다가갔다. 늘천이 때맞춰 병진의 뒷덜미를 놓아준 때였다.

"남자들이 연구하는 미적 센스가 어떤 건지 완전 궁금해. 올해 유행하는 스타일이 뭐야? 나도 알려줘."

먼지투성이의 손을 털고 바지에 문질러 닦으려던 산희의 시선이 희건을 향했다. 그녀는 휴지에 대충 손을 닦고 병진 곁에 다가가 앉았다. 그가 늘어놓은 잡지들과 파일 케이스를 뒤적거리자 병진이 놀리듯 말했다.

"드디어 스타일에 눈을 뜬 거냐, 더미? 일 년 삼백육십오일, 단벌로 지내던 네가? 이런 변화는 틀림없이……."

멤버들과 눈짓을 주고받은 병진이 입을 열려는 순간, 사랑을 외치려던 타이밍을 노리고 기가 막히게 끼어든 이가 있었으니 바로 늘천이었다.

"배고프지 않냐, 너희?"

태평한 질문 덕분일까, 모두의 관심이 늘천에게로 돌아갔다. 분위기는 사랑에서 식욕으로 단숨에 탈바꿈했다.

"그러게, 간식이라도 좀 먹을까? 출출한데."

수아가 거들고 나서자 자리를 잡고 앉아 조용히 독서를 하고 있던 희건이 책을 덮고 제안했다.

"가위바위보, 단판 승부로 당번 정하기. 어때?"

갑자기 제안한 내기에 분위기가 후끈 달아올랐다.

"콜!"

모두가 외치고 각자 자신만의 방식으로 승부를 가늠할 무렵, 누군가의 외침으로 시작된 가위바위보에는 단 두 사람만이 남았다. 모두의 환호성을 뒤로 하고 남은 두 사람은 세기의 대결을 하는 이들처럼 진지한 얼굴로 서로를 바라봤다. 산희와 늘천이었다.

"그렇게까지 진지할 거 있나?"

희건의 웃음 섞인 물음에 늘천이 돌아보지 않고 주먹을 위로 올렸다.

"이긴 사람은 입 좀 다물고 있죠?"

"그렇게 심각하지 않아도 되잖아?"

희건의 물음에 산희는 몇 번이고 주먹을 흔들어대면서 중얼거렸다.

"어떤 승부든 진지하게! 그게 우리 모토라서요."

그 모습이 귀여웠는지 희건이 낮게 웃었고, 수아가 그를 의미심장하게 바라봤다.

가위, 바위, 보!

초등학생처럼 소리까지 질러가며 서로의 패를 던졌다. 산희는 가위, 늘천은 주먹. 수아가 보기엔 가위바위보를 하기 전부터 정해져 있던 승패였다.

"하아, 또 졌네."

"이걸로 152승 3무 2패 즈음 되나?"

"말은 바로 해. 150승 3무 4패거든."

"뭐 달라지는 게 있나?"

"2패와 4패의 차이를 모르는구만."

"조금 더 쳐줄 수도 있어. 150승 7패 정도로."

"너그럽기도 하시지."

산희가 혀를 쏙 내밀고 콧잔등을 찡긋거렸다. 둘만의 대화를 하는 모습을 지켜보고 있던 희건에게 곁에 있던 수아가 중얼거렸다.

"징하기도 하죠? 저것들, 함께 한 세월이 오래라 그래요."

"보통 횟수까지 세나?"

"가위바위보 말이죠? 승부를 가릴 때 한 치의 양보도 없는 녀석들이라서요. 고등학생이 되기 전까지는 팔씨름으로도 승패를 가린다고 난리를 쳤죠. 늘천이 크고서는 매번 팔씨름에서 이겼는데 더미가 팔씨름 단련을 한답시고 무리한 트레이닝을 하다가 팔이 부러지기도 했어요. 그 뒤로는 끊었죠. 그뿐인가요? 자장면 많이 먹는 내기를 하다가 급체로 응급실에 실려 가기도 하고, 승패 가린답시고 언성 높이다가 무력 싸움으로까지 번져서 얼굴이 엉망진창이 됐던 적도 있죠. 역사책 한 권으로도 모자랄걸요?"

수아가 키득거리며 엎치락뒤치락하는 두 사람을 바라보자 그녀를 바라보고 있던 희건의 시선이 자연스럽게 두 사람을 향했다.

"너도 어릴 적부터 친하지 않았던가?"

"그렇긴 한데 동네가 달라요. 저 둘은 이웃사촌 간이고, 전 따지자면 외부인이죠. 사실 더미한텐 가위바위보 패턴이 있어요. 그 패턴을 알고 있는 늘천이 몇 번 져준 탓에 저 4패라는 기록도 나온 거고요."

"흐음."

수아의 설명을 듣고 있던 희건이 묘한 표정으로 눈앞의 두 사람을 바라봤다. 웃음기가 사라진 그의 얼굴은 생판 다른 사람을 보는 것처럼 인상이 달라져 있었다.

"자, 주문 들어간다. 외우지 못하면 받아 적을 준비하고 있어."

"충분히 외우거든?"

"그래애?"

그 순간, 산희는 늘천의 머리에 뾰족한 악마의 뿔이 돋아난 것을 본 것 같았다. 한쪽 입꼬리를 올리며 장난기 가득한 얼굴을 할 때의 늘천의 의도를 알기에 산희는 머리가 지끈 아파져 왔다.

"난 섭웨이 스테이크 앤 치즈 샌드위치. 풋롱 사이즈로 빵은 이탈리안 허브 앤 치즈, 치즈는 두 장, 양배추, 토마토, 피클, 오이, 양파, 할라피뇨 조금, 바나나 페퍼. 소스는 랜치랑 섭소스. 마실 건 콜라 대충 골라 와. 내 취향 알지?"

"까다로운 새끼."

"뭐랬냐?"

"그렇게 생기고도 왜 인기가 없는지 증명해주는 대목이라고 했다, 짜샤!"

"잘생긴 건 인정은 하는 모양이지?"

"윽!"

매끈한 얼굴을 들이미는 늘천의 태도가 얄밉다. 산희는 한 손으로 늘천의 얼굴을 문질렀다.

"눈코입아, 싹 뭉개져버려라!"

"야!"

"왜!"

"다 기억은 하냐? 제대로 안 사오면 한 달 동안 너, 내 간식 당번 이다?"

나이가 들어도 어릴 적 그대로의 모습을 유지할 것 같은 두 사람 의 실랑이에 병진이 끼어들었다.

"내, 내가 더미 대신 갈게!"

뜬금없는 병진의 등장에 늘천의 이마가 구겨졌다. 물론 산희 역 시 두 눈 동그랗게 뜨고 병진을 바라봤다.

"네가 왜?"

두 사람의 물음에 병진은 뒤통수를 벅벅 긁으며 희건을 흘깃 바 라봤다.

"안 그래도 전등 가는 거 부탁한 걸 희건 선배에게 들켜서 엄청 혼났다고. 졸지에 나는 매너 없는 놈에 등극했다는 걸 알랑가 몰라. 전등 가는 것도 못하는 무능력한 남자에다 그런 걸 여자에게 시키는 찌질한 놈팽이로 낙인 찍혔으니 내 오늘부터라도 그 이미지를 벗어 야겠다 이 말씀이시다."

"이미지 쇄신하겠다는 목적이 더 안 좋아. 진심에서 우러나오질 않잖아."

산희가 입술을 부루퉁히 내밀고는 병진을 흘겨봤다. 그리고는 병 진에게 한소리 한 희건을 훔쳐봤다. 병진의 말에도 별다른 반응 없 는 그이지만 자신을 챙겨줬다는 사실 하나에 괜히 쑥스럽기도 하고 기쁘기도 한 산희였다. 그런 그녀의 곁에 있던 늘천이 퉁명스럽게 입을 열었다.

"그런 게 어디 있냐? 승부의 세계는 냉정한 거야. 여기가 술자리 도 아니고 어디서 흑기사야, 흑기사가?"

"저, 저, 피도 눈물도 없는 놈! 선배, 봐요! 나보다 저 녀석이 더 매너 없는 놈이라니까. 아무리 그래도 오래된 친군데 그러고 싶을까?"

병진의 타박에 늘천이 망상의 나락에 빠져 있는 산희를 돌아보았다.

"어이, 강산희. 승부에 굴복하고 녀석에게 흑기사 해달라고 할 거냐?"

잠깐 편하자고 승부의 결과에 승복하지 않을 것이냐, 성별을 이용해 편의를 봐달라고 할 참이냐, 네가 그렇게 의리 없는 놈이있냐! 늘천의 눈이 그렇게 묻고 있었다.

"우씨."

의리 하면 또 강산희다. 결과에 깨끗이 승복하는, 아버지의 가르침 하에 떳떳하게 살아온 강산희! 사랑보다 의리에 가슴 뜨거워지는 그런 강산희다!

산희는 더벅머리를 벅벅 긁고는 자리에서 벌떡 일어났다.

"나를 몰라서 묻는 거야?"

"누구보다 잘 아니까 재차 확인하는 거야."

"확인할 시간 있음 간식 목록이나 좀 작성해보시지? 참고로 난 이 앞 편의점에만 갔다 올 생각이야."

삼각김밥, 과자, 아이스크림, 음료수를 적은 쪽지를 건네주고 나서야 산희는 싱글거리며 밖으로 나갔다. 금방 다녀오겠다며 발랄한 인사를 건네고 가는 그녀를 바라보고 있던 사람들이 한마디씩 했다.

"우리가 그냥 같이 가도 되는데."

"남자가 죽자고 덤벼도 매력 없다?"

"뭐 그리 대단한 간식이라고."

모두가 한마음이 되어 투덜거릴 동안에도 늘천은 아무 반응 없이 창밖을 내다보고 있었다. 괜히 무안하니까 저렇게 개폼 잡는 거라며 병진이 중얼거릴 때까지도 늘천은 미동조차 하지 않았다. 그러다 때가 됐다고 생각했는지 느닷없이 열려 있던 창문을 소리 나게 닫았다. 모두의 시선이 그에게 향한 것은 당연했다.

삽시간에 분위기가 험악해지자 같은 쪽 창가에 서서 걱정스럽게 산희를 바라보고 있던 희건이 늘천을 바라봤다. 희건의 얼굴에서는 희미한 미소조차 사라진 후였다.

"뭐야?"

희건의 물음이 코앞에 있는 늘천에게 가 닿았는지는 모를 일이다. 그도 그럴 것이 늘천은 아무 소리도 듣지 못했다는 듯한 얼굴로 희건을 응시하고 있었기 때문이었다.

"뭐냐고 묻잖아?"

"뭐냐고 묻기 전에!"

늘천이 희건의 어깨를 잡고 창가로 밀었다. 단단한 창에 몸을 부딪친 희건은 눈 하나 깜짝하지 않고 매서운 얼굴의 늘천을 노려봤다.

"생각 좀 해보는 게 어때요, 선배?"

처음이었다. 평소 남에게 무관심하던 늘천이 사람들 앞에서 감정을 드러낸 것은. 더불어 그 상대가 매너 있고 다정하기로 소문난 희건인 것도, 또 늘천이 그 희건을 무척 따랐다는 것도 모두의 놀라움을 배로 만들기 충분했다.

"하늘천, 너 왜 그래?"

무시무시한 늘천의 태도에 놀란 병진이 걱정스러운 표정으로 다가갈 무렵, 희건은 비릿하게 웃었다.

"내가 그렇게 생각 없이 사는 사람인 줄은 몰랐는데?"

그가 어깨를 으쓱하며 몸을 비틀자 늘천은 말아 쥔 멱살에 힘을 주며 그를 놓아주지 않았다.

"선배."

"그래, 너 음흉한 놈일 줄 알았다."

"선배!"

"그만 불러."

여유롭게 말하던 희건은 더 이상 봐주지 않겠다는 듯 강하게 늘천의 손을 뿌리쳤다. 그는 구겨진 셔츠만이 관심사라는 듯 옷깃을 털고는 늘천에게서 멀어졌다.

"나, 눈치 없는 놈 아닙니다."

"그래, 따지자면 눈치 빠른 편에 속하지."

"그럼 내가 느낀 게 사실이라는 거네요."

"네가 느낀 게 뭔데?"

웃음기가 남아 있음에도 불구하고 희건은 유릿가루를 먹인 피아노 줄처럼 당장이라도 늘천을 벨 것처럼이나 날카로웠다. 하지만 그에 질 늘천이 아니었다. 속에서 조용히 불타오르는 것이 느껴질 정도로 분노한 늘천의 모습은 평소 쉽게 볼 수 있는 점이 아니었다.

"선배, 지금 산희 가지고 장난치고 있잖아요? 난 그 점이 마음에 안 들어요."

늘천은 희건의 행동 하나하나에 반응하며 매번 기쁨을 표출하던 산희를 떠올렸다.

"선배가 쉽게 데리고 놀 애, 아닙니다."

"지금껏 네가 소중히 지켜온 녀석이라?"

가만 들어보면 희건은 꾸준히 늘천의 신경을 긁어댔다. 사람을 배려하고 이해하는 희건의 모습만을 봐왔던 병진으로서는 그의 심경을 알아채기 힘들었다.

"그보다, 내가 데리고 노는지 호감을 내보이는지 어떻게 알고?"

희건의 물음에 늘천은 주춤거리지 않고 서슬 시퍼런 두 눈을 빛냈다.

"남자는 단순해서 딱 한 가지 타입뿐이에요. 좋으면 앞뒤 가리지 않고 덤벼들죠. 아무리 소극적인 남자라도 놓치기 싫은 여자 앞에서는 좋아서 안달해요. 곁에 앉고 싶은 마음에 엉덩이가 들썩거리고, 손을 잡고 싶은 마음에 손을 꼼지락대죠."

"그러지 않는 남자는?"

"계륵 취급하는 것으로밖에 설명이 안 돼요."

갖기는 싫고 버리기도 싫은 어중간한 마음. 전부를 다해도 모자랄 텐데도 그럴 마음이 없는 그의 가벼운 태도가, 비겁함이 미웠다. 그의 잘못이 아님을 잘 알고 있음에도 용암처럼 들끓는 분노가 가라앉질 않았다.

"그럴 수도 있는 거 아닌가? 처음부터 사랑을 느껴 급속도로 빠져드는 사람이 있는가 하면, 호감을 느끼고 천천히 빠지는 사람도 있는 법이야. 속도를 가지고 사랑을 논하는 건 비논리적이지."

"논리적일 수 없는 것이 감정이라고 알고 있어서요, 난."

희건은 늘천을 바라봤다. 올곧고 맑은 늘천의 두 눈동자와 마주칠 때면 오랫동안 숨겨왔던 짓궂음이 되살아나는 듯했다. 순수해서 안타깝고, 한결같아 얄미워진다.

"몰랐는데 꽤 로맨틱하네."

희건의 중얼거림에 늘천은 변함없는 얼굴로 그를 바라보며 경고했다.

"마음이 없다면 아예 건드리지 마세요."

산천이 변해도 녀석만큼은 변하지 않을지도 모른다. 변하는 모습을 보고 싶은 것일까, 아니면 변치 않기를 바라는 것일까. 어둠을 자극하는 녀석의 맑음이 일으킨 마음의 파장을 느끼면서, 희건은 복잡한 마음으로 밖으로 나가는 늘천을 바라봤다.

아무리 자신의 패에 승복한다고 해도 간식 무게만큼은 산희를 투덜거리게 만들기 충분했다. 양쪽의 무게를 맞춘답시고 음료가 든 페트병 세 개씩 분포시켰음에도 간식에 욕심을 부린 까닭인지 무게가 만만치 않았다.

"우와, 미쳤네. 이건 아무리 나라도 들기 힘들다고."

그렇게 무더운 날씨가 아님에도 불구하고 땀이 비 오듯 쏟아져 내렸다. 산희는 손에 들고 있던 봉투를 내려놓고 손바닥에 새겨진 붉은 주름을 문질렀다.

"누굴 탓해. 욕심낸 내 탓이지. 하필이면 말야, 오늘따라 삼각김밥 종류가 많을 건 또 뭐야. 오늘따라 먹고 싶은 과자며, 아이스크림이며, 음료수가 왜 이렇게 많냐 이거야."

물론 이 투덜거림은 모두 웅얼거림으로 탈바꿈할 수밖에 없었다. 그 이유는 간단했다. 입에 작은 봉투를 물고 있었기 때문이었다. 산희가 웃샤, 다시 봉투를 집어들 무렵이었다. 누군가 그녀의 양손에 실릴 무게를 빼앗아갔다.

"응?"

산희가 구부렸던 허리를 펴고 그늘을 만든 그림자의 주인공을 바라봤다. 늘천이었다.

"어쩐 일이래?"

그러고 싶진 않았지만 말이 절로 퉁명스럽게 나왔다. 산희가 동그란 눈을 하고 약간의 원망을 담아 늘천을 바라보았다.

"반성이라고는 눈을 씻고도 찾아볼 수 없는 얼굴인데?"

"무슨 반성을 원하는 건데?"

"으."

"널 이겨버려서 미안해?"

"야!"

"죽자 사자 혼자 심부름 보내 미안해?"

"하늘천, 너!"

"매번 같은 패턴이라 미안하게 됐다?"

"우씨."

산희가 장난기 가득한 목소리로 놀리는 늘천을 흘겨봤다. 어려움 없이 사랑받고 자란 녀석이 뭐가 모자라 이렇게 비뚤게 자랐는지 알 턱이 없다. 어렸을 때는 여자보다 더 예쁜 얼굴을 하고 뒤를 졸졸 쫓아다녔었는데, 그 시절은 이제 가고 없다. 어릴 적 시절을 떠올리며 추억에 잠겼던 산희는 어느덧 자신과 사뭇 달라져 있는 늘천을 돌아보았다.

"그래서 들어주러 왔잖아?"

"병 주고 약 줘라."

"싫어? 그럼 말고."

담백한 늘천의 태도에 산희가 입술을 비죽거렸다. 한 번 물어보고 아니다 싶으면 돌아서는 저 냉정함이 얄밉다. 녀석이 두 번의 기회는 없다는 듯 쌩하게 돌아설 때면 마음 한구석이 서늘해지기까지 한다. 그래서인지도 모른다. 먼저 그의 옷자락을 잡게 되는 것은.

옷깃이 잡히는 묵직한 느낌이 들자마자 한 걸음 떼던 늘천의 입가에 미소가 서렸다. 하지만 그는 미소를 감추고 여유롭게 등을 돌렸다.

산희가 그의 얼굴에서 읽은 것은 하나였다. 승리.

"젠장!"

성마른 욕지기에 봉투를 들어 올리던 늘천의 눈썹이 꿈틀거렸다. 하지만 산희는 지지 않고 온갖 투덜거림을 쏟아냈다.

"너 님은 언젠가 우리의 오랜 우정도 끊고 깨끗이 돌아설 녀석이야."

"우정이라. 그럴지도 모르지."

"말도 꼭 그렇게 하더라. 우리 사이에 우정이 존재하기는 하냐?"

"알고 봤는데 존재하지 않았다면 꽤 큰 반전일 테지?"

"속 뒤집히는 말만 골라서 하지. 그렇게 오기 싫었음 희건 선배를 대신 보내주지 그랬어? 난 선배가 더 좋은데."

속 뒤집히는 말만 골라서 한다고? 누가 할 소리인지.

늘천은 산희 대신 봉투를 들고 앞장서 걸으며 어그러진 얼굴을 가까스로 숨겼다.

"내가 와서 미안하네요."

"미안한 건 하나 있었네?"

"그래. 내가 조희건이 아니라 하늘천이라 미안하다."

"우하하. 미안할 것까지야. 난 오랜 친구가 너러서 좋은데?"

"그 말, 귀에 딱지 앉을 정도로 들었어."

"얼마나 좋은지도 말해줘?"

맑은 날, 눈이 찌푸려지도록 부신 햇빛처럼 해맑은 산희의 음성이 통통 튀었다. 구름 한 점 없이 눈이 부신 그녀의 마음처럼 투명했기에 늘천은 더 마음이 아렸다.

앞서가던 늘천이 작게 한숨을 내쉬고 뒤를 돌았다. 어디 한 번 해보라는 투였다. 그런 그를 바라본 산희가 싱긋 웃으며 발랄하게 걸음을 내디뎠다.

"성격은 개떡 같지만 남들이 날 보고 개떡이라 그러는 건 못 참아. 그래서 좋아."

폴짝, 가볍게 한 걸음.

"표정이 다양하지 않아 화가 난 것처럼 보이지만 마음속 표정은 셀 수 없을 정도로 다정한 걸 알아. 그래서 좋아."

폴짝, 다시금 한 걸음.

"우리가 하는 게임에 무척 엄격한 걸 알지만 가끔 나 모르게 져주기도 하고, 지고도 마음이 불편해서 도와주러 오는 것도 알아. 그것도 좋고."

솔직한 목소리가 다정하게 울려 퍼진다. 그럴 때마다 앞에 버티고 선 늘천은 금방이라도 무너져 내릴 것만 같았다.

폴짝, 크게 한 걸음 뛴 산희가 늘천의 곁에 섰다. 그리고는 아이처럼 웃었다.

"네가 싫다며 주는 것들이 다 내가 좋아하는 것들뿐이라는 것도 알아. 그래서 내가 널 미워하질 못하잖나."

파하하 터지는 웃음소리가 상쾌하다. 구름 하나 없는 쾌청한 하늘처럼이나 높고 푸르렀기에 산희를 보고 있는 늘천의 눈빛이 흔들렸다. 그런 눈빛은 산희가 보기에 의미심장해 보였다. 그걸 어떻게 알았느냐고 묻는 듯한 눈빛처럼 느껴지기도 했다.

그래, 그런 것들을 알게 된 건 오래전의 일이 아니었다. 조금씩 철이 들기 시작하고, 세상에 대해 하나 둘 알게 되면서 제삼자의 말에 귀를 기울이게 됐다. 곁에서 지켜봐왔던 임마, 언니, 또 수아의 이야기들을 듣고 난 뒤에야 자신이 얼마만큼 사랑을 받아왔는지 알 수 있었다. 물론 그런 것들을 알기 전엔 냉정한 녀석의 태도가 미워 몇 번이고 울고, 몇 번이고 싸웠다.

"부디 평소에도 표현해주면 안 되겠나?"

쑥스러운지 턱을 매만지며 퉁명스럽게 대꾸하는 늘천의 모습에 어릴 적 귀여움이 묻어나왔다. 산희는 막냇동생을 바라보듯 흐뭇한 눈빛을 한 채로 고개를 돌리는 늘천을 따라 움직였다. 그리고는 까치발을 들어 그의 머리를 헝클어트렸다.

"그래서 이렇게 표현하잖아. 짜잔!"

"야!"

머리를 쓰다듬는 산희의 손길에 늘천이 정색하며 그녀의 손목을 잡아챘다. 그 순간, 늘천의 눈앞으로 봉투 하나가 대롱거렸다.

"섭웨이 스테이크 앤 치즈 샌드위치. 풋롱 사이즈로 빵은 이탈리안 허브 앤 치즈, 치즈는 한 장, 양배추, 토마토, 피클, 오이, 양파, 할라피뇨 조금, 바나나 페퍼. 소스는 랜치랑 섭 소스. 맞지?"

"치즈 두 장인데."

들썩이며 올라가려는 입술을 숨기려는 늘천의 노력도 모르는지 산희는 그 와중에도 지적을 하는 늘천의 태도에 입술을 부루퉁하게 내밀었다.

"나라면 소소한 배려에 감동해서 눈물이라도 흘리겠네."

"고맙긴 한데 솔직히 눈물 날 정도는 아니야."

"내가 말하는데 너, 그 메마른 감성만 고치면 여자가 줄을 설 거야."

"여자가 줄 서는 거 바란 적 없어."

심각한 늘천의 음성에 산희가 입을 다물고 지그시 그를 바라봤다. 그러다 뜬금없는 한마디.

"남자가 줄 서주길 바라냐? 많은 것도 바란다!"

예전이라면 눈치 없는 반응에 긴장이 풀려 다리라도 휘청거렸겠지만 지금은 달랐다. 인간은 적응의 동물이라고, 이제는 이런 반응마저도 익숙했기에 늘천은 머리를 긁적거리며 중얼거렸다.

"글쎄. 난 지금까지 내가 많은 걸 바란다고 생각해본 적이 없는데."

"그래?"

"한 명이면 돼."

늘천의 진지한 눈빛에 산희가 눈을 가느다랗게 뜨고 늘천의 얼굴을 훑어봤다.

"오호. 좋아하는 사람이 있나 부지?"

그렇게 말하고 나니 머릿속에 떠오르는 사람은 단 한 명뿐이다. 오래전에 잠깐 만났고 지금은 미묘한 친구 사이인 차수아!

하지만 늘천의 부름을 받은 인물은 상상 속에서나 존재할 수 있는 기린과도 같은 존재였다.

"응. 소녀시대 윤아 정도면 뭐."

"야, 됐다."

산희가 손을 내저으며 걸음을 옮기기 시작했다. 그런 산희의 반응에 늘천이 미미한 미소를 지었다. 손에 들린 샌드위치 봉투를 사랑스럽게 바라본 늘천이 고개를 들고 걸음을 옮기려는 순간, 동아리 방 창가에 서 있던 희건과 눈이 마주쳤다. 언제부터 지켜보고 있던 건지 모를 그의 표정이 묘했다.

늘천의 얼굴에 웃음기가 사라졌다. 가슴 한구석에 묘한 예감에 서늘해진 그 순간, 희건은 늘천과 눈을 맞추고 있다가 이내 커튼 뒤로 숨어버렸다.

"뭐해? 빨리 와! 아이스크림 다 녹겠다."

한참 앞서가던 산희가 손에 들고 있던 봉투를 내려놓고는 늘천을 불렀다. 그제야 정신이 돌아온 늘천이 봉투를 들고 그녀를 뒤따랐다. 단숨에 따라잡은 그가 산희가 들고 있던 봉투마저 들어준다며 실랑이를 벌이는 순간까지도 늘천은 무거운 마음을 떨쳐낼 수 없었다.

"이햐! 드디어 도착했다!"

병진의 외침과 함께 모두가 산희에게 시선을 던졌다. 수아가 성큼 다가와 산희의 손에 들린 봉투를 받았다.

"무겁지 않았어?"

"오다가 까딱 잘못했으면 객사, 아님 증발했어."

"듣자하니 따라나간 누구 씨는 그다지 도움이 되지 않은 모양인데?"

수아가 늘천을 흘깃거리며 고개를 까닥거리자 산희가 고개를 저었다.

"도움 무지하게 됐지. 녀석이 내 오른팔 아니냐. 팔 역할을 톡톡히 했다 이거지."

"흐응."

산희가 오른팔을 툭툭 치며 말하자 수아가 빙글거렸다. 그런 그녀에게 바싹 고개를 숙인 산희가 조용히 중얼거렸다.

"네가 보내준 거지? 덕분에 살았어. 쌩유!"

"그래? 내가 보냈대?"

"아니야? 그렇게 가기 싫어하던 녀석이 자진 출두한 건가?"

"나야 모르지."

"뭐, 뭐든 좋아. 하지만 다음에는 희건 선배를 보내줘. 오붓한 시간 좀 보내게."

"늘천이랑 오붓한 시간 보냈어?"

봉투 안에 든 쇼핑 품목들을 꺼내놓던 수아가 묻자 그녀를 돕고 있던 산희가 놀라 양팔을 휘저었다.

"어우, 아니야! 오붓하지 않았어. 대신 우정을 단단히 다지고 왔지."

"호오, 우정이라. 뭔가 서글픈 단어군."

"응?"

"아니야."

수아가 미소 지으며 고개를 저었다. 늘천의 표정을 보면 꼭 좋은 일이 없었던 것도 아닌 것 같은데 산희의 부정을 보아하니 꼭 좋은 일만은 아닌 것도 같다.

안타깝네, 하늘천.

수아가 혀를 끌끌 찰 무렵, 산희가 복슬거리는 머리카락을 귀 뒤로 넘기며 눈을 데굴데굴 굴렸다.

"그나저나 나 머리 어때?"

"머리?"

"저기, 그게. 아까 땀을 많이 흘려서 좀 헝클어진 것 같아서."

희건을 훔쳐보며 머리를 매만지는 산희의 모습에 괜히 마음이 찡해지는 수아다. 중학생 혹은 고등학생 때 겪었어야 할 첫사랑을 이제야 겪다니! 아니, 그것보다도 더 중요한 사실은 제발 짝사랑이라도 하길 바랐던 산희에게도 사랑이 찾아왔다는 사실이었다.

"아휴, 귀여운 것! 이리 와. 내가 정리해줄 테니."

수아가 어금니를 꽉 깨문 채로 산희를 품에 꼭 안았다.

"아, 안지 마! 나 더러워, 지금. 네 예쁜 옷 다 버려."

자신보다 남을 먼저 생각하는 저 마음도 예뻐 죽겠다.

"내가 남자라면 당장에 너 데려다 도장 찍었어, 인마."

"어디 가서 그런 말 하지 마. 너, 안 그래도 요주 인물이야."

"뭐, 내가 남자한테 관심이 없는 이유가 여자를 사랑하기 때문이라는 소문? 흥, 개나 주라지."

"안 그래도 절친이라는 내가 남자 같아서 문젠데."

"그게 뭐가 문제래? 우리만 괜찮으면 됐지."

"나야 그렇지만 너나 늘천인……."

"넌, 나나 늘천이가 흉이 있으면 친구 안 할 거야?"

"절대 아닌 거 알잖아?"

"그럼 우리도 마찬가지인 것 알잖아?"

주위 시선 따위 신경 쓰지 않는 수아의 태도가 가끔 이득 보지 못하는 성격이라며 걱정하는 산희지만 지금만큼은 한결같은 친구의 태도가 사랑스러워 견딜 수가 없다. 자신을 귀여워하는 수아임을 알지만 산희가 그보다 더 수아를 귀여워한다는 사실은 아마 모를 것 같다.

예쁘고 섹시하기도 어려운데 쿨하고 터프하기까지 한 소꿉친구. 끝내주는 몸매와 외모 덕에 숱한 오해를 받지만 사실은 조신한 몸가짐의 대명사라는 것을 안다. 취미는 독서요, 특기는 바느질, 베이킹과 쿠킹에 일가견이 있고, 약간의 결벽증을 소지하고 있는 사랑스러운 친구, 차수아.

그녀를 바라보던 산희가 양팔을 벌렸다.

"사랑해!"

"말해 입 아파!"

수아는 그런 산희를 격하게 끌어안았다. 키가 큰 수아의 품에 폭 파묻힌 산희가 자신 없는 투로 중얼거렸다. 처음이었다.

"난 아무리 노력해도 너처럼 되긴 힘들겠지?"

"나?"

"섹시미녀. 근데 애초에 그건 좀 무리니까."

산희가 실망스러운 얼굴로 자신의 가슴을 매만졌다. 지금 와서 매만진다고 달라질 것도 없는 크기였기에 별다른 기대 없이 비교해 보던 산희가 고개를 저었다. 비교는 질투와 열등으로 이어지고, 불행해지는 지름길이 된다. 금물, 또 금물이다.

"다른 건 다 필요 없어도 여자처럼은 보여야 할 텐데."

"그런 걸 걱정하다니. 넌 안 그러는 게 매력이야. 자연미와 개성이 멸종되어가는 이 시대에 뭘 그런 걸 따진대?"

수아는 갑자기 여성스럽게 보이고 싶어 하는 산희를 다정하게 바라보며 말했다. 위로가 아닌 사실이었다. 냉철하니 직설적이긴 해도 거짓말은 하지 않는 수아임을 알기에 산희의 얼굴에 화색이 돌았다.

"정말?"

"정말! 여자는 조금만 꾸며도 달라지는 생물이야. 내가 알려줄게. 그전에 머리부터 정리하자."

생긋 웃는 수아가 믿음직스럽다. 산희는 수아가 이끄는 대로 화장실로 향했다.

"선머슴에, 여자다운 면 하나 없고, 속마음 다 보일 정도로 정직하고, 나보다 힘이 센 여자."

조금 떨어진 곳에서 그 모습을 바라보고 있던 늘천의 뒤로 다가온 희건이 중얼거렸다. 그 말에 늘천이 딱딱하게 굳은 얼굴로 뒤를 돌아봤다.

"솔직히 말해 내 타입 아니야."

어깨를 으쓱거리는 희건의 눈빛이 퍽 덤덤하지만은 않았기에 늘천은 이어질 말을 재촉했다.

"그런데요?"

성급한 그 질문에 웃음이 섞인 것도 같았지만 그는 늘천이 알 바가 아니었다.

"궁금해졌어. 네 녀석이 그토록 좋아해 마지않는 그녀의 매력이 뭔지."

낙뢰라도 맞은 것처럼 정신이 하나도 없다. 단 한 번도 예상하지 못했던 일이었고, 또 생각지도 않았던 상황이었다. 그랬기에 더 어이가 없고 정신이 없다.

"네가 이러기 전까진 사실 아무 생각도 없었는데 지금은 문득 호기심이 생겼어. 어떤 누가 곁을 스쳐 지나가도, 곁의 여학생들이 숱한 눈길을 줘도 눈 하나 깜짝하지 않던 네 녀석이 돌아보는 여자, 여자보단 소년에 가까운 녀석. 그 녀석에게 대체 무슨 매력이 있는 걸까, 하고 말야."

"나만 아는 겁니다. 신경 끊으시죠."

구역을 침범당한 야생동물처럼, 늘천은 으르렁거렸다. 다가오지 말라며 경계를 하고, 허튼 생각 말라며 경고를 했다. 그러면서도 그 속은 타들어가는 종잇장 같았다. 쿵! 쿵! 몸 안에 있는 작은 북이 유독 큰 소리를 내며 울리고 있었다.

"그러니까. 그, 너만 안다는 그 매력, 나도 알고 싶어졌다고."

올곧은 놈. 하지만 그만큼 음흉한 놈.

늘천을 바라보는 희건의 두 눈이 도전하듯 반짝이고 있었다.

토요일 오후는 늘천이 여유를 즐길 수 있는 단 하루였다. 일단 수업이 없는데다가 봉사활동 스케줄과 아르바이트 스케줄이 없는 시간이기도 했다. 주중에는 병원으로, 주말에는 동물보호센터로 봉사활동을 다니는 그는 아침 봉사를 끝내고 제법 여유롭게 공부를 하는 중이었다.

두 가지 문제가 있다면 하나는 여유가 생길 때마다 떠오르는 희건의 도발이었고, 다른 하나는 연락도 없이 불쑥 방문해 숨죽여 다가온 산희였다.

"깨금발로 다가온다고 모를 줄 알아?"

뒤도 돌아보지 않고 지껄인 늘천 때문일까, 산희는 죽였던 숨을 토해내며 터벅터벅 걸어왔다.

"귀신같은 놈."

몸을 부르르 떤 산희가 침대에 무게를 실었다. 책상에 앉아 교재를 넘기고 있던 늘천의 손이 멈칫했지만 별다른 말은 꺼내지 않았다.

"무슨 일이야?"

늘천이 머리를 쓸어 올리며 낮게 한숨을 내쉬었다. 안 그래도 복잡한 머릿속과 마음속이 미로로 변해버리는 느낌에 현기증마저 날 지경이다. 그런데도 소꿉친구 녀석의 마음은 구름 한 점 없이 맑기만 한 모양이다. 저절로 주먹이 쥐어졌다. 이유를 알 수 없는 못된 마음까지 차오른다.

어떻게 하면 저 얼굴을 수심 가득하게 만들 수 있을까.

해맑은 얼굴만 바라보고 싶다가도 불쑥 솟구쳐 오르는 파괴 충동에 스스로를 제어하기가 힘들어지고 있었다. 녀석을 마음에 담은 지 7년, 아무렇지 않은 척 친구 노릇을 하는 것에도 슬슬 한계가 오고 있었다.

"뭐 하고 있었어?"

"공부."

"무슨 공분데?"

직선보다 곡선에 가까운 그녀의 말투가 마음에 들지 않는다. 말투마저 미로 같아 멀미라도 날 것만 같아 늘천은 보고 있던 강의 노트를 소리 나게 덮고 산희를 바라봤다.

"가르쳐주기라도 하게?"

"아니, 뭐. 그러고 보니 난 네가 무슨 과목을 공부하는지 모르고 있었네. 아는 게 있으면 가르쳐줄 수 있지, 당근."

"올해 듣는 과목은 바이롤로지, 휴먼 아나토미, 어드밴드스 셀 바이올로지, 뉴롤로지. 지금 하는 공부? 바이롤로지. 말했지? 바이러스학에서 희건 선배 만났다고. 지금 하는 페이지가 플라비바이라데 (Flaviviridae). 옐로우 피버 바이러스, 뎅구 바이러스, 웨스트 나일

바이러스, 엔세팔라이티스 바이러스로 나뉘는 부분이야. 가르쳐줄 래?"

늘천의 목소리에 날이 서 있었다. 표정도 평소의 그것이 아님을, 누구보다 오랫동안 지켜봐온 산희는 알 수 있었다. 그녀는 무안해진 얼굴로 더벅머리를 긁적이면서 어색하게 웃었다.

"……나한테는 무리네. 하긴 예전부터 넌 머리가 좋았지."

순간 얼어버린 분위기에 산희가 입을 꼭 다물었다. 다리를 세워 끌어안은 채로 눈을 굴리던 그녀가 조심스럽게 물었다.

"……내가 갑자기 찾아와서 화났어?"

"왜?"

"아니, 조금 신경이 곤두섰기에. 그만…… 갈까?"

건물에 박힌 채 기계만 만져대는 까닭이기도 했지만 원래 핏줄이 보일 정도로 새하얗던 피부가 눈에 띄게 달아올라 있었다. 동그란 귀마저도 새빨개진 것을 확인한 늘천은 한풀 꺾인 채 다시 한숨을 내쉬었다.

"……화 안 났어. 미안, 조금 스트레스 받았나 봐. 무슨 일이야? 할 말 있어서 온 거 아니야?"

"아니, 뭐."

그러고 보니 눈에 들어온다. 단정히 빗어 내린 머리카락 하며 어 색하게 귓가에 꽂힌 핀이며.

늘천의 시선이 핀에 꽂힌 것을 알아챈 산희의 얼굴이 더욱 불타 오르기 시작했다. 양손으로 귓가를 가린 산희가 어색한 손길로 꽂혀 있던 핀을 뺐다.

"하하. 되게 안 어울리지? 언니가 줘서. 이, 이상하다고 하는데 자꾸 하라고……."

"안 이상해."

핀 하나 꽂은 게 뭐 그리 창피한 일이라고. 남자아이가 여장을 한 것처럼이나 어색해하고 부끄러워하는 산희가 영 안타깝고 마음에 걸리는 늘천이다. 친언니며 소꿉친구까지 여신이라는 칭송을 받는 데 비해 어릴 적부터 늘 미운오리 새끼처럼 돌팔매질을 당했던 산희인지라 자신의 매력이 무엇인지 제대로 모르는 모양이었다.

"예뻐. 여자아이 같아."

늘천은 웃지 않았다. 핀 하나 꽂았을 뿐인데도 배를 잡고 웃었던 아빠나 길을 걸어올 때 만났던 병진 같지 않았다. 놀리는 기색 하나 없었다. 대신 손을 내밀었다.

"줘. 어차피 다시 못 꽂잖아. 꽂아줄게."

그런 늘천이 처음으로 낯설게 느껴졌다. 산희는 맨송맨송한 얼굴로 그를 바라보다 순순히 핀을 건넸다. 떨어져 있던 시간 없이 인생의 대부분을 함께 보냈던 늘천이 처음으로 남자처럼 느껴졌다.

핀을 건네받은 늘천이 침대에 걸터앉았다. 그리고는 그녀의 머리카락을 쓸어 올렸다.

"뭐 그렇게 대단한 거냐고, 연예인 보듯 동경하는 거라고 단정 짓지 말 걸 그랬네. 사랑이라는 게 대단하긴 한 모양이야."

작게 웃음이 섞여 있는 그 목소리가 조금은 서글프다고 느낀 것은 산희만의 착각인지도 모른다. 굵은 목소리가 귓가에 와 닿아 속살거리는 것이 낯설었기에 그저 귀에만 신경을 집중했을 뿐이다.

"천하의 강산희도 바뀌는 걸 보면 말이야. 난 아무리 곁에 있었어도 널 바꿀 수는 없었잖아?"

"……바뀌는 게 나쁜 건가?"

"순리지. 이치고. 하지만 꼭 이별 같아. 내가 알고 있는 강산희와의 이별."

제법 철학적인 늘천의 대답에 산희는 잠시 할 말을 잃었다.

"지금껏 몰랐는데 정말…… 로맨티스트네, 하늘천."

"그런가?"

그럴지도 모른다고 생각했다. 처음으로. 왜냐면 유명을 달리한 젊은 음악가의 노랫말이 자꾸자꾸 떠올랐으니까. 또 이해가 됐으니까.

……매일 이별하며 살고 있구나…….

예전부터 알고 지낸 작고 예쁜 소꿉친구 강산희와도.

그런 강산희와 친구였던 자신, 하늘천과도.

이별하는 대신 매일 새로운 누군가와 인사하며 만나고 싶은데 그것 역시 자신의 욕심임을 아는 늘천은 말없이 산희의 머리칼을 쓸었다.

할 수만 있다면 시간이 멈춰 이대로 몇 번이고 머리칼을 쓸었으면 좋겠다. 머리칼을 소유할 정도의 시간, 그 정도면 충분했다. 하지만 산희에겐 견디기 힘든 고문이었던 모양이다. 발을 꼼지락거리는 모양새가 금방이라도 자리를 박차고 일어날 듯했기에 늘천은 그녀의 머리에 핀을 꽂아주고는 한 발 물러났다.

"달랑달랑한 액세서리는 귀찮다고 싫어하더니 이제는 좀 좋아졌어?"

"지금도 그래. 닭살 돋아."

"그런데도 참는 걸 보니 희건 선배에게 예쁘고 싶은 마음이긴 모양이야?"

부정이라도 해줬으면 좋겠건만 이름 듣는 것만으로도 마냥 좋은지 연신 싱글벙글한다.

"그렇게 좋아?"

"좋다, 좋아!"

"뭐가 그렇게 좋은 거야? 난 도통 모르겠다."

"네가 알면 안 되지. 큰일 나지."

그런 사랑의 작대기는 반대라며 결혼을 반대하는 시어머니 포스로 늘천을 바라보던 산희가 얼마 가지 못해 배시시 웃어버렸다.

"뭐가 좋은지는 모르겠어. 처음으로 여자 대접을 해주기도 했고, 또 안겨보기도 했고. 그러고 나니까 얼굴에서 빛이 나는 것 같고, 멀리서도 후광이 비치고, 심장도 쿵쿵거리고, 곁에 있으면 울렁거리고. 꼭 멀미하는 것 같아. 속도 꽉 막히는 것 같고."

양손을 포개 가슴 중앙에 올려놓은 산희는 희건을 생각하는 것만으로도 가슴이 뛴다는 듯 작은 설렘을 되새겼다. 이렇게 찾아온 감정마저도 소중하다는 행동에, 벚꽃처럼 물든 그녀의 얼굴에, 늘천은 알 수 없는 얼굴로 그녀를 바라보다 한 마디 던졌다.

"심장은 왼쪽 가슴 부근에 있다?"

"알거든!"

늘천의 말에 놀란 손이 슬금슬금 왼쪽 부근으로 향했다. 그런 산희의 모습이 짠하다. 안타깝고, 사랑스러워 저도 모르게 왈칵 눈물이 쏟아질 것만 같다.

그래, 오래전부터 덤덤한 그의 마음을 롤러코스터처럼 만들어버리는 건 단 한 명. 산희뿐이 없었다. 그건 아마 앞으로도 없겠지.

하지만 자신이 그렇다고 감정은 강요할 수는 없는 일이라는 것을 누구보다 잘 알고 있는 늘천이었다. 그랬기에 자신의 마음에 또 한 겹, 까만 페인트를 덮어씌웠다. 반으로 자른다면 퇴적암처럼, 세월을 견뎌낸 나이테처럼 사랑이 겹겹이 쌓여 있을지도 모른다.

"전화라도…… 해봐."

"응?"

"희건 선배, 전화번호 있잖아?"

"해도…… 될까?"

"원래 먼저 시작한 사람이 약자야. 보고 싶으면 먼저 찾아가야지."

"그래?"

으로도 충분하다. 누군가의 응원이 산희에게 절실히 필요했던 거라면 완벽한 그녀의 편이 되어주는 누군가는 늘천일 것이 분명했다.

늘천의 응원에 힘입어 핸드폰을 들었다. 제법 용기 있게 번호를 얻었지만 지금까지 통화는 단 한 번도 엄두를 내지 못했던 종목이었다.

"미션 파서블!"

산희가 주먹을 불끈 쥐고 신호음에 귀를 기울였다. 컬러링도 없는 촌스러운 신호음에도 향긋한 봄내음이 나는 것 같다. 희건의 숨소리가 들려오는 것만 같아 소녀의 마음은 연신 물결쳤다.

─더미?

희건의 목소리가 들린 순간, 산희는 숨을 급하게 들이켰다.

"선배."

―응, 뭐하고 있어?

"그냥 있어요. 선배는요?"

―난 집에 있지. 오늘 하는 일 없으면 집에 올래?

"지, 집에요?"

갑작스러운 희건의 제안에 산희의 두 눈이 동그래졌다. 수화기를 막고 늘천을 바라본 산희가 발을 동동 구르며 방을 서성거렸다. 춤을 추는 한 마리 꿀벌처럼 정신없이 돌아다니는 산희의 귓가로 쿡, 작은 웃음소리가 들렸다.

―너무 긴장하지 말고 소풍 오는 기분으로 놀러 와.

소풍이라는 말에 기분이 날아간다. 동실 떠오르는 헬륨풍선이 된 것처럼 팔랑거리며 방 안을 돌아다니던 산희가 외마디 비명을 질렀다.

"악!"

"꺅도 아니고 악이 뭐냐."

"어떡해, 어떡해, 어떡해?"

"왜, 뭐가?"

"나, 선배 만나기로 했어."

"만나면 되잖아."

"집에 오래."

"집에 가면 되…… 뭐?"

"어쩌지? 뭐부터 준비해야 하지? 소풍이랬으니까 김밥? 김밥 싸 갈까?"

"야! 이 멍충아!"

산희의 태평한 연애 놀음에 기가 막힌 늘천이 부글거리는 속을 참지 못하고 뱉어내버렸다. 아무것도 모르는 얼굴을 한 산희를 보니 몇 대 정도 볼기짝을 때려 정신 번쩍 나게 해주고 싶은 마음이 굴뚝, 하다못해 옹골진 알밤 몇 대 머리에 쥐어박고 싶은 생각도 잔뜩이다.

"이게 미쳤네. 집에 오란다고 집에 갈 생각을 해? 돌았네, 강산희."

"뭐야, 왜."

"너는 남자가 집에 오란다고 쪼르르. 요즘 세상 무서운 줄 모르네."

"뭐가 어때서? 나도 맨날 너희 집에 놀러 오잖아."

"나랑 딴 녀석들이랑 같냐?"

"다를 건 또 뭐래?"

"야!"

요즘 여자들이 영악하다고는 하지만 차라리 순진한 것보다는 나을지도 모른다는 생각을 처음으로 한 늘천이다. 말이 좋아 순진이지 저건 멍청한 거다. 안 그래도 불편한 속이 극심하게 끓어오르기 시작했다.

"요즘 남자들이 얼마나 약았는지 모르는 거지? 요즘 세상이 얼마나 무서운지 모르는 거지? 남자가 집에 오라는 말은 널 어쩌겠다는 말과 똑같은 거라고. 요즘은 순진한 게 다가 아니라니까. 순진한 것도 무지한 거야. 무지하면 네 손해라고. 네 몸은 네가 지켜야지, 어디서 덜떨어진 게 연애도 안 해보고 덥석 남자 집엘……. 게다가 너 처음 만났을 때도 옷 다 젖은 채로 아무 생각 없이 돌아다녔다며!"

"전화해보란 건 너잖아."

"전화하랬지 집에 가랬어?"

"아, 몰라. 소풍 오는 마음으로 오랬단 말야. 나, 김밥 싸갈까?"

천하태평도 이런 천하태평이 있을 수가 없다. 희건을 믿지 못하는 것은 아니지만 그렇다고 믿는 것도 아니었기에 늘천은 불안한 눈으로 산희를 바라봤다.

"무슨 일 있으면 나한테 꼭 전화하고. 옷은 최대한 안 예쁜 걸로 입어. 이거, 머리핀도 다 빼버려. 뭔 수상한 짓을 한다 싶으면 가차 없이, 알지? 니킥으로 중심부를 날려버려. 네 특기잖아."

"아, 됐고. 너, 김밥 만들 줄 알아?"

"김밥?"

"싸가려고."

"……어떤 폭탄을 제조하시려고."

"폭탄이 아니라 김밥을 만들고 싶으니까 너한테 물어보는 거겠지?"

"나보다 수아가 더 잘 알지 않겠냐? 아님 부모님이나. 너희 누나."

"수아는 오늘 바쁘대고, 우리 집에서 만들다간 10년 넘게 웃음거리가 될 거야."

늘천을 바라보는 산희의 두 눈이 다이아몬드를 박아놓은 것처럼 반짝거린다. 구세주를 바라보는 그 눈빛에는 구원과 믿음이 충만했기에 차마 못 한다는 말을 꺼낼 수 없었던 늘천은 낮은 한숨과 함께 책을 덮고 노트북을 열어야만 했다. 남자 중에서도 상남자라는 소문이 자자한 하늘천이 날씨 좋은 토요일 오후 '김밥 만드는 방법'을 검색하고 있다는 사실을 아는 사람은 단 하나, 산희뿐이었다.

"하아, 미쳐."

태풍이 몰아치고 간 다음, 늘천은 폐허가 된 주방 바닥에 주저앉아 얼굴을 감싸 쥐고 있었다.

"바보도 이런 바보가 없다. 아주 영영 멀어지자고 등까지 밀어준다, 이 바보는."

심지어 처음 싸본 김밥은 옆구리가 터지지도 않고 성공했다. 모양은 물론 맛까지 잡았다. 이게 뭐냐, 화창한 토요일 오후에. 게다가 악재가 하나 더 겹쳤다. 형, 하산이 귀가했기 때문이다. 오자마자 곧장 주방으로 와서 난장판을 둘러보고 하는 말에 늘천의 얼굴이 구겨졌다.

"어이, 아우. 이거 뭐냐?"

"뭐긴 뭐야, 김밥이지."

"몰라서 물어보는 것 같냐? 오늘은 니가 김밥 요리사냐?"

"아, 몰라. 묻지 마."

"오다가 산희 봤다?"

산의 말에 늘천이 고개를 들었다. 눈치 빠른 산은 이미 모든 상황을 파악 완료했다는 뜻이다. 알면서도 동생 속 한 번 뒤집겠다는 형의 태도에 늘천은 짜증 가득한 얼굴로 산을 노려봤다.

"도시락통 들고 뛰어가더라?"

산은 미안한 기색도 없이 지껄이며 김밥을 집어 먹었다.

"도시락통 우리 집 거던데?"

산의 말을 듣고 있던 늘천이 자리에서 벌떡 일어나 어질러진 주방을 치우기 시작했다. 쯧쯧, 형이 혀 차는 소리가 들렸지만 모르쇠로 일관했다.

"걔는 치우지도 않고 김밥만 쏠랑 가지고 가디?"

"치운다는 거 내가 말렸어. 개 약속 있어."

"참, 수아한테 듣자니 산희가 요즘 사랑에 빠졌다지?"

비아냥거리는 형의 태도에 닦은 그릇을 정리하던 늘천의 손이 우뚝 멈췄다. 산은 허리를 굽히고 남은 김밥을 쳐다보며 중얼거렸다.

"이햐, 김밥 잘 말았다. 네가 잘 말긴 해. 김밥도, 사랑도. 맛나다, 야. 분식점 하나 내지 그래?"

산은 오매불망 바보 같기만 한 동생이 답답하고 안타까워 괜한 핀잔을 던졌다.

"병신. 죽 쒀서 개 준다는 말이 딱 널 두고 하는 말이다."

그 말을 끝으로 산은 방으로 직행했고 문 닫히는 소리만 커다랗게 들렸다.

"누군…… 그러고 싶어서 그래?"

형의 신랄한 비판들이 갈퀴처럼 심장을 쓸고 지나갔어도 한편으로는 감사한 마음까지 든다. 지금만큼은 누군가에게 시원한 욕 한 번 듣고 싶었던 늘천이었기 때문이다.

한동안 같은 자리에 앉아 물줄기 쏟아지는 소리만 듣고 있던 늘천은 핸드폰 울리는 소리를 듣고서야 수도꼭지를 틀어 잠갔다. 행주에 손을 닦고 핸드폰을 확인하는데 액정에 뜨는 이름이 썩 반갑지만은 않다.

"무슨 일이시죠?"

희건이 잘못한 것은 하나도 없는 걸 알지만 그 좋은 선배에게조차 사랑은 양보가 되질 않는다. 머리로는 알지만 마음은 아직도 컨트롤이 힘든 늘천은 헛기침을 몇 번 하며 속을 달랬다.

-뭐하고 있어?

"그냥 집에 있어요."

-할 거 없음 집으로 올래?

"……네?"

-우리 집에 오라고. 오늘 과 녀석들이랑 소풍 겸 단합 겸 모여 있
는데 너만 빠졌다.

희건의 말에 가슴 속 나사가 빠졌는지 덜컹, 한다. 희건과 단둘이
있는 것이 아니라는 사실에 안도하기보다 부푼 기대를 안고 간 만큼
비례하는 실망을 했을 산희가 걱정이다.

희건의 말이 끝나기 무섭게 그의 집으로 달려간 늘천은 앞에서
몇 번이고 숨을 고르다 안으로 들어갔다. 들어가기 무섭게 풍겨오는
남자 무리의 냄새와 현관에 엉망진창으로 벗어젖힌 운동화들이 그
를 맞이했다.

희건네 놀러 간다고 소중히 아껴왔던 새 운동화를 신고 갔던 산
희가 떠올랐다. 곱게 현관에 있어야 할 운동화가 마구잡이로 벗어던
진 남자들의 것들 사이에 밀려 엉클어진 모습이 꼭 지금의 그녀 같
아 늘천은 그녀의 운동화를 정리했다.

"왔냐?"

늘천을 반기는 희건의 말이 들리고 뒤이어 산희의 시선이 환영의
인사를 건넸다. 단합이 술자리로 탈바꿈한 덕에 한결 더 떠들썩해진
모습을 둘러본 늘천은 자연스럽게 산희의 곁에 가 앉았다.

"바보지, 너?"

"어, 비방 금지! 그것도 오자마자."

"나도 바본데 너도 퍽 똑똑한 건 아닌 것 같다."

"됐고, 한 잔 해."

본연의 목표는 어디로 갔는지 사내놈들과 한데 어울려 술을 주거니 받거니 하는 산희가 껄껄 웃음을 터트렸다. 늘천의 입에서 끄응, 신음소리가 절로 뿜어져 나왔다.

"꽤 맛있더라."

언제 다가왔는지 모를 희건이 잔을 건네며 조용히 속삭였다. 그 목소리에 늘천은 희건을 노려보며 잔을 받았다.

"무슨 속셈입니까, 정말?"

"네가 싼 거지, 김밥?"

"다 알고 있었으면서…… 시간차 공격입니까?"

희건에게서 받은 잔을 내려놓는 늘천은 속내를 알기 힘든 남자의 눈을 바라보며 답답함을 토로했다. 희건이 산희를 만난 순간부터 지금까지 그의 손아귀 안에서 놀아나는 것 같은 찝찝함을 털어내기 힘든 늘천이었다.

"애초에 경고했습니다. 산희, 가지고 놀지 마세요."

"충건이 곁을 지키고 있으니 애가 그 모양이지. 이대로 산희가 연애경험 없이 노처녀가 된다면 다 네 탓인 줄 알아, 인마. 싸고도는 게 다 좋은 건 줄 아나."

"선배."

"요지는 이거야. 넌 녀석의 연애를 좌지우지할 그 무엇도 아니라는 점."

희건의 지적은 정확했다. 알고 있으면서도 알고 싶지 않은 그것을 지적하는 순간, 늘천은 자신이 미루고 또 미뤄왔던 갈림길 사이에 섰음을 알았다.

"가족도 아니고, 그렇다고 깊은 관계도 아니고, 심지어 오래전 사귀었던 사이도 아니야. 고작 친구 사이만으로 네가 그런 경고를 할 처지는 아니지 않나? 월권이야. 아니, 그게 아니면 가장 친한 친구라는 이름의 남용인가?"

희건의 얼굴은 차갑게 변해 있었다. 누가 그를 다정하다고 했는가, 누가 그를 다가가기 쉬운 남자라고 했던가. 아니다. 순식간에 낯빛을 바꾸는 희건은 절대 쉬운 남자가 아니었다.

늘천의 주먹이 말리는 모습을 보고 있던 모양이다. 희건은 여유를 잃지 않은 모습으로 되레 경고했다.

"분해? 한 대 치고 싶어? 그럼 링 안으로 들어와. 링 밖에서 몇 년이고, 몇 십 년이고 지키고 있어봤자 넌 관객일 뿐이야."

진지한 경고였다. 조소는 없었다. 대신 진심이 담겨 있었다. 혹은 충고인지도 모른다. 어쨌든 희건이 그런 말을 한순간, 늘천의 주먹에 힘이 풀렸다.

"참, 한 가지 정정하지. 내가 갖고 노는 건 산희가 아니라 너야. 하늘천."

희건은 그 말을 끝으로 늘천에게서 떠나갔다. 언제 그랬냐는 듯 밝은 얼굴을 하고 무리 속으로 섞여 들어갔다. 너무나도 자연스러운 그 모습을 바라보며 늘천은 복잡한 생각들을 지우고자 무리와 함께 잔을 들어 올렸다.

그로부터 몇 시간이나 흘렀을까, 전쟁에서 패한 무리가 산처럼 쌓여 있는 거실의 무거운 침묵을 깨고 낮은 신음소리가 늘천의 귓가를 파고들었다. 끙끙 앓는 소리에 절로 술기운이 가실 무렵, 늘천은 그 소리가 산희의 것이라는 것을 알아챘다. 사내들 무더기 속에 섞여 누워 있던 산희가 낑낑대며 기어가고 있었다. 입을 막아가며 몸부림치는 모습이 심상치 않았기에 늘천은 휘청거리며 그녀의 곁으로 다가가 팔을 잡았다.

"읏!"

"너 뭐야?"

"늘천아."

"왜 이래?"

"나, 장이 꼬였나봐."

"뭐?"

"아파 죽겠어."

"아프면 사람을 깨워야지 왜 이러고 있는 거야?"

"다들 자는데 깰까 봐……."

"깨는 게 대수야?"

"어엉, 똥 참아서 그런가부다 싶어서 화장실 가려는데 아파 죽겠어. 진짜 죽겠다! 으허헝."

닭똥 같은 눈물을 뚝뚝 떨어트리는 산희가 와앙, 울음을 터트렸다. 식은땀으로 온몸이 젖은 그녀를 보니 또다시 불쑥 화가 치밀어 올랐다.

"미련 곰탱이."

늘천은 산희의 울음소리에 놀라 일어난 몇몇 녀석들에게 불쑥 손을 내밀었다.

"차 키!"

누가 줬는지도 모를 정도로 급하게 키를 챙긴 늘천은 산희를 업고 곧장 병원으로 달려갔다. 뒤늦게 희건과 다른 사람들이 병원에

도착했을 때는 이미 상황은 끝난 뒤였다.

"급성충수염이래요."

"뭐?"

"복강경 수술했어요."

그 말에 모두가 안도의 한숨을 내쉬는 순간, 희건이 산희의 병실을 향해 걸음을 옮겼다. 다만 그 걸음은 얼마 못 가 저지되었다. 늘천에 의해.

"왜?"

"아무도 들이지 말래요."

"그니까 왜?"

"안 그래도 쪽팔린데 더 쪽팔리긴 싫다나."

늘천은 어깨를 으쓱하고 지친 얼굴로 산희의 병실로 들어갔다. 곁에 있겠다는 가족들을 물리치고 혼자 병실에 누워 있던 산희는 늘천의 얼굴을 보자마자 목젖까지 드러내며 허허 웃었다. 낙천적인 그 얼굴을 보니 다시금 화가 치밀어 오르는 늘천이다.

"웃음이 나오냐?"

"나온다, 나온다. 이런 일을 언제 겪겠냐, 또."

"장난해라, 아주."

"사람들은?"

"다 보냈어. 보내라며."

"그니까. 아, 꼴이 이게 뭐야?"

또다시 껄껄껄. 목까지 다 쉬어서는 뭐가 그리 좋다고 너털웃음이다. 저를 안고 뛰어온 늘천은 병원에 도착하기 전까지 내내 지옥을 맛봤는데, 맹장수술 무사히 마쳤다는 말을 듣기 전까지도 계속 머릿속 퓨즈가 다 나가버렸는데 저는 마취에서 깼다고 킬킬거린다. 아, 열 받는다.

"너, 좀 짜증나는 거 알아?"

"야, 난 죽다 살아났다. 짜증나도 한 번만 좀 봐주지?"

"아, 몰라. 이제 난 몰라. 다 모르겠다."

"고맙다, 야. 너 아니었음 나 진짜 옆구리 터진 김밥 꼴 났을지도 몰라."

"그 꼴이 뭔 꼴인데?"

"뭐, 옆구리 터졌으니 그대로 놔뒀다간 쉬었겠지?"

머리를 긁적이며 이 정도로도 다행이라는 말을 되뇌는 산희다. 가만 생각해보면 언제고 어려운 순간에는 늘천이 꼭 곁에 있었다.

"네가 내 라이프가드 같아. 아님 튜브."

"뭐?"

"꼭 위기의 순간에 나타나 도와주잖아. 구명줄, 튜브, 뭐 그런 것 같다 이거지."

"말을 해도 꼭. 여자들은 대개 슈퍼맨 같다고 하지 않냐?"

"오케이. 슈퍼맨. 정정. 하여간 좋은 건 꼭 하고 싶어서."

산희가 늘천의 존재를 바로 잡고는 한 소절 불렀다.

"아들아, 지구를 부탁하노라."

그에 주변을 정리하고 있던 늘천은 풀어진 얼굴로 고개를 저었다. 아직도 가시지 않은 술기운이 그를 녹작지근하게 만들고 있었다.

"너 구하기도 바빠서 지구까지는 못 구하겠다. 미안하다고 전해 줘."

"멋지구나, 잘생겼다!"

"대인배의 카리스마는 왜 빼먹어?"

"사이즈가 장난 아니지?"

그렇게 뒤를 이은 산희의 두 눈이 또로록 떨어져 내린다. 얼굴에서 목덜미에서 가슴에서…….

"야, 어딜……! 변태냐? 어디서 그런 건 배워서. 눈 내리깔기만 해봐, 어디?"

"울트라 킹사이즈?"

양손을 짓궂게 움직여대며 깔깔대는 산희의 모습에 늘천이 할 말을 잃었다.

남자 집에 홀로 가는 의미는 모르면서 또 저런 건 어떻게 배웠대?

하지만 이내 어렵지 않게 알 수 있었다. 남자 녀석들 사이에서 제대로 여자 취급 못 받으면서 풍문으로 들었던 것들일 것이다. 여자들끼리의 야한 신호는 알아채지 못하면서 남자들의 신호만 잘도 캐치하는 산희의 모습에 늘천은 이마를 짚고 말았다.

'공대에 들어간 게 문제의 발단이야.'

늘천은 고개를 절레절레 젓다가 이내 손을 뻗어 그녀의 팔목을 잡아챘다. 그리고는 놀라 두 눈을 동그랗게 뜬 산희를 바라보며 은밀하게 유혹했다.

"어디, 한 번 재볼래?"

남자 무서운지 모르는 산희의 눈꺼풀이 파르르 떨렸다.

"뭘로 재볼래?"

그렇게 말하는 진지한 목소리에 끈적끈적한 유혹이 담겨 있었다. 저항할 생각조차 못하는 산희의 팔목은 늘천의 중심부로 향해 있었다. 그리고 그 순간.

파하하하하하하!

목구멍 찢어지는 웃음소리가 병실을 울렸다.

"완전 웃겨, 하늘천!"

파하하하하하하하!

그와 함께 부욱! 속 시원한 방귀가 낮도 안 가리고 뿜어져 나왔다.

"아아, 방구 나왔네. 이제 다 나았다!"

덕분에 그녀의 손목을 잡고 있던 늘천의 손에 힘이 빠져버렸다. 녀석의 이런 모습에 그저 한숨만 깊어질 따름이다.

"이게 바로 강부욱 스타일이라는 거야."

방귀의 출현을 웃으며 놀릴 생각은 없었지만 부끄러운 기색도 없이 깔깔거리는 산희의 모습은 썩 유쾌하지만은 않았다. 씩 웃는 산희의 얼굴을 바라보는 늘천의 얼굴에 이런저런 고뇌가 자리했다.

아, 이런 녀석 따위, 잊어버리고 말 테다. 깨끗이 잊어줄 테다!

그렇게 다짐을 해봐도 작심삼일로 끝날 것임을 알기에 늘천은 속절없이 무너져 내리고 말았다.

아, 약자다. 정말이지 먼저 시작한 사람이 손해다.

병실 침대에 쓰러진 늘천은 한동안 자리에서 일어나지 못한 채 산희의 손에 속절없이 흔들렸다. 그러다 한순간 정신을 차린 그가 벌떡 일어나 휘적휘적 병실을 빠져나갔고, 산희는 술병이 난 거라며 그저 늘천을 걱정하기 바빴다.

4.

"무서울 때 같이 있어주고, 숙제 대신해주고, 몰래 마중 나가고, 그런 거야 어릴 적에 하던 것들이니 귀엽게 봐준다 쳐. 이젠 뭐 데이트한다고 김밥도 싸주고, 응원도 해주고, 다쳤을 때 업어주고 그랬다며? 병신 맞네, 너."

요 며칠 숨통이 트이는 자유가 느껴진다 했더니 차수아를 며칠 못 봤기 때문인 모양이다. 늘천은 넥타이로 목을 졸라맨 샐러리맨의 월요일을 경험하며 수아를 못마땅하게 바라봤다. 정보 출처는 분명 하산과 강사랑, 두 명이 분명했다.

"그래서, 슈퍼맨씨. 아래위로 스판 100퍼센트이신가?"

한 명 더 추가. 대놓고 인터뷰한 강산희도 포함이다.

"빤스는 빨간색이고?"

"여자들한테는 프라이버시 같은 건 없냐?"

"프라이버시 좋아하시네. 그래, 우리한텐 하늘천 프라이버시는 없다. 왜?"

누군가 좀 지켜줬으면 좋겠다, 하늘천의 프라이버시. 작은 비밀조차 허용되지 않는 두 여자와의 관계를 과감히 정리해볼까, 생각도 해본다. 얼마 전의 강부욱 씨를 생각하면 영 불가능한 것도 아닐 듯싶다. 애초에 진실 규명을 외치던 수아에게 거짓을 고했다면 더 편했을지도 모르는 일이다.

언젠가. 그래, 처음 수아가 여자친구가 되었던 날이다. 아주 오래전 그날, 수아가 대뜸 말했었다.

"웃기지 않아?"

"뭐가?"

"우리 둘 말야."

"사귀는 게 웃기다고?"

"딱히 그런 건 아닌데."

"네가 사귀자며."

"네 얼굴은 딱 내 스타일이거든."

"그래서 사귀잖아."

"근데 네가 보는 건 내가 아니잖아?"

"뭐?"

"여자친구는 분명 난데 넌 꼭 더미를 짝사랑하는 남자 같다 이거지."

그때 처음 알았다. 자신이 아닌 다른 사람의 견해에 새삼 자신의 마음을 깨닫게 되는 수도 있다고. 자신이라고 꼭 자신의 마음을 전부 알고 있으리란 법도 없다고.

그래, 그걸 알려준 건 다름 아닌 수아다.

"그때 거짓말을 했어야 했어."

마음을 들킨 순간, 숨겨야 할 비밀이 생겼다. 비밀을 공유하게 된 순간, 동등했던 관계에도 계급이 생겨났다. 차수아가 우위에 있단 말씀이다.

"방구나 뿍뿍 뀌는 녀석이 뭐가 그리 좋다고."

"그러게. 그렇게나 순정남인 줄 내 몰랐네, 그려. 그러니 보다 못한 우리가……."

"뭐?"

"아, 아니야."

수아가 늘천의 눈치를 보며 손을 내저었다. 아무 일도 없었다는 듯 시치미 떼는 게 수아의 특기임을 아는 늘천은 잠시 그녀를 응시하고 있다가 한 마디 던졌다.

"괜한 짓 하지 마."

정말이지, 괜한 짓 따위 하지 말라고.

늘천은 양손으로 복잡한 얼굴을 쓸어내리며 깊은 한숨을 내쉬었다. 산희를 누구에게도 주지 않고 제 여자로 만들고 싶은 마음도 컸지만 그보다 더 큰 것은 쓸데없는 치기로 영영 놓치게 될 수도 있다는 두려움이었다. 그랬기에 이 마음이 치기 어린 마음인지 지켜봤다. 적어도 한순간의 충동이 아님은 알게 된 지금이다. 그리고 난 지금은 괜한 욕심 때문에 산희와의 관계가 완전 소멸이 되는 것이 싫다. 평생 불편하게 볼 바에야 오래된 편한 친구로 남는 것이 좋다.

"내가 할 말이야. 안 그래도 강산희의 첫 스커트 데뷔에 따라와서는. 나 같으면 안 와. 나 말고 다른 남자 때문에 예뻐지는 모습을 왜 봐."

퉁명스러운 수아의 말투에 늘천이 고개를 돌렸다. 수아의 발밑에 즐비한 쇼핑백을 바라본 그는 산희가 있을 피팅룸으로 시선을 옮겼다.

"계기가 뭐든 예뻐지면 된 거 아냐? 그리고 따라온 거 아니다? 알바 끝나고 시간이 남아서 들른 거지."

"퍽이나. 난 속상해서 그래. 네가 이러는 게 속상해, 정말."

"본인은 괜찮다는데 왜. 너, 그거 동정이다? 되게 값싼."

"값싼 동정이면 이렇게 오래도 안 해. 좀 비싼 동감이라고 해두자."

수아는 자신 속의 애매한 감정을 단 하나로 정의할 수가 없었다. 어릴 적부터 함께 해왔던 친구이자 예전에는 짧게 마음에 든 적도 있었다. 서로가 비슷한 성격임을 알고 담백하게 헤어졌음에도 꼭 자신을 보는 것만 같아 답답하고 안타깝고 무언가 해주고 싶어졌다.

그래, 그런 게 분명하다. 오래전부터 산을 향해왔던, 접을 수 없던 그 마음을 생각하면 모든 것을 이해할 수가 있었다. 수아가 이룰 수 없던 것을 늘천만큼은 대신 이뤄주면 좋겠다는 마음도 있었다. 다만…… 늘천의 불안이 걱정이었다. 오래전 자신도 했었던 두려움이기도 했고, 그만큼 결단을 내리기 힘든 일이기도 했다.

"저……."

피팅룸 안에서 망설이는 듯한 산희의 목소리가 들려왔다. 그 목소리를 들은 수아가 몸에 딱 붙는 원피스를 정돈하며 자리에서 일어났다.

"다 입었어?"

"못 나가겠어."

"나와 봐."

수아의 재촉에 피팅룸에서 배꼼, 산희가 고개를 내밀었다. 미리 수아의 손길을 거친 탓에 평소와 다르게 머리칼은 곱슬거렸고, 얼굴엔 화장기가 있었다. 주춤거리면서 밖으로 나온 산희는 환하게 드러낸 다리가 어색한지 자꾸 스커트 자락을 밑으로 내리려 애를 썼다.

"꼭 이렇게 입어야 해?"

"선배가 그날 미안했다며 문병 와서 직접 네이트 신청하고 갔다며. 그럼 제대로 준비를 해야지."

"데이트에 꼭 스커트를 입을 필요는 없잖아."

"데이트를 신청해준 사람에 대한 매너는 지켜야지. 선배는 그렇게 멋지게 하고 다니는데 넌 옆에서 후줄근한 채로 따라다니면 매너가 아니지. 아무리 선배가 괜찮다고 해도 말야."

"그건 그렇지만……."

울상을 지은 산희가 아무 말 없는 늘천을 바라봤다.

"남자가 보기엔 어때?"

"참……."

그제야 눈을 가늘게 뜬 늘천이 입을 열었다.

"어색하다. 네가 무슨 여장한 남자애냐? 어정쩡하게 서지 말고 제대로 딱 힘줘서 서 봐. 당당하게."

"어색해 미치겠단 말이야."

"그나마 이렇게라도 다리를 오므릴 수 있어서 다행이라고 해야 하나?"

"평소에도 포즈는 괜찮았어."

"아니면 이렇게라도 단벌에서 여러 벌로 탈피해서 다행이라고 해야 하나. 너, 그 이상한데다 유행에도 뒤떨어진 멜빵바지만 옷장 속에 잔뜩 있다는 소문 돌아. 알아?"

"윽! 오버다. 난 그냥 그게 편하니까. 앞주머니에 여러 도구들을 넣고 다니기도 편하고."

"누가 앞주머니에 드라이버를 넣고 다니냐?"

"편해. 알바 다닐 때도 얼마나 좋은데. 휴대용 공구세트가 주머니에 딱 들어가거든. 기계 수리점에서 날 얼마나 좋아하는데?"

흠은 아니지만 자랑도 아닐 일임을 모르는지, 고개를 뻣뻣하게 세운 꼴이 늠름하기 짝이 없다. 직업에는 귀천이 없다고들 하지만 한창 파릇하고 풋풋해야 할 이팔청춘 아가씨가 연장 들고 기름때 묻히고 다니는 모습을 보면 친구로서 마음이 안 좋았다. 하지만 그런들 어쩌랴, 꽃자리도 본인이 좋아하지 않으면 다 소용이 없는 것을.

수아는 한 마디 거들고 나서려는 늘천의 옆구리를 찌르며 고개를 저었다.

"저 패기 좀 보소. 말해봤자 입만 아파. 예전 생일 기억 안 나? 나는 목걸이, 너는 스위스 나이프. 누구 선물을 더 좋아하디?"

"내 선물."

"에라이, 너도 그러는 거 아냐. 쟤 저렇게 된 데엔 네 공도 크다?"

"취향을 잘 아는 바람에 그에 맞는 선물을 해준 죄밖엔 없어."

늘천이 어깨를 으쓱거리고는 재빠르게 발을 뺀다.

"쳇, 공범인 주제에."

그 말을 조용히 짓이긴 수아가 손가락을 까닥거려 산희를 조종했다. 수아의 손짓에 아바타라도 된 것처럼 이리로, 저리로, 그러다 뱅글 돌기까지 한 산희를 찬찬히 살핀 수아가 늘천에게 물었다.

"저 옷 어때?"

"옷만 보면 다 예뻐."

"그래도 이상하진 않지?"

"뭐, 어색하긴 하다만."

"그럼 됐어. 지금까지 이상하지 않은 옷 고르느라 이 지경이었던 거니까. 그걸로 낙점."

늘천의 말은 일종의 확인이었던 셈이다. 자리에서 벌떡 일어난 수아가 망설이지 않고 옷에 붙은 태그를 뚝 떼어버렸다. 그 덕에 으아악, 고함소리가 들렸지만 이미 떨어진 태그를 붙일 수는 없는 노릇이었다. 산희는 옷을 입은 채로 조용히 계산대 앞에 섰다.

"질렸다, 진짜."

늘천이 고개를 절레절레 젓자 수아는 제법 비장한 얼굴로 쇼핑백을 들고 일어났다.

"투자를 해야 관리가 되는 법이야. 투자할 줄 모르면서 예뻐지길 바라는 건 평생 이루어질 수 없는 꿈을 꾸는 것과 마찬가지야. 이게 만약 동화였다면 마법사 할머니가 나타나줬겠지. 하지만 현실은 다르다고. 마법사 할머니는 개뿔. 다 투자대비 아니겠어?"

"강요하는 건 아무래도 아니다 싶은데?"

"참고로 강요는 아니야. 산희가 먼저 날 고용했거든."

"뭐?"

"변하고 싶대. 변하고 싶은 마음이 든 건 뭐겠어? 사랑이 깊어지고 있다는 증거지. 되돌릴 수 없어지기 전에 너도 확실히 하는 게 좋을 거야, 하늘천."

가끔 보면 차수아, 신기 들린 것 같다. 그 두 눈에 뭐가 보이기라
도 하는지 신빙성 없는 예언을 팍팍 날려주시는데 또 그게 틀린 말
은 아니다. 늘천은 목덜미를 매만지며 그녀를 따라 자리에서 일어
났다.

"이제 사람만 변하면 되겠네."

수아가 웃으며 다가가자 계산을 하고 있던 산희가 겁에 질려 주
춤 뒤로 물러났다.

"뭐?"

"옷에 맞춰서 메이크업도 다시 해야지."

여자들은 뭐 이리 할 게 많담, 산희가 툴툴거리며 원래 입고 있던
옷이 담긴 쇼핑백을 받아들었다.

"기계에는 뭔 부속품이 그리도 많니?"

"그건 다 나름의 기능과 이유가 있는……."

"여자도 똑같아. 다른 애들은 차곡차곡 쌓아왔을 경험을 단번에
뛰어넘으려니까 할 게 많은 거야."

맞는 말이다.

"배움은 끝이 없다?"

역시 맞는 말이다.

"배움의 자세가 중요하지."

"늦깎이 학생의 마음이 절실히 이해가 되는 중이야. 마음과 몸이
사뭇 비협조적이라 힘드네."

산희의 대꾸에 키득 웃은 수아가 쇼핑백을 뒤져 아이라이너를 꺼
내 들었다. 그리고는 어렵지 않게 쓱쓱 산희의 두 눈에 그림을 그려

넣었다. 이제 됐다는 말에 반짝 눈을 뜬 산희가 먼저 찾은 것은 거울이었다.

"헉! 나, 클럽 가니?"

"요즘은 클럽 안 가도 이렇게들 해."

"나, 얼굴 못 들고 다닐지도 몰라."

본래 눈 길이의 두 배, 크기도 두 배. 이쯤 되면 변신이 아니라 사기라고도 할 수 있다. 길을 지나가던 친구가 그녀를 알아볼 확률은 거의 제로에 가까웠다. 화장만으로 생판 다른 사람으로 변해버린 산희는 거울 속 자신을 바라보면서도 믿기지가 않아 한동안 벙쩌 있어야만 했다.

"짜잔. 섹시하지?"

수아가 먼저 산희를 선보였다. 두 여자를 기다리고 있던 늘천에게다. 아주 잠시 할 말을 잊고 있던 늘천이 가까스로 입을 열었다.

"미쓰 판다?"

"야, 내 예술적인 아이라인을 그렇게 폄하하면 모독인 거야. 예술은 감상해야 한다고."

수아가 씩씩거리고는 다시 산희의 얼굴을 돌려 찬찬히 살폈다. 그리고는 만족스러운지 아이라이너를 내려놓고 산희의 머리를 매만졌다.

"이렇게 놓고 보니 브아걸 가인 닮았다. 역시 외모의 완성은 아이라인인가?"

"어디 가서 그런 말 하지 마. 욕먹어."

"진짠걸. 너, 완전 딴사람이야. 이렇게 꾸며놓으니 완전 예쁘다니까. 이래서 전문가가 필요한 거야. 더불어 나는 투자대비 최대 효과를 내는 코디네이터다 이 말이지. 완전 섹시해졌어. 딱 좋아."

수아의 칭찬에도 산희는 변해버린 자신의 모습이 어색해 몇 번이고 고개를 갸웃거려야만 했다. 산희가 한동안 거울만 들여다보고 있을 무렵, 모든 채비를 마친 수아가 곁에 있던 늘천의 팔을 잡아당겼다.

"자, 이제 외모교정을 했으니 행동교정에 들어가야겠지? 2교시 하늘천 선생님. 자, 제대로 에스코트하시고."

"너는?"

"난 가야지. 바빠. 알바 있거든."

"오늘 완전 고마워."

"사랑해."

"말해 입 아파!"

헤어지길 아쉬워하는 연인처럼 서로를 격하게 끌어안은 두 여자를 바라보는 늘천의 눈가에 짙은 주름이 졌다.

"가지가지 한다."

늘천이 산희의 팔을 잡아 거머리처럼 붙어 있는 수아에게서 끌어냈다. 그리고는 쇼핑백을 산희의 품에 안겼다.

"나가자."

"어딜?"

"어디든. 2교시는 내가 선생이라며."

잘해보라며 살랑살랑 손 흔드는 여우를 등지고, 늘천은 무사히 산희를 구출해냈다.

그렇게 늘천의 손에 의해 끌려간 산희는 그로부터 15분 뒤, 앉아 있는 것만으로도 어색한 레스토랑에 앉아 있었다. 눈앞에는 갓 구워

나온 스테이크를 마주한 채.

"십자 모양으로 갈라 네 번에 걸쳐 꿀꺽."

스테이크와 맞짱 뜰 기세로 노려보고 있는데 늘천이 불쑥 끼어들어 날카로워져 있는 그녀를 느슨하게 만들었다. 그리고 경고했다.

"삼킬 생각은 꿈에도 하지 마."

"에이."

"먹을 것만 보면 머리에 불 들어오지? 불 꺼. 손가락 두 마디 크기로 잘라 조심스럽게 먹기. 그게 오늘의 수업 포인트지."

머리 위로 번개가 내리치는 것 같다. 눈앞에 먹이를 두고도 먹지 못하는 애완견의 심정을 격하게 느끼며 산희는 들었던 포크를 내려놓았다. 한숨을 폭 쉬고 꽤 엄한 2교시 선생님을 훔쳐보았다.

"이런 데 많이 와 본 모양이다?"

"왜?"

"이런 분위기에 꽤 어울리는 것 같아서."

불안하게 두 눈을 굴리는 자신과 달리 차분하고 익숙한 태도를 보이는 늘천이다. 웨이터의 안내부터 메뉴 선정까지, 물 흐르듯 자연스러움을 보여주는 늘천의 모습은 산희에게 낯설기만 했다.

"요즘 들어 부쩍 다른 사람 다 됐다니까."

자꾸 멀어지는 느낌이다. 다른 사람으로 변해 곁을 떠나버릴 것 같은 느낌에 산희는 묘한 불안감에 휩싸였다.

"뭐라고 했어?"

음료를 새로 주문한 늘천이 산희의 혼잣말을 되묻자 산희가 고개를 휘휘 저었다.

"아무것도 아니야. 그런데 그런 여자가 좋아?"

"어떤 여자?"

"조금씩 잘라 먹는 여자."

"일반적으로 남자들은 그런 여자들을 호감 있게 보지. 내 취향은 아니지만."

늘천이 산희를 흘끔 바라본 다음 접시 위 스테이크를 먹기 좋게 자르기 시작했다. 그런 그를 바라보던 산희가 다시 눈을 초롱초롱하게 빛내며 물었다.

"네 취향의 여자는 어떤 여잔데?"

그 물음에 늘천이 포크와 나이프를 내려놓고 지그시 산희를 응시했다.

"너."

그 한 마디에 놀란 산희가 두 눈을 동그랗게 뜨자 늘천은 고개를 절레절레 흔들며 스테이크를 자른 접시를 산희의 것과 바꿔주었다.

"너, 나랑 지낸 세월이 몇 년인데 아직 그런 것도 모르냐?"

"윤아?"

"나보다 어리고, 날씬하고, 예쁜데 복스럽게 먹는 여자."

"체. 이렇고 저런 남자 중 하나였군, 하늘천."

"젊음을 사랑하는 건 살아 있는 사람의 공통점이야. 본능에 돌팔매질은 하지 마."

"됐어. 이 뻔한 남자 같으니."

산희가 입술을 비죽거리고는 각 잡은 자세로 천천히 스테이크를 입에 넣기 시작했다.

"빨라지기 시작한다."

"나 스트레스 받는 중이야."

"날 희건 선배라고 생각해."

자신이 뱉어놓고도 참 안쓰러운 극단의 조치다. 늘천은 자신이 한 말에 절망했다. 한동안 침묵 속에 식사만을 하던 도중, 짤막한 산희의 탄성에 늘천의 시선이 향했다. 아까 전부터 소란을 피우던 어린아이였다. 파르페 유리잔을 들고 동생과 뛰어다니던 녀석이 결국 늘천의 테이블에서 일을 저질렀다. 그것도 새로 산 산희의 원피스에.

"아!"

아이가 동그랗게 뜬 눈으로 울먹거리자 산희는 냅킨으로 아이스크림을 닦아내며 웃었다.

"너 괜찮니?"

"으, 내 아이스크림."

"아이스크림?"

자신이 저지른 실수보다 먹을 수 없게 된 아이스크림에 정신이 팔린 아이의 모습에 산희가 당황했다. 그런 모습을 지켜보던 늘천의 미간에 주름이 잡혔다.

"너, 꼬마."

산희가 듣기에도 음산한 늘천의 목소리가 아이를 겁먹게 했다.

"미안합니다, 잘못했어요. 학교에서 안 배웠어? 잘못을 하면 사과부터 해야지."

따끔하게 타이르는 늘천의 말에 아이의 두 눈에 눈물이 그렁그렁 맺혔다. 그 모습에 산희는 아이의 머리를 쓰다듬어 주며 웃어 보였다.

"원피스가 더러워지긴 했지만 괜찮아. 근데 저 오빠 말도 맞아. 잘못했으면 미안합니다, 먼저 해야 되는 거야. 알겠지?"

"미안……합니다."

아이가 기어코 참았던 눈물을 터트렸다. 그 덕분일까, 먼 곳 테이블에서 수다 삼매경에 빠져 있던 애 엄마가 무시무시한 얼굴로 다가왔다.

"지금 뭐 하는 거예요, 우리 애한테?"

다짜고짜 언성부터 높이는 모습에 늘천의 얼굴이 단번에 굳어버렸다. 산희 역시 마찬가지였지만 좋게, 좋게 해결하고 싶은 마음은 늘천과 다른 모양이었다.

"그 이전에 어떻게 된 일이냐고 물어봐야 하는 거 아닌가요? 저희는 잘못한 게 없는데요."

"학생 아니야?"

"어른이고 학생이고 따질 상황은 아니지 않은가요?"

"보자 보자 하니 따박따박 말대꾸에. 네가 뭔데 우리 애를 울려?"

자신이 대하기 쉬워 보이는 상대에게 막말을 퍼붓는 부류의 사람인 모양이다. 자그맣고 어려보이는 산희에게 무작정 책임을 전가하는 모습을 더 이상 두고 볼 수 없었던 늘천이 냅킨을 치우고 자리에서 일어났다.

"이보세요, 아주머니. 공공장소에 아이를 데려왔으면 주의를 줬어야 하는 것 아닙니까? 위험하게 유리잔을 들고 뛰어두게 놔뒀으면 미안하다고 사과부터 해야지, 왜 다른 사람에게 윽박지릅니까?"

"기죽이기 싫어서 엄마인 나도 뭐라고 안 하는데 학생이 뭔데 우리 애를 훈계해?"

"어느 정도의 훈계는 필요하죠. 그렇게 잘난 애가 어떻게 했는지 보시죠? 기분 좋았던 우리 저녁도 망쳤고, 다른 사람들 분위기도 망쳤고, 그보다 더 중요한 건 새로 산 원피스까지 망가트렸다는 겁니다. 여기서 더 해볼까요? 원하신다면 사소한 것 하나까지 따져서 시시비비를 가려볼 수도 있습니다."

매서운 늘천의 태도에 애 엄마가 주춤하는 기색이 느껴졌다. 그 틈을 타 산희가 늘천을 만류했다.

"야아."

냅킨으로 원피스를 가린 채 엉거주춤하게 자리에서 일어난 산희의 모습을 바라본 늘천이 무지막지하게 산희의 팔목을 잡아끌었다.

"나와."

"잠깐만."

"나오라고!"

무지막지하게 끌고 나올 때는 언제고, 레스토랑을 나가자마자 손목을 놓아버린 채 성큼성큼 앞서 걷기 시작한 늘천이다.

"이게 그렇게 화를 낼 일이야?"

산희는 어리둥절한 채로 앞서 걷는 늘천을 불렀다.

"야아, 하늘천!"

원피스를 대충 닦아낸 채 종종걸음으로 늘천의 뒤를 따르는데 그는 당최 돌아볼 생각조차 하지 않는다. 걸을 때마다 굽이 못처럼 변해 발바닥을 찔러대는 느낌인지라 평소의 스피드를 내지 못한 산희가 뒤뚱거리며 다시금 늘천을 불렀다.

"같이 가자니까? 아악!"

왜 슬픈 예감은 틀린 적이 없는지. 넘어질 것 같다는 예감이 든 순간 몸이 기우뚱했다. 스텝이 꼬인 덕에 산희는 대大 자로 바닥에 고꾸라지고 말았다. 손바닥은 까지고 무릎은 깨졌다. 이 난리도 아 닌 상황에서도 늘천은 잠시 뒤를 돌아본 것뿐, 다시 가던 길을 계속 갔다.

"우이씨, 독한 놈."

아, 그렇게 중얼거리고 나니 좀 충격이긴 하다. 사람이 넘어졌 는데도 가던 길 가기 바쁜 늘천의 뒷모습을 멍하니 바라보고 있던 산희는 이유를 알 수 없는 충격에 사로잡혔다. 늘천이라면 언제라 도 달려올 줄 알았나 보다. 아무래도 너무 어리광을 부렸던 모양 이다.

그래도 그렇지.

잠시 멍하니 앉아 있던 산희는 신고 있던 구두를 벗어 던지고 앉 은 채 다리에 묻은 먼지를 툭툭 털어냈다. 군데군데 피가 터져 나오 는 곳을 대충 원피스에 눌러 닦으며 호호 입김을 부는데 언제 나타 났는지 모를 늘천이 그녀의 팔뚝을 잡았다.

"일어날 수 있겠어?"

그렇게 매정히 가버릴 땐 언제고 지금은 나타나 걱정스러운 말을 건넨다. 그 다정함에 울컥한 산희가 그에게 잡힌 손목을 털어냈다.

"병 주고 약 주는 게 취미야?"

"내 기억엔 단 한 번도 난 네게 병 준 적은 없어."

"너도 모르는 사이에 줬어. 네 발길질에 튄 돌, 정확히 나한테 왔 다고."

"그렇게 따지면 나도 할 말 많은 사람이야. 사람들 오가는 길거리 에서 주야장천 그 긴 이야기하기 싫으니까 일단 자리에서 일어나."

산희도 이번에는 그의 손길을 뿌리치지 않았다. 피투성이가 된 무릎을 하고 절뚝거리며 일어나는데 보다 못한 늘천이 안 되겠는지 카디건으로 무릎을 가려주었다. 그리고 곧장 그녀를 안아 벤치로 옮겨주었다.

"으악, 미쳤어!"

"시끄러. 말하면 더 무거우니까."

"낯간지럽게 공주님 안기를 하냐?"

"쌀가마를 들 때도 이렇게 들거든."

퉁명스럽게 대꾸한 늘천이 주머니에서 약 봉투를 꺼냈다. 소독약과 반창고, 연고까지 사온 봉투를 들여다본 산희가 어리광부리듯 중얼거렸다.

"약까지 사올 생각이었음 먼저 일으켜주고 가지. 아는 척도 안 하고 그렇게 가버리냐?"

일으켜주지 않은 건 일종의 화풀이였는지도 모르겠다. 물론 산희야 이해하지 못할 이유임에 분명하지만 늘천은 나름대로 뻗치는 성질을 감당하기 힘들었다. 대놓고 희건 타령을 하는 모습도, 희건 때문에 생긴 변화도, 더불어 생판 모르는 여자에게 제대로 된 반격을 하지 못하고 있던 모습도 다 늘천을 성나게 만드는 요인이었다.

"너 바보야?"

제대로 된 답을 내놓지 않은 늘천은 그저 처참히 망가진 무릎만 눈에 들어오는지 눈살을 찌푸린 채 소독을 시작했다.

"삐용삐용. 구급차야, 다쳐야 오게? 네가 돌아보지 않음 앞으로 계속 넘어져야겠다."

"장난이라도 그런 말 마."

"하삐용 같으니."

그 말에 지그시 산희를 바라보던 늘천이 머리를 박으며 자학 모드로 들어갔다. 머리를 퍽퍽 내리치는 모습에 놀라 산희가 두 눈을 동그랗게 떴다.

"내가 돌았지. 내가 미쳤지!"

하삐용, 삐용삐용, 하삐용 같으니…….

그 말이 도돌이표로 울려 퍼진다. 장난스러운 한 마디임에도 가슴에 화살이 되어 콕 박혔다. 에로스의 화살이 심장을 꿰뚫는 느낌이 이럴지도 모른다.

'이 빌어먹을 콩깍지는 몇 년을 더 지내야 벗겨지는 거야?'

과녁에 빗나가지 않은 에로스의 화살 덕분에 아마 꽤 오랜 시간 열병에 시달려야 할지도 모른다.

아아, 젠장!

늘천이 조금은 거칠게 반창고를 붙여준 뒤 보는 것만으로도 속상하다는 듯 한숨을 푹 내쉬었다. 아까 전 불쑥 끓어오르던 분노는 온데간데없이 사라진 지 오래였다.

"무릎이 이래서 어쩔 거야. 아프지도 않냐, 맹꽁아?"

"에헷, 바지 입고 나갈 수 있겠다. 그치?"

"뭐가 좋다고 웃냐."

"약도 사오고. 걱정은 했구나, 싶어서."

"시끄러, 멍충아."

"너, 울트라 캡숑 좋은 녀석이다. 하늘천."

손이고 무릎이고 다 깨져서는 뭐가 그리 좋다고 웃는 건지. 벤치에 아빠 다리를 하고 앉은 그녀를 못마땅하게 바라보던 늘천은 카디건을 제대로 덮어주고는 자리에서 일어났다.

"여기 앉아서 꼼짝 말고 기다려."

말을 뱉기 무섭게 사라지는 늘천이다. 왜 그러냐고 묻는 산희의 물음은 바람과 함께 사라졌고 그로부터 20분 정도가 흐른 후에야 늘천은 쇼핑백과 함께 돌아왔다. 뭐냐는 산희의 물음에 늘천은 쇼핑품목을 꺼내 보였다. 무릎을 덮는 원피스였다.

"이거 입고 가. 이 정도면 괜찮지?"

"과보호야. 그냥 바지 입어도 되는데."

"강산희 첫 데이트에 그럴 수야 있나. 널 구제해주는 사람에게 감사의 인사라도 해야 할 판인데."

"오버거든? 너나 걱정하시지? 나 가면 넌 낙동강 오리알 신세거든."

"나야 뭐, 마음만 먹으면 솔로 탈출이니까."

"잘났다, 진짜!"

"이제 알았냐?"

늘천이 쿡쿡 웃고는 일어선 산희의 허리에 카디건을 둘러주었다. 그리고는 다리를 굽히고 앉아 등을 내주었다.

"업혀."

요즘 들어 계속 낯설기만 한 늘천이다. 퉁명스럽게 말을 하지만 뒤로는 잘 챙겨주는 성격임을 알고 있긴 했지만 요즘처럼 적극적인 태도는 없었다. 무심한 눈길이 진지하게 눈을 맞추려 할 때면 산희는 저도 모르게 슬그머니 눈을 피하게 됐다. 그의 속에 담긴 감정이 무엇인지 알 수는 없었지만 어릴 적에 비해 불편한 것은 사실이었다.

"아, 됐어. 뭐 그렇게 대단한 상처라고."

"아, 업혀. 무릎은 다 나가고 아이스크림으로 범벅된 원피스 입고 돌아다닐래? 내가 쪽팔려."

"옷 늘어나는 것도 싫어하면서. 내가 업히면 네가 아끼는 셔츠 다 더러워진다."

"알게 뭐야."

물러날 기색 없는 늘천의 태도에 적잖이 당황한 산희다. 평소라 면 덥석 업힌 채 다리를 흔들거리며 녀석을 힘들게 했을 테지만 오늘만큼은 달랐다. 처음으로 입어보는 스커트 때문일지도 모른다.

"정말 됐어. 저기 가서 입고 있던 옷으로 갈아입고 올게."

"됐어. 어쩌다가 한 번 예뻐 보이는 오늘인데 그대로 있어."

그 말에 부산을 떨던 산희가 움직임을 멈췄다. 이번만큼은 숨겨 왔던 늘천의 진심이 닿는지도 모른다. 하지만 그 사실을 모르는 그 는 등을 내놓은 채로 그녀를 채근했다.

"야, 나 무안해지고 있다? 이 자세로 얼마만큼 있어야 하는 건데?"

늘천의 말에 산희가 못 이기는 척 그에게 업혔다.

"업히랬다고 또 업혀요."

"야!"

"나한테는 업혀도 돼. 그런데 나가서 딴 노……. 녀석들한테 업히 면 안 돼. 남자는 이것저것 할 것 없이 다 늑대야."

"너는 아니고?"

"나만 빼고 다 늑대다."

산희를 설득시키는 늘천의 태도가 꽤 뻔뻔하다. 하지만 이 사실 을 알 리 없는 산희는 긴가민가한 표정으로 대충 고개를 끄덕였다.

일어나려던 늘천이 다시 털썩 주저앉았다.

"왜?"

"무거워. 언제 이렇게 살쪘냐?"

"나 내릴래. 치명상도 아니고, 나 혼자 걸어갈 수 있거든? 불쌍해서 업혀주니까 이게."

"불싸앙?"

"그래! 업혀달라고 사정사정해서 업혀주니까 이게 기고만장일세."

산희가 얄미운 말을 지껄여대는 늘천의 등을 소리 나게 때렸다. 그 등에서 내리고자 몸을 일으켰지만 다리를 잡고 놓지 않는 늘천에 의해 완전히 벗어날 수는 없었다.

"깃털보다는 무겁다 이 말이야. 어쨌든 다시 자세 고쳐 잡아. 그렇게 퍽 업히면 엄청 무겁다 이 말이야."

"그럼 어떻게 하라고."

"일, 양팔을 접는다. 이, 양팔을 가슴에 붙인다. 삼, 업힌다. 사, 양팔을 등에 얹고 중심을 유지한다. 오케이?"

"별……."

산희가 입술을 비죽거리고는 늘천이 하라는 대로 자세를 고쳤다.

"이건 뭐 군대 훈련하는 것도 아니고."

"혹시 밖에 나가 업히게 되는 날이 생기면 이 자세를 기억하란 말이야."

"아, 왜 대체."

"그래야 내가 업기가 편하다니까? 남자 입장은 생각을 안 해주지. 여자들은 자기가 깃털처럼 가벼운 줄 아는데 아니라니까."

산희의 가슴과 늘천의 등 사이, 팔뚝만큼의 거리가 생겼다. 그 거리에 아쉬움과 안도감이 섞인 한숨을 내쉰 늘천이다. 하지만 산희는 몸무게 타박에 마음이 상했는지 늘천의 머리채를 잡고 가볍게 흔들었다.

"에라이. 너 연애할 때도 이래라? 여자한테 금방 차인다."

"너나 잘하세요."

"잘하고 있거든요? 내일이 데이트거든요."

그 말에 콧방귀를 뀐 늘천이 산희를 업은 채 자리에서 일어났다.

"윽!"

"신음소리는 삼킨다! 실시!"

"돌덩이도 너보단 낫겠다. 너, 집에 가자마자 다이어트 계획부터 세워."

"명심해, 하늘천. 너 외모는 한순간에 훅 간다? 이러다 내가 연애 박사 되겠어. 하하하핫!"

"남자친구부터 만든 뒤에 거만해져도 될 것 같지 않냐?"

"금방이다, 금방. 내일 똬악 팔짱 끼고 나타나서 널 비웃을 것이다."

"상상 참 리얼하게 한다."

"예언이거든? 나타나서 보란 듯이 햄 볶을 거거든."

"어떻게 볶을 건데?"

"자기야, 사랑햄. 자기야, 나 햄복해."

타박타박 걷는 늘천의 등이 가볍게 흔들렸다. 얼굴 가득 만연히 웃음이 피었다는 것을 알아챈 산희가 귀까지 새빨개진 채로 늘천의 휘날리는 머리카락을 갈기라도 되는 양 잡아챘다.

"왜 네가 웃냐? 웃지 마!"

산희의 보챔에도 한동안 늘천의 웃음은 사라지지 않았다. 그저 자신을 향해 던져진 그 달콤한 말 한마디에 취해 있었을 뿐이었다. 시간이 멈췄으면, 그 간절한 소망을 마음에 품은 채 등 뒤에서 느껴지는 온기에 집중했다.

5.

비라도 한바탕 쏟아지면 쓰린 속이 조금은 나았을지도 모른다. 밤새 잠 못 이루고 거무죽죽한 눈으로 날이 새는 것까지 지켜본 늘천의 눈앞에 그를 놀리듯 화창한 날씨가 펼쳐졌다. 아르바이트에 봉사활동까지 하루 일정이 빡빡한데도 산희만 생각하면 가슴 속에 가시가 걸린 것 같아 제대로 쉬지를 못하겠다.

주먹을 쥐고 가슴을 툭툭 치다가 아무래도 안 되겠다 싶어 냉수라도 한 잔 마실 요량으로 1층으로 내려가려는데 거실에서 이런저런 소리가 들려왔다. 무슨 소리인가 싶어 계단에서 고개를 배꼼 내밀고 확인하니 지금껏 그를 괴롭혀왔던 그녀, 산희가 있었다. 곁에는 인생의 태클인 형, 산도 있었다.

"자, 앉으실까요? 공주님."

"악! 오빠, 희건 선배는 그런 말 안 해요."

"그건 모르는 일이지. 여자친구한테는 할지 어떻게 알아?"

"윽."

"공주님이라고 하는데 그런 반응 보일 거야? 땡!"

"그럼 어떻게 해?"

"치맛자락 붙잡고 뱅그르르 돈 다음에 고마워요, 왕자님."

대놓고 속이는 산의 얼굴이 태연자약하다. 뻔뻔한 얼굴로 포즈까지 해보이는 탓에 산희는 벌써 반쯤 넘어간 모습이다. 늘천은 어디 언제까지 하나 지켜볼 심산으로 계단 난간에 턱을 괴고 그들을 내려다봤다. 두 사람은 늘천의 시선을 의식하지 못한 듯했다.

"이거 진짜 연인들이 평소에 하는 행동 맞아?"

산희가 의심스러운 눈빛을 지우지 못하고 산을 빤히 바라봤다. 산은 망설이는 기색도 없이 산희를 설득하기 시작했다. 객관적인 입장, 즉 늘천이 보기에 사기꾼 기질이 농후한 형이었다.

"당연한 거 아니야? 네가 연애를 많이 해봤어, 내가 많이 해봤어?"

"그거야 당연히 오빠지만."

"그럼 됐어. 날 믿어. 널 밀당의 고수로 만들어주리라!"

"아아, 믿습니다!"

이렇게 가다간 '잘못된 연애의 예'를 남기고 그녀의 연애 경력에 크나큰 오류를 범할 것 같다는 생각에 늘천이 끼어들었다.

"놀고들 있다. 너는 그렇게 당하고도 형이 하는 말을 믿냐?"

늘천의 등장에 산희가 두 눈을 동그랗게 뜨고 위를 바라봤다.

데이트 가는 녀석에게 잘 다녀오라며 조언까지 해주고 싶진 않았는데…….

늘천의 그런 마음을 알았는지 산이 인상을 쓰고 늘천을 노려봤다. 진전도 없는데다 이득 못 보는 성격인 동생이 마음에 걸리고도 답답했다.

"끼어들지나 말지, 붕."

"형이야말로 도와준답시고 이상한 것 가르치지 마."

"하여간 융통성이라곤 찾아볼 수 없는 놈. 새끼야, 그러다 너 평생 삽질만 한다."

"신경 꺼!"

"저게?"

"내 일은 내가 알아서 하니까 다들 신경 끄라고. 왜들 난리야, 대체?"

주변에 무관심하던 두 눈이 진지해지고 무뚝뚝하던 음성이 높아졌다. 늘천이 진심으로 화를 내고 있다는 사실을 깨달은 산은 아무 말 없이 방으로 직행했고 형이 사라지고 난 다음에야 늘천은 한숨을 내쉬며 본래의 모습으로 되돌아갔다.

"넌 어쩐 일이야?"

"아, 그게……. 나가기 전에 산 오빠 좀 만나려고."

그러고 보니 산희의 머리며 얼굴이 평소와는 사뭇 다르다. 헤어디자이너인 산이 매만진 까닭이다. 훨씬 세련된 머리스타일과 메이크업 덕분에 어제 산 원피스가 빛을 발했다.

그래, 그나마 다행인 건 늘천이 사준 원피스를 입고 있는 것이다.

스스로 위안을 삼은 늘천이 산희를 바라봤다.

"뭘 그렇게 부끄러워 하냐, 새삼스럽게?"

"그러게. 새삼스러워서 그런가부다. 왜, 낯간지럽달까?"

산희가 머리를 매만지며 시선을 회피했다. 잔뜩 꾸미고 남자친구를 만나러 가기 전 친오빠에게 들킨 기분 같기도 하고, 처음 화장을 한 뒤 엄마에게 들킨 느낌 같기도 하다. 어쨌든 산희는 늘천이 불편했다. 특히 희건을 만나러 가기 전엔 더.

"이상……하지?"

"안 이상하다니까? 자신감을 가져. 왜 그렇게 주눅이 들어 있어?"

"내가 볼 땐 어색하고 이상하니까 그렇지."

"충분히 평범하거든."

심드렁한 늘천의 대꾸에 산희가 긴장을 풀었다. 평소와 다를 것 없는 그의 태도에 산희가 그를 믿지 않게 흘겨봤다.

"데이트를 앞둔 소녀에게 쫑크를 주다니! 보통 이럴 땐 넋을 잃고 쳐다본다든가 하지 않냐?"

"이것 봐요. 드라마가 사람 여럿 망쳐 놓는다니까. 네가 여주인공이야?"

"내 인생의 주인공이다!"

"뭐, 그래. 다들 착각 속에서 살아가니까."

"됐다, 됐어. 내가 뭘 더 바라."

산희가 손을 휘휘 젓고는 가방을 어깨에 걸었다. 그리고 가벼운 걸음으로 집을 나서려는데 그녀의 뒷모습을 가만히 지켜보고 있던 늘천이 그녀를 불러 세웠다.

"어이, 강산희."

평소보다 낮게 깔린 음성이었지만 희건을 머릿속에 그리는 산희에게는 그다지 중요한 일로 받아들여지지 않았다. 기분 좋게 뒤를 돌아본 산희를 지그시 바라보던 늘천이 그녀를 붙잡았다.

"너, 안 가면 안 되냐?"

"뭐라고?"

"조희건, 안 만나면 안 되냐고!"

늘천의 만류에 산희는 말없이 그를 바라보다가 다시 손을 내저었다. 우하하하, 특유의 웃음소리를 내며 장난기 가득한 눈으로 늘천을 바라본 그녀는 재빠르게 밖으로 나가버렸다.

"뭐라는 거야. 질투하나? 나, 갔다 올게!"

알면서 모르고 싶은 것인지도 모르고, 정말 눈치조차 못 챈 것일지도 모른다. 어쨌든 투명하게 모든 것을 내보이는 강산희는 조희건에게 빠져 있고, 그런 산희를 붙잡아봤자 그저 조희건에게 도달하는 시간을 늦추는 것밖에는 되지 않는다. 늘천은 그 사실을 잘 알고 있었다.

"나도 알아. 안다고! 하지만……."

마음이 사람 뜻대로 되지 않는 게 함정이다. 돌린다고 돌려지지 않는 것이 사람 마음인 것이 문제다. 늘 그놈의 마음 때문이다. 브레이크가 고장 난 지 오래인 그놈의 마음.

"내가 갖고 노는 건 산희가 아니라 너야, 하늘천."

그 말은 대체 무슨 의미였을까?

평소와 다르게 진지했던 희건을 떠올리며 늘천은 알 수 없는 불안함에 휩싸였다. 늘천 혼자 상처 입는 것이라면 괜찮다, 이미 오래전부터 익숙한 것이니까. 문제는 산희를 끌어들이는 것이다.

'대체 선배는 무슨 생각을 하는 거야?'

핸드폰을 들어 희건을 찾던 늘천이 다시 손을 내려놓았다.

오늘이면 뭐든 결단이 날 건데, 뭘.

"그래, 아무것도 아니다. 잘 다녀와라, 강산희. 첫 데이트, 원하던 대로 햄 무진장 볶고 와. 그래라, 정말."

뭐든, 어떻게든. 어쨌든 그렇게 매듭이라도 나길 간절히 바라며 늘천은 소중해서 아픈 마음을 끌어안고 욕실로 향했다. 모든 것을 다 씻어내고 그는 오늘 하루에 집중하고 싶은 마음뿐이었다.

늘천의 하루는 평소보다 더 정신이 없었다. 틈만 나면 산희와 희건의 핑크빛 미래가 상상이 되는 탓에 더 바쁘게 몸을 움직인 까닭이다. 없던 일도 만들어 한 탓에 피로도 평소의 두 배로 축적됐다.

지친 몸으로 집으로 향했다. 집에 도착하고 나서야 추적추적 비가 내리기 시작했다.

"운이 좋은 건지, 나쁜 건지."

머리를 툭툭 털어낸 늘천은 집에 돌아오자마자 곧장 욕실로 향했다. 뜨거운 물줄기로 오늘 하루의 피곤을 쓸어내고 한결 가벼워진 몸으로 나온 그는 물 한 잔을 마시며 자연스럽게 2층 창가로 향했다. 창가에서는 산희의 방이 제대로 보이기 때문이다.

무의식중에 나온 행동이었다. 습관일지도 모른다. 커튼을 젖히고 그 너머의 창문을 바라본 늘천은 확인하고 후회했다. 불이 들어오지 않은 컴컴한 창 때문인지, 그런 창을 두드리는 빗줄기 때문인지, 가슴 속도 정전이 되어버렸다.

보지 말 것을.

커튼을 소리 나게 친 늘천이 등을 돌렸다. 눈이 자동으로 시계를 찾았다. 저녁 10시가 넘은 시각이다.

"신경 꺼, 하늘천. 이러니 형한테도 욕을 진탕 처 듣지."

스스로 세뇌를 시켜보려고 해도, 쿨한 척 관심이 없는 척해도 산희에게만큼은 모든 것이 예외가 된다. 몇 번이고 망설이다 가방을 뒤져 핸드폰을 꺼냈다. 배터리가 나가 있는 핸드폰을 확인한 늘천은 충전기를 꺼내 연결하고 핸드폰 전원을 켰다.

띠리리리 띠리리리.

핸드폰이 켜지지도 않았는데 어딘가에서 핸드폰 벨소리가 울렸다. 늘천이 소리 나는 곳을 따라 걸음을 옮겼다. 식탁 의자 위에 처음 보는 핸드폰이 놓여 있었다. 그걸 보자마자 문득 떠오르는 그림은 오늘 아침, 식탁 의자 모서리에 걸어놓은 가방을 채가던 산희다.

곧바로 핸드폰을 확인했다. 액정에 하트가 붙은 희건 선배의 이름이 떠 있다. 염장 지르는 도형의 등장에 저절로 눈살을 찌푸리게 된다. 늘천은 산희의 프라이버시를 위해 울리는 핸드폰을 식탁 위에 엎어 놓았다. 집에 잘 들어갔나 확인하는 매너 전화라고 생각했기 때문이었다.

곧바로 위층에서 전화 벨소리가 들렸다.

"핸드폰이 켜진 모양이네."

그때까지만 해도 늘천은 느긋한 태도로 핸드폰을 찾아 걸음을 옮겼다. 이상하다는 생각이 든 것은 방 앞에 도달해서였다. 한두 번 울리고 말아야 할 핸드폰이 계속해서 울렸기 때문이었다.

"누가 이렇게 많이 전화를 한 거야?"

무슨 일이라도 생겼나 싶어 심장이 서늘해졌다. 충전 중인 핸드폰을 잡아채 밀린 문자와 전화를 보는데 대부분이 희건이다. 곧바로 통화 버튼을 눌렀다.

―왜 이제 받는 거야?

뭐 뀐 놈이 성낸다고, 기다리고 있었다는 듯 전화를 받은 희건이 다짜고짜 고함부터 질러댄다. 그 소리에 늘천은 목에 두르고 있던 수건을 침대 위로 던져버렸다.

"그게 무슨 소리예요?"

―전화를 왜 안 받아! 핸드폰은 폼으로 가지고 다녀?

흥분해서 소리를 지르는 희건이 평소답지 않았다.

"무슨 일…… 있어요?"

―있어. 너도, 수아도 왜 중요할 땐 전화를 안 받고. 더미, 집에 들어왔니?

"아직 안 들어온 것 같은데요."

수화기 너머로 젠장, 짧고 굵직한 욕설이 들려왔다. 그 순간 늘천은 직감했다.

"선배랑 만나고 있어야 하잖아요. 그런데 왜 그 녀석 안부를 나한테 물어요?"

―내가 거기 없으니까.

"무슨…… 소리예요? 산희랑 만나기로 한 게 몇 신데……."

아침부터 찾아와 말도 안 되는 데이트 연습까지 하던 녀석이다. 준비만큼은 완벽하게 하겠다는 일념 하에 아침밖에 시간이 안 된다는 산의 스케줄까지 맞춰 아침부터 준비를 했던 녀석이다. 그렇게 불편한 스커트를 입은 채 적응해야 한다며 아침부터 오후까지 입고 다녔던 녀석이다. 준비한 시간만도 꼬박 하루인데다가 희건을 만나러 나간 지 네 시간이 넘은 상황이었다. 심지어 추적추적 내리던 빗줄기마저 굵다.

시팔! 시팔! 욕지거리가 목구멍 언저리를 맴돌았다.

–알아. 아는데…… 지금 급한 일이 생겨서 나가지를 못해. 꼼짝 없이 부모님께 잡혀 있다고. 어딜 갈 수 있는 상황이 아니야. 좀 심각한 분위기라……. 더미는 왜 연락이 안 되는 거야?

"핸드폰을 우리 집에 놓고 갔어요."

–아, 젠장! 수아며, 병진이며 다 바쁘다고 그러고. 아는 후배 녀석한테 부탁해서 좀 나가보라고 하니 자리에는 없다지. 집에 안 들어온 것 맞아?

희건의 물음이 늘천을 자극했다. 계속 이런 패턴이다. 이건 희건이 산희와 얽히면서부터다. 오래전부터 눌러왔던 마음이 용암처럼 꿈틀거린다. 조만간 지각변동이 일어날 것이라며 예고를 한다. 그 느낌이 불편했고, 또 싫었다. 소중하고 또 소중해 만질 수도 없는 것을, 희건은 너무나도 쉽게 건드렸고 또 가지려 했다. 그게 늘천의 심기를 건드렸다.

"선배, 자꾸 이럴 겁니까?"

–뭐?

"번번이 물 먹이잖아요, 이 녀석을! 전에 그랬죠? 선배가 놀리는 건 나라고. 그럼 나한테만 해요. 왜 아무 상관도 없는 자식을 끌어들여요? 왜 당신 좋아한다는 녀석 마음을 이용해서 엿 먹여요! 대체 왜! 왜 상처 입히냐고요. 녀석이 뭘 그렇게 잘못했다고."

참다 참다 터져버린 늘천이 악에 받쳐 고함을 질렀다. 핸드폰을 쥔 손에 불툭 힘줄이 솟아올랐다. 목에 핏대까지 세우고 벌겋게 충혈된 눈을 한 그는 막을 수 없는 괴물 같기도 했지만 금방이라도 목 놓아 울 어린아이 같기도 했다.

늘천의 음성에 당황했던지 희건이 한풀 꺾인 목소리로 중얼거
렸다.

ㅡ아니야, 오늘은 아니야.

"뭐라고요?"

ㅡ하아, 일이 생각대로 안 되는군. 이렇게 이야기하고 있을 시간
에 나가서 더미 좀 찾아봐. 석고대죄는 내일 할 테니까, 어서.

그 말을 마지막으로 희건과의 통화는 끊겼다. 핸드폰을 부서져라
잡고 있던 늘천은 당장이라도 핸드폰을 던져버릴 기세로 손을 들어
올렸지만 이내 마음을 진정시켰다. 그는 핸드폰을 내동댕이치는 대
신 산희의 것까지 챙겨서 무작정 밖으로 뛰어나갔다. 마침 들어오던
산을 만났다.

"뭐야, 너?"

"형, 산희 못 봤어?"

"뭐? 걔야 데이트 잘하고 있겠……."

산이 오토바이 시동을 끄고 내리기도 전에 늘천이 달려나갔다.
급한 마음에 다리까지 꼬여 진흙탕에 한바탕 굴렀지만 정작 본인은
통증조차 느껴지지 않는 모양이었다.

"저거 왜 저래?"

시동을 끄고 오토바이에서 내린 산이 헬멧을 벗었다.

"오토바이라도 끌고 갈 줄 알았더니 제정신이 아닌 모양이네. 대
체 왜 저러는 거야?"

산은 검지에 오토바이 열쇠를 끼운 채 몇 번이고 돌리더니 이내
관심 없다는 듯 집 안으로 들어가버렸다.

늘천이 산의 오토바이를 가지고 올 걸 그랬다고 후회했을 때는

언덕길을 한참 내려오고 나서였다. 거센 빗줄기를 뚫고 동네 한 바퀴를 돌고 나서야 손에 있는 우산을 쓰고 있지 않다는 사실도 깨달았다.

"이게 대체 뭐 하는 짓이야?"

감성보다 이성과 거리가 가까운 늘천은 누구도 아닌 자신이 감정이 앞서 빗속을 뛰어다녔다는 사실에 경악했다. 산희가 어린아이도 아니고 길을 잃을 리 없건만 그저 걱정된다는 마음 하나로 요란을 떠는 자신이 우스웠다.

"얌전히 집에서 기다리고 있는 편이 좋았으려나?"

문제는 '강산희'가 연관되면 자동 검색으로 뜰 법한 '하지만'이다. 원래는 이렇지만, 평소라면 이럴 테지만, 이론은 이렇지만……. 한 번 시작된 걱정은 밑도 끝도 없다. 한두 가지 정도에서 멈춰줬으면 좋겠지만 그건 기대에 불과했다. 핸드폰은 없고, 데이트는 펑크고, 비는 오고, 시간은 늦었고, 연락조차 없으니 머릿속엔 연달아 터지는 흉흉한 사건 사고들을 보고하는 뉴스가 자동재생이다.

"아, 정말 미치겠다. 강산희! 강산희!"

드라마에서 보면 이럴 때 남자 주인공들은 여자 주인공들이 숨어 있을 장소를 잘도 찾아내던데 아무리 머릿속을 뒤져봐도 늘천은 산희가 갈만한 장소를 떠올릴 수가 없다.

"아무래도 나는 남자 주인공이 아닌 모양이지?"

자신이 말하고도 성질이 난다는 듯 머리를 박박 긁은 그가 다시 고함을 질렀다.

"아아, 젠장! 무슨 일이라도 생겨봐라. 가장 먼저 조희건부터 조져버릴 테니까."

주먹부터 불끈 쥐는 늘천이지만 그조차 이루어질 수 없음을 알고 있다. 분명 산희는 괜찮다며, 사정이 있었을 거라며 우하하 웃고 말 것이다. 역시 나한테 연애는 안 맞아, 그렇게 중얼거리고는 또 본연의 모습으로 돌아오겠지. 그런 모습을 보고 어떻게 희건에게 한 방 먹일 수가 있을까. 못 한다. 녀석을 더 비참하게 만들고 싶지가 않다.

"바보 같으니. 못 만났으면 바로 돌아올 것이지. 나한테 연락이라도 하지. 하여간 바보."

만나면 평소보다 더 구박해야지, 하다가도 오늘만큼은 꼭 다독여줘야지, 마음먹는 늘천이다. 문제는 어디서 산희를 만날 수 있는가 하는 점에 있다. 정신이 나간 사람처럼 온 동네 근처를 헤매고 다닌 지도 거의 30분이 넘어갈 무렵, 혹시나 싶어 나간 버스정류장에 익숙한 실루엣이 보였다.

산희, 그녀였다. 평소보다 더 왜소한 몸짓을 하고 오도카니 앉아 있었다. 그녀의 어깨가 울고 있었다. 그녀의 등이 외로웠다. 그녀의 머리카락이 의기소침했다.

"후우."

30분이 넘는 시간 동안 내내 뛰어다니고 있던 늘천의 다리가 비로소 멈췄다. 산희를 확인하자마자 깊은 한숨을 내쉰 그가 천천히 그녀를 향해 다가갔다.

내리는 비를 바라보고 있던 것 같던 산희가 살짝 고개를 돌린 순간, 그녀의 옆모습이 보였다. 그리고 늘천의 눈에 그녀의 눈에서 떨어지는 방울들이 들어왔다. 툭툭 떨어지는 눈물을 손등으로 문질러 닦은 그녀가 깊게 한숨을 쉬고 자리에서 일어났다. 그러다 멍하니

서 있던 늘천을 알아챘다.

"아!"

어디서부터 어떻게 설명해야 할지 모르겠다는 탄성. 하지만 산희는 천연덕스럽게 평소의 모습대로 돌아왔다.

"나 늦는다고 마중 나온 거야?"

손까지 흔들며 웃는 그 모습에 늘천의 가슴이 덜컥거렸다.

그렇게 웃어왔구나. 그 웃는 모습이 하늘천이 아는 강산희의 평소 모습이구나. 어쩌면 그 평소 모습도 강산희가 보이고 싶지 않은 감정을 숨길 때나 나오는 가면일지도 모르겠다.

제법 발랄한 걸음으로 앞서 걷던 산희가 어두운 골목길로 진입했다. 가로등이 적은 길목에 선 산희는 뒤따라오지 않는 늘천이 이상한지 그를 돌아봤다. 따뜻한 오렌지빛 아래로 가느다래진 빗줄기가 보였다. 그 빗줄기가 산희의 머리며 어깨를 적시는 것도 보았다. 그리고 짙은 명암이 내려앉은 산희의 웃는 얼굴을 보았다.

"그렇게 웃으니까 내가 아는 강산희 같지가 않다."

비 내리는 거리 속, 목소리마저 젖어버린 늘천이 작게 속삭였다. 그 말에 산희는 지워내려고 해도 지워지지 않은 울음을 담은 채 애써 밝게 중얼거렸다.

"화장해서 그런가부다. 비를 쫄딱 다 맞아서 그런가?"

듣기고 싶지 않은 비참함에 힘껏 웃고 있다는 것을 알지만 늘천은 그냥 모르는 척해줄 수가 없었다. 일그러진 얼굴은 그가 처음 보는 여자의 얼굴이었다.

"……웃지 마."

늘천의 몸에서 아지랑이가 피어올랐다. 까맣게 가라앉은 눈을 하고 다가오는 그의 모습에 산희의 웃음이 멎었다. 늘천이 손을 뻗어 산희의 손목을 잡았다. 그리고 그는 힘주어 그녀를 품 안으로 끌어당겼다. 힘이 없던 그녀는 아무런 저항 없이 그에게 안겼다.

"흡!"

예상하지 못했던 터라 산희의 몸은 딱딱하게 경직되었다. 마주 앉지도, 그렇다고 밀어내지도 못한 어정쩡한 모습으로 산희는 그의 어깨 너머를 바라보고 있었다.

"더 이상은 못하겠다, 이 빌어먹을 친구 사이."

친구로라도 지내고 싶었던 그의 끈질긴 미련을, 그녀는 알까? 마음을 죽인 채 몇 번이고 진실성을 자문해야 했던 그 세월을, 그녀는 알까. 몰라도 좋다. 알아주길 바란 것은 아니었으니까.

"너 때문에 속이 새까맣게 타버렸어. 얼마나 더 타야 재가 되어 흩어 없어질까?"

"무슨……. 야, 하늘천."

늘천을 부르는 산희의 음성이 사시나무처럼 떨렸다. 그럴 수밖에 없을 것 같다고, 늘천은 이해했다. 터져버릴 것 같은 심장 박동이 그녀의 가슴에 고스란히 닿고 있었기 때문이었다.

"희건 선배한테 전화 왔었다."

"아, 그래?"

"핸드폰도 두고 가고, 선배가 아는 후배 시켜서 널 찾게도 만들었는데 넌 약속 장소에 없었다고."

"아아, 날 찾았대? 그랬구나."

분명 안고 있는 상대는 늘천인데 산희의 머릿속에는 희건뿐이다. 그가 일부로 바람맞힌 것이 아니라는 사실만으로 안도하는 그녀가 참 미웠다.

"왜 연락도 안 했어? 기다리다 안 나오면 무슨 일이 생겼구나 싶어서라도 전화를 했어야 하잖아! 핸드폰이라도 찾으러 오든가, 아님 나라도 부르든가!"

"연락하러 간 사이에 선배가 올까 봐."

"……뭐?"

"흔하지도 않은 공중전화 찾다가 선배랑 엇갈릴까 봐 그랬지. 비가 오기에 분수대 바로 옆 카페 창가에 앉아서 분수대를 보고 있었어. 5분 후면 오겠지, 또 5분 후면 오겠지 하다가 시간이 늦어졌네."

조잘거리는 산희의 말에 두르고 있는 늘천의 팔에 힘이 들어갔다. 평소 장난으로라도 가벼운 스킨십조차 하지 않던 늘천임을 알기에 산희는 덜컥 겁이 났다.

이 녀석, 이렇게 힘이 셌던가?

몸을 뒤채도 쉽게 풀어지지 않는 그의 팔에 적잖이 놀란 산희다. 어릴 적부터 힘을 겨뤄왔던 친구 녀석임을 알기에 더욱이 자신을 꼼짝달싹하지 못하게 만드는 그의 힘이 새삼스러웠다.

"걱정했어? 에이, 나 같은 건 외모가 무긴데 뭘."

괜히 장난스럽게 대꾸한 산희가 양손으로 그의 가슴을 살짝 밀어냈다. 하지만 무슨 생각인지 늘천은 꿈쩍하지도 않은 채 계속 산희를 안고 있었다.

"하늘천? 야, 하늘천 땅지!"

그녀의 부름에야 비로소 정신이 들었는지 늘천이 새초롬하게 대꾸했다.

"그래, 하늘천 땅지 검을현 누를황 집우 집주 넓을홍 거칠황."

천자문을 줄줄 외우기 시작한 것도 아마 강산희를 좋아하면서부터였지?

일종의 주문이었다. 강산희에게 가까워지려는 마음을 억제하려는. 하지만 지금은 그 어떤 주문도 통하지 않는다. 아마 세상 만물을 뒤바꿀 수 있는 대마법사가 온다 해도 지금 이 순간만큼은 변하지 않을 것이 분명하다. 사랑에 빠진 순간 자체가 마법이므로.

산희를 속박하던 늘천의 몸에 힘이 빠졌다. 이때다 싶어 그에게서 벗어나려는데 그가 강한 힘으로 산희를 담벼락에 밀어붙였다. 대체 지금 뭐하는 거냐고 따져 묻기도 전, 어둠 속에서 그의 두 눈이 빛났다. 빛나는 두 눈에 할 말을 잃은 채 매료되어 있던 순간, 그의 입술이 내려왔다.

살포시 닿는 부드러운 느낌에 놀란 산희가 황급히 고개를 돌렸다. 그를 몇 번이고 밀어내도 그의 입술은 끈질기게 산희를 뒤쫓았다.

무섭다.

두렵다.

도망치고만 싶다.

몇 번이고 도망쳐도 다가와 입술을 차지하고 마는 늘천 때문에 산희의 몸은 뻣뻣하게 굳은 채 움직일 수조차 없었다. 몇 번이고 쪼아대다 머금고 사라지는 그 입술이 주는 감촉이 상상보다 리얼했고, 또 그 상대가 늘천이었다. 그건 머리통을 쪼개버릴 듯한 충격이었다.

큭, 짧은 비웃음이 귓가를 내리쳤다. 알 수 없는 감정이 소용돌이치는 그 순간, 산희는 자신이 눈물을 머금었다는 사실도 모른 채 늘천을 바라봤다.

"어쩌냐. 이젠 네가 그렇게 부르짖던 친구도 아니게 됐는데."

쿠쿵!

심장이 나락으로 떨어져 내렸다. 아무리 남녀 간의 사이를 잘 모르는 산희라고 해도 늘천이 하는 말이 어떤 의미인 줄은 알고 있었다. 어쩌면 이런 순간이 찾아오는 것이 무서워 알면서도 모르는 척, 비겁하게 피했는지도 모른다.

"친구⋯⋯가 아니야?"

"시팔, 친구끼리 입술 맞대는 게 어디 있어?"

늘천이 억눌린 고함을 토해냈다.

"너, 나 좋다며. 성격은 개떡 같은데 남들이 널 개떡이라 그러는 건 못 참아서 좋다며."

늘천이 애걸하듯 중얼거렸다.

"마음속 표정이 셀 수 없이 많아서 나, 좋다며."

마지막 지푸라기를 잡는 듯한 심정이 고스란히 느껴질 정도로 간절했다.

"너 모르게 져주고 마음 불편해서 도와주러 오는 걸 안다고, 그래서 좋다며!"

금방이라도 눈물을 쏟을 것 같은 늘천의 얼굴이 생판 모르는 남자처럼 느껴졌다. 알고 있던 하늘천, 친구 녀석이 아니다.

"네가 그랬잖아. 좋은 녀석이라고, 나. 그런데 왜 나는 안 되는 거냐?"

어떤 말을 어떻게 해야 뻥 뚫려버린 그의 가슴을 메울 수가 있을지 알 수가 없기도 했지만, 그보다 더 중요한 것은 평생 갈 친구라고 믿어 의심치 않았던 녀석의 돌발 고백이었다. 단 한 번도 남자로 여겨보지 않았던 늘천이 남자로 다가온 순간, 산희는 비겁해지고 싶었다. 남자의 눈빛도, 남자의 손길도, 남자의 욕망도 산희가 감당하기에는 다 부담스럽고 벅찬 것들이었다.

"왜, 왜…… 나야?"

"그러게. 왜 하필 너냐? 나도 그 이유를 알지 못하겠어서 미쳐버릴 것 같으니 네가 한 번 알려줘 봐."

뺨 위로 흘러내리는 것이 부슬거리는 빗방울인지, 아니면 눈물인지 알 수가 없다. 산희는 정신이 나간 얼굴로 갑작스럽게 돌변한 늘천을 바라봤다. 제발 이 정도에서 멈춰달라고 고갯짓을 해봐도 아무 소용이 없었다.

무너져 내리는 몸을 채 지탱하지 못한 늘천이 산희의 가느다란 어깨에 이마를 댔다.

"지긋지긋할 정도로 오래 봐왔지. 감정이라고는 눈곱만큼도 없이 완벽한 친구로 대하는 널 보면서 포기할 법도 한데 그게 안 돼. 안 되니까 이 지경까지 온 거겠지만. 이게 사랑인지, 집착인지, 미련인지, 난 아무래도 모르겠고. 그래서 다들 날 보고 병신이라는데 오늘 보니 나, 병신 맞다 싶어."

늘천이 천천히 고개를 들어 산희를 바라봤다. 흘러내리는 비와 눈물에 녹아내린 화장을 소매로 닦아준 그가 아까보다 다정해진 말투로 물었다.

"네가 보는 나는 어때?"

"매사에 신중하고, 무뚝뚝하지만 누구보다 사람을 잘 파악하고 배려하고……."

"그런 내가 순간의 감정으로 이러는 거라고 생각해?"

산희는 고개를 젓지 못한 채 젖은 늘천의 두 눈을 바라봤다. 갑작스러운 고백에도 농담으로 무마시키지 못하는 이유는 그의 진심이 저릴 만큼 느껴졌기 때문이었다.

"내 스스로 질식할 만큼 오랜 시간 생각했어."

그 오랜 시간을 충분히 떠올리고도 남았기에 산희는 그가 안쓰러워졌다. 미안하고, 또 안타깝고. 희건을 만나고 연애의 눈을 뜬 산희이기에 더욱 그 마음이 이해가 됐다.

'하지만…… 내가 널 어떻게 해야 할까?'

그런 산희의 마음을 아는지 모르는지, 늘천은 물러날 기색도 없이 그녀를 구석으로 몰아넣었다.

"이거, 꽤 오랜 시간 묵혀온 내 진심이라는 말이야. 그리고 우리 관계, 처음으로 되돌릴 수 없다는 말이고."

"내가…… 어떻게 해야 할까?"

"나한테 와."

늘천의 고백에 산희의 다리가 휘청거렸다. 늘천은 그런 그녀의 팔을 잡아주었다.

"나한테 와라, 강산희."

"알잖아, 내가 누굴 좋아하는지."

"상관없어. 누굴 좋아하든 너만 내 곁에 있으면 그걸로도 만족할 수 있어."

"거짓말."

산희의 목소리가 높아졌다. 가늘게 떨리는 그 목소리는 누구보다도 늘천을 걱정하고 있었다.

"그거 거짓말이야. 하늘천 너, 상처받을 거야. 지금보다 더."

그건 산희가 걱정하지 않아도 잘 알고 있는 사실이었다. 그가 품은 마음은 날로 커져만 가니 모르게 감추는 법은 딱 한 가지, 대놓고 밀어내면 된다는 지론 하에 심장 깨지는 소리 들어가며 밀어냈건만 이제는 그조차 힘들다. 친구라는 울타리 하나를 지키겠다는 일념 하에 우정보다 더 깊은 연심을 깨달은 날부터 인고의 시간을 견뎌온 결과가 고작 다른 사내새끼에게 빼앗기는 거라면…… 이젠 더 이상 참지 않을 것이다.

늘천은 친구도, 연인도 아니게 된 산희에게 그 누구보다 매정해지고자 마음을 먹었다. 그런 그의 표정을 읽은 산희는 멀어져 가는 그를 잡아보고자 발버둥을 쳤다.

"친구로…… 계속 그렇게 지내면……."

알고 있었다. 지금 이건 무척이나 이기적인 어리광이라는 것을. 하지만 누구보다 남을 생각하고 배려하는 법을 아는 강산희가 이렇게까지 나오는 데엔 그렇게 욕심을 부려서라도 잃고 싶지 않은 친구 늘천이 있었다.

"미안한데…… 더 이상은 안 돼. 무리야."

늘천이 잡았던 손을 떼고 한 걸음 물러났다. 더 이상 기댈 곳이 없어진 산희가 비틀거리며 담벼락에 손을 올렸다.

"날…… 버릴 거야?"

"아니. 네가 날 버리는 거야."

늘천이 슬프게 고개를 저었다. 한 번 내뱉은 말은 끝까지 지키는 늘천임을 알기에 산희는 계속해서 고개를 저었다. 체한 것처럼 가슴이 꽉 막혀왔다. 소중한 친구를 잃는다는 생각에 더한 슬픔이 차올랐다.

"친구라는 단어는 허울뿐인 거잖아. 내가 친구이길 포기한 지금, 우린 애매해질 뿐이야."

"애매해져도 좋아. 그냥…… 내 옆에 있어주면 안 되는 거야?"

"얼마 전까지. 아니, 불과 몇 시간 전까지만 해도 네 행복을 빌었어. 희건 선배와 사귀게 돼 행복해진다면 그걸로 내 마음도 끝나는 거라고. 그런데 다시 보니 그게 아니야. 내 마음은 갈 곳을 잃는 거야. 그리고 더 자세히 들여다보니 난 네 행복을 빌어줄 수가 없겠더라. 널 좋아했던 만큼 널 미워할 것 같아. 친구로 남겠다던 나 자신도 미워지겠지. 그만큼 결단을 내리지 못했던 거니까."

늘천이 자조적으로 웃으며 한 걸음 더 산희에게서 멀어졌다. 그런 그의 옷자락이라도 잡으려고 팔을 뻗어 봤지만 잡히는 건 하나도 없었다. 평소라면 다가왔을 늘천은 그저 먹먹한 눈으로 관망하고 있었을 뿐이다.

"난 못 지켜봐. 네가 다른 놈이랑 행복해지는 꼴 따위. 그러니까 차라리 내 곁에서 불행해져라."

"그게 왜…… 불행인 거야?"

"난 네가 좋아하는 놈이 아니니까."

어떻게 하면 그렇게 담담히 말을 할 수 있는 걸까. 산희는 엉망진창이 된 그의 마음을 들여다보며 제 가슴을 감싸 쥐었다.

"난……."

희건에게 바람을 맞은 일 따윈 생각조차 나지 않았다. 실연이라고 생각했던 방금 전 느꼈던 고통은 지금의 것과 비교했을 때 아무것도 아니었다. 늘천의 태도가 꼭 배신처럼 느껴졌기에 양 뺨을 수차례 얻어맞은 듯 정신이 하나도 없었다.

"난 정말 모르겠어. 남동생이자 오빠이자 가족이었던 네가 갑자기 이러면 나보고 어떡하라고. 그러지 마, 늘천아."

"단 한 번도 네 남동생인 적도, 오빠인 적도, 가족이었던 적도 없었어."

안 되겠다며 바짓가랑이를 붙들고 늘어지는 산희의 손을 잡은 늘천이 그녀를 천천히 떼어냈다.

"미안하지만, 네가 원하는 소꿉장난은 여기서 끝이야."

머릿속에 벌레집이 있는 모양이다. 윙윙거리는 날갯짓 소리 때문에 늘천이 무슨 말을 하는지도 모르겠고, 현실인지 꿈인지 분간도 되지 않는다. 산희는 두 눈을 질끈 감았다.

"선택해. 나여도 좋고, 아니어도 좋아."

"널 선택하지 않으면 어떻게 되는 건데?"

"우린 타인이 되겠지. 친구라는 이름으로도 엮일 수 없는."

"너희 집에 놀러 가는 것도, 전화를 하는 것도."

"인사도 안 할 거야. 넌 날 모르는 거고, 나도 널 모르는 거야. 그냥 서로에게 행인 1과 2가 되는 거야."

"못해. 그렇게는 못하는 거 알잖아."

억지다. 논리적으로도 말이 되지 않는 행패다. 그렇지 않고서야 이런 냉정함을 설명할 길이 없다.

"생각하고 말해줘. 어떤 결과든 받아들일 테니까."

"협박하는 거야?"

"네게 선택권을 주는 거야."

"그게 어떻게 선택이야, 이 나쁜 놈아! 이거, 정말 나쁜 짓이야.

너, 그거 알아야 돼."

"넌 지금까지 내게 나쁜 년이었어, 강산희. 덕분에 많이 아팠고, 지금도 많이 아프고."

"나한테 생떼 쓰는 거야, 너. 지금까지 아팠으니까 물어내라고. 내가 보험회사도 아니고, 너 어떻게 그래?"

"그러게. 할 수만 있다면 마음만큼은 꼭 보험에 들고 싶은데 말이지."

아주 잠시, 그의 커다란 손이 산희의 머리에 왔다가 떨어졌다. 그리고 그렇게 늘천은 떠나갔다.

그가 떠나간 다음에야 산희는 비로소 비가 내리고 있다는 사실을 깨달았다. 손에 쥐여진 우산을 펼 생각도 하지 않은 채 그녀는 떠나가는 늘천의 등을 바라보며 자리에 주저앉았다. 그녀의 인생을 고이 지켜주던 넓고 큰 우산 같던 남자를 떠나보내는 그녀가 지금 이 순간 할 수 있었던 것은 그저 어린아이처럼 목 놓아 우는 것뿐이었다. 복잡한 생각과 결정은 그다음 일이었다.

그렇게 전개만 10여 년. 두 사람에게 비로소 위기가 찾아왔다.

6.

하늘천, 그 이름을 들으면 저절로 머릿속에 떠오르는 이미지가 있다. 깊어서 속을 알 수 없는 두 눈, 유려하게 생긴 외모, 어떤 일에도 흔들리지 않는 강인함, 침묵, 꽤 따가운 말투, 흘기는 눈빛 뒤로 이어지는 미미한 웃음.

남들이 대하기 어려워하는 늘천임을 알기에 산희는 은연중 자신이 그를 잘 안다는 사실에 뿌듯해하고 있었다. 태어날 적부터 지금까지 기막힌 인연으로 연결되어 있는 두 사람이었다. 그랬기에 언젠가 늘천의 팬을 자청하는 여학생으로부터 질문을 받았을 때도 망설임 없이 대답했었다.

Q. 서로 좋아하는 사람이 생긴다면 어떻게 할 건데요?
A. 누가 됐든 잘 대해주겠지. 하늘천이 좋아하는 녀석이라면 분명 괜찮은 사람일 테니까.

단박에 나오는 대답에 여학생은 또 다른 질문을 던졌다. 그래, 아

마 그때부터 여학생은 늘천이 어떤 마음을 품고 있는지 알고 있었는
지도 모르겠다.

Q. 그럼 그 사람이 언니와 만나는 것을 싫어하면요? 혹은 언니의
남자친구가 하늘천 오빠와 만나지 말라고 한다면요?

A. 그건 불가능해. 난 태어났을 때부터 늘천이와 함께였는걸. 사
랑한다면 그 정도는 이해해줘야 하지 않겠어? 난 그 녀석이랑 헤어
지는 건 단 한 번도 생각해본 적 없어.

사랑하는 데 사랑한 시간이 중요한 것은 아니지만 그렇다고 오
랫동안 쌓아온 역사가 중요하지 않은 것은 아니니까. 우리의 역사
를 부정하는 순간, 나는 내가 살아온 시간마저도 잃게 될 수 있으
니까.

그렇게 당당히 했던 말이 지금은 왜 자신이 없어졌는지. 그때를
후회하는 것은 아니었다. 그래도 그렇게 간단한 문제가 아님을 알게
된 것은 확실했다.

"아아악!"

젖은 옷을 벗지도 않은 채 빈 욕조에 들어가 오도카니 앉아 있던
산희가 발작적인 고함을 질렀다. 메아리가 되어 울려 퍼지는 고함소
리에 놀란 사랑이 욕실로 뛰어들어왔다.

"뭐야, 뭔데?"

"아아아악!"

"야, 강더미. 조용히 안 해?"

콩벌레처럼 동그랗게 몸을 말고 악악 소리를 질러대는 산희를 확
인한 사랑이 놀란 가슴을 진정시키며 고개를 저었다. 집에 들어오자

마자 곧장 욕실로 직행하고 30분이다. 씻지도 않고 고뇌의 공간에 틀어박혀 있는 모습에 사랑은 혀를 내둘렀다.

"……꼴이 그게 뭐야? 너 데이트 간다고 하지 않았어? 그나저나 그러고 있음 감기 걸려. 옷 벗고 따뜻한 물로 샤워부터……."

"언니이."

"헉!"

얼굴을 가리고 있던 산희가 고개를 돌린 순간, 사랑은 저도 모르게 뒷걸음질을 쳤다. 엉망진창이라는 말로도 형용되지 않을 정도로 심각한 동생의 얼굴을 가만 들여다보던 사랑은 한마디 했을 뿐이었다.

"먼저 씻어라."

"감기 따위 걸리지 않는 튼튼한 몸이라 괜찮아. 그보다 언니……."

"왜?"

"아니야."

물음과 대답 사이 10초의 침묵이 있었다. 분명 망설이는 것이 분명했다. 고민이 있을 때면 틀어박히는 욕조에 들어 있는 시간이 꽤긴 것을 봐선 큰일에 부딪쳤음을 알 수 있었다. 사랑이 넘겨짚었다.

"늘천이랑 무슨 일 있었니?"

"어? 왜? 뭐가? 아, 아, 아, 아닌데?"

"아까 산이한테 전화 왔거든. 늘천이 혼비백산해서 너 찾으러 뛰어나가다가 한바탕 구르고 난리가 났다고."

한 번 떠본 건데 순진한 산희가 걸려들었다. 옳다구나, 드디어 그일이 터진 거구나. 산희의 절망적인 표정 하며 조만간 터질 것처럼 아슬아슬했던 늘천의 모습이 자연스럽게 매칭이 된다.

"네 핸드폰 그 집에 있다더라?"

방금 전, 산의 문자를 받은 사랑이다. 그 말에 산희가 움찔, 몸을 떨었다.

"언니, 언니가 내 핸드폰 찾아다 주면 안 돼?"

"왜?"

"그냥……."

산희의 부탁에 아주 잠시 고민하는 척 연기를 한 사랑이 기회를 주지도 않고 단번에 거절했다.

"싫다, 애. 네가 가서 찾아."

"언니야."

"됐고. 그보다 너, 거울은 봤니?"

사랑의 지적에 산희가 고개를 갸웃거리며 욕조에서 일어났다. 고개를 배꼼 내밀어 벽 전면에 붙은 거울을 통해 얼굴을 확인한 순간, 방금 전과는 또 다른 경악의 비명이 터져 나왔다.

"끄아아아악!"

하여간 비명소리 하곤. 언제쯤 하이톤의 가녀린 비명소리를 듣게 되는지.

산희가 세상 무너져 내리는 얼굴을 하고 거울에 바싹 붙어 섰다. 할 수만 있다면 당장 현실도피부터 하고 싶은 모양새였다.

"나 언제부터 이랬어? 계속 이랬어? 으앙, 이 꼴로 그러고 있던 거야?"

"자, 클렌징 티슈."

사랑이 내민 티슈로 얼굴을 벅벅 문질러 닦는 산희의 귀에는 피부 망가지니 조심하라는 언니의 충고도 들리지 않는 듯했다. 쾌남의 세수법을 지향하는 산희는 몇 번이고 얼굴을 문질러 닦으며 중얼거렸다.

"나 참, 천 년의 사랑도 식을 얼굴인데 조커가 뭐가 좋다고."

"조커를 사랑한 남자라……. 하늘천?"

"어?"

"고백하디?"

"아니, 아닌데? 전혀 그런 거 아닌데?"

두 눈 동그랗게 뜨고 사실부터 부인하는 산희의 태도에 사랑이 코웃음을 쳤다. 거짓말을 하려거든 두 눈 똑바로 응시하던가, 시선을 피하며 대답하는 그녀의 모습에 웃음이 터져 나왔다.

"거짓말하면 티 다 나거든, 너? 게다가 하늘천이 너 좋아하는 거, 너만 빼고 다 알고 있거든."

"왜? 어떻게? 언제부터?"

"쯧. 늘천이가 단단히 입막음하지 않았더라면 진작에 확 말해버리는 건데."

그대로 굳어서 꼼짝하지 못하는 산희를 가만히 바라보고 있던 사랑은 아무래도 안 되겠다는 듯 타월로 산희를 감싸고 꼭 끌어안았다.

"그래도 내 동생, 귀여워서 봐줬다. 너희 보는 재미에 살잖니, 내가."

사랑은 클렌징 티슈로 산희의 얼굴에서 채 지워지지 않은 마스카라 자국을 닦아주며 물었다.

"그래서, 사귀니?"

사랑의 물음에 산희는 대답을 하지 못한 채 입술을 꼭 깨물었다. 그 모습을 지켜본 사랑은 동생과 늘천을 위해 조언했다.

"잘 생각해서 대답해줘. 그 무엇보다도 네 마음이 가장 중요한 거니까."

타월로 젖은 머리를 대충 털어준 사랑이 밖으로 나가려는데 산희가 사랑의 발길을 잡았다.

"언니, 마음은 어떻게 알아?"

타월을 뒤집어쓴 채 욕조에 동그마니 앉아 있는 산희는 혼란스러움으로 가득한 모습이었다. 차라리 어릴 적에 겪었다면 더 나았을까, 하는 생각을 하며 사랑은 욕조에 걸터앉았다.

"난 잘 모르겠다. 누가 누굴 좋아하고, 그래서 사귀고. 난 그런 거하나도 모르겠어. 내가 나쁜 거야?"

"누구나 처음엔 서툴러. 넌 그 처음이 다른 사람보다 늦게 왔을 뿐이야. 남의 마음은 말하지 않는 이상 모르는 게 당연하고, 네가 좀 둔하기는 하지만 눈치가 없다고 욕먹을 일도 아니야. 가장 중요한 건, 진심."

"진……심."

"서툴면 서툰 대로, 고백한 사람에게 가장 큰 예의를 지키는 건 솔직하게 진심을 털어놓는 것이 최고니까."

누군가를 생각하는지 모를 사랑의 눈빛이 깊어졌다. 그런 사랑의 곁에서 산희는 의기소침해져서는 작게 중얼거렸다.

"그치만 늘천인…… 친구인걸."

"평생 변하지 않는 건 없어. 시간이 지나면 모든 관계는 다 바뀌게 돼."

빠르든 늦든 언젠가는 변하고야 말 두 사람의 관계라……. 영원을 바라는 것이 욕심인 건가?

할 수만 있다면 피터팬이 되어 네버랜드로 날아가버리고 싶은 마음이다. 무릎에 얼굴을 묻은 채 거친 숨을 쉬어대는 동안, 그녀를 보듬어주던 사랑이 몸을 일으켰다.

"힌트를 줄게. 언젠가 늘천이에게 사랑하는 상대가 생기는 것을 상상해봐. 네 기분이 어떨지, 너희 둘의 관계에 어떤 변화가 있을지. 어릴 때 그랬듯 강아지들처럼 엉키어 뛰놀 수만은 없다는 걸 알게 될 거야."

사랑은 산희의 어깨를 톡톡 두드려주고는 곧장 욕실을 빠져나갔다. 문이 닫히는 소리를 들으며 천천히 고개를 든 산희는 주먹으로 머리를 콩콩 쥐어박았다.

"하늘천 마음을 아는 것이 두려운 비겁한 겁쟁이, 강산희. 정말 찌질하다, 너."

할 수만 있다면 힘들어하는 늘천 대신 욕이라도 시원하게 퍼붓고 싶었지만 그럴 수가 없었다. 스스로에게 등을 돌려버리면 그래도 괜찮다고 다독여줄 사람이 영영 없어질 것만 같았기 때문이다.

산희는 머리에 알밤을 주다가 또 머리를 쓸다가, 몇 번이고 반복을 해야만 했다.

2년 후.

헤드폰을 낀 채 흥얼거리는 목소리가 발랄하다. 먼지투성이의 멜빵바지를 입고 여전히 각종 기계와 장비들 더미에 묻혀 있는 산희의 얼굴이 맑았다. 꼼짝하지 않은 채 일에 집중하던 그녀가 기지개를 피며 자리에서 일어난 것은 정비해야 할 차가 들어왔을 때였다.

"어?"

"이리로 데리고 왔지. 잘 지냈어?"

늘씬한 몸매를 뽐내며 걸어오는 미인의 모습에 산희의 얼굴에 절로 미소가 피어올랐다. 새빨간 스포츠카와 잘 어울리는 수아가 정기 정비를 위해 찾아올 때면 주변 동료들은 묘한 눈길로 두 사람을 훑어보곤 했다.

"바쁘다더니?"

"정비는 꼭 해줘야지. 일은 잘돼?"

"뭐, 그럭저럭."

"알바인 줄 알고 있었는데 갑자기 취직이나 해버리고."

"요즘 여간 취업하기가 힘들어야지."

장갑을 벗고 머리를 벅벅 긁는 산희를 물끄러미 바라보던 수아가 고개를 까닥였다. 번역 공부를 더 하겠다며 유학까지 다녀온 그녀는 당당히 대기업 신입사원으로 입사해 화려한 경력을 쌓아가는 중이었다.

"너라면 충분히 괜찮을 것 같은데. 부서 티오(TO) 나면 귀띔해줄게. 한 번 이력서라도 내봐. 나쁠 건 없잖아?"

"음, 그래. 그럴게."

"정비는 얼마 정도 걸릴까?"

"뭐, 넉넉잡고 두 시간이면 충분해. 잠깐 들어와서 커피 한잔할래?"

"좋지."

수아가 왔다는 것은 주변의 다른 소식이 있다는 것과 일맥상통하는 일이라는 것을 잘 알고 있는 산희는 서늘해진 심장을 들키고 싶지 않아 등을 돌렸다. 포트의 전원을 켜고 머그컵에 인스턴트커피를 넣는 동안, 수아는 테이블에 자리를 잡고 앉아 괜히 잡지만 뒤적거렸다.

"그, 늘천이랑은 연락하고 지내?"

물이 끓기 시작하는 소리를 들으며 눈치를 보고 있던 수아가 조심스럽게 말을 꺼냈다. 금기나 다름없었던 화제에 산희의 어깨가 경직됐다. 하지만 그녀는 제법 태연하게 대꾸했다.

"아니. 집에서 나온 지도 2년인걸."

"가끔 집에 가잖아."

"딱 집에만."

산희가 씁쓸하게 웃으며 포트의 물을 컵에 부었다. 옆에 있던 수저로 대충 커피를 젓던 그녀의 손길이 딱 멈췄다.

"많이 힘든 것 같더라."

안쓰러움과 함께 묘한 안도감이 차올랐다. 그와 동시에 늘천이 궁금해졌다. 도망치듯 헤어진 채 제대로 연락도 못 하고 2년이라는 세월이 흐른 지금, 예전에는 몰랐던 마음을 그에게 전하고 싶었다. 하지만 뒤이은 수아의 말에 산희는 들고 있던 컵을 떨어트릴 뻔했다.

"지금은 좋아져서 나도 마음이 놓이고."

"그, 그래?"

대수롭지 않은 듯 되물었지만 목소리가 조금은 떨린 것도 같다. 그나마 다행인 것은 수아가 자신의 얼굴을 보지 못한다는 점이다.

"좀 불편하니, 이런 이야기?"

"설마. 벌써 2년이나 지난걸."

"그치. 짧은 것 같지만 또 그렇지도 않으니까."

수아는 작게 웃으며 조금은 편해진 목소리로 중얼거렸다.

"난 일이 그렇게 되는 바람에 죄책감도 갖고 있었거든. 괜히 내가 부추겨서 그렇게 된 게 아닌가. 희건 선배와도 잘 안 되고, 늘천이랑 은 얼굴도 못 보고."

"그래서, 아까 그게 무슨 얘긴데?"

산희가 궁금하다는 듯 되묻자 수아는 짧게 탄성을 내지르며 고개를 끄덕였다.

"늘천이, 마음 잘 잡은 것 같더라고. 너랑 그렇게 헤어지고 난 다음, 무척 힘들어했거든. 보는 사람이 힘들 정도로. 그런데 지금은 마음 붙이고 잘 지내는 것 같아."

"마음을 붙이다니?"

"애인이랑 죽고 못 살아, 요즘. 어찌나 행복해하던지. 이제 조만간 같이 유학 간다더라."

심장이 툭, 바닥으로 떨어졌다. 산희가 아니면 안 된다고, 아마 이런 열병은 평생 짊어지고 가게 될 거라고, 그렇게 사랑을 고백하던 늘천이었다. 늘 변하지 않을 것 같던 녀석이었고, 또 쉽게 곁을 내주는 녀석도 아니었다. 그런 그에게 사랑하는 상대가 생겼다는 사실은 산희에게 꽤 큰 충격이었다.

산희는 커피잔을 든 채로 꼼짝도 하지 않았다. 포트에 든 물이 끓고 끓다가 단 한 방울도 남지 않았을 때까지 멍하니 서 있던 그녀의 곁으로 수아가 다가와 전원을 껐다.

"너 왜……."

왜 그러냐고 묻기도 전, 수아는 아무 말 없이 산희를 품에 당겨 안았다.

"그러게 바보, 늦기 전에 잘하지."

산희의 두 눈에서 완두콩 같은 눈물이 툭툭 떨어져 수아의 옷깃을 적셨다. 수아의 옷깃에 하늘처럼 푸른 물이 번졌다.

"어떡하니, 널."

"많이…… 사랑한대?"

입을 틀어막아도 봤지만 기어코 울음이 터져버렸다. 오열과 함께 터져 나온 진심에 산희도, 또 수아도 놀랐다. 마음을 들여다보는 것이 너무 늦었던 산희는 늘천의 깊었던 마음을 생각하며 한동안 눈물을 흘려야만 했다.

수아가 그런 산희의 등을 세게 내리쳤다. 여자의 힘이라고는 믿기지 않을 정도의 세기에 놀란 산희가 두 눈을 동그랗게 떴다. 앞에 있어야 할 수아 대신 늘천이 그녀를 바라보고 있었다. 꼴좋다는 듯 웃으며 수아의 어깨를 감싸고 있었다.

"너희 둘, 이게 무슨……."

"바보, 강산희. 사랑은 타이밍이야!"

타이밍이야, 타이밍이야…….

늘천의 고함소리와 함께 산희는 잠에서 깨어났다. 눈을 뜨고도 한동안 가슴을 쥐고 있어야만 했다. 꿈이라고 하기엔 2년 후의 미래가 너무나도 생생했다.

"이건 뭐…… 예고편인 거냐, 하늘천?"

꿈을 꾸면서도 운 모양이다. 산희는 주룩주룩 흘러내린 눈물을 문질러 닦으며 욕조에서 일어났다. 모서리에 턱을 받힌 채 눈만 끔뻑거리고 있는데 사랑이 팬티 바람으로 들어왔다.

"엇, 뭐야? 너 여기서 잤어?"

사랑의 물음에도 산희는 묵묵부답, 눈만 끔벅였다.

"울었니?"

앞이 보이지 않을 정도로 퉁퉁 부은 두 눈이 보기 흉했는지 사랑은 적신 수건을 건네주었다.

"그거 가지고 나가. 나 똥 눌 거야."

사랑이 변기 위에 앉으며 산희에게 경고를 했다. 산희는 그저 멍한 얼굴로 앉아 있다가 욕조에 머리를 쿵쿵 찧었다.

"강산희 님이 그날 문득 상상한 일이 그날 꿈에 등장하는 매우 쓸데없는 능력을 얻으셨습니다. 아아, 망할!"

그러다 뒤이어 자리에서 벌떡 일어났다. 산희는 울상이 된 얼굴로 사랑을 흘겨봤다.

"진짜 누는 거야? 냄새나!"

"눈다고 했잖아."

"우씨. 나한테도 프라이버시가 있다고. 나도 좀 센치할 때가 있단말이야."

"저게? 그럼 네 방 가서 우울해해. 왜 여기서 난리야."

"언니 남친은 그렇게 팬티 바람으로 아무 데서나 막 똥 싸고 그러는 거 알아?"

새초롬하게 눈을 흘기곤 욕실을 빠져나가는 산희를 바라보며 사랑은 고개를 절레절레 저었다. 그러다가는 귀엽다는 듯 킥킥 웃었다.

"하여간 사랑이 뭐기에. 강산희 녀석이 바야흐로 반항기에 접어들었네."

잔뜩 심통이 난 얼굴로 거실로 내려오던 산희는 문득 핸드폰이 없다는 것을 깨달았다.

"핸드폰 늘천이가 가지고 있다더라?"

사랑의 말이 기억났고, 그와 연관된 늘천이 저절로 떠올랐다. 하룻밤 사이에 기억상실이라도 걸렸으면 좋겠다고 생각할 정도로 어마어마했던 어젯밤의 고백이 생생히 떠올랐고, 그와 함께 꿈에서 본 2년 뒤의 모습이 연상됐다.

"아, 미치겠네. 완전 멘붕이다."

순간에도 몇 번씩 늘천의 고백이 떠오른다. 그럴 때마다 산희는 미친년처럼 머리털을 양손 가득 쥐고 흔들었다. 계단에서 내려오다 말고 괴상한 소리를 내는 산희를 바라본 엄마가 국자를 들고 매섭게 흔들었다.

"미치고 자시고. 너, 어제 몇 시에 들어왔어?"

"어, 엄마? 일 안 나가셨네?"

"이제 곧 나갈 거야. 그나저나 지금 시간이 몇 신데 이제 일어나? 수업 없어?"

"없어. 오후 수업이야, 몽땅."

엄마는 산희를 머리끝부터 발끝까지 찬찬히 훑어보고는 앞치마를 벗고 출근 준비를 서둘렀다.

"잘났다. 어서 씻고 내려와서 밥 먹고 늘천이네 다녀와."

"어? 왜?"

"저번에 저울 빌려왔는데 늘천이 엄마가 지금 필요하다더라. 가져다주고 와."

"에이, 가기 싫은데."

퉁퉁 부은 눈에 오리같이 내민 입술이 차마 두 눈 뜨고는 봐줄 수가 없을 정도의 산희다. 산희는 이때다 싶어 곁을 지나가는 사랑을 가리켰다.

"언니 보내면 안 돼?"

"언니 지금 바쁘다. 면접 가야 해."

"우씨. 지금 있는 회사도 괜찮다며. 그냥 면접 안 보면 안 돼?"

"면접 때려치우고 어서 심부름이나 갔다 와야겠다, 그치? 1분도 안 걸려. 그냥 다녀와."

협박이라도 하듯 사랑이 눈을 흘겼다. 식탁에 앉아 먼저 식사를 시작하는 사랑을 바라보며 산희는 계단 한편에 주저앉아 한숨을 폭 내쉬었다.

"그치, 말도 안 되는 거지?"

"핸드폰 가지고 올 겸 어서 다녀와. 늘천이 아침 수업 없는 날이야?"

"걔는 있을걸."

"그럼 됐네."

"아하!"

그래, 맞다. 늘천은 늘 아침수업만을 고집하는 녀석이다. 거기에까지 생각이 미치고 나니 심부름이 썩 어렵지만은 않을 것 같다는 생각에 마음이 한결 가벼워진 산희다.

"아직은, 아직은 볼 수 없어."

혼자 중얼거리고 난 그녀는 저울이 든 종이봉투를 낚아채듯 들고 곧장 대문을 나섰다. 그런 꼴을 하고 갈 거냐는 언니의 부름도, 밥부터 먹고 천천히 하라는 엄마의 말도 들리지 않았다. 산희는 그저 저울부터 해결하고 돌아올 생각만 가득했다.

1분도 채 되지 않아 늘천의 집에 도착한 산희다. 늘천이 없다는 생각에 쉽게 현관 벨을 누른 그녀는 아줌마의 목소리에 발랄하게 대답했다.

"저예요, 아줌마!"

현관문은 어렵지 않게 열렸다. 첫 번째 관문 통과. 문제는 두 번째 관문이었다. 학교에 가고 없을 것이라 생각했던 늘천이 등장했기 때문이다.

"엇!"

저도 모르게 튀어나온 짧은 탄성과 머뭇거리는 발길에 늘천의 눈썹이 꿈틀거렸다. 막 목욕을 하고 나왔는지 부스스한 머리칼에 나른한 눈을 한 그가 산희를 지그시 바라봤다. 그 눈길에 산희는 발가락을 오므렸다.

"실망시켜서 미안하지만 나, 오늘 땡땡이쳤다."

"아, 그래…… ?"

산희가 두 눈을 데굴데굴 굴렸다. 예상치 못한 만남에 어떤 식으로 반응해야 할지 모르는 투였다. 그 모습을 가만히 바라보고만 있던 늘천이 물었다.

"엄마 심부름?"

"아, 어, 어! 자, 이거 가져가."

늘천의 물음에 정신을 차린 산희가 들고 있던 종이봉투를 그에게 내밀었다. 하지만 늘천은 받으려는 생각이 없는 듯 주머니에 꽂은 손을 빼지 않았다.

"네가 직접 갖다 드려."

옳구나! 드디어 탈출구가 생겼다.

"아, 그치? 그래야겠지? 그럼 나 먼저 좀……."

종이봉투를 꼭 끌어안은 산희가 집 안으로 들어가려는 찰나, 늘천이 재빠르게 그녀 앞을 막아섰다. 열었던 문을 닫고 한 발자국 앞으로 나선 늘천은 다짜고짜 물었다.

"어제, 생각은 해봤어?"

돌직구에 놀란 산희가 반사적으로 고개를 들어 그를 바라봤다. 두 눈을 동그랗게 뜬 채 어떤 말을 어디서부터 해야 할지 갈피를 잡지 못하는 그녀를 보니 괜히 더 괴롭히고 싶어지는 늘천이다.

"내가 시간을 준다고 해놓고 이래서 웃긴 건 알아. 그런데 알고 보니까 나도 꽤 급한 성격이더라고."

늘천이 고개를 까딱거리며 답을 재촉했다.

"네 답은 뭐야?"

"시, 시간을 준다며."

"생각해보니 시간을 줘서 생각할 문제가 아니잖아, 이건? 내 고백을 듣고 네 마음속에 가장 먼저 떠오른 대답이 중요하지."

주머니 속에 찔러 넣은 주먹에 불끈 힘이 들어갔다. 태연함을 가장하고 있었지만 속은 새카맣게 타들어가는 중이었다. 그건 대답을 해야 하는 산희도 마찬가지였다.

"날 보고 싶은 거야, 아님 안 보고 싶은 거야?"

"내가 무슨 답을 들려줘야 해? 좋아한다는 말에 대한 답? 아님……."

"남자가 좋아한다고 말을 했으면 그 뒤엔 당연히 널 갖고 싶다는 말도 따라붙는 거야. 꼭 유치하게 사귀자고 해야 아는 거야?"

"그치, 그렇지."

산희가 혼란스러운 눈으로 고개를 주억거렸다. 충격에 빠져 허우적거리는 동안에도 머릿속엔 온통 시간을 되돌리고 싶다는 생각뿐이었다. 즉, 늘천의 질문에는 부정적인 대답밖에는 할 수 없다. 문제는 그로 인한 결과다.

"난……."

"이왕 왔으니 지금 해주면 좋겠는데."

오랫동안 그녀가 하자는 대로, 원하는 대로 해주던 그가 이번만큼은 고집을 부린다. 그것도 아주 잔인한 고집을. 산희는 상처가 날 정도로 입술을 세게 깨물고 늘천을 바라봤다.

"그냥 이대로 지낸다는 보기에 없는 거야?"

"있어."

"있어?"

"그게 안 보고 지낸다는 거야."

들을 때마다 적응되질 않는다. 진심을 다해 밀어내는 그의 태도에 정신마저 혼미해질 지경이다.

차마 말을 꺼낼 수가 없어 입을 다물고 있는데 늘천이 먼저 물었다.

"그게 네 대답이야?"

대답을 할 수 없었다. 산희는 애꿎은 발만 비벼댔고, 그러면서도 두 사람 사이의 공기가 찢어질 정도로 날카롭게 팽창한다는 것을 느꼈다. 숨쉬기 힘들 정도의 부담과 매서워지는 분위기가 산희를 더욱 경직시켰다.

"그게 네 대답이라는 말이지?"

무어라 말하려고 입을 달싹거린 순간, 늘천이 평소와 다르게 성급한 태도를 보였다.

"그래, 그럼."

매서워진 눈을 한 늘천이 그녀가 들고 있던 봉투를 빼앗아버렸다. 그녀를 살짝 밀어 집 밖으로 내보낸 뒤, 가차 없이 문을 잠그고 돌아서는 그 모습에 산희는 입을 벌린 채 멍하니 서 있었다. 그리고 얼마 지나지 않아 기가 막힌다는 듯 난색을 표했다.

"와, 이거 뺑소니다? 난 그냥 입 벌린 채 눈 뜨고 당한 거 아니야. 믿을 수 없어."

제대로 된 대화도 없이 다짜고짜. 늘천의 막무가내 태도에 화가 난 산희는 대문을 노려보다가 담을 훌쩍 넘어 안으로 들어갔다.

삑— 삑— 삐익.

산희의 움직임에 세콤이 시끄럽게 울려댔고, 그 소리에 집 안으로 들어가려던 늘천이 원숭이처럼 담에 대롱대롱 매달린 산희를 바라봤다.

"지금 뭐 하는 짓이야?"

"부당해고에 따른 노조파업과도 같은 거랄까?"

"무단침입이거든?"

"아, 됐고. 친구 파업해서 네 말 안 들어."

아래로 폴짝 뛰어내린 산희가 성큼성큼 다가가 그의 품에서 종이 봉투를 뺏었다.

"사람 인연이라는 게 끊는다고 끊어지는 거야? 아니거든. 네가 밀어내도 나는 밀려날 생각, 추호도 없거든."

"마음대로 해봐. 난 내 방식대로 널 보지 않을 생각이니까."

짤막한 통보만 끝내고 곧장 등을 보이는 늘천의 모습에 산희는 참지 못하고 그를 잡아 세웠다.

"이게 진짜. 야, 하늘천!"

우악스러운 산희의 손길에 늘천이 아주 짧게 비틀거렸다. 그 찰나를 놓치지 않은 산희는 늘천에게 가까이 다가가 그의 얼굴을 살폈다. 지금 보니 만지는 그의 팔뚝이 평소보다 뜨끈하다.

"어? 너 왜 이래? 어디 안 좋은 거야?"

산희가 그의 이마로 손을 뻗는데 그보다 먼저 늘천이 그녀의 손을 뿌리쳤다. 하지만 그에 질쏘냐, 산희가 재빨리 계단 위로 올라가 좋은 자리를 선점하고 허를 찌르는 공격에 들어갔다. 공간을 찾아 날렵하게 들어간 손이 늘천의 이마에 착지한 순간, 산희의 두 눈이 동그래졌다.

"어, 열 있네? 어제 비 맞아서 그런가 봐. 빨리 안으로 들어가자."

"놓으라고."

"못 놔."

"친구 아니라고 했다?"

"그럼 '행인 1' 정도 된다고 쳐. 그것도 네가 아픈데 어느 정도 영향을 끼친."

산희가 무자비한 힘을 뽐내며 늘천의 손을 잡아끌었다. 그럼에도 늘천은 다시 한 번 그녀의 손을 매정히 뿌리쳤다. 단 한 번도 없던 일에 놀란 얼굴을 한 산희가 보였지만 한 번 마음먹은 이상, 타협은 없었다.

"어이, 아무개 씨. 나 아픈 건 내가 알아서 할 테니까 가던 길이나 가시죠."

이 정도면 놀라 뒷걸음질 정도는 칠 줄 알았던 늘천이다. 문제는, 산희가 어제 같지 않다는 것이었다. 세상이 멸망하기 직전의 얼굴처럼 핏기가 가신 채 멍하니 당하고만 있던 산희는 온데간데없었다. 어제의 일로 어느 정도 단련이 된 모양인지 가볍게 코웃음을 친 그녀가 다시금 다가왔다.

"뺑소니로 바꿀게. 그냥 아픈 것 정도로는 네가 말을 안 들을 것 같다."

"야, 강산희."

"나 모른다며. 그냥 모르는 사람 취급하면서 순순히 안으로 들어가. 여기서 이런다고 뭐 달라질 것도 없고, 그렇다고 내가 포기하고 돌아설 것도 아니니까."

산희의 그 말에 늘천이 팔짱을 끼고 비스듬히 그녀를 노려보았다.

"순순히 안 돌아가면 네가 뭘 할 건데?"

"아까는 욱해서 널 잡은 건데 일단은 아프니까 간호부터. 대화는 네가 몸 가눌 수 있을 때 즈음하지 뭐."

"대화?"

"그래, 대화. 일방적인 통보 말고!"

"대화라고 했지? 후회 안 할 자신 있냐?"

"무슨 후회를 해, 내가!"

"좋아, 그럼."

비릿하게 웃은 늘천이 어디서 났는지 모를 힘으로 산희의 팔을 잡아끌었다.

"왜 갑자기 세콤이 울리나 했더니. 산희 왔니?"

"네에, 죄송해요! 하늘천이 문을 안 열어줘서 담을 살짝, 안녕하세……."

부엌에 있던 늘천 어머니의 인사에도 불구하고 산희는 늘천의 손에 끌려가느라 인사도 제대로 하지 못했다. 계단을 구르듯 올라가 늘천의 방에 도달했을 때, 그는 산희를 거칠게 침대 위로 쓰러트렸다.

"앗!"

짧은 탄성과 함께 산희는 침대 위에 나동그라졌다. 정신을 수습하고 일어나기도 전, 그 위를 덮치고 올라온 늘천에 의해 꼼짝없이 잡히고 말았다. 핀으로 고정시킨 한 마리 나비처럼, 양 손목을 잡힌 채 침대 위에 누워버린 산희는 발갛게 물든 얼굴을 한 채 씩씩거리며 늘천을 노려봤다.

"뭐 하는 거야, 안 비켜?"

"비켜줄 거였음 처음부터 이렇게 안 끌고 올라왔어."

"밑에 아줌마 계셔."

"아무도 없으면 괜찮고?"

"하늘천."

산희가 늘천의 손에서 벗어나고자 팔목을 비틀자 늘천이 다시금 그녀의 팔을 고쳐 잡았다. 한 손으로 그녀의 양손을 잡아 쥔 그는 다른 한 손으로 그녀의 턱을 잡아 자신에게 시선을 고정시켰다.

"내가 아무리 아파도 너 하나 어떻게 할 힘은 남아 있어."

"장난해?"

"장난으로 보여? 대화를 나누자며. 한 번 깊게 나눠보자고."

"자꾸 비뚤게 말할래?"

산희의 물음에 늘천은 피식 웃고는 그녀 가까이 고개를 숙였다. 자칫하면 코가 맞닿을 법한 거리에서 늘천이 속삭였다.

"이제 말로 하지 않으려고."

늘천은 아주 조금 움직였을 뿐이었다. 그럼에도 입술이 닿을 것처럼 다가왔다. 그에게 당한 어젯밤의 키스가 떠오른 산희가 고개를 이리저리 흔들어 봤지만 그에게 잡힌 탓에 피하기란 쉽지 않았다.

"읏!"

눈을 질끈 감아버렸다. 입술도 꼭 닫힌 채다. 그런 그녀에게 키스할 듯 다가서던 늘천이 자리에서 멈췄다. 입술과 입술 사이, 고작 5mm. 그의 숨결까지도 고스란히 느껴지는 그 거리에서 늘천은 전진도 하지 않은 채 가만히 산희를 내려다봤다.

"……가."

목울대를 긁어내는 목소리에 산희가 슬그머니 눈을 떴다. 그녀를 옭아매고 있던 두 손은 떨어져 있었다. 늘천은 침대에서 그녀를 일으켜 멀리 밀쳐냈다.

"가라고!"

고함소리를 들으며 자리에 서서 늘천을 원망스럽게 바라보던 산희가 총총걸음으로 계단을 뛰어 내려갔다. 그 소리를 들으며 늘천은 절망스럽게 양손에 얼굴을 묻어버렸다.

"네가 나를 포기하면 편해질 일이라고, 젠장."

오래 앓았던 사랑이 열로 바뀌어 끓어오른다. 온몸을 다 태워버리고 말 것처럼 아프게 몸살로 변해버린 강산희 때문에, 늘천은 오늘도 제정신이 아니다.

이렇게 아프다 곧 괜찮아지겠지. 그러고 나면 지지부진했던 미련도 싹 사라져버리길.

거칠게 변해버린 자신의 모습에 놀라 더 이상 다가오지 않기를, 매섭게 달려드는 그 태도에 질겁하고 달아나 버리기를. 그래서 억지로라도 이 마음이 끝을 맺기를 간절히 바라는 늘천이었다.

그런 늘천의 머리 위로 돌멩이 크기의 자그마한 약병이 휙 날아들었다. 요란한 소리를 내며 바닥으로 떨어진 덕분에 늘천이 고개를 들어 그것이 날아든 창가를 바라봤다. 바로 옆집, 창가 너머의 방에 산희가 추궁하는 눈초리로 그를 노려보고 있었다.

늘천을 지그시 바라보다 이내 커튼 뒤로 숨어버리는 산희를 바라보던 그가 손에 쥔 약병을 바라봤다. 매직으로 커다랗게 '멍청이!', 얼마나 오래 쥐고 있었으면 온기마저 옮아 약병이 뜨끈뜨끈하다.

"이 멍청아. 이대로 모르는 척하면 그대로 끝날 것을."

늘천은 '감기, 몸살, 멍청이' 가 적힌 약병을 그대로 방문에 던져버렸다. 방문에 부딪힌 약병은 데구르르, 침대 밑으로 굴러가버렸다.

먼지가 쌓이든, 쥐가 파먹든, 썩든, 말든.

늘천은 침대에 누워 팔로 눈가를 가렸다. 손목이 축축해지는 것은 분명 땀 때문이라 여기며, 아주 잠깐 동안에 밴 산희의 향기에 취해 그렇게 잠이 들었다.

7.

6월 초밖에 되지 않았는데도 날씨는 이상하게도 무더운 여름 같다. 뜨겁게 내리쬐는 햇살과 숨통을 죄여오는 습도를 피해 카페 한 구석에 자리를 잡고 앉은 산희는 펜을 들고 무언가를 끼적거리고 있었다. 앞에는 분홍빛이 예쁜 음료가 자리 잡고 있었다.

"뭘 마시는 거야?"

수아의 등장에 고개를 숙이고 있던 산희가 반가운 척을 했다.

"베리베리 히비스커스."

"흐음. 그보다 먼저 옜다, 네 핸드폰."

동그란 테이블 위에 거의 포기하다시피 한 반가운 핸드폰이 자리를 했다. 잽싸게 집어든 산희의 얼굴에 기쁨이 떠오르기 무섭게 미묘한 서운함이 자리를 잡았다.

"이게 왜 너한테 있어?"

산희의 물음에 수아는 어깨를 으쓱하며 맞은편에 자리를 잡고 앉았다. 긴 생머리를 어깨 너머로 넘기는 모습과 함께 늘천의 모습이 오버랩되어 산희의 심기를 불편하게 만들었다.

"늘천이가 주라더라."

"직접 안 주고?"

이번 질문에서도 수아는 어깨를 으쓱거렸다. 입력된 답을 찾을 수 없기에 오류가 발생했다는 뜻이다. 그 모습을 확인한 산희가 가느다란 한숨을 내쉬며 중얼거렸다.

"정말 나 안 볼 생각인 건가?"

"누가? 하늘천이?"

"한다면 하는 녀석이잖아."

"한다면 하는 녀석이긴 하지. 자기가 내뱉은 말은 무조건하잖아. 그래서 난 걔 좀 무섭더라."

수아가 거들고 나서며 눈치를 살피지만 산희는 죽을상을 한 채 묵묵부답이었다. 처음부터 끝까지, 데이트에 관한 내용을 샅샅이 물어보고 싶은 심정이었지만 늘천으로부터 핸드폰 전달 부탁을 받은 직후 묘하게 틀어졌음을 직감한 수아는 분위기만 살피는 중이었다.

"그나저나 뭐 하는 중인 건데?"

"이론 공부."

"이 여름에 뭔 공부라니. 난 정말 여름학기 듣는 건 이해가 안 된다."

"학기 공부 아니야. 사랑 이론이야."

진지하게 대꾸하는 산희의 태도에 수아가 눈을 동그랗게 뜨고 그녀의 수첩을 들여다봤다.

"사랑학개론. 뭐야, 아류작 같잖아."

"배울 수만 있다면 제대로 좀 알고 싶어서 그래."

"그래, 뭘 그렇게 알고 싶은데? 언니한테 물어보렴."

"쳇. 자기두 경험은 별로 없는 주제에."

"뭐, 백지장도 맞들면 낫다고 하고, 하나보단 둘이 낫다고 생각하니까."

대수롭지 않게 대꾸하는 수아의 모습에 산희가 가만히 고개를 끄덕거렸다. 수아의 연애 경력보다 중요한 것은 지금 사랑의 이론이었기 때문이었다. 그 어떤 것이든 이론이 탄탄해야 한다는 생각을 가지고 있는 산희는 어느 때보다도 학구열에 불타고 있었다.

"언제, 어떻게 사랑을 느끼는 걸까?"

"글쎄. 사람에 따라 다 다르니."

"다짜고짜 키스부터 당하면 난 어떻게 해야만 하는 걸까?"

키스를 떠올린 산희의 두 눈이 몽롱해졌다. 하얀 수첩 위엔 두툼한 입술이 그려지고 있었다. 자신은 모르는 듯했지만 한 손으로는 입술을 매만지며 그때의 감각을 되살리는 듯 해보였다.

그 모습을 바라본 수아가 고개를 절레절레 저었다.

'미쳤네, 하늘천.'

가뜩이나 서툰 아이인데 진도가 너무 빠르다.

'하여간에 강산희나 하늘천이나.'

둘 다 서툴러서 안타깝기만 한 종족들이다. 뭐, 그래서 청춘인지도 모르고.

수아는 제법 어른스러운 얼굴로 태연히 두 사람의 이야기에 집중했다. 어쨌든 한 번은 터져야 했던 고름임을 알고 있었기에 그렇게 놀랄 일도 아니었다.

"처음엔 징그러웠어. 평생 친구라고 여겼던 녀석이 갑자기 남자로 돌변해서. 두 번짼……."

"두 번이나 했어?"

"아니, 한 건 한 번인데……. 육체적 대화를 하고 싶어 하는 줄은 몰랐단 말이야, 정말."

산희가 빨개진 얼굴을 양손에 묻었다. 순식간에 방으로 끌고 올라가 침대 위로 쓰러트리던 늘천의 얼굴이 떠올라 몸이 후끈하게 달아올랐다.

"또 그렇게 갑자기 맞닥트릴 줄은 몰라서, 놀라기도 했고, 그렇게 오래 생각도 해보지 못했고. 그래서 답을 내놓지 못했는데 또 빨리 결정하라잖아. 나한텐 그게 그렇게 쉬운 일은 아닌데. 정말 모르겠어. 어떻게 반응해야 하고, 어떻게 대해야 할지 모르겠어서 내 생각밖에 못 하겠어. 상처받는 게 눈에 보이는데도…… 배려가 안 돼. 심지어 나에겐 그게 첫 키스였단 말이야!"

횡설수설, 말이 제대로 연결이 되지 않았지만 대충 어떤 상황인지는 알아챈 수아는 산희의 어깨를 톡톡 두드려주었다. 사랑, 우정, 의리. 여러 가지 감정을 적어놓고 고민한 흔적이 보이기에 더욱 안쓰러웠다.

"그치, 솔직히 민폐지. 친구의 얼굴을 하고 있다가 갑자기 돌변하는 건. 애초에 남자로 정하던가, 아님 티를 내던가. 이도 저도 아니고 친구로 있다가 뜬금포로 고백하면 한 대 치고 싶긴 할 거야."

"그 정도는 아니었어."

"만약 나라면 말이야. 그런 상황에서 벗어나고 싶었음 니킥부터 날렸어. 알지, 중심부를 콱!"

수아의 말을 들으며 테이블 위로 쓰러진 산희는 머릿속으로 늘천의 얼굴을 그렸다. 오래전, 친구의 얼굴을 하고 있던 늘천은 이미 기억도 나지 않는다. 진지했던 눈빛, 뜨거웠던 손, 부드러웠던 입술, 가시 돋친 말, 들끓었던 고백, 그리고 그에게서 나던 남자의 냄새가 산희를 혼란스럽게 만들고 있었다.

"아프다니까, 꼭 내 책임 같아서, 걱정이 돼서 약병부터 던졌는데…… 던지고 나니까 미안한 거 있지. 그치만 또 미안하다가도 불쑥 화가 나고, 화가 나다가도 또 안쓰럽고, 그치만 사랑이 안타깝다고 해줄 수 있는 것도 아니고."

맞는 말이다. 사람의 감정이 흑백논리로 설명될 수 없듯 그녀가 품고 있는 감정 역시 단순하게 해석될 수는 없다. 늘천의 입장에서 보면 알아주지 않는 산희가 답답하고, 이기적이고, 산희의 입장에서 보면 급작스러운 고백이 당황스럽고, 난감하고, 부담스럽고. 그랬기에 수아는 차마 누구의 편도 들지 못한 채 중립을 지키며 침묵을 고수했다.

"언니가 그랬어. 상상해보래. 늘천이 곁에 내가 아닌 다른 여자가 있는 장면을 말야. 덕분에 그런 꿈까지 꿨어. 완전 악몽인 거 있지?"

"더 확실한 방법이 있어. 그 사람이 널 만지고, 키스하고, 또 널 원하는 걸 상상해보는 거야. 아무래도 육체적 반응이 제일 확실하지 않겠어? 아무리 헤어지기 싫다고 해도 곁에 있으면서 닿기 싫다면 다 소용없지."

수아의 말에 산희는 부스스한 얼굴로 일어나 수첩을 들여다봤다.

Q1. 여자 취급도 해주지 않았으면서 갑자기 고백하겠다고 나선 이유가 뭐야?

Q2. 왜 내가 좋은 거야?

Q3. 어떤 노력을 해도 지금까지 지냈던 것처럼은 지낼 수 없는 거야?

늘천을 향한 물음들이 머릿속에 가득했지만 이제는 하나씩 지워야 할 때다. 늘천이 원하는 것은 선택임을 알기 때문이다. 타인이냐, 연인이냐. 하늘천이냐, 아니냐.

"이건 너무 흑백논리잖아."

사랑이라고는 말할 수 없다. 그렇다고 우정도 아니다. 의리는 있다. 하지만 하늘천은 맞다.

맞다.

맞다…….

한자로 적어놓은 하늘천에 몇 번이고 동그라미를 치던 산희가 두 눈을 질끈 감았다 떴다. 그때 마침, 카페에 들른 희건이 산희와 수아를 발견하고 곁으로 다가왔다.

"더미!"

희건의 부름에 산희의 머릿속 안개가 맑게 개었다. 지금까지의 복잡한 상황들이 단번에 날아가버린 탓에 산희는 어벙벙한 얼굴을 하고 희건을 맞았다.

"아, 선배."

"미안하다, 정말."

같이 온 일행들에게 미안하다는 제스처를 하고 산희의 곁에 와

앉은 그가 양손을 모았다. 그 모습에 산희는 고개를 갸웃거리며 되물었다.

"뭐가요?"

"오래 기다린 거 아니었어?"

"선배랑 만나기로 약속했었나요, 오늘?"

순진무구한 눈빛을 빛내며 모르는 척으로 일관하는 산희의 모습에 희건이 낮게 한숨을 내쉬었다.

"마음 상해서 그러는 거야? 정말 미안하다. 그날 부모님께 잡혀서 나갈 수가 없었어. 몇 번이고 전화했는데 안 받더라. 늘천이네 핸드폰을 두고 갔다며?"

"아, 그날요?"

희건이 언제 일을 이야기하는지 정말이지 까맣게 잊어버리고 있던 산희. 꽤나 새삼스러운 일이기도 했고 그보다 더 마음이 가는 일도 있었고. 그러고 보니 그날 이후, 온종일 늘천 생각뿐이라는 것을 깨달았다. 그 덕에 희건은 기억 속에서 잊히고 말았다.

"신경 안 써요. 선배도 너무 마음 쓰지 마세요."

그렇게 말한 산희가 지그시 희건을 바라봤다. 참 이상도 하다. 얼마 전까지 그를 보면 뛰던 심장이 잠잠하다. 그렇게 설레던 마음이 밍밍하다. 사랑이라 굳게 믿었었는데, 운명인 줄 알았었는데, 거창한 단어들이 동원된 마음치곤 끝이 너무나 정적이다.

어쨌든 중요한 사실 하나는 분명했다. 강산희에게 사랑보다 중요한 건 하늘천이라는 것.

"정말 미안하다. 몇 시간이나 기다렸다면서. 만회할 기회를 줘. 그 후에도 몇 번이고 사과를 하려고 전화했는데 안 받더라."

"아, 핸드폰 지금 찾았어요."

"그랬구나. 그럼 내가 나중에 전화할게."

희건이 산희의 어깨를 툭툭 두드리고는 일행이 있던 곳으로 향하려는데 산희가 그의 셔츠 자락을 잡았다.

"그보다, 선배. 저, 할 말이 있어요."

"무슨 말인데?"

결연한 두 눈을 빛내며, 산희는 제법 덤덤하게 제 마음을 토해냈다.

"저, 선배 좋아했어요."

산희야, 강산희, 그래도 어쨌든 강산희······.

지금에서야 드는 생각이지만 늘천은 늘 산희의 이름을 불렀다. 만난 지 얼마 되지 않은 희건마저도 산희를 '더미'라 칭할 때, 늘천은 꼬박꼬박 '강산희'를 불렀다.

'생각해보면 쉽게 알아차릴 수 있는 힌트였는데.'

산희는 몇 번 전화를 해도 받질 않는 늘천을 생각하며 핸드폰을 물끄러미 바라봤다. 평소 전화를 받지 못하면 문자라도 넣어주는 녀석이 이제는 아예 없는 사람처럼 묵묵부답이다.

아예 늘천의 집으로 향하는 산희는 타박타박 걸으며 언젠가 들었던 늘천의 말을 되새겼다.

"너 님은 언젠가 우리의 오랜 우정도 끊고 깨끗이 돌아설 녀석이야."

"우정이라. 그럴지도 모르지."

"말도 꼭 그렇게 하더라. 우리 사이에 우정이 존재하기는 하냐?"

"알고 봤는데 존재하지 않았다면 꽤 큰 반전일 테지?"

반전 맞다. 그의 고백을 듣고 나니 그의 속 깊은 진심이 보이는 까닭에 산희의 눈시울이 붉어졌다.

"여자가 줄 서는 거 바란 적 없어."

"글쎄. 난 지금까지 내가 많은 걸 바란다고 생각해본 적이 없는데. 한 명이면 돼."

오래전부터 마음에 담아온 상대가 다른 사람을 좋아한다고 그 사람과의 데이트 준비까지 도와줬던 늘천이 떠올라 산희는 저도 모르게 중얼거렸다.

"속도 없는 바보."

사랑은 모르지만 그 마음은 안다. 누구보다 자신을 생각해주는 늘천의 마음에 함께 뜨거워지는 산희다. 더불어 늘천이 예전부터 정해진 이별을 염두에 두었다는 생각에 발걸음이 무거워졌다.

"순리지. 이치고. 하지만 꼭 이별 같아. 내가 알고 있는 강산희와의 이별."

늘천은 선택한 거다. 친구와 연인의 갈림길 사이에서 함께 했던 세월 모두를 부정하고서라도 그 마음은 접지 않겠다는 것을 직접 보여준거다. 그것이 하늘천의 결의라는 것을 알기에 산희도 마음을 다

잡았다.

늘천의 집에 가까워질수록 심장이 터져버릴 것만 같았다. 산희는 마음을 다잡고 사뭇 진지해진 자세로 현관 벨을 눌렀다. 몇 번이고 누른 벨에도 안에서는 아무 반응이 없었다. 차라리 집에 올라가 방 창가에서 기다릴까 싶어 몸을 돌리려는데 누군가의 목소리가 들려왔다.

ㅡ누구세요?

처음 듣는 여자의 목소리에 산희의 미간이 저절로 좁혀졌다.

"강……산횐데요. 누구……세요?"

ㅡ아, 산희?

여자가 산희를 아는 투다. 잔뜩 경계하는 눈빛을 한 산희는 자동으로 열리는 문을 밀고 안으로 들어갔다. 그와 동시에 한 여자가 현관문을 열고 나왔다. 집주인이라도 되는 양, 너무나도 자연스러운 태도에 산희는 안으로 불쑥 들어가지 않고 물끄러미 그녀를 바라봤다. 그러자 그녀가 생긋 웃으며 손인사를 건넸다.

"너희 아직도 친하게 지내는구나?"

"누구……."

"어머, 나 기억 못해? 수지잖아, 설수지. 고등학교 동창."

"아…… !"

갑작스러운 수지의 등장에 산희가 두 눈을 끔뻑거렸다. 고등학생 시절 잠깐 사귀었던 둘이지만 지금에 와서 다시 왜? 물음표가 머릿속에 한가득이다. 덜컥 겁이 나기 시작했다. 손바닥에서는 땀이 배어 나오고 있었다. 하지만 수지는 아닌 모양이다. 예전처럼 당당하고 예쁜 얼굴로, 늘씬한 몸매가 눈이 부셨다.

산희가 떨떠름하게 인사를 건넸다.

"오랜만이다. 잘 지냈어?"

"그럼. 너희 같은 대학 간 건 알고 있었는데 아직도 이렇게 친하게 지낼 줄은 몰랐다. 서로 안 불편하니?"

"뭐가 불편해?"

"뭐, 서로 애인이 생기면 대개 그렇지. 프라이버시도 필요하고, 어른이 되면서 서서히 멀어지는 경우도 대다수고, 또 각자 애인한테 미안하잖아?"

두 사람 사이를 알고 있는 것 같진 않은데 꽤 날카로운 지적이다. 뜨끔한 속을 감춘 산희가 어색하게 웃어 보였다.

"그런가, 난 잘 모르겠는데."

"애는. 너 여전히 둔하구나? 그래서 늘천이가 아직도 솔로인 거니?"

수지에게 악의가 없다는 것쯤은 알고 있었기에 산희는 별다른 말 없이 안으로 들어갔다. 현관에 놓인 한 짝의 구두가 눈에 밟혔다. 다른 쪽에 있는, 늘천이 자주 신고 다니는 클래식 슈와 짝이 맞는 듯하다. 그 생각을 하니 괜히 속이 부대끼는 느낌이었다.

"늘천이는……."

"아, 지금 잠깐……."

수지가 뒤를 돌아보는데 계단에서 누군가 내려오는 인기척이 들려왔다. 다름 아닌 늘천이다.

"하여간, 양반은 못 돼."

수지가 키득거리자 늘천이 수건으로 젖은 머리를 털면서 그녀를 바라봤다.

"무슨 일이야? 누가 왔어?"

"아, 산희 왔는데."

그 말에야 비로소 늘천의 시선이 산희에게로 향했다. 젖은 얼굴에 나른한 두 눈, 수지와의 묘한 아이 컨택에 벌써부터 이 자리가 불편해진 산희였다. 수지가 방금 전 했던 지적이 어떤 상황인지 몸소 체험한 산희는 머리카락을 매만지며 두 사람을 번갈아 봤다.

"무슨 일이야?"

"⋯⋯할 얘기가 있어서 왔어."

"난 없어."

"난⋯⋯."

산희가 수지를 흘깃 바라보고는 입을 꾹 다물었다. 방금 전 진지하게 내렸던 결론이 깡그리 무시당한 느낌은 둘째 치고, 이제는 대놓고 밀어내는 늘천의 태도에 불쑥 서러움이 치밀어 오른 까닭이다.

"뭐야, 둘이 싸운 거야? 어린애같이."

두 사람의 심각한 분위기를 번갈아 바라보던 수지가 작게 웃었다.

"나한테는 기횐가?"

"뭐?"

"친구 둘이 싸웠고, 싸움에 마음이 불편할 테니까 술 한 잔 마시러 가고 싶을 거 아냐? 내가 술 한 잔 걸치러 가자고 제안하면 도도하게 거절했을 평소와는 조금 다른 반응을 보일 것 같고."

'친구'라는 단어에 유난히 힘이 실린 느낌이 늘천의 심경을 건드렸다. 그는 뾰족하게 날이 선 목소리로 수지를 쏘아붙였다.

"⋯⋯쓸데없는 소리 마."

경고를 알리는 목소리를 알아들은 건지, 아니면 무시하는 건지.

수지는 두 눈을 동그랗게 뜨고 긴 속눈썹을 팔랑거렸다.

"이게 왜 쓸데없는 소리야. 마음이 불편하고 답답할 때 그걸 해소하는 방법 중 술만큼 좋은 건 없다고."

수지의 말에도 산희는 늘천만 지그시 바라볼 뿐이었다. 이 상황에 어떻게 대처할 거냐는 듯, 그의 대답을 듣고 가겠다는 행동에 늘천의 미간이 좁아졌다.

"그러게. 술처럼 좋은 게 없다는 생각이 지금 막 드네."

"그치? 그럼 가자!"

"기분 전환할 겸 가는 것도 나쁘지 않은 것 같고, 모처럼 학교 동창이 찾아왔는데 거절하는 건 예의가 아닌 것 같고."

"다른 애들도 많이 올 거야."

"어디로 갈 건데?"

"동창회를 위해 오래전부터 예약해놓은 장소가 있지. 철저한 예약제라는 '미라지'!"

수지가 활짝 웃으며 말하는데도 늘천은 그런 그녀 너머의 산희와 시선을 맞추고 있었다. 서로만이 알 수 있고 읽을 수 있는 감정이 눈과 눈을 통해 전달됐다. 하지만 오류인 모양이다. 늘천이 원하는 것이 산희에게, 산희가 원하는 것이 늘천에게 완벽히 와 닿을 수는 없었던 거다. 아니면 그것이 팽팽한 줄다리기에 일부일 수 있었다.

가지 마.

가지 말라고 말해줘.

같은 곳에 도달할 수밖에 없는 소망이었음에도 추구하는 방법이 달랐기에 성사될 수 없는 마음의 거래였다.

서로의 행동을 기다린 것은 5초.

꽤 길게 서로의 눈을 바라보고만 있던 두 사람 중 늘천이 포기했다는 투로 긴장의 끈을 늦추었다.

"안으로 들어와."

늘천의 나지막한 말에 산희의 눈이 순식간에 커졌다. 그리고 그녀가 한 발 앞으로 내딛기 직전, 늘천이 그녀의 기대를 산산이 부수어 버렸다.

"설수지."

산희의 커다래진 두 눈에 실망과 절망이 그득해지는 것을, 늘천은 확인할 수 있었다.

한 번만, 이번 한 번만 네가 붙잡아줬더라면.

어리석은 싸움일 수도 있다. 어쩌면 멍청하기까지 한 줄다리기일 수도 있었다. 하지만 지금 이 순간, 늘천을 이토록 치졸하게 만드는 것은 단 한 순간도 솔직해지지 않은, 그래서 용기를 내지 않는 산희였다.

늘천이 수지 곁으로 바싹 다가서며 산희를 바라보았다. 산희가 단 한 번도 보지 못했던 냉랭한 시선이 얼음송곳이 되어 산희의 심장을 관통했다.

"넌 계속 이러고 있을 거냐?"

"어, 어?"

늘천이 수지에게 다가서는 모습에 아주 잠시 마음에 빈틈이 생겨 버렸다. 그렇지 않고서야 어리버리한 얼굴을 하고 멍청하게 더듬거리지 않았을 거다.

"딱히 할 말이 없다면 자리 좀 비켜주지?"

미묘하기 짝이 없는 두 사람의 분위기에 놀라 잠시 한눈을 판 사이, 정신을 차려보니 현관 밖으로 밀려나고 말았다. 문은 닫혔고, 그 안에는 두 남녀만 남았다. 산희는 외부인이었고, 또 환영받지 못하는 존재가 되어버렸다.

"아, 나 미치겠네."

멘탈이 유리처럼 산산조각이 나 분해되는 순간을 경험한 산희, 늘천의 집 앞에서 한동안 서서 자신이 뭘 하러 왔는지 생각을 더듬어야 했다.

"분위기에 휩쓸려 말렸네, 나."

한숨을 폭 내쉰 산희는 늘천의 집을 조용히 노려보고 있다가 이내 핸드폰을 찾아 쥐었다. 그리고 곧장 핸드폰 지도 기능을 켜 수지가 말한 '미라지'가 어디에 있는지 검색하기 시작했다.

─여어, 술 한잔할래?

타이밍이 좋았다고밖에 할 수 없었다. 꽤나 아픈 실연을 경험하고 있는 늘천에게 오랜만에 연락한 수지는 고등학생 시절 친구 녀석들과 한잔하기로 했다며 술자리를 제안했다. 오랜만의 동창회이기도 했고, 더불어 떠들썩한 분위기가 그리웠던 늘천은 어렵지 않게 참석을 결정했다.

한사코 사양했음에도 고집을 부려 픽업을 온 수지는 집 앞에서 그를 기다리고 있다가 마침 출근하는 산의 제안에 못 이기는 척 집 안으로 들어왔다. 이미 들어온 녀석을 쫓아내는 것도 예의가 아니었기에 늘천은 하는 수 없이 수건을 목에 걸고 거실로 내려왔다.

"내가 알아서 간다니까."

"시간 남아서 온 거야. 좀 더 일찍 보고 싶기도 했고, 내버려두면 마음 바뀌었다고 안 온다는 연락만 툭 던질 스타일이니까."

수지의 대꾸에 늘천은 냉장고에서 주스 병을 꺼내 잔과 함께 식탁으로 왔다. 잔에 주스를 따르고 뚜껑을 닫으려는데 그 모습을 빤히 바라보고 있던 수지가 대뜸 입을 열었다.

"에둘러 말하니 못 알아듣네. 보고 싶어서 왔어. 그게 70퍼센트 차지해."

동요한 것은 아니었다. 그저 타이밍 좋게 손에 들고 있던 뚜껑이 바닥으로 떨어져 식탁 밑으로 데굴데굴 굴러갔을 뿐. 수지를 가만히 바라보고 있던 늘천은 별다른 말없이 허리를 굽혀 식탁 밑으로 들어갔다. 뚜껑을 집고 일어나려는데 다시금 수지의 목소리가 들려왔다.

"다시 시작해보지 않을래?"

이번에는 조금 놀랐다. 식탁 아래의 늘천이 머리를 박았다. 엎친 데 덮친 격으로 손을 잘못 짚어 머리 바로 위에 있던 잔이 엎어졌고, 그 덕에 늘천은 주스를 흠뻑 뒤집어썼다.

"두 번 고백했다간 큰일 나겠지 싶다. 너, 아직도 귀엽다?"

"일단 다시 씻어야겠다."

"고백에 대한 답은 그렇게 유보하는 게 아니지. 그렇게 놔둘 성격도 못 되고, 내가. 대답해주고 샤워하러 가."

"어물쩍 넘어가려는 생각은 아니었지만 지금 당장 답을 원한다면 주고 씻으러 갈게. 미안하다. 내가 귀엽다고 생각하는 여자는 따로 있어."

여지를 주지도 않고 단박에 자르는 늘천의 태도에 수지가 입술을 비죽거렸다. 예전에 고백했을 때와는 사뭇 다른 태도다. 별다른 생각 없이 덥석 오케이 했기에 지금까지도 비슷한 마음쯤은 되는 줄 알고 있던 수지가 뾰로통하게 물었다.

"뭐야, 여자친구 있어?"

"그건 아니고."

"그럼 진지하게 생각이라도 좀 해보지?"

"마음이 텅 비어 있으면 진지하게 생각이라도 해보겠는데 일단 안에 누가 있거든. 그 녀석이 방을 비워주지 않는 한 생각조차 할 여유가 없어서 말이다."

"쌍방통행도 아니고 하늘천이 목하 짝사랑 중이시다? 참 웃겨, 사람 마음이라는 게. 그런 말을 하니까 더 탐이 나는 거 있지? 누군가를 좋아하는 네가 좋은 건지도 모르겠다는 생각이 든다, 난. 왜, 누군가를 좋아하는 사람을 지켜보다가 나도 모르게 사랑에 빠질 때 있잖아. 그의 시선이 나를 향하길 바란다든가 하는 마음?"

수지의 말에 늘천이 피식 웃었다. 그리고는 주스 병과 잔을 밀어주고는 곧장 욕실로 향했다. 알아서 따라 마시라는 그의 태도에 멍한 얼굴을 하고 앉아 있는데 현관에서 벨이 울렸다. 무슨 소리인가 싶어 인터폰 앞으로 다가섰다. 욕실에서는 벌써 샤워 물줄기 소리가 들려오고 있었다.

"강……산희?"

기억 속 어딘가에 박혀 있던 모습 그대로. 변하지 않은 그 얼굴 그대로. 반가움이 반 정도, 나머지 반은 어떤 감정인지 모르겠다. 하지만 완전한 반가움은 아니었기에 수지는 잠시 그 앞에 서 있었다. 몇 번이고 울려대는 현관 벨소리에 하는 수 없이 멋대로 문을 열긴 했다. 덕분에 그녀는 산희가 나간 뒤로도 한동안 늘천의 따가운 눈초리를 받아야만 했다.

"정말 급해 보였다니까."

"그렇다고 멋대로 문을 열어?"

"산희잖아. 네 소꿉친구. 학교에서도 유명한 너희 둘이었다고. 게다가 웬만해서 여자들의 접근에 민감하게 반응하던 네 팬클럽 애들도 이상하게 산희한테만은 관대하더라. 이유가 뭔 것 같아?"

"대답해야 해?"

"그건 아니지만."

수지가 어깨를 으쓱거리고는 방금 전 왔다 간 산희를 떠올렸다. 그때 그 시절에서 단 한 걸음도 진전하지 못한 것처럼 보이던 그녀는 누가 봐도 여자인지 남자인지 구분이 안 갈 말괄량이, 그 이상도 이하도 아니었다.

'그런데 금방이라도 울 것 같던 그 얼굴이 마음에 걸린다 이거지. 게다가……'

수지는 곁에 서서 나갈 채비를 마치는 늘천을 바라보았다.

'두 사람의 분위기가 묘하기도 했고.'

하지만 누가 봐도 산희는 아니었다. 늘천의 짝사랑 상대가 산희일 수가 없었다. 여자다운 모습이라고는 눈곱만큼도 찾을 수 없고, 남자가 끌릴 매력이라고는 손톱만큼도 찾아볼 수 없는 아이였으니까.

'설마……. 에이, 설마.'

수지는 고개를 절레절레 흔들었다. 그런 그녀의 모습을 의아하게 바라본 늘천이 한마디를 툭 던졌다.

"대충 준비도 끝난 것 같은데, 가지?"

지갑을 챙겨든 늘천이 고갯짓을 하자 혼자만의 상념에서 깨어난 수지가 예의 상큼한 미소를 짓고는 그의 뒤를 따라나섰다.

'미라지'의 주소를 알아내기 무섭게 구르듯 언덕을 뛰어 내려가 택시부터 잡아탄 산희다. 혹여 그를 놓칠까 싶은 마음에 버스 대신 택시를 잡아탔건만 수지가 볼일을 보고 늦게 오는 바람에 생각보다 여유 있었다.

술집 안으로 들어가지 않고 조금 떨어진 전봇대 밑에서 한참을 기다렸다. 30분이 훌쩍 넘을 때까지도 산희는 술집 입구만을 감시하듯 빤히 바라보고 있었다. 그녀가 기댔던 몸을 일으킨 것은 멀리서부터 요란한 소리를 내며 달려오는 스포츠카를 봤을 때였다.

"왔다."

입구에 차를 댄 수지가 직원에게 차키를 넘기는 것이 보였다. 조수석에는 늘천이 있었다. 담배를 태울 심산인지 그는 수지부터 안으로 들여보내는 중이었다. 그 순간, 산희의 심장이 발작적으로 방아질을 시작했다. 고작 며칠이 지났을 뿐인데 한 일 년은 못 본 것만 같아 반갑고, 또 눈물이 났다.

달렸다. 짧은 머리칼이 흩날렸고, 숨은 턱까지 차올랐다. 마음이 급한 나머지 걸음이 꼬여 바닥에 넘어지기도 했지만 통증은 느껴지지 않았다. 오뚝이처럼 벌떡 일어나 무작정 달려 그의 옷자락부터 움켜쥐었다. 턱밑까지 차오른 숨을 고르는 동안, 그가 밀쳐버리고 달아나 버릴까 두려워 잡은 손에 힘을 주었다.

"하아, 하아."

산희가 붙잡을 것을 예상이라도 한 사람처럼 늘천은 고요했다.

그러고 보니 그의 손에는 담배가 들려 있지 않았다. 팔짱을 낀 채 무얼 기다리는 사람처럼 서 있었을 뿐. 그제야 산희는 그가 멀리서부터 자신을 알아챘다는 사실을 깨달았다.

"날, 기다려준⋯⋯."

풍선처럼 부풀어 오른 폐가 펑 터져버릴 것처럼 고통스러운 나머지 허리를 숙이고 숨을 고르는데 날카로운 한 마디가 폐부를 찔렀다.

"아는 척하지 말랬지?"

몽둥이찜질을 맞는 거라면 소리라도 지르며 아프다고 울겠는데 그의 말투는 뭉툭한 그것과는 다르게 섬세하기만 하다. 날카롭고 또 세밀해서 아픔을 느끼지 못하다가 핏방울이 배어 나오는 걸 보고서야 깊이 베였다는 것을 실감하게 된다.

"그 말 하려고 기다린 거야?"

"연락 안 된다고 무작정 집으로 찾아오는 것도 민폐야. 안 와도 돼. 난 네 전화, 문자 다 무시한 거니까."

"너⋯⋯."

"하루에도 몇 번씩. 솔직히 불편해. 눈코 뜰 새 없이 바빠서 문자도, 전화도 다 피곤해."

산희가 핏발 선 두 눈으로 낯선 사람 보듯 늘천을 바라봤다. 한숨까지 쉬며 대놓고 밀어내는 그 태도에 심장이 오르락내리락, 참 바쁘다. 그 고백을 받은 후로 하루 종일, 매일매일, 늘천의 입장에서 생각하려고 노력해왔던 산희다. 불편하지만 마주 보려고 무던히도 애를 썼던 그녀다. 물론 그게 늘천에게 충분하지 않았겠지만 그렇다고 극단적으로 돌변하는 건 반칙이지 싶다.

"너, 진짜 잔인하다. 피도 눈물도 없는 이 냉혈한. 너는 그게 돼? 내 인생에서 네가 없었던 적이 단 하루도 없는데 하루아침에 딱 끊어버리는 게 돼?"

"난 돼. 그렇게 한다면 나, 해."

"난 못해!"

"네가 내린 결론이잖아?"

"내가 내린 결론이라고? 이게? 내 의견은 반영되지 않은 보기들만 나열해놓고 찍으라고 하는 게 네 방식이야? 마음이 그렇게 사지선다처럼 간단해?"

며칠 내내 얼굴 한 번 보여주지 않았던 독한 놈. 아니라니까 하는 수 없다며 세상에 존재하지 않았던 사람처럼 존재를 감춰버린 무서운 놈. 내 마음 무너지는 줄 알면서 손 한 번 내밀 줄 모르는 매정한 놈.

예전엔 몰랐다. 이 녀석의 말 한마디가 마음을 이렇게나 허물어트릴 수 있는지. 이 녀석의 존재가 이다지도 컸는지 미처 몰랐다. 서로가 서로에게서 떨어져 나갈 수도 있다는 생각조차 해보지 못했다.

그래서 답을 냈는데 이 나쁜 놈은 처음부터 제대로 들어볼 생각도 하지 않는다. 그러니 울컥하는 마음을 제어하지 못한 산희는 진심을 내놓아야 할 시점에 예전으로 돌아가 그 억울함을 토로하는지도 몰랐다.

"이대로……. 우리 좋았잖아."

"난 아니야."

"이대로는…… 안 돼?"

"이제 더 이상은 안 돼."

"얼마 전까지는 괜찮던 일이 왜 지금은 안 된다는 건데?"

뺨을 타고 눈물이 흘렀다. 무엇 때문인지 모를 눈물에 뺨이 다 젖어버렸다. 그랬는데도 뭐가 뭔지 하나도 모르겠다. 왜 안 되는지도 모르겠고, 왜 이러는지도 모르겠고, 순식간에 변해버린 그의 마음도 모르겠다.

"이해를 못 하겠어, 나……. 요즘 일상이 다 현실 같지 않아. 잠을 자면 매일 악몽을 꿔. 네가 떠나가버리고, 나는 목 놓아 울고. 그러길 반복하다 깨면 현실이 어떤 건질 모르겠어. 진짜로 너는 옆에 없어. 사진첩 속 사진들엔 늘 네가 옆에 있는데 꼭 네가 지워진 것만 같아. 내 추억도, 인생도, 기억도 다 사라진 것만 같아. 알잖아, 너는…… 넌 내게 추억이자, 인생이자, 기억이란 말이야!"

아이처럼 엉엉, 울어버리고만 그녀의 앞에 그가 무릎을 꿇고 앉았다. 어릴 적부터 보아왔던 소년의 얼굴에 남자가 스며들었다. 한 번도 보지 못했던 얼굴이고, 눈빛이다. 그에게서 풍겨 나오는 향기마저도 평소에 맡던 그것과 다르다.

"나한테 와."

귓가로 스며든 그의 낮은 음성에 가슴이 떨린다. 경련같이 미세한 떨림이 온몸으로 뿜어져 나갔다. 손도 떨리고 갈비뼈도 떨린다.

커다란 손이 그녀의 뺨을 감싸 쥐었다. 젖은 얼굴에 달라붙은 머리카락을 떼어내 귀 뒤로 넘겨주고는 그녀를 단단히 잡고 끌어당겼다.

"나로 해. 절대 아프게 하지 않을게."

허스키한 늘천의 음성에 산희가 물었다.

"널 선택하지 않으면 이런 식으로 영영 내 곁을 떠나버릴 거니?"

"그래."

"협박이나 마찬가지야, 이건. 나한테도 시간을 주지 그랬니? 이렇게 떠밀지 말고 조금만 더 시간을 주지."

입술을 잘근잘근 깨물던 산희가 이윽고 누군가의 존재를 기억해냈다.

"……수지는 뭐니?"

"뭐?"

"나한테 선택을 하라고 했으면서 네 곁엔 왜 수지가 있는 건데?"

그녀의 추궁에 늘천은 그럴 권리도 없다는 듯 되레 화를 냈다.

"아무 말도 하지 못하고 돌아선 그날, 지금 이대로 있으면 안 되냐고 물었던 그날, 이미 넌 선택을 한 거잖아? 누가 내 곁에 있든 이젠 신경 쓰지 말아야 하는 거 아닌가?"

"지금은 널 선택하라며!"

"그래, 수지한테는 미안하지만 내가 좀 이용했어. 어릴 적, 널 좋아한다는 사실에 나도 놀랐어. 충격받았어. 볼 꼴 못 볼 꼴 다 보고, 사내아이처럼 뒤섞여 놀던 널 보면서 가슴 떨릴 때, 그것 좀 잊어 보겠다고 다른 여자아이를 만났어. 그게 수지야. 그런데 그게 뭐!"

"지금 옆에 있잖아! 날 놓겠다는 의미야? 선택권마저 빼앗아버리겠다는 의미야?"

"오늘은…… 우연이야."

산희의 물음에 대답을 해놓고도 어이가 없었는지 늘천이 고함을 질렀다.

"나도 내가 왜 너 하나 가지고 이러는지, 아주 미쳐버릴 지경이야. 널 보지 않는 게 너만 힘든 거라고 생각해? 나도 미쳐버릴 것 같아. 어떻게 한순간에 모든 걸 끊어버릴 수 있냐고? 나도 못 끊겠어. 그래서 더 돌아버릴 것 같아! 내가 대체 얼마만큼 더 돌아야 이게 끝나는 건지, 할 수만 있다면……."

"할게."

"……뭐?"

"널 선택할게."

산희는 뺨을 타고 흘러내리는 눈물을 닦을 생각도 하지 않고 늘천을 붙잡았다. 그 모습에 늘천은 자조적으로 웃으며 입매를 일그러트렸다.

"하! 날 선택한다는 건 나랑 사귀는 거야. 알고는 있어?"

"알아."

"사귄다는 게 어떤 의미인 줄은 알고 있는 거야? 나, 더 이상 너랑 소꿉장난 안 할 거야."

일종의 경고였다.

이런 괴물 같은 나에게서 벗어나.

너에게 미쳐 무자비해지는 내게서 도망가.

"이런 거."

늘천이 산희의 손을 잡아 깍지를 꼈다.

"또 이런 거."

힘주어 그녀를 끌어안았다.

"그리고 이거."

그녀의 입술 가까이 얼굴을 내린 순간, 산희가 움찔하는 게 느껴졌다. 뻣뻣해진 채 두 눈을 질끈 감아버리는 산희의 모습에 늘천은 쓸쓸하게 웃으며 물러났다.

"그렇게 쉽게 내게 온단 말, 하지 마."

입술은 닿지 않았다.

"이게 마지막이야. 놓아줄 때, 가라."

마음도 닿지 않았다.

늘천은 산희를 남겨두고 술집으로 들어가버렸다.

8.

어쨌든 한 가지는 깨달았다. 강산희는 애초에 말발로 하늘천을 이길 수는 없다. 늘천과 말을 하다 보면 본연의 목적은 사라지고 감정적 대응으로 인한 상처와 혈흔이 낭자하게 남는다. 한 마디로 말렸다고밖에 표현이 안 된다.

산희는 주머니 속에 넣어두고 오랫동안 만지작거렸던 종이 한 조각을 꺼내 펼쳤다.

넘버원부터 쓰리까지 몽땅 지우고 남은 하나의 목적, 고백하기.

결과적으로 봤을 때, 성공보다는 실패에 가깝다.

흘러내리는 눈물을 닦고, 심호흡 몇 번에 멍하게 주저앉아 있기를 몇 분, 안드로메다로 떨어뜨렸던 정신이 돌아왔다. 그리고 나니아봐, 빡친다.

"북 치고, 장구 치고 혼자 다 하고 있어, 저 자식이."

주먹을 쥐고 자리에서 일어났지만 일단 다리는 후들거린다. 이러다가는 개다리춤을 추는 채로 주먹질을 해야 할지도 모른다. 하나 다행인 건 패기만은 전보다 더 팔팔하다는 점이다.

"우쒸, 누구 멋대로 가라마라야?"

단박에 달려가 걸어가고 있는 늘천을 따라잡은 산희는 그의 앞을 막아섰다. 산희는 어깨를 들썩거리며 분노를 표출했다. 터지기 직전의 활화산이었다.

"네가 뭔데 나보고 쉽대?"

"네가 인당수 팔려가는 심청이라도 돼? 변사또 수청이라도 드는 춘향이라도 돼? 울며 겨자 먹기로, 그렇게 억지로 내 옆에 있지 않아도 된다는 말이야."

"언제는 있으라며! 협박을 하던 건 억지지, 억지가 아니야?"

"그래, 억지 부린 것 같아서 놓아준다고. 놓아줄 때 가라고!"

"놓아주면, 친구는 할 거냐?"

"미쳤어?"

"거 봐!"

사랑 앞에 서툰 두 사람은 비이성적이고 지나치게 감성적이었다. 지금까지 꾹꾹 눌러 참아왔던 서운함과 답답함이 단번에 터져 나온 까닭이기도 했다.

"둔한 사람은 연애도 못해? 나도 내 나름대로 내린 결정이야. 네가 뭔데 놓느니 마느니, 멋대로야?"

"난 널 생각해서……."

"웃겨. 생각했으면 애초에 고백하지 말든가, 고백을 했으면 시간을 주던가! 네 멋대로 이게 무슨 짓이야?"

산희가 옴팡지게 쥔 주먹으로 늘천의 가슴을 때렸다. 작지만 옹골찬 주먹은 정확히 명치를 때렸다. 통증에 깜짝 놀란 늘천이 산희의 팔목을 잡았다.

"야, 강산희."

꽤나 흥분한 상태의 산희는 팔을 잡힌 채로 바르작거리며 몸부림을 쳤다.

"있는다고. 내 곁에 있겠다고 했잖아, 내가!"

"키스하려고 하면 뻣뻣하게 굳어 있는데 무슨."

"그거 때문에 삐친 거야?"

"누가 삐쳐!"

"네가 첫 키스야. 그런데 어떻게 반응하길 바라? 능수능란하게 혀라도 한 번 돌려봐?"

눈을 부릅뜨고 팩 소리를 지르는 산희의 모습에 늘천은 놀란 듯 잠시 입을 다물고 있다가 되받아쳤다.

"이게 미쳤네. 강산희, 할 말이 있고 못할 말이 있지, 무슨. 뭐? 혀? 다른 사람 다 들어!"

"못할 말은 또 뭔데? 그래, 이왕 이렇게 된 김에 까놓고 다 얘기해보자. 대화라는 것 좀 차분히 해보자고!"

대화를 한다는 것이 이상한 억지 싸움이 되어버렸다. 서로 잘못되었음을 알고 있으면서도 분위기에 휩쓸려 마음만 상하고 말았다. 머리로는 아는데 마음은 그렇지가 못하다.

일촉즉발의 상황, 신경이 팽팽하게 당겨졌고 둘 중 누군가 입을 열기도 전에 수지가 밖으로 나왔다. 진지하게 시작될 수 있던 대화의 타이밍은 순식간에 어그러졌다.

"너희 뭐해? 빨리 들어와."

수지가 늘천의 팔을 잡아끌었다. 그녀에게 끌려가면서도 늘천은 산희에게 고정된 눈길을 거두지 않았다.

방문이 열리는 순간, 시끄러운 소음과 텁텁한 공기가 그들을 덮쳤다. 꽤 많은 동창 녀석들이 웃고 떠드는 소리, 앞에 나가 노래를 부르는 소리, 땀과 술이 한데 섞인 냄새가 무척이나 불쾌했다. 다만 산희는 늘천이 바로 곁에 있다는 사실에 안도했다.

동창 녀석들과 인사를 하고 그들에게 술잔을 받으며 대충 구색을 갖추고 난 다음, 분위기에 맞춰가던 늘천이 산희에게로 몸을 기울였다. 그리고는 그녀만 들리도록 조용히 속삭였다.

"억지로 곁에 있게 하고 싶지 않았어. 문득 그 생각이 들었을 뿐이야. 마음이 변하기 전에 빨리 번복해."

그 말에 산희는 고개를 저었다. 늘천이 놓아준다고 한들 헤어진다는 사실은 매한가지다. 그렇다면 이별을 되돌리는 방법은 단 하나뿐인 게 된다.

"일단 넌 내게서 사랑을 원하지 않았잖아? 넌 그저 강산희 하나만 원한 것뿐이잖아. 그렇다면 쉬워져."

어둠, 현란한 조명, 그 아래 산희의 두 눈이 반짝거렸다.

"나도 널 잃고 싶지 않다는 결론에 이르렀거든."

산희의 속삭임에 늘천이 그녀를 돌아봤다. 두 사람의 눈이 마주친 순간, 아주 잠시 그들은 마음이 통했다고 느꼈다. 두 사람만의 시간이 멈춰버린 느낌까지도 받았다.

올곧게 향하는 그의 시선이 참 오랜만이라는 생각을 하며 조금은 낯부끄러워진 산희는 머리카락을 만지작거리며 중얼거렸다.

"사랑은……. 보다 쉬우리라 생각해. 상대는 오랫동안 봐왔던 너니까."

171

"그래서 쉽지 않을 텐데?"

"지금 당장, 남자로 보는 건 힘들어. 그치만 노력할 거야. 내가 널 선택하는 거니까 내 선택에 책임은 다할 거야."

산희를 바라보는 늘천에게 아무런 반응이 없다. 고백이랍시고 한 건데 아무래도 너무 담백했던 모양이다. 늘천의 마음이 전혀 동하지 않는다는 느낌에 조급해졌는지 산희가 말을 덧붙였다.

"지금까지 말한 건 어쨌든 발견한 여러 가지 이유고. 사실을 말한다면 무척 간단해. 네가 날 놓는 게 싫어. 그걸로는 충분하지 않니?"

산희가 조심스럽게 늘천의 옷자락을 잡아 쥐었다. 그가 이번에도 뿌리칠까 봐 마음이 조마조마하다. 다시는 겪고 싶지 않은 감정이기도 했기에 산희는 다시 한 번 애걸했다.

"날 놓지 마, 하늘천."

산희를 뚫어져라 바라보고 있던 늘천의 입가가 미묘하게 씰룩댔다. 아주 잠시 그녀를 지켜보고 있던 늘천은 조용히 한마디를 했다.

"그럼 여기서 키스해."

"……뭐?"

"네가 먼저 하는 거야, 내게."

짓궂은 미션이었다. 변하지 않을 마음을 모두의 앞에서 증명이라도 하라는 것 같기도 했고, 지금까지 애태운 벌을 내리는 것 같기도 했다. 복합된 이유일 수도 있다. 하지만 지금, 늘천이 진심이라는 것이 문제였다.

산희가 잠시 생각에 잠겼다. 망설이는 듯한 그녀의 모습에 늘천은 그럼 그렇지, 힘없이 웃고는 술잔을 향해 손을 뻗었다. 그 순간이었다. 산희가 소파 위에 무릎을 꿇고 앉아 늘천의 고개를 잡아 돌렸다. 그의 입술에 그녀의 입술이 물캉하게 와 닿았다. 아주 잠시 노래 방 안 공간에 정적이 찾아온 것도 같았다.

입술과 입술이 맞닿은 시간은 고작 2초.

하지만 번개가 온몸을 관통하는 느낌에 놀란 늘천은 발작하듯 자리에서 일어나 산희를 붙잡고 소란스러운 방을 빠져 나갔다. 쿵쿵거리는 음악 소리에서 벗어난 두 사람은 곧장 술집을 빠져나와 입구 근처에 마주 보고 섰다.

강자와 약자는 다시 한 번 뒤바뀌어 있었다.

가로등을 등지고 선 늘천의 얼굴에 홍조가 드리운 느낌이다. 그를 빤히 바라보고 있던 산희가 손을 들어 그를 만지려는데 오히려 그가 놀라 움츠러들며 한 걸음, 뒤로 물러났다.

"뭐 하는 거야?"

"너야말로 뭐 하는 거야?"

늘천의 태도가 평소와는 사뭇 달랐다. 산희의 움직임 하나에 민감하게 반응하는 그 모습에 산희의 마음이 조금은 편해졌다.

"키스. 참, 그런 건 키스가 아니랬나?"

"너······."

"키스할 때 뻣뻣하게 굴던 건, 싫어서가 아니야. 단지 어떻게 반응해야 할지 몰라서······."

말을 하다 보니 이제는 좀 알겠다. 늘천이 그렇게 거부하며 밀어내던 이유를. 늘천도 무서웠던 거다. 가장 좋아하는 사람에게서 거부당하는 일이.

찬찬히, 자신의 입장에서 생각해보면 쉬울 일을 처음부터 제대로 하기란 어렵다. 참 우스운 일이 아닐 수 없다.

산희는 좀 더 평온해진 얼굴로 다시 한 번 속내를 끄집어냈다.

"너랑 닿는 거, 싫지 않아."

산희가 먼저 손을 내밀어 늘천을 만졌다. 그녀보다 훨씬 크고 강한 손을 매만지자 예전과는 다른 감정이 불쑥 치솟아 올랐다. 맥박이 요동하고, 얼굴이 붉어지고, 또 발가락이 움츠러드는 묘한 감각이다. 저도 모르게 배싯, 웃음이 나올 것도 같다.

"수청 든다고, 변사또."

아직도 늘천에게서는 대답이 없었다. 아주 오래 마음을 품었던 만큼, 산희의 격렬한 거부가 충격적이었을 테고, 얼굴을 보지 않는 동안 그 역시 수천 수백 가지의 생각들을 하며 마음을 접을 계획을 했었다. 그랬기에 어긋나다 만난 선로에 자꾸만 갈팡질팡, 이러다 다시 어긋나는 것이 아닌가 경계를 하는 중이었다.

"바보."

산희의 말에 늘천의 단단한 어깨가 움찔 떨렸다.

"희건 선배를 향한 마음을 정리하고 오느라 좀 늦었어. 미안해. 그동안 아프게만 해서."

사랑은 모르지만 시간은 있다. 그까짓 사랑이 뭐가 얼마나 대단한지는 모르겠지만 그걸 버리고서라도 선택할 만큼, 하늘천은 중요했다. 헤어지는 것보다 아픈 일이 없다면 헤어지지 않으면 될 일이었기에 그의 손을 잡는 산희의 얼굴은 그 어느 때보다도 밝았다.

"좋아했어요, 선배."

희건을 보자마자 무작정 옷자락부터 잡았다. 할 말이 있다는 말에 어느 정도 감을 잡고 있었던 모양인지, 희건은 산희와 수아 사이에 자리를 잡고 앉았다. 그리고 이어지는 폭탄 고백. 놀랄 법도 했지만 희건은 의외로 담담했다. 웃으며 한 마디 대답을 했을 뿐이었다.

"과거형이네."

모든 것을 다 예상했다는 태도의 희건이었지만 아무것도 모르는 산희는 이마가 벗겨질 것처럼 고개를 숙이고 있었다. 그 모습을 바라보는 수아는 의미심장한 미소를 짓고 있었다.

"이렇게 갑자기, 미안해요."

"괜찮아."

"저요, 선배."

산희가 어렵게 말문을 뗀 순간, 조용히 그녀의 말을 듣고 있던 희건이 너스레를 떨며 고개를 절레절레 흔들었다.

"아아, 정말이지 난 남의 미끼가 되고 싶지 않았다고. 처음부터 말한 것 같은데 그게 뜻대로 안 되네, 참."

"네?"

"이걸로 마음은 깨끗하게 정리가 된 거야?"

희건이 의미심장하게 웃으며 산희의 어깨를 툭툭 두드려주었다. 그제야 산희는 웃으며 고개를 끄덕였다.

"누군가에게 갈 준비는 됐어요."

"때론 다른 사람을 통해 곁에 있는 누군가의 소중함을 새삼 깨닫게 되기도 하지. 이해해."

"고맙습니다. 또 죄송해요."

"괜찮아. 내가 '계기'가 된 걸로 도움이 되었다면 나름 만족이니까."

고개를 꾸벅 숙이고 인사한 산희가 자리에서 일어났다. 어딘가로 바쁘게 향하는 그녀의 뒷모습을 바라보고 있던 수아는 혀를 끌끌 차며 오지랖 넓은 희건을 걱정했다.

"왜 그랬대요? 그런 짓 암만 해봤자 자신만 손해인 것을."

"경험자의 충고냐?"

"조언이죠."

"그럼 그 조언자와 같은 마음이라고 전해줘."

"보고 있으면 복장 터지는 거?"

"보고 있으면 엄마 미소 짓게 되는 거."

턱을 괸 채 산희가 사라진 곳을 바라보고 있던 희건이 한숨을 푹 내쉬었다. 그리고는 고개를 돌려 속이 후련하다는 투의 수아를 바라봤다.

"가끔 어린아이들의 심리를 알 것도 같다는 생각이 들어. 왜, 흰 종이만 보면 더럽히고 싶어 하잖아?"

항상 밝고 젠틀하기만 하던 희건의 얼굴에 장막이 한풀 벗겨져 나갔다. 그와 동시에 그가 숨기고 있던 어둠이 수아의 앞에 드러났다.

"내게 있어 흰 종이는 하늘천, 그 녀석이었어."

눈이 아플 정도로 고지식하고 순수해서 어둠을 자극하거든.

희건을 물끄러미 바라보고 있던 수아는 시선을 피하며 고개를 끄덕였다.

"알 것 같아요, 어느 정도는."

두 사람은 그렇게 한동안 침묵을 고수했다.

"희건 선배를 향한 마음을 정리하고 오느라 좀 늦었어. 미안해. 그동안 아프게만 해서."

산희의 말에 늘천은 뒤통수를 맞은 사람처럼 멍하니 서서 그녀를 바라봤다. 상대마저 불태울 것 같이 강렬했던 남성적 눈빛은 온데간데없이 말귀 못 알아듣는 어린아이처럼 순진무구한 눈빛이 자리 잡고 있었다. 그 모습이 귀여워 작게 웃은 산희가 늘천의 검지 하나를 슬그머니 잡았다.

"해놓고 나니 나 완전 웃긴 거야. 바람 맞춰서 미안하다는 선배를 붙잡고 좋아한다고 고백했거든."

"뭐?"

'희건' 때문인지 '좋아한다는 고백' 때문인지 모르지만 늘천은 민감하게 반응했다. 0.01초보다 빠른 속도로 불편한 얼굴을 하는 그를 보며 산희가 볼을 빵빵하게 부풀렸다.

"화내지 말고 일단 끝까지 들어봐."

금방이라도 터질 것 같은 그를 진정시키고자 앞서 성질을 부린 산희지만 내심 그의 반응이 기쁜 그녀였다. 바로 방금 전까지 산희를 못 본 척하고 밀어내려던 태도를 떠올린 산희가 몸을 부르르 떨었다.

"좋아했다고, 그런데 미안하다고 말하고 왔어. 그러니 뜬금없잖아, 희건 선배 입장에선. 희건 선배가 좋아한다고 고백한 것도 아니고, 내가 좋아한다고 고백한 것도 아니고, 좋아했었다는 과거형에 거절까지 내가 해. 얼마나 웃겨?"

"아깝게 왜 그 자식한테 말해? 차라리 그냥 놔두지."

귀를 기울이면 우두둑, 이 가는 소리라도 들릴지 모른다. 희건을 떠올리는 늘천의 얼굴이 괴롭게 일그러지는 모습에 산희는 조용히 읊조렸다.

언제는 엄청 좋은 선배라고 한 주제에.

물론 늘천의 따끔한 눈빛이 뒤이었다. 그 눈짓에 목소리를 가다듬은 산희가 고개를 치켜들고 꽤 자만한 눈빛으로 설교를 시작했다.

"말이 얼마나 무서운지 모르지? 생각이나 마음을 말로 내뱉는 것만으로도 그렇게 되는 경우가 있어. 왜, 말이 씨가 된다고들 하잖아."

"그게 그거랑 같냐?"

"아닌가? 어쨌든, 내 첫사랑에 대한 예의는 갖췄다. 왜?"

"첫사랑?"

산희의 말을 듣고 있던 늘천의 심기가 다시금 불편해졌다.

강산희에게 낭만 따위를 기대한 내가 바보지.

텔레파시를 받고서라도 번복하길 바라는 늘천의 심정과는 달리, 산희는 단박에 인정해버렸다.

"첫사랑이지."

"첫사랑은 당연히 나여야 하는 거 아니야?"

"어째서?"

"……너, 방금 나한테 온다고 하지 않았어?"

"그랬지."

"그런데?"

이해하지 못하겠다는 듯, 늘천이 산희의 대답을 기다렸다. 그 말에 산희는 진지한 얼굴로 고민하다가 짤막하게 대답했다.

"넌, 하는 수 없는 사랑?"

"뭐?"

"수동적 사랑?"

"뭐어?"

"그렇잖아. 넌 내 마음을 끌어다 옆에 앉힌 거잖아. 너에게 간다고 네가 첫사랑이 되는 것도 아니고."

심각함 따위는 배제한 목소리에 늘천은 입을 꾹 다문 채 그 자리에 서 있었다. 혼돈이 온 모양이다. 그런 늘천을 바라보고 있던 산희는 파하하, 짧은 웃음을 터트리며 애써 그를 위로했다.

"왜 팩트에 충격을 받고 난리야?"

"자길 놓지 말라고 애원할 땐 언제고."

"그러는 너는? 내가 첫사랑이야?"

"그래!"

"웃기시네!"

산희가 지지 않고 버럭 소리를 질렀다. 다른 건 몰라도 때아닌 첫사랑 논쟁에 질 생각은 추호도 없었다. 불쑥 들어 올린 산희의 손가락 몇 개가 벌써 접혔다.

"초등학교 선생님, 옆집 누나."

"그거야……."

"오케이, 그냥 호감이었다 쳐. 그러면 수아나 수지는 어떻게 되는 거야?"

아차 싶어 뒷걸음질 치는 늘천의 모습에 앗싸 걸렸구나, 산희가 다가갔다. 말로 내뱉고 나니 이거 은근히 심ᆢ 상한다. 저도 모르게 입술이 밉상으로 비죽댄다.

"그러고 보니 이름에 '수'가 들어간 여자를 좋아하는구나?"

"야."

"말하고 보니 그렇네? 나만 좋다고, 내가 아니면 안 된다고 그렇게 목을 맬 땐 언제고 무슨 마음으로 그렇게 연애를 했대?"

"그건 연애가 아니라……."

"그래, 날 잊기 위해 그랬다고 하겠지."

산희가 다 이해한다는 투로 고개를 끄덕였다. 속은 이유를 알 수 없이 불편했지만 이쯤에서 그만둬야 한다는 것은 본능적으로 아는 그녀였다.

"하여간 이놈의 매력, 어쩔거임?"

하늘천 몰기는 장난스러운 자만으로 종지부를 찍었다. 그 말에 늘천은 한숨을 푹 내쉬며 손으로 산희의 고개를 잡아 올렸다.

"억!"

예고도 없이 들린 얼굴에 산희가 찌푸린 얼굴로 늘천을 바라봤다. 고개를 흔들어 봤지만 얼굴은 단단히 고정되어 있었다. 늘천은 찬찬히 산희의 얼굴을 살펴봤다. 보석을 감정하듯 진지한 그 얼굴에 그를 바라보고 있는 산희의 얼굴은 갈수록 어두워졌다. 불만이 폭발할 때 즈음 맞춰 복어처럼 뺨이 빵빵해진 순간, 늘천은 한 손으로 산희의 양 볼을 눌러 바람을 뺐다.

뿌우우우.

요란한 소리와 함께 쭈그러든 산희의 얼굴을 바라본 늘천이 안 되겠다는 듯 고개를 흔들며 중얼거렸다.

"야, 너 진짜 어디 가서는 그런 말 하지 마라."

"왜? 내가 수아, 수지, 윤아까지 이긴 몸인데?"

"그거야 내 눈에 그런 거고. 객관적으론 아니야."

"내가 예뻐, 윤아가 예뻐?"

난데? 네가 그렇게 선택하라고 매달리던 난데? 내가 바로 강산희 님인데?

강아지가 주인을 향해 꼬리 치듯, 강산희가 하늘천을 향해 꼬리를 친다. 칭찬을 원하는 두 눈이 몇 번이고 그의 사랑을 확인하고자 한다. 그 모습이 귀여워 어쩔 줄 모르겠으면서도 늘천은 차마 말을 할 수가 없어 머리를 쓰다듬는 것으로 애정을 표현했다.

"네가 예뻐, 예쁜데 어디 가서 그럼 너 돌 맞아."

"돌 날아오면 네가 막아줄 거 아닌가?"

두 눈을 동그랗게 뜨고 늘천을 바라보다가는 이내 어딘가로 걸음을 옮기는 산희. 그런 그녀를 가만히 바라보고 있던 늘천에게서 작은 웃음이 터져 나왔다. 머리카락 사이로 드러난 귀가 새빨갛게 달아오른 산희의 모습이 눈에 들어왔기 때문이다.

"어딜 가는 건데?"

늘천이 못 이기는 척 산희의 뒤를 따랐다.

산희는 걸어가면서도 후들거리는 다리를 주체하지 못했다. 한 번 말로 뱉어내고 나니 마음이 단번에 흔들리는 느낌이다. 처음에는 하늘천은 친구요, 절대 남자로 볼 수는 없다며 우겼었는데 지금은 이상하게 남자로만 보인다. 이상하다, 이상하다.

예전에는 이상한 농담도 잘했던 것 같은데 어떻게 했었는지 기억이 나질 않는다. 대신 묘하게 의식이 된다.

이렇게 말하면 괜찮을까, 이렇게 말할 때 날 어떻게 생각할까, 이래도 정이 안 떨어질까?

한 번 의식하기 시작하니 계속 의식이 된다. 말하고 난 뒤 버티고 있을 자신이 없어 무작정 걸음을 뗐는데 이제는 오래 걷지도 못할 것 같아 근처 놀이터에 무턱대고 정착해버렸다.

산희가 빈 그네 하나를 차지하고 앉았다.

삐걱, 녹슨 쇠가 무게를 견디는 소리가 났다.

다시 삐그덕, 곁에 누군가 앉았다고 말해준다. 확인할 것도 없다. 늘천임을 아니까.

갑자기 어색해진 두 사람은 말없이 그네만 탔다. 산희는 애꿎은 모래판만 발로 비벼댔다. 곁에 앉은 늘천의 시선이 따갑게 꽂혀왔기에 온몸의 신경은 그를 향해 곤두서 있었다. 그저 앉아 있는 것뿐인데 두근거리는 심장소리가 그에게 들릴 것만 같아 발가락을 바짝 오므린 산희다.

아, 나 몰랐는데 조울증인가 봐.

깔깔 웃어대다가, 괜히 마음 상했다가, 불쑥 부끄럽다가, 갑자기 허공을 둥둥 떠다닐 것 같다가. 몇 번씩 뒤바뀌는 감정을 견디기가 힘들다. 그런데도 늘천은 여유로워 보여 억울하다.

정말 억울하다.

잠시 고민을 하던 산희가 고개를 들었다. 늘천의 여유를 빼앗아버리고 싶다는 심술이 치밀었기 때문이다.

"내가 왜 좋은지 물어봐도 돼?"

늘천의 마음을 쫀득하게 만들 거라는 의기양양한 의도로 시작된 도발이었지만 말을 꺼내면서 순식간에 의기소침해진 터라 처음의 목적이 퇴색되었다. 학교 선생님, 옆집 언니, 수아, 수지의 순서로 이어진 이들을 가만히 되새긴 결과, 마지막을 장식하는 '산희'가 영 마땅치가 않다.

"왜 갑자기 의기소침해지는 건데?"

"아니, 뭐."

산희가 눈을 피했다. 당당하기만 하던 그녀가 일순 약해지는 모습을 보이자 늘천은 그네에서 일어났다. 무게에 그네가 짤랑거리며 흔들렸고, 그 소리에 산희가 무의식적으로 반응할 때 즈음 늘천은 그녀의 앞에 서 있었다. 산희가 잡고 있는 그넷줄을 양손으로 잡은 그는 산희를 내려다보며 말했다.

"왜 그러는 건데? 네가 물어봤잖아?"

"그냥. 같은 여자가 봐도 나 같은 여자는 영 아니다 싶은데, 네가 그렇게 할 가치가 있나 해서."

"나 봐, 강산희."

늘천의 목소리가 차악 가라앉았다. 그의 말에도 산희는 바닥을 바라보고 있었다.

"나 봐봐, 산희야."

늘천의 목소리에 산희가 겨우 고개를 들었다. 발그스름한 볼을 한 채 흔들리는 두 눈으로 늘천을 바라보기 무섭게 다시 고개를 숙인다. 늘천이 무릎을 굽히고 앉아 산희와 시선을 맞췄다.

"네가 뭐가 어떤데?"

산희가 무엇을 걱정하고 있는지 잘 알고 있는 늘천이다. 그랬기에 더욱 그녀에게 자신감을 주고 싶었다.

"내 눈에만 예쁘면 되는 거 아닌가?"

흘깃, 늘천을 바라보다 그만 들키고 말았다. 눈이 마주치기 무섭게 피한 산희가 아랫입술을 잘근거렸다. 피가 날 것처럼 부풀어 오르기 시작한 아랫입술에 늘천의 시선이 꽂혔다.

"너의 어떤 점이 좋냐고 물었지?"

묵묵부답인 산희의 얼굴을 바라보고 있던 늘천이 그녀의 손을 조심스럽게 감쌌다.

"이유를 모르겠어. 처음 감정을 깨달았을 때부터 몇 번이고 이건 아닐 거라고 부정했었어. 네가 더러운 짓을 하는 것도 보고, 얄밉게 구는 것도 보고, 여자답지 않게 웃고 떠드는 것도 보고. 그러면서 내 타입은 아니라고, 혼자서도 계속 생각했었어. 그런데 시간이 지나면서 바뀌었나 봐. 어느 순간부터 네가 내 타입이 되어버렸어. 네가 내 마음을 아프게 해도, 그래서 미워해야 하는데도 미워지지가 않아. 포기가 안 돼. 그냥 곁에서 계속 앓고 싶으면서도 이제는 지긋지긋해서 그만 하고 싶어. 그래서 계속 오락가락, 일기예보도 할 수 없는 날씨야, 내 마음은."

늘천의 고백에 산희의 입이 움찔거렸다. 슬그머니 튀어나오는 미소를 숨기고 싶어 하는 듯 입술이 일그러졌다. 그런 그녀를 바라보는 늘천의 입가에도 미소가 번졌다.

"그냥 난 강산희가 좋은가 봐."

늘천의 고백에 산희의 얼굴이 매화처럼 만개했다. 사랑을 주면 더 달콤한 향기를 내뿜는 꽃처럼, 산희는 피어났다.

"나만 알고 싶어, 앞으로도 계속. 다른 사람에게 보여주기 싫어. 할 수만 있다면 주머니 속에 넣고 다니고 싶다고, 난."

늘천의 진심이 통한 것일까, 산희가 수줍게 입을 열었다.

"난, 내가 이대로도 좋거든? 단 한 번도 나 자신을 부끄럽다고 생각한 적도 없어. 내가 나를 사랑하지 않는데 남이 날 사랑할 수는 없으니까, 나부터 그렇게 하자고 여긴 뒤로 쭉 그래 왔어. 그런데 처음으로 무서워졌어. 나 때문에 네가 손가락질 받으면 어떡하나, 하고."

"그게 무슨 말이야?"

"나, 귀머거리 아니야. 장님도 아니야. 귀도 잘 들리고, 눈도 잘 보여. 사람들이 날 어떻게 보고, 어떻게 말하는지 잘 알고 있다는 말이야."

산희는 조금 어두워진 얼굴로 씁쓸하게 웃었다. 웃으며 사내아이 같은 숱 많은 커트머리를 긁적거렸다.

"그런데 그런 내가 너랑 사귄다고 하면……. 네가 무슨 소리를 들을지 빤히 보이니까."

"내가 중요하지 남이 중요한가? 남들 시선에 신경 쓰지 않았으면서 갑자기 왜 그러는 거야?"

"난 괜찮아. 그치만 넌……."

"나도 괜찮아."

늘천은 단 한 마디로 산희의 모든 염려와 걱정을 단절시켰다. 대신 그녀의 무릎에 고개를 묻어버렸다.

"무섭게 하지 마. 이래 봬도 네가 마음을 바꿀까 봐 전전긍긍하고 있단 말이야, 나."

그런 늘천의 모습이 꼭 어린아이 같아 산희는 자연스럽게 손을 들어 그의 머리를 쓰다듬어 주었다. 그러다 고개를 돌려 위를 바라보는 늘천의 두 눈을 확인하고는 화들짝 놀라 그에게서 손을 떼어냈다. 무언가를 갈구하는 두 눈이 어둡고, 깊고, 또 위험하게만 느껴졌다.

"그나저나, 우리 너무……."

"뭐가?"

"너무 자연스럽지 않아?"

산희는 두 다리가 벌려지지 않게 힘주어 오므린 채 다리 위의 늘천을 피해 양손으로 얼굴을 감쌌다.

"난 떨린다고."

"나도야."

"거짓말!"

산희는 금방이라도 터져나갈 것 같은 심장을 감싸 쥐고 억울하다는 얼굴로 늘천을 바라봤다. 자리에서 일어나 바지에 묻은 모래를 털어낸 늘천은 말로만 떨린다고 할 뿐, 여유 만만한 미소로 대응하고 있었다.

늘천은 별다른 말없이 주머니를 뒤져 핸드폰을 꺼냈다. 핸드폰을 만지작거리는 그의 모습에 순식간에 어색함이 감돌았을 무렵, 늘천이 산희의 귀에 이어폰 한쪽을 꽂아주었다.

"어?"

산희가 두 눈을 동그랗게 뜨고 늘천을 바라보자 그가 부드러운 미소를 지으며 검지로 귓가를 가리켰다. 그 모습을 보고 산희가 감미로운 음악 간주에 집중했다.

내 뜨거운 입술이 너의 부드러운 입술에 닿길 원해. 내 사랑이 너의 마음에 전해지도록. 아직도 너의 마음을 모르고 있었다면은 이 세상 그 누구보다 널 사랑하겠어.

동물원의 〈널 사랑하겠어〉가 너무나도 달콤하게 귓가에 울렸다. 단 한 번도 노래를 들으며 행복해한 적이 없었던 산희는 당장이라도 눈물을 터트릴 것 같은 얼굴이 되어 늘천을 바라봤다. 그러자 늘천은 그녀의 귀에서 이어폰을 빼주고는 귓가에 속삭여주었다.

"널 사랑하겠어, 언제까지나. 널 사랑하겠어."

"지금 이 순간처럼?"

"이 세상 그 누구보다 널 사랑하겠어."

신심이 느껴지는 목소리에 산희가 자리에서 일어나 그의 입술에 입을 맞췄다. 소복이 쌓이는 눈꽃처럼 차가우면서도 부드러운 입술이 지그시 그의 입술을 눌렀다. 수줍게 약속을 하는 어린아이들의 새끼손가락처럼, 산희는 입술로 그의 고백에 화답했다.

초옥!

사랑스러운 소리와 함께 입술이 떨어져 나간 순간, 아주 잠시 멍하게 서 있던 늘천이 고함을 내질렀다.

아자앗! 아자아아앗!

성적이 좋았을 때도, 갖고 싶던 물건을 선물 받았을 때도, 명문대에 합격했을 때도 이렇게 목청껏 소리 지른 적이 없던 늘천이다. 하지만 오늘만큼은 세상을 다 가진 기분에 고함을 질렀다. 주변 사람들이 미친놈이라 손가락질을 할지언정 이 기쁜 마음은 숨기고 싶지 않았다.

한참 동안 소리를 지르던 늘천이 씩씩거리며 산희에게 다가와 몸이 부서져라 껴안았다.

악!

짧은 단말마의 비명이 그 어느 때보다 달콤했다.

"아아, 이제야 내 거다."

늘천이 산희의 정수리에 얼굴을 폭 파묻었다. 지금 이 순간이 꿈처럼 믿기지 않는다는 듯 몇 번이고 산희의 머리를 감싸 안고, 또 매만졌다.

산희는 그런 늘천의 등을 껴안았다.

"오늘부턴 너도 내 거야."

그리고, 오늘부턴 너만 생각할게.

지금 이 선택이 사랑에서 우러나온 것이 아니라 할지라도 그 누구보다 소중한 사람이 늘천임엔 변함이 없으니.

"천천히 사랑해나갈게."

이별 대신 택한 결과라는 것은 마음속 한구석에 아주 작은 응어리처럼 남았지만 이 순간, 어린 연인은 그저 열렬히 서툰 고백을 나누는 데 집중했다.

지금부터 시작이었다.

9.

희대의 스캔들로 학교가 들썩였다. 언제, 어떻게 소문이 났는지도 모르겠지만 왜 두 사람의 로맨스가 스캔들로 변질됐는지도 알 수가 없었다. 다만 그들이 아는 사람을 비롯해 모르는 사람들까지도 두 사람의 행보에 촉각을 곤두세웠다는 것이 함정이었다. 하루에도 몇 통씩 걸려오는 확인 전화에, 학교 인터넷에 족족 올라오는 글들에, 이건 연애하는 것보다도 더 힘들다.

"연애도 하기 전에 아주 난리 났네."

울상이 된 채 고개를 파묻고 있는 산희를 바라보던 수아가 한 마디 던졌다. 자주 다니는 카페 구석에 자리를 잡고 앉아 늘천을 기다리는 중이었다. 산희는 턱을 괸 채 한숨을 폭 내쉬며 중얼거렸다.

"나, 뭐 연예인이랑 연애한다니? 연애는 시작도 안 했는데 이 지경이야."

"뭐, 하늘천이 은근히 인기가 많았으니까. 넌 몰랐겠지만 추종자도 꽤 된다고, 그 녀석. 티를 안 내고 우리랑 다녀서 그렇지."

"나도 알거든. 초중고 내내 따라다니던 팬클럽 있던 거. '하늘바라기'였던가, '스카이블루'였던가."

산희가 입술을 비죽거리며 대답하자 수아는 고개를 끄덕이며 자신들의 어린 시절을 추억했다.

"하긴, 우리 둘을 눈엣가시라고 생각해서는 시비도 자주 걸고 그랬지."

"너는 잘 못 건드렸어. 만만한 게 나였지."

"그럴 때마다 잘 해결했잖아. 몸의 대화로."

"철들기 시작하면서 말로 잘 타일렀거든?"

수아는 산희의 옹골찬 주먹을 이리저리 살피며 고개를 저었다. 오래전 우연히 그녀가 휘두르는 주먹에 맞고 기절했던 것을 기억하면 산희에게 시비를 건 아이들에게 경의를 표할 수밖에 없었다.

"그나저나, 오늘 늘천이 만난다고 하지 않았어?"

"어."

"근데 꼴이 왜 그래?"

추억에서 깨어난 수아가 가장 먼저 지적한 것은 산희의 스타일이었다. 머리끝부터 발끝까지 개조를 시켜놓은 것이 얼마 전의 일이다. 그렇게 해놨으면 이제는 서툴더라도 따라는 해야 하는 것이 아닌가? 그런데 이놈의 강산희, 늘어트려도 제자리로 돌아오는 고무줄 같다. 멜빵바지만 벗었지 펑퍼짐한 옷차림은 발전이 없다. 그런데도 자신감은 넘치는지 되레 묻는 게 패기 한 번 좋다.

"내 꼴이 왜?"

"후져."

"야, 말이 좀 심하잖아."

"구려."

"그거나, 그거나."

"희건 선배 만날 때 산 옷은 다 어쩌고?"

"집에 있지."

"입고 오지."

"뭐 그렇게 대단하다고."

튕기는 것도 아니고, 밀고 당기는 것도 아니다. 정말이지 강산희 머리에는 '하늘천을 위해 자신을 꾸민다'는 옵션이 들어 있지 않은 것이다. 수아는 그 사실에 놀랐다.

"첫 데이트거든? 무려 첫 데이트! 강산희 인생의 처음!"

"나도 아니까 그렇게 크게 얘기하지 말아줄래?"

"첫 남자친구와의 데이트잖아. 그런데 어떻게 그래?"

"상대는 하늘천이거든?"

"그래도!"

답답하다는 듯 가슴에 구멍이 뚫릴 것처럼 두드려대는 수아의 손목을 잡아 저지시킨 산희가 한숨을 폭 내쉬었다.

"갑자기 남자친구가 됐다고 꾸미고 나오는 게 더 웃겨. 기합 들어 간 것 같잖아. 쪽팔려."

"기합 들어가야지! 당연히!"

"……그런가?"

"당연한 거 아니야?"

생각하지 않았던 것이 아니다. 옷걸이에 걸어놓은 원피스를 한 시간 내내 빤히 바라보면서 몇 번이고 고민했던 산희였다. 오죽하 면 원피스를 입을지 말지, 꿈에서까지 고민을 했을까. 다만, 인위적이거나 외적인 것으로 포장하고 싶지 않았을 뿐이다. 있는 그대로, 자연스럽게 서로에게 녹아드는 것도 나쁘지 않을 거라는 결론에 다다랐을 뿐이다.

"늘천인 내 있는 그대로의 모습이 좋다고 했어."

"아놔, 또 짜잉나게 하네. 대놓고 연애 초보라고 써 붙이고 다니지 그러냐?"

"아, 왜."

"내가 말했지? 희건 선배랑 데이트 있을 때, 그 사람에 맞춰주는 것도 매너라고. 상대가 희건 선배에서 하늘천으로 바뀌었다고 뭐가 크게 달라진 줄 아는 모양인데, 아니거든? 희건 선배나 하늘천이나 레벨 무지 높거든. 설마 너, 꾸미지 않아도 샤랄라라고 생각하는 거 아니지? 막 머릿속에 자전거 타고 돌아다니는 영상 나오고, 너 머리 휘날리고, 안 꾸몄는데 완전 예쁘고?"

"가끔 보면 넌 너무 신랄해. 나 하트에 스크래치."

산희가 양손으로 가슴께를 감싸 쥐고 과장되게 끙끙거렸다. 그러다 다시 고민에 빠져 이것저것 생각을 해보던 산희는 기운 빠진 목소리로 자신의 선택을 지지했다.

"그래 봬도 조커를 사랑한 남자라고, 하늘천이. 웬만한 걸로는 끄떡도 안 할걸?"

"끄떡은 안 할 테지만 좀 꾸며주면 엄청 좋아할 텐데?"

"지금은 데이트만으로도 최고치 찍었어. 정신없다고, 나."

자신이 입고 있는 옷을 한 번 훑어보고 주변 또래 여자아이들을 살펴본 산희가 수아의 어깨에 쓰러지듯 기댔다. 하늘천만 생각하면 가슴 한구석이 답답하게 조이는 것 같아 숨도 쉬기 어려울 판이라

정신도 없는데 많은 것을 바라는 건 일종의 사치다.

그를 아는 수아가 산희의 어깨를 토닥여 주었다.

"하기야, 강산희 주제에 많이 애쓰긴 했다. 하늘천 받아줄 생각도 다 하고."

"친구야."

"알아, 나 사랑하는 거."

시크한 수아의 대답에 산희가 와락, 그녀를 껴안을 때 즈음이다. 격렬한 뽀뽀를 퍼부으려던 산희의 입술에 뜨끈한 손바닥이 와 닿았다. 평소와는 다른 감촉에 산희가 눈을 데굴 굴려 위를 바라보니 언제 왔는지 모를 늘천이 불쾌하다는 얼굴로 두 사람을 내려다보고 있었다.

늘천은 강한 힘으로 산희를 수아에게서 떼어내고는 두 사람 사이를 비집고 들어와 자리를 잡았다. 그리고는 썩 유쾌하지 않다는 티를 팍팍 내며 산희에게 핀잔을 주었다.

"왜 거기 안겨 있는 건데, 넌?"

"어? 언제 왔어?"

"지금 막."

늘천의 담담한 대꾸에 산희가 얌전하게 고개를 주억거렸다. 평소와는 사뭇 다른 산희의 모습과 묘하게 다른 늘천의 태도를 보아하니 새파란 연인의 티가 나긴 난다. 그 둘을 번갈아 보던 수아가 씩 웃으며 물었다.

"왜? 그럼 어디 안겨 있어야 하는 건데?"

"당연하게 나올 대답 알면서 질문하지 마."

늘천이 장난스럽게 질문하는 수아가 마음에 들지 않는다는 듯

딱 잘라 대답했다. 두 사람의 관계 변화가 일종의 가십으로 변질되어 사람들의 입에 오르락내리락 거리고 싶지 않다는 경고이기도 했다.

수아는 어깨를 으쓱하고는 늘천의 옆구리를 쿡 찔렀다.

"좋냐?"

"좋아."

"그런데 어쩌냐? 요 순진한 물건은 온종일 전화랑 인터넷에 시달린 것 같던데."

"왜?"

"왜겠어? 너의 추종자들 때문이지."

수아의 대답에 늘천의 시선이 산희에게로 향했다. 아주 잠시 그녀를 바라보고 있던 늘천은 단호하게 말했다.

"핸드폰 꺼나. 인터넷은 하지 마."

"핸드폰 끄면 어떻게 해? 나도 연락은 하고 살아야지."

"모르는 번호, 친하지 않은 녀석들의 전화, 다 씹어. 인터넷은 검색할 때만 사용해. 굳이 학교 사이트에 접속해서 다 찾아보고 혼자 상처받아? 그런 거 하지 마."

딱 잘라 말하는 늘천의 말에 산희가 입술을 부루퉁하게 내밀었다. 언제나 그랬듯 늘천은 한 치의 흔들림도 없다. 그런 점이 못내 부럽고 존경스럽고. 그런데 강산희, 변치 않고 굳건한 이름과는 달리 마음은 그렇지가 못하다.

"나도 그러고 싶다, 뭐. 근데 성격 자체가 다른데 어떻게 해? 너야 충분히 마이 페이스고, 난 완전히 트리플 에이형이고."

"간단해. 다른 것들 보지 말고 나만 보면 될 일이야."

이러다가는 서로 믿음을 재확인하는 시간까지 이어지겠다 싶어 '갤러리 1'이 먼저 대화를 끊고 들어왔다.

"으악! 미친 거 아니야?"

아까까지만 해도 재미 반으로 그 둘의 대화를 관망하고 있던 수아다.

"하늘천, 미쳤네. 대체 뭘 먹었기에 입에서 그딴 말이 튀어나오는 거야?"

"사랑?"

"야!"

팔뚝에 오소소 돋아나는 소름을 문지른 수아가 치를 떨며 늘천을 노려봤다. 그런 말을 하는 늘천도 늘천이지만 곁에 오도카니 앉아 얼굴을 붉히고 있는 산희도 어이가 없다.

"농담하려거든 웃으면서 하던가. 정색하면서 따박따박 대꾸하면 완전 어이없어."

"농담 아니야."

"아, 돌겠네. 애인 없는 사람은 서러워서 살겠니? 이래서 커플 지옥, 솔로 천국이란 슬로건이 유행하는 거야."

"서러우면 사귀든가."

두 사람의 설전이 오가는데도 산희는 모르는 척, 창밖만 바라보고 있다. 편을 들어주던 예전의 친구가 사라진 느낌에 배신감까지 드는 수아는 콧구멍을 벌렁거리며 분노를 표출하다 자리에서 일어났다.

"나 먼저 간다. 너희끼리 깨를 볶든, 햄을 볶든 마음대로 해."

"아직도 안 가고 있었냐? 눈치 빠른 줄 알았는데 다 헛거네, 차수아."

늘천이 씨익, 승리의 미소를 보였다. '그래, 예전에는 네가 갑이었을지언정 지금은 아니란 말이다'라는 숨은 의미를 알고 있었기에 더욱 그가 얄미운 수아다. 분노는 엉뚱하게 산희를 향했다.

"강산희, 당분간 나한테 전화하지 마. 특히 하늘천이랑 같이 만날 생각은 더더군다나 하지 말고."

"좋은 생각이야. 나도 찬성!"

늘천이 잽싸게 치고 나왔다. 이런 걸 두고 죽 쒀서 개 준다, 라고 하던가 싶다.

"수아야."

산희가 엉거주춤한 자세로 수아를 향해 손을 뻗었다. 그 모습에 일말의 희망을 품었다.

"미안해. 연락할게."

뒤이어진 말에 수아, 먼지가 되어 그 자리를 떠날 수밖에 없었다. 연애 앞에 친구고 뭐고 다 소용없다는 것을 알게 된 하루였다.

수아가 사라지고 난 자리를 차지한 것은 늘천이었다. 꽤 빵빵한 라이벌로 여겼던 수아가 사라지고 난 지금, 그는 수아보다 자신을 택한 산희를 사랑스럽게 바라보고 있었다.

"드디어 갔네, 방해꾼."

"수아한테 심했다."

"심하긴 무슨. 걔도 자립을 해야 돼. 그러니까 지금까지 변변한 남친을 못 사귀지."

시니컬하고 직선적인 성격은 참 둘이 닮았다. 닮아서 신기하고, 또 그래서 묘한 서운함을 느끼던 찰나, 늘천이 산희의 팔을 잡아 일으켰다.

"나가자."

"어디? 계획 세워둔 거 있어?"

늘천의 리드에 산희가 기대에 찬 두 눈을 동그랗게 떴다. 역사에 길이 남을 기념비라도 세워야 할 '첫' 데이트에 대한 무한한 환상을 부풀리는 중이었다.

"아니, 그런 건 아니고."

푸쉬쉬— 부풀린 환상에 바람이 빠진다.

"조금 걷다가 하고 싶은 거 있음 하면 되잖아?"

꿈을 너무 꾼 것일까, 드라마를 너무 본 것일까. 일도 제대로 손에 잡히지 않고 허공에 붕 뜬 것 같은 기분으로 이 시간이 오기만을 기다렸던 자신과 다른 모습의 늘천에 부풀었던 심장마저도 그 세기를 달리하는 것만 같다.

일정을 빽빽하게 적은 종이는 없더라도 자신처럼 부자연스럽기를 바라는 건 너무 큰 욕심일까.

산희는 어깨를 늘어트린 채 늘천을 따라 밖으로 나갔다.

늘천과 어깨를 나란히 하고 얼마간 걸으면서 알게 된 사실이 있다. 첫 번째는 주변 여자들이 늘천을 바라보는 시선이요, 두 번째는 그들의 눈에 비친 커플의 모습이었다.

"설마, 여자겠어? 동생 아니야?"

"여자는 맞아? 게이 아니야?"

"설마."

산희에게도 귀는 있다. 멋모르고 떠드는 여자들의 수군거림이 귓전을 강타할 때마다 저도 모르게 움츠러들게 되고 만다.

참 이상도 하다. 예전에도 그런 말이 오갔었는데 그때는 신경조차 쓰이지 않았는데 지금은 웬일인지 주눅이 들고 만다. 곁에 있는 늘천 때문이다.

영화표를 끊어놓고 기다리던 도중 늘천이 목이 마른 산희를 대신해 음료를 사러 갔다. 자리에 앉아 그를 주시하며 기다리는데 벌써부터 여자가 그에게 접근하는 것이 보였다.

다른 사람들은 그저 몇 번 돌아보는 것이 고작인데 그 여자는 용기가 백배, 그에게 접근까지 한다. 몰랐던 일은 아니었고 예전에는 별로 신경도 쓰지 않았었는데 지금은 다르다. 그 장면을 바라보고 있는 산희가 주먹을 꼭 쥐었다.

"혼자 왔어요? 우린 여자끼리 왔는데."

그냥 보기에도 늘씬한 몸매를 자랑하는 여자다. 심지어 친구도 예쁘다.

"전화번호 알려줄래요?"

가까이 다가가 그들의 대화를 듣는데 참 적극적이다. 대놓고 대쉬하는 여자의 모습에 괜한 시대차이까지 느끼고만 산희였다.

저도 모르게 늘천의 옷소매를 잡아당긴 모양이다. 산희의 등장에 늘천이 고개를 돌리자 자연스럽게 여자들의 관심까지 산희에게 향했다.

"어머, 귀엽다. 동생이랑 같이 왔어요?"

"동생으로 보여요?"

아까까지 침묵을 고수하고 있던 늘천이 재미있다는 듯 입을 열었다. 그 말에 여자들이 까르르 웃으며 반응을 하자 그는 고개를 갸웃거리며 산희를 잡아당겼다.

"이상하네. 여친으로 보여야 하는데."

"여친……이요?"

늘천의 답이 의외였는지 일순 여자들이 무슨 말을 할지 모르고 굳어버렸다. 순식간에 냉기가 흘렀다. 두 사람은 대놓고 수군거리기까지 했다.

"어머, 난 남잔 줄 알았어. 여자였어?"

그 말을 들은 늘천이 웃으며 여자들을 바라봤다. 웃는 얼굴에 냉정함이 가득했다.

"내 눈엔 영락없는 여잔데, 참 이상들 하네. 남 연애에 신경 끄시고 갈 길 가시죠?"

늘천이 산희를 감싼 채 싸늘하게 돌아섰다. 그녀를 데리고 영화관 입구 대기 의자에 앉은 늘천이 그녀의 손을 잡아 자신의 앞으로 끌어당겼다.

"희한하네. 강산희가 소유권을 주장하다니."

그렇게 말하는 늘천의 입가에는 만족스러운 미소가 가득했다. 하지만 산희는 아니었다.

"……평소에도 이랬어?"

"몰랐던 거 아니잖아?"

대수롭지 않게 말하는 늘천의 모습에 산희가 입을 오리처럼 내밀고 곁에 앉았다.

"나, 아무리 봐도 동생 아님 남자로 보이나 봐."

"내가 나빴네. 금지된 사랑에 빠졌으니."

"장난하지 마."

"참 이상하네. 내 눈엔 여자로밖에 안 보이는데."

늘천이 웃으며 대답했지만 산희는 고개를 저었다.

"개선이 필요하다고 봐. 수아 말 대로 치마라도 입고 올걸."

"누구 좋으라고? 나랑 둘이 있을 때만 입어, 그런 건."

안 그래도 귀여워 미칠 지경인데 다리까지 내놓으면 다른 남자들의 시선이 끈적지게 따라붙을 것이라는 생각은 하는 것만으로도 기분이 나빠진다. 늘천은 힘주어 고개를 젓고 대책을 마련했다.

"대신 이렇게 하면 되잖아."

늘천이 산희와의 거리를 좁히고 앉았다. 순식간에 가까워진 둘 사이에 산희가 허리를 곧추세우며 긴장했다.

꿀꺽.

침이 넘어가는 소리가 목울대를 타고 울렸다.

"뭘 기대하는 거야?"

늘천의 목소리에 산희가 눈을 동그랗게 떴다. 방금 전, 자신도 모르게 눈을 감았던 모양이다. 늘천의 지적에 산희의 얼굴이 새빨갛게 달아올랐다.

"그러게. 난 뭘 기대한 거니?"

"야한 거 생각했어?"

"설마!"

산희가 언성을 높이며 두 눈을 동그랗게 떴다. 자신의 결백을 증명해 보이기라도 할 것처럼 코앞에 다가온 늘천의 시선을 피하지 않았다.

"아니야?"

"절대 아니야!"

산희가 고개까지 끄덕였다. 그 모습에 슬그머니 기분이 상한 늘천이 다시 한 번 물어봤다.

"절대 아니야?"

"응!"

"그렇단 말이지?"

몇 번이고 확인하는 늘천의 목소리에 심술이 묻어나기 시작했다. 한쪽 눈을 가느다랗게 뜨고 산희를 바라보던 그가 알겠다는 듯 고개를 끄덕였다.

"하는 수 없지."

"뭐가?"

"네가 먼저 원하게 될 때까지 기다려보겠다는 말이야."

눈썹을 홀쩍 들어 올리는 모습이 꼭 '알지, 내가 얼마나 인내심이 강한지'라고 묻는 것만 같았다.

늘천은 매번 천천히, 천천히, 스스로에게 되뇌며 '하늘천 땅지' 천자문을 외웠다. 출발선에서 막 출발한 산희가 100미터 지점을 통과한지 한참 된 늘천을 따라잡으려면 시간이 필요하다는 것을 잘 알고 있었기 때문이었다.

아직은 산희가 곁에 있다는 것만으로도 행복해하리라, 몇 번이고 다짐하며 늘천은 그녀를 사랑스럽게 바라봤다. 대신 그녀에게로 손을 내밀었다.

"왜?"

산희의 물음에 늘천은 대답을 알지 않느냐는 얼굴로 내민 손을 흔들었다. 그 보챔에 산희가 머뭇거리며 그와 손을 겹쳤다. 한 마디씩 더 큰 늘천의 손 위에 겹쳐진 산희의 작은 손이 앙증맞아 보인다고 생각할 때 즈음, 늘천이 슬그머니 그녀의 손가락 사이로 깍지를 꼈다.

손가락이 손가락과 얽히는 느낌이 묘했다. 익숙하지 않은 긴 손가락이 손가락 사이를 스치고 들어와 가운데를 지그시 누르다가는 이내 골짜기를 타고 올라와 미끄러져서는 손을 잡았다. 놓치지 않겠다는 듯 힘을 주자 손바닥이 손바닥과 맞닿았다.

그 순간 찌릿, 전기가 올랐다. 다리에 자연히 힘이 들어가고 어딘지 모를 애매한 부분이 조여 왔다. 머리카락이 삐죽 곤두서는 느낌이긴 한데 그게 뭔지 몰라 조금은 찜찜하기도 했다. 어쨌든 속이 울렁거리는 것이 멀미를 하는 것 같다.

하늘천이 아니라 바다해인지도 모르겠다. 이 파도가 거센 남자 같으니!

다시금 산희의 얼굴이 터질 것처럼 달아올랐다. 그 모습을 확인한 늘천이 쥔 손을 허공 위로 흔들어 보였다.

"이렇게 손 꼭 붙잡고 다니면 다들 착각하진 않겠지?"

"이게 네가 말한 대안이야?"

"손 꼭 붙잡고 다니면 다들 알 거 아니야. 네가 하늘천의 여자다, 라고."

"내가 하늘천의 남자다, 라고 생각할 수도 있어."

산희가 힘겨루기라도 하듯 잡은 손을 멋대로 흔들었다. 장난스러운 그녀의 태도에 늘천은 웃으며 다른 손으로 그녀의 머리칼을 헝클어트렸다.

"여자로 보이는 게 관건이다, 이건가?"

"대체 여자의 조건은 뭔데?"

"여자인 네가 모르면 어떡하냐? 나는 남잔데?"

"긴 머리? 가냘픈 외모? 치마?"

"가슴은 왜 빼?"

"야아."

산희가 움직임을 멈추고 경계하는 시선으로 늘천을 바라봤다. 아무렇지 않게 경망스러운 말을 던지는 늘천이 낯설면서도 어이가 없어 한동안 아무 말도 하지 못하고 있는데 늘천은 한숨을 푹 내쉬며 고개를 저었다.

"풍만한 굴곡이 여성의 상징인 걸 모르다니. 아직 멀었네, 강산희."

"가슴이 풍선이게? 훅 불면 펑 부푸냐?"

"두 가지 방법이 있지."

"무슨 말을 하고 싶은 거야?"

늘천은 꽤나 담백한 말투로 깔끔한 해답을 내놓았다.

"하나는 의학의 힘을 빌리는 거고, 다른 하나는 누군가의 손을 빌리는 거지."

"의학은 패스. 누군가의 손은 뭔데?"

산희가 진심으로 궁금하다는 듯, 자신의 가슴을 흘깃 확인하고는 늘천의 대답을 재촉했다.

낚았다!

걸려들었다는 표정을 한 늘천이 산희를 바라보며 자신의 손을 불쑥 들어 올렸다.

"하늘천의 손?"

"네 손이 왜?"

"마법의 손이야."

"그니까 왜?"

"오빠 믿고 한 번 맡겨봐. 꾸준히 성장하는 네 모습을 확인시켜 줄게."

의미심장한 그의 말을 이해한 산희가 벌게진 얼굴로 그를 노려봤다.

"이, 이……. 음란마귀!"

바락 소리를 지른 산희는 목이 타는지 생수병의 뚜껑을 돌렸다.

우두둑! 소리와 함께 생수병이 열리는 순간, 곁에 있던 한 커플이 눈에 들어온다. 똑같은 페트병을 따려고 낑낑거리던 여자가 후, 한숨을 쉬더니 곁에 있던 남자친구를 톡톡 쳤다.

"오빠, 병 좀 열어줘."

"우리 연약한 애기, 이리 줘. 오빠가 열어줄게."

평소라면 우욱, 올라오는 구토 증세를 참지 못하고 자리를 떴을 것이 분명하지만 이번만큼은 다르다. 곁에 있던 늘천을 힐끔 바라본 산희는 열었던 뚜껑을 다시 닫고는 늘천에게 내밀었다.

"이거."

"이거, 뭐."

"따줘."

어색하게 굴며 페트병을 억지로 떠미는 산희의 모습에 늘천이 의아하다는 투로 되물었다.

"네가 벌써 열었잖아?"

병뚜껑은 맥이 빠질 만큼 쉽게 열렸다. 뚜껑을 열어 산희에게 건네자 그녀는 콧잔등을 씰룩대다가 벌컥벌컥 물을 마셨다.

영화가 무슨 내용인지 기억이 하나도 나질 않는다. 암전이 된 영화관, 옆에 앉은 늘천에게 온몸의 솜털이 반응하듯 곤추 선 덕에 멍하니 그의 얼굴만 바라봤던 것 같다.

"얼굴 뚫어지겠다."

보다 못한 늘천의 말에 비로소 황급히 시선을 거둔 산희는 뜨겁게 달아오르는 귀를 숨기려 애를 쓰며 스크린만 노려봤다. 다만 콜라를 마시려고 하거나 팝콘을 집는 늘천의 움직임에 하나하나 반응하고 말았다.

새끼손가락이 그의 살에 닿았다. 감전이라도 된 듯 화들짝 놀라 손을 거둔 산희지만, 늘천은 무슨 일이냐는 듯한 눈빛으로 덤덤히 팝콘만 집어 먹는다. 시선은 스크린에 고정이다.

"이런 순간까지도 영화가 눈에 들어오나?"

괜한 심술을 부려도 보지만 늘천은 꿈쩍도 하지 않는다. 그 모습을 물끄러미 바라보던 산희는 한숨을 폭 내쉬었다.

'손 안 잡고 싶은가?'

주변을 둘러봐도 온통 연인들뿐이다. 손을 맞잡고, 어깨에 기대고, 간간이 키스를 나누는 모습이 비일비재하다. 문제는 어제까지만 해도 그녀를 애타게 원하던 늘천이 잠잠하다는 사실이다.

'음란마귀라고 괜히 그랬나?'

늘천의 반응을 살피느라 기껏 고른 영화는 기억조차 나지 않았다. 러닝타임 두 시간 내내 머릿속엔 온통 하늘천이 돌아다녔기 때문이다.

"아아, 재미있었다. 그치?"

밖으로 나오기 무섭게 만족스러운 한숨을 내쉰 늘천이다. 오래전부터 보고 싶었던 영화이기도 했고, 더불어 산희와 함께 한 첫 번째 데이트였기에 더욱 기쁨이 컸다.

"그런데 마지막 장면은 어떤 것 같아? 팽이가 돌다가 마지막 부분에 흔들렸잖아."

"어? 아, 응."

늘천의 물음에 산희가 깜짝 놀라 두 눈을 동그랗게 떴다. 사실 마지막 부분이 어땠는지는 기억이 나질 않는다. 더군다나 팽이가 영화에 나왔는지도 기억이 나질 않는다.

"영화 재미없었어?"

"아니. 괜찮았어."

고개를 살래살래 저은 산희가 기운 없이 중얼거렸다. 눈에 띄게 어깨가 쳐져 터덜터덜 걷는 그녀의 모습에 늘천이 그녀를 돌아봤다. 그리고는 그녀 모르게 조용히 미소 지었다.

"손을 잡으면 뭐 다 안다면서. 맨날 잡고 있자고 했으면서."

들리지 않게 투덜거리며 아무것도 잡히지 않은 맨손을 내려다보는 산희는 풀이 죽어 있었다. 물론 늘천은 산희가 무얼 원하는지 다 알고 있었다. 심지어 영화관 안에서부터. 알면서도 그녀가 원하는 바를 들어주지 않은 것은 그저 작은 심술이었다.

산희가 그로 인해 안절부절못하는 모습을 보는 것이 좋았다. 산희가 그를 원한다는 것이 느껴져 좋았다. 하지만 좀 더 욕심을 부리자면 산희 스스로 자신이 원하는 것을 깨닫는 것이다. 깨닫고 손을 내밀고 제대로 원하는 것이다.

오므린 입으로 연신 중얼거리는 그녀의 모습이 귀엽다. 앞서 걷는 그녀를 가만 바라보고 있던 늘천은 빠르게 다가가 그녀에게 손을 뻗었다.

손가락이 피부에 닿는 순간, 꽃이 피듯 산희가 되살아나는 것이 느껴졌다. 하지만 늘천은 곧장 그녀의 손을 잡지 않고 그녀의 손에 들린 가방을 대신 들었다.

"뭐야?"

"뭐가?"

예상을 빗나간 늘천의 행동을 지칭한 게 분명하지만 늘천은 의미를 모르는 척 되물었다. 산희의 눈이 가자미처럼 가늘어지자 늘천은 제법 뻔뻔하게 물었다.

"가방, 무겁지 않아?"

그의 물음에 산희는 그의 손에서 가방을 팩 빼앗아 들었다.

"하나도 안 무거워. 혼자 들 수 있어."

그리고는 쿵쿵, 킹콩 걸음으로 앞서 걸으면서 산희는 구겨진 얼굴로 입술을 잘근거렸다. 가방을 뺏는 순간 찾아온 후회였다.

하나도 안 귀여워! 어쩜 이렇게 귀염성도 없니, 나는?

얼굴이 붉어진 채 성급한 걸음을 옮기던 산희는 얼마 가지 못해 자리에 풀썩 넘어지고 말았다. 자기 발에 자기가 걸려 넘어진 탓이다.

바닥에 손을 짚을 새도 없이 안면으로 바닥을 강타하고 만 탓에 엄청난 소리가 났다. 빠르게 다가온 늘천이 황급히 그녀를 일으켰다.

"괜찮아? 어디 다친 데 없어?"

"아아."

"왜, 어디 아파?"

"창피해서 얼굴을 못 들겠어."

기어 들어가는 산희의 목소리에 늘천이 큰 소리로 웃음을 터트렸다. 그는 그녀의 손에서 가방을 빼앗아 들고 그녀를 천천히 일으켰다.

"내 팔에 얼굴을 묻고 빠른 걸음으로 걷는 거야. 알았지?"

"윽."

산희가 늘천의 팔에 코알라처럼 매달렸다.

자, 창피한 순간이야말로 그녀를 홀로 고립시킨다. 고립된 그녀가 의지할 섬은 단 하나, 하늘천뿐이다.

그 사실에 묘한 기쁨과 쾌감을 느끼며 늘천은 산희의 귓가에 조용히 속삭였다.

"하나, 둘, 셋."

탕! 총소리에 맞춰 두 사람의 달리기는 시작됐다.

에이, 벌써 첫 데이트가 끝이야?

투덜거릴 새도 없이 집 앞에 도착했다. 생애 첫 데이트였기에 꽤나 큰 환상을 가지고 낭만을 기대했던 산희는 친구일 적 만났던 때와 별다른 차이가 없기에 나름 실망에 젖어 있었다. 하물며 조금 더 길게, 밤이 늦게까지 있는 것도 아니라 정각 10시에 집에 들여보내는 그가 야속하기까지 했다.

"벌써 가?"

산희 딴에는 힘겹게 내뱉은 물음이건만 늘천은 망설임 없이 담백하게 대꾸했다.

"벌써 10시야. 평소에도 너, 이 시간에 들어갔잖아?"

"그건 그렇지만……."

"나도 내일 아침부터 알바 있어. 너도잖아?"

"그렇지."

"매일 잠 부족하다고 투덜거리면서."

그건 그렇지만, 다 맞는 말이지만, 남자 자식이 너무하다. 패기도 없고, 열정도 없고, 욕심도 없나? 좋아한다면 계속 보고 싶고, 계속 함께 있고 싶고, 뭐 그런 거 아닌가? 그런데 이 녀석은 연인이 됐음에도 불구하고 바른생활 친구의 모습을 버릴 생각이 없나 보다.

"먼저 들어가."

"왜?"

"들어가는 거 보고 갈게."

"갑자기 여자 취급이야?"

"여자 취급은 아주 오래전부터 해줬는데?"

생각을 더듬어 보니 예전부터 그는 매너 있는 행동을 해왔었다. 문도 열어주고, 이름도 불러주고, 짐도 나눠 들어주고.

"널 좋아한 게 얼마나 오래됐는데 그래. 내 마음을 안 순간부터 난 여자 취급 제대로 해줬다. 네가 날 남자 취급을 안 해서 그렇지."

그 말을 들으니 또 마음이 찡하다.

그런데 그럼 뭘 해? 마음이 제대로 느껴지지 않는데.

산희야 알 수 없는 것이 당연하다. 아주 오랜 시간 인내와 끈기로 감춰온 마음이다. 그렇게 쉽게 눈에 보일 리가 없다. 굽어 흐르는 계곡에서 살던 강산희, 푸르고 넓은 바다로 나오니 휘몰아치는 태풍과 거친 파도를 몸으로 느낄 수가 없는 모양이다.

"그럼 나, 간다?"

"그래."

뭉그적거리며 바닥에 발을 비벼대는 산희는 쉽게 안으로 들어가지 못했다. 대문을 열다 말고 뒤를 돌아본 산희가 다시 한 번 물었다.

"나 정말 들어간다?"

"그래. 잘 가."

웃으며 손까지 흔들어 보이는 늘천의 모습에 산희의 얼굴이 복어처럼 볼록해졌다. 그녀는 한참 늘천을 바라보고 있다가 알았다며 안으로 쏙 들어갔다. 안으로 들어간 산희는 대문 앞 늘천의 발이 움직이는 것을 바라보고 있다가 슬그머니 대문을 열고 고개를 배꼼 내밀었다.

"왜, 안 들어가고?"

늘천의 뒷모습이라도 보겠다고 고개를 내밀어 봤는데 늘천이 한 수 위다. 물러나는 척하고 대문 앞을 지키고 있던 그에게 딱 걸렸다. 고개만 내민 산희가 무안하다는 듯 헤헤 웃자 늘천이 그녀를 따라 미소 지었다.

"아니, 그게……."

"뭐 잊어버린 거 있지?"

"응?"

늘천의 물음에 산희가 무슨 말이냐고 되묻기도 전에 그가 다가왔다. 그리고는 산희의 입술에 가만히 입을 맞췄다.

쪽! 사랑스러운 그녀를 향한 버드키스. 가볍고 상냥하게 그녀의 입술을 훔친 늘천이 멍해져 있는 산희의 머리칼을 가볍게 헝클어트리고 뒤돌았다.

"가자마자 자지마. 전화할 테니까."

그 말을 끝으로 집으로 들어간 늘천이다. 산희는 그 자리에 못 박
힌 채 서서 한동안 입술을 매만졌다. 기습적으로 남기고 간 그의 감
각이 새파랗게 살아 날뛰고 있었다.

심장이 쿵쿵쿵, 널을 뛰었다.

10.

첫 데이트의 여파는 컸다. 한 번 열리기 시작하자 봇물 터지듯 터져 나오는 감정에 산희는 자신을 주체하기 힘들었다. 하루 24시간, 하루에도 열두 번 넘게 늘천이 생각난다. 문제는 눈코 뜰 새 없이 바쁜 늘천이다. 늘천에 비해 한가로운 산희는 그와 붙어 지낼 수 없는 시간 동안 수아와 희건을 만났다. 그와 지낼 수 없는 시간이라고 해도 일주일 거의 내내.

"이래서는 사귀는 의미가 없잖아."

입술을 내밀고 있는 산희는 며칠 내내 욕구 불만에 시달리고 있었다. 자주 만나지 못하는 것이 이렇게나 스트레스로 다가올 줄 몰랐던 터라 산희는 적잖이 당황하는 중이었다.

"어떻게 일주일에 한 번 볼까 말까야? 이해가 돼?"

"일주일에 일주일은 보잖아? 바로 옆집인데다 네 방 맞은편이 늘천이 방이잖아?"

"그렇게 보는 거 말고. 제대로 된 데이트를 말하는 거잖아."

레퍼토리는 늘 똑같았다. 수아의 남자친구 후보들에 대한 이야기를 듣고, 늘천을 보지 못하는 산희의 고충을 토로하고, 희건은 들어주고 답해주고. 프라이버시가 없는 동아리방에서 카페로 자리를 이동했다는 것 외엔 별다른 변화는 없었다.

"이햐, 강산희가 그런 말을 할 줄이야. 많이 발전했다."

수아와 희건이 놀랍다는 듯 박수를 치자 산희는 한숨을 폭 내쉬며 늘천을 떠올렸다.

"내가 볼 때, 하늘천 지금 나 피하고 있어."

여자의 육감이란 무시무시하다. 강산희의 육감은 어마어마하게 헛발질을 하지만 여자에 조금씩 가까워지고 있는 지금, 가열 차던 헛발질은 조금이나마 명중률을 높여갔다.

"네 착각이겠지."

"진짜야. 그제부터 좀 이상해. 오늘도 나올 수 있다고 하고는 갑자기 약속을 펑크 낸 거야. 원래 한 번 약속하면 죽어도 지키는 게 하늘천이잖아?"

"사정이 있겠지."

"전화랑 문자도 미묘하게 달라졌어. 확실해."

"사귄지 고작 한 달 됐니? 뭘 그렇게 초조해하고 그래?"

"한 달 동안 데이트 딱 네 번 했어. 말이 된다고 생각하니?"

"안 될 건 또 뭐람? 세상 사람들에 맞춰서 연애하지 않아도 되잖아? 누군 월반하기도 하고, 누군 유급되기도 해. 그러려니 해."

수아의 말도 맞다. 맞긴 한데 묘하게 다르다. 친구에서 연인이 된 지금, 산희만이 알 수 있는 세심한 감정의 변화였다. 늘천은 산희를 피하고 있는 것이 분명하다.

그런데 왜?

가장 큰 문제는 이유를 알 수 없다는 거다. 얼마 전까지만 해도 서로 좋기만 했던 두 사람 사이가 급작스럽게 바뀌게 된 이유.

"아무리 생각해도 모르겠어."

산희는 어깨에 닿을 정도로 기른 머리카락을 엉망진창으로 헝클어트리며 테이블 위에 툭 쓰러졌다.

"여자가 되고 싶다."

산희의 폭탄 발언에 희건이 두 눈을 동그랗게 뜨고 수아를 바라봤다.

"아아, 이건 또 의미심장한 발언인데?"

"그래 봤자 강산희에요. 뭔 의미가 있겠어요?"

모르는 건 아니지만 산희의 입에서 그럴 듯한 말이 나왔다는 데에 의미를 두는 희건이다.

요즘 들어 빗질하는 덕에 강아지처럼 나풀대던 머리카락들이 한결 차분해졌다는 것을 안다. 오래된 멜빵바지 대신 깨끗한 면바지를 입고 다니고, 공구상자 대신 언니의 핸드백도 어색하게나마 매기도 하는 그녀다. 아직까지 화장만큼은 자신이 없어 립글로스를 바르는 것으로 준비를 마치지만 그것도 늘천의 앞에서는 낯간지럽다고 지워버린다.

"그게 문제라고, 그게."

"네?"

"여자가 되는 첫 걸음을 알려줄까?"

희건이 읽고 있던 책을 과감히 덮어버리곤 서툴기 짝이 없는 산희를 가깝게 끌어다 앉혔다.

"대담해질 것."

어울리지 않더라도 새빨간 립스틱을 한 번 칠해보는 것. 어색하기 짝이 없더라도 미니스커트를 입고 거리를 활보하는 것. 평소 신지 않던 높은 하이힐을 신고 삐끗거려 보는 것. 남자친구를 유혹해 숙맥인 줄로만 알던 인식을 바꿔주는 것.

"여자로 보이는 게 중요한 게 아니라 다른 매력 포인트를 보여주는 게 중요한 거야."

어, 이 사람에게 이런 면도 있었나?

상대에게 되새겨보게 하는 것이 레슨의 포인트다.

말로는 이해가 안 된다면 직접 실천에 옮기는 수밖에.

희건은 수아에게 동조하라 눈짓하며 순진한 산희를 꾀어냈다.

"아가씨, 오늘 시간 있어?"

[많이 바빠?]

짧은 물음에 함축된 수많은 의미를 안다.

시간을 내지 못할 정도야? 내가 그 정도밖에 안 돼? 넌 내가 보고 싶지도 않아? 나를 보지 못할 정도로 그렇게나 중요한 일이야? 이번 주에 몇 번 본 줄이나 알아?

누구보다 눈치가 빠른 늘천이 그 안에 담긴 메시지를 모를 리 없다. 누구보다 산희가 보고 싶은 그가 단박에 달려가지 못하는 데엔 그만한 이유가 있었다.

늘천은 깊은 한숨을 내쉬며 고뇌에 휩싸였다. 아무도 없는 빈집, 부모님은 1박 2일 스케줄로 친구분들과 여행을 가셨고, 형은 늦게까지도 소식이 없다. 산희와 데이트를 하고 있어야 할 지금, 집의 막내

늘천은 그의 방 책상 앞에 앉아 있었다.

책상 너머 창가에 산희의 방이 보인다. 주인이 없는 그곳은 불이 꺼진 채 익숙한 패턴의 커튼이 드리워져 있었다. 매일 밤 커튼이 드리워진 그 방에 불이 켜지고, 커튼 위로 드러난 실루엣이 움직인다. 닿을 듯 닿지 않는 실루엣은 고스란히 산희의 몸매를 투영한다. 제대로 보이지 않기에 상상력은 증폭하고, 볼 수 없기에 더욱 자극적이다.

"아, 젠장."

일정한 시각에 맞춰 계속되는 모습을 애써 외면을 했지만 이미 늦은 듯하다. 옷을 갈아입는 그녀의 실루엣이 눈에 들어온 탓에 머릿속엔 이미 커튼이 젖혀져 있었다.

그게 늘천을 미치게 만들었다.

처음에는 이렇지 않았다. 산희를 가지고 싶다는 순수한 마음뿐이었다. 좋아하는 그녀를 놓치고 싶지 않다는 순수한 열망. 그런데 얼마 전부터 늘천을 덮친 감정은 전의 그것과 사뭇 달랐다. 집어삼켜버릴 것만 같은 뜨거움에 몸 깊은 곳에서부터 갈증이 솟구쳐 올랐다.

산희를 원한다.

늘천은 그 사실을 깨달았다. 예전에 원하던 그 마음과는 확연히 다른 욕구에 혼란스러웠다. 그녀를 지켜주고 싶다는 마음과 더럽히고 싶은 마음이 한데 뒤섞여 그를 시험에 들게 하고 있었다.

삐로롱!

핸드폰 벨소리가 울렸다. 고뇌를 하는 늘천이 힘겹게 몸을 움직여 침대 위에 던져놓았던 핸드폰을 확인했다.

[할 일 없는 거 다 안다.]

희건에게서 온 문자다. 액정에 뜬 문자만 확인하고 다시 던져버리려는데 다시금 벨소리가 들려왔다.

[씹으려는 거 다 알아.]

알든지 말든지.

늘천은 콧방귀를 뀌고는 다시 핸드폰을 내려놓았다. 그런데 때맞춰 세 번째 문자가 도착했다.

[나와라.]

이번에는 답장을 전송했다.

[됐습니다.]

그런 늘천의 반응을 기다렸다는 듯 희건에게서 곧바로 문자가 왔다.

[인질을 잡아 두었다. 인질을 원한다면 11시까지 〈판도라〉로 와.]

희건의 문자를 읽어 내려가던 늘천의 미간에 주름이 길게 잡혔다.

"인질?"

단어로 인해 연상되는 사람이 있지만 설마 하는 마음이 더 강하다. 하지만 뒤이어 화면에 뜬 사진 파일이 확인 사살을 했다.

"이게……. 무슨?"

늘천이 자리에서 벌떡 일어났다. 파일을 클릭해 커다랗게 만든 그가 눈을 가늘게 뜨고 핸드폰을 들여다봤다. 몸매가 드러나는 검은 원피스형 드레스를 입은 여자의 뒷모습이 찍혀 있는 사진이었다. 허벅지를 고스란히 내놓는 길이에 허리가 움푹 파인 디자인은 여성의 늘씬한 허리를 과시하게 만들고 있었다. 거기까진 좋다. 문제는 사진 속 주인공이 산희라는 것에 있다.

"젠장!"

옆모습을 확대해서 보지 않았다면 사진 속 여자가 누구인지 알아채지 못했을 것이다. 산희답지 않은 복장에 그녀 같지 않은 화장. 심지어 어두운 와인 바는 강산희로 연상할 수 없는 장소다.

원흉은 조희건이다. 연출은, 묻지 않아도 뻔한 차수아겠지.

온몸이 오그라들며 머리가 쭈뼛 서는 느낌에 사로잡힌 늘천은 한동안 멍하니 서 있다가 빛보다도 빠른 속도로 방을 뛰쳐나갔다.

와인 바, 판도라.

단 한 번도 생각해보지 못했던 공간에 발을 디디고 있는 자체가 어색한 산희는 막 알에서 깨어난 새끼처럼 수아와 희건에게 온전히 의지하고 있었다. 처음에는 어색하다고 투덜거렸던 의상도 이곳에서는 자연스럽게 변해 있었다. 전선 코드는 알아도 드레스 코드는 알 리 없었던 산희는 신선한 문화적 충격에 짜릿해하는 중이었다.

희건이 전화를 한다며 밖에 나가자 여유롭게 앉아 있던 수아가 몸을 굽혔다.

"몰랐는데 희건 선배, 센스 있잖아?"

"이런 데 좋아하나 봐?"

"나야 완전 좋아하지."

평소와 다르게 잔뜩 흥분한 수아가 반짝거리는 눈으로 주변을 둘러봤다. 유럽풍의 인테리어, 맛있는 와인과 칵테일, 한적하면서도 품격 있는 분위기까지. 수아는 그 공간에 한데 어우러져 녹아 있었다.

"속에 숨어 있는 여성성을 드러내는 데엔 술이 최고지."

"소주에 닭발?"

"아저씨니?"

수아가 뭣도 모른다는 투로 산희를 흘겨봤다. 머리끝부터 발끝까지 꾸미고 왔으면 적어도 긴장의 끈은 놓지 않을 필요가 있다.

"가끔은 분위기 쇄신으로 신선해질 필요가 있다는 거야. 물론 네가 말한 그, 여자가 되고 싶다는 발언이 꼭 그런 말은 아니라는 걸 알지만……."

"그런 말이야."

"응?"

"그런 말이라고. 그런 뜻으로 한 말이야, 난."

딱 잘라 말하는 산희의 말에 수아가 매끄러운 눈썹을 일그러트렸다. 산희는 빛깔 좋은 칵테일을 홀짝거리다가 단번에 마셔버리고는 빈 잔을 내려놨다. 그 모습을 찬찬히 살펴보고 있던 수아가 다시 차분해진 모습으로 차근차근 의미 설명에 나섰다.

"그래, 무슨 뜻인지는 알겠는데 네 생각과 내 생각이 참 많이 다르니까……."

"안 달라. 내가 아무리 숙맥이라도 그 정도는 알아."

"안 다르다고?"

"날 도와주는 건 좋은데 바보 취급은 사양이야."

날렵한 산희의 대꾸에 수아가 입을 벌린 채 벙찐 얼굴을 했다. 검지를 살랑살랑 흔드는 산희의 모습에서 낯선 여자의 향기가 묻어 나왔다.

"나, 공대생이야. 과 동기들은 여자보다 남자가 훨씬 많아. 남자들

틈바구니에 껴서 밤낮 꼴딱 새면서 과제할 때 무슨 이야기를 듣는다고 생각해? 과제 얘기? 아니거든. 여자 얘기거든. 하다 보면 에너지 드링크의 여파가 큰지, 음담패설로 이어지거든."

별거 아니라는 듯 훗, 웃어넘기는 산희의 모습에 수아가 믿기지 않는다는 투로 산희의 양 어깨를 붙잡았다.

"너, 강산희잖아."

"내가 뭐, 순진의 아이콘이니?"

허를 찌르는 산희의 물음에 자칭 '강산희 스승'인 수아는 할 말을 잃고 말았다.

"아무것도 모르는 걸 순진이라고 하고, 알면서도 모르는 척하는 걸 순수라고 하지."

"헐."

똑 부러지는 산희의 지적에 침묵으로 대응하던 수아가 짧은 탄성을 터트렸다.

"이런 게 멘붕인 거지? 나 지금 문화적 충격을 맛봤어. 언제 내 새끼가 이렇게나 컸대?"

아기 새를 둥지에서 떠나보내는 어미 새의 심정이 이럴지 싶다. 찡한 마음이 된 수아가 산희의 어깨를 토닥거렸다.

"누가 봐도 여자로밖에 안 볼 거야, 강산희."

"뜬금없이 무슨 말이야?"

"하늘천이 깜짝 놀라 뒤로 자빠질 수 있다는 말이야."

수아가 뿌듯한 얼굴로 산희를 가만히 훑어 봤다. 흐트러짐 없게 세팅한 머리, 윤이 나는 반들반들한 피부, 세련된 화장, 평소와는 다른 옷차림. 모든 것이 늘천을 안달 나게 하기 충분했다.

수아는 기쁨 반, 부러움 반의 마음으로 한숨을 쉬며 산희에게 주문을 걸었다.

"네가 원하는 바를 이루게 되리라."

"내가 원하는 바가 뭔데?"

"여자가 되는 거라며. 왜 갑자기 또 맹한 강산희로 돌아온 거야?"

수아의 물음에 산희가 가볍게 픽 웃었다.

"내 안에 두 여자가 열심히 싸우고 있거든."

하나는 어린 시절의 피터팬 같은 녀석, 다른 하나는 네버랜드를 탈출해 어른이 된 웬디 같은 녀석. 어린 시절의 순수함 그대로 간직한 채 살고 싶어 하는 나와 하늘천과 손을 잡고 뽀뽀를 하는 것만으로는 만족하지 못하는 나.

창가에 드리워진 커튼 너머, 늘천이 있다는 것을 안다.

매일 밤, 창문 너머 불이 꺼질 때까지 기다리다 자는 것을 너는 알까?

손이 닿고, 입술이 닿고, 마음도 닿았는데 한참 모자라다는 생각을 하는 난, 얼마나 욕심이 많은 걸까?

부족하다. 부족한데 늘천은 그렇지 않은 모양이다.

"늘천인 나에게 별로 관심이 없는 것 같아."

갖고 싶던 것은 그저 마음이었을까?

좋아하는 연모의 마음을 가지고 싶었던 그에게 너무 많은 것을 바라는 것은 아닐까?

그를 욕심내는 일이 그의 마음까지 더럽히는 것 같아 괜한 죄책감에 빠질 때 즈음, 어딘가로 시선이 향한 수아가 키득거리며 웃었다.

"꼭 그런 건 아닌 것 같은데?"

수아의 시선이 향하는 곳엔 거친 숨을 내쉬는 늘천이 있었다.

1초에 75미터, 통합 1마력. 인간이 그 정도로 달린다면 그건 인간이 아니게 될 것이 분명하지만 마음만큼은 그보다 더 빨리 달렸다고 생각하는 늘천이다. 형이라도 있었다면 오토바이부터 빼앗아 타고 달려올 수 있었는데 그 점은 또 아쉽다.

택시부터 잡아타고 근처까지 온 것은 좋았는데 좁은 골목으로 들어서니 진도가 나가질 않는다. 값을 내고 내려 냅다 달리기 시작한 늘천은 '판도라' 라는 간판보다 먼저 그 앞에 서 있는 희건을 발견했다.

"여어."

희건이 여유롭게 손을 흔들었다. 그 모습에 늘천은 깨달았다. 희건이 일부러 가게 앞에 서 있던 까닭을. 늘천이 거친 숨을 몰아 쉬며 그 모습을 가만히 바라봤다.

"선배, 정말……."

희건은 그 어느 때보다도 싱그러운 미소를 지을 뿐 별다른 말이 없다.

"안 들어가봐도 되겠어? 시간을 지체하고 있을 시간이 없을 텐데."

도발하는 희건의 말이 끝나기도 전에 늘천은 원망스러운 눈빛만을 남긴 채 빠르게 안으로 뛰어들어갔다.

입구에 들어서자마자 보이는 복잡한 사람들 틈 사이로 익숙한 실루엣이 눈에 들어왔다. 모래사장에서 바늘 찾는 것보다야 쉽겠지만은 교묘하게 그림 사이에 숨어 있는 월리 정도는 될 수 있겠지 싶다. 조금은 어려울 수 있는 미션을 앞에 둔 늘천에게 사랑이 무어냐 묻는다면 이렇게 대답하리라.

3D.

늘천에게 산희는 입체영상처럼 한눈에 들어오는 단 한 명이었다. 주변 인물들이 무채색으로 변하는 동안에도 변함없이 선연한 색을 자랑하는 그녀는 흡사 눈부신 여름 같았다. 그 어떤 여자가 오더라도 조연으로밖에 머물 수 없는 그녀는 강산희라는 자체만으로 하늘천의 여자 주인공이었다.

그런데 그 여자 주인공의 행색을 보라. 허리는 움푹, 어깨는 활짝, 가슴은 보일락 말락. 짧은 치마 길이에 하늘천도 보지 못했던 허벅지는 매끈하게 드러나 있었다. 섹시한 화장으로 감춘 얼굴 속 순진무구한 얼굴이 늘천을 돌아본 순간, 화가 불끈 치솟는 것과 같은 강도로 마음이 한데 휘몰아쳤다.

"어? 언제 왔어?"

"방금."

가져온 겉옷부터 펼쳐 산희의 어깨에 걸쳐준 늘천은 꼼꼼한 손길로 허벅지까지 대충 가린 다음에야 떨어져 나갔다. 그럼에도 불구하고 여전히 마음에 들지 않는다는 투로 산희를 바라보던 그는 한숨과 함께 멀어져 갔다.

테이블에서 조금 떨어진 바로 향한 그가 부탁한 얼음물을 벌컥벌컥 들이킬 무렵, 모든 상황을 지켜보고 있던 희건이 곁으로 다가왔다.

"속이 타나 보지?"

양팔을 바에 대고 기댄 희건이 주문한 음료를 기다리며 중얼거렸다. 놀리는 듯한 음성에 늘천은 다 마신 잔을 거칠게 내려놓으며 희건을 노려봤다.

"속이 타는 이유는 내 멋대로 산희를 데려온 것 때문에 열 받았다, 로는 제대로 설명이 안 되는 것 같고."

"무슨 말이 하고 싶은 겁니까?"

"저런 스타일은 네 취향이 아닌 줄 알았는데 보니까 또 다른 마음이 생겨서 혼란스럽지?"

희건이 어깨를 으쓱거리며 먼발치에 있는 산희를 확인하듯 바라봤다. 그런 희건의 시선이 기분 나빴는지, 늘천은 그의 눈가를 가리며 자신을 바라보게 만들었다.

희건은 늘천의 행동이 귀엽다는 듯 키득거리다 중얼거렸다.

"좀 더 오래 걸릴 줄 알았는데."

"무슨 속셈이에요?"

"속셈이라니. 서운한걸. 난 오늘 요정 할머니라고."

검지까지 세우고 뾰롱뾰롱 뾰로롱, 마법의 주문이라도 외울 것처럼 구는 희건의 모습에 늘천이 웃음을 삼키며 고개를 저었다. 방금 전보다 한풀 꺾인 늘천의 태도에 희건은 이때다 싶어 자신의 노력을 홍보하기 시작했다.

"솔직히 말해 남는 건 하나 없는 장사라고. 시간 투자해, 돈 투자해, 욕까지 먹어가."

"그런데 왜……."

"이러냐고? 간단해. 너희 둘을 향한 무한한 사랑이랄까?"

"관심……."

"꺼달라고? 에이. 그렇게 정 없이 살진 말자?"

신들린 모양이다. 그것도 아니면 영 능력자쯤 되는 모양이다. 예전부터 그랬지만 지금쯤 되면 한 번쯤 의심해볼 수 있는 대목이다.

아니면, 내가 잘 읽히는 유형의 인간인가?

수아의 말을 빌리자면 '속내를 알기 힘든 망할 놈의 포커페이스'가 바로 그, 하늘천이었다. 단 한 번도 자신이 알기 쉬운 인간이라는 생각을 해본 적 없는 늘천은 자신의 마음을 족족 읽어 내려가는 희건을 앞에 두고 막다른 골목에 다다른 느낌을 받아야만 했다.

산희의 일에서만큼은 평소의 포커페이스를 유지하기 힘들다는 것을 모르는 늘천은 희건에게는 재미있는 놀잇감이었다. 보는 것만으로도 귀여워 골려주고 싶은 상대라고나 할까.

희건은 초반의 못된 마음이 희석되는 것을 느끼며 묘한 미소로 늘천을 응시했다.

"사람한테 할 말은 아니지만 왜, 이런 말이 있지? 아끼다 똥 된다고."

"선배."

"사랑도 할 수 있을 때 해야지 소 잃고 외양간 고쳐봤자 아무 소용이 없다는 충고 정도랄까?"

맞는 말이긴 하다. 그랬기에 딱히 반박하지 못한 늘천은 골난 얼굴로 희건을 탓했다.

"왜 하필이면……."

"이런 곳에 그런 차림이냐고? 교과서대로 한 것뿐이야. 따지려면 그림형제부터 찾아가던지. 아니, 안데르센이냐?"

"대체 뭔가요?"

"왜, 그, 〈신데렐라〉 말야. 재투성이 소녀가 요정 할머니를 만났으면 당연히 변신을 해서 무도회장을 가야 하는 거지?"

두 번은 안 밀린다. 희건의 말을 곰곰이 생각해보던 늘천이 사뭇 진지한 얼굴로 반박했다.

"신데렐라에는 기본 베이스가 깔려 있어요. 알고 보면 지연, 혈연 다 맞는 엄친딸이라는 거."

"뭐?"

"일단 부모님이 귀족이었죠. 돌아가신 엄마 친구가 요정 할머니였죠. 이렇게 되면 요정 할머니를 친구로 둔 엄마가 완전 인맥이 쩌는 대단한 여자였을 가능성이 있어요."

강산희와의 공통점은 찾을 수 없는 여자라는 거다, 신데렐라는. 더불어, 강산희가 신데렐라가 되려면 하늘천이 기본적으로 왕자님이어야 한다는 건데 현대판 왕자가 되기에 한참 부족하다는 것을 아는 늘천이다.

"쯧. 재미없는 놈. 꼭 그렇게까지 현실적인 잣대를 들이대야 하는 거냐? 신데렐라 좋아하는 아이들 울겠다, 야."

"어릴 적부터 자신이 처한 현실은 제대로 알고 있는 게 좋아요. 헛된 꿈꾸지 않게."

"오케이. 어쨌든 공주는 아니더라도 충분한 잠재력 있는 아가씨는 요정 오빠를 만나 변신을 했고, 와인 바에 왔어. 이 정도면 왕자님은 아니더라도 좋아하는 남자의 마음을 훔치기엔 충분하지 않아?"

희건이 어깨를 으쓱거리며 답하자 늘천은 한숨을 푹 내쉬며 양손에 얼굴을 묻었다. 멀리서부터 눈에 와 박힌 산희의 모습이 지워지려면 또 얼마만큼의 시간이 있어야 할까. 해탈의 경지는 멀고도 험한지라 벌써부터 숨이 가빠지고 있었다.

"이미 오래전부터 훔치고도 남았어요. 이러는 거, 솔직히 도움 안
돼요. 민폐라고요."

일어서고 앉는 것이 불편하기 짝이 없는, 비실용적인 드레스다.
속이 보일까 싶은 걱정에 몸짓마저 조심스러워졌다. 그 덕분일까,
산희의 몸짓 하나하나가 섹시하게 변했다. 하지만 그것도 2분 전의
이야기다.

어서 늘천에게 가보라는 수아의 재촉에 못 이기는 척 갔던 산희
는 2분도 채 되지 않아 다시 돌아오고 말았다. 조신했던 움직임은
어디로 갔는지 소파에 성급하게 무게를 실은 그녀는 어두운 얼굴로
오도카니 있었다.

"왜 그냥 와?"

수아의 말에도 꿈쩍하지 않고 앉아 있던 산희는 앞에 놓인 잔을
들어 시원하게 원샷을 했다.

"애, 그거 술이야. 독한……."

"한 잔 더."

얼음이 녹기만을 기다리고 있던 수아의 잔을 빼앗은 산희가 얼굴
을 오만상으로 찌푸린 채 쓰디쓴 액체를 넘겼다. 식도를 타고 뜨끈
하게 흘러내려가 속이 화끈해지니 그래도 좀 살 것 같다.

푸우, 깊은 한숨을 내쉰 산희는 잠시 입을 다물고 있다가 금방이
라도 울 것 같은 얼굴로 울먹거렸다.

"그러게, 난 이런 거랑 안 어울린다니까."

"뭐?"

늘천을 데려오라고 했더니 빈손으로 와서 사뭇 대조적인 발언을
내뱉는 산희의 모습에 놀란 것은 수아였다.

"잘 어울려. 완전 예쁘다니까?"

"난 모든 사람한테 예뻐 보이고 싶지 않아. 예쁘게 보는 건 한 명
이면 충분해."

금방이라도 와앙, 울음을 터트릴 것 같은 산희의 얼굴은 꼭 길을
잃어버린 아이의 것과도 닮아 있었다.

언제 저렇게 여자의 얼굴을 하게 되었나.

수아는 산희를 가만히 바라보며 낯선 기분에 휩싸였다.

"너, 많이 변했다?"

"뭐가?"

"남자로 보기 힘들다며, 하늘천을. 그런 거, 징그럽다고 했잖아?"

수아의 물음에 산희는 오래전 언젠가를 떠올리는 눈으로 허공 어
디쯤을 바라봤다. 우수에 젖은 두 눈이 이제는 늘천을 갈망하고 있
었다.

"내가 한 번 결정한 이상, 난 책임을 갖고 하늘천을 남자친구로
대할 거라고 했잖아."

"이게 다 책임감 때문이라고?"

"책임을 갖고 하늘천을 남자친구로 생각하다 보니 이젠 하늘천이
남자로 보여. 확실하게. 됐어?"

산희의 목소리에 유독 날이 서 있다. 무덤덤하고 맹하던 평소와
는 다른 그녀의 말투에 수아가 고개를 갸웃거렸다. 바에서 고뇌에
찬 얼굴로 희건과 대화 중인 늘천도 그렇고, 선회해 돌아와서는 불
만과 불안이 뒤섞인 얼굴을 한 산희도 그렇고. 청춘이 참 힘들다.

"그런데 왜 그렇게 성질이 나 있는 건데?"

수아의 물음에 산희가 다시 입을 잠갔다. 자신의 입으로 늘천의 말을 전하자니 꼭 확인 사살을 하는 것만 같다. 말로 꺼내면 눈물부터 날 것 같았기에 산희는 떨리는 손을 맞잡고 중얼거렸다.

"이러는 거, 도움 안 된대. 민폐라잖아."

속삭이는 목소리지만 확실하게 들었다. 수아는 허리를 곧추 세워 앉은 채 미간을 모았다.

"그렇게 들은 거 확실해?"

"확실해."

"그렇게 말할 위인은 아닌데."

수아는 손가락으로 턱을 톡톡 두드리며 중얼거렸다. 깊은 생각에 잠긴 수아를 뒤로 하고, 산희는 혼자만의 충격에 사로잡혔다. 마음이 안 좋으니 술도 술술 들어간다.

"내가 모르는 하늘천 같아."

계속 좋아할 줄 알았다. 평생 뜨거울 줄 알았다. 변치 않고 열정적일 줄 알았다. 그런데 변한 걸까? 손에 들어오지 않을 땐 안달하다가 손에 들어오니 맥이 빠져버리는 마음처럼, 그도 그런 걸까?

알 수 없는 불안이 산희를 더욱 안달 나게 만들었다. 발까지 콩콩 구르는 산희의 모습을 가만 지켜보고 있던 수아가 박수를 한 번 쳤다.

"그럼 좋은 방법이 있어. 백발백중, 남자의 마음을 흔들게 할 방법."

그 말에 풀이 죽었던 산희도 귀를 쫑긋 세웠다.

"가슴을 모으고, 그의 팔에 기댄 다음에 눈에 힘을 풀고 올려다보는 거야. 그리고 입에 모든 신경을 모아 그를 바라봐. 눈을 반쯤 감고, 입술은 살짝만 내밀고 기다려."

"그럼?"

"너의 유혹에 이기지 못한 하늘천이 격한 키스를 팍!"

"그게 무슨 해법이야."

"해법이지? 욕구불만에는 제대로 먹힐 거라고."

"누가 욕구불만인데!"

"너?"

"아니거든?"

"맞거든. 그게 아니라면 하늘천이 어떤 행동을 취해도 멀쩡할 게 분명하거든."

어쩌면 맞는 말일지도 모르겠다.

욕구불만.

하늘천의 사랑이 모자라 그게 불만이다.

"맞네, 맞아."

쿵, 콧방귀와 함께 이 모든 감정을 인정한 산희의 이성은 천천히 멀어져갔다.

"으응."

미동도 없이 늘어져 있던 산희가 몸을 뒤채기 시작했다. 눈을 찡그리며 끙끙거리던 그녀는 얼마 지나지 않아 자리에서 일어났다. 몸을 휘감는 이불의 감촉이 익숙하지 않은 탓이다.

"여기 어디야?"

잔뜩 갈라진 목소리로 중얼거리던 산희는 문득 아랫부분이 허전하다는 것을 깨닫고 일어나려다 다시 주저앉고 말았다. 하얀색 커다란 셔츠 하나만 걸치고 있는 자신의 모습을 확인한 그녀는 번쩍 뜬 두 눈으로 주변을 살펴보기 시작했다.

얼마 지나지 않아 자신이 있는 곳이 늘천의 방, 늘천의 침대 위라는 것을 깨달았고 더불어 방주인이 침대 바로 앞에 자리를 잡은 채 앉아 있는 것을 발견했다.

"쭈그리고 앉아서 불편하게."

고개를 배꼼 내밀어 늘천의 얼굴을 확인하는데 그의 눈은 평온하게 감겨 있다.

"이러고 계속 잔 거야?"

퉁명스러운 목소리가 걱정스럽게 변했다. 그보다, 중요한 것이 따로 있다. 허전한 하체가 먼저요, 두 번째는 옷을 갈아입힌 '누군가'다. '누군가'로 추측되는 그를 채근하기 전, 제대로 된 옷부터 입어야겠다고 생각한 산희는 익숙하게 늘천의 옷장을 뒤졌다.

늘천이 입는 고무줄 반바지를 꺼내는데 뒷부분에 숨겨져 있던 작은 상자 하나가 끌려오더니 바닥에 툭 떨어졌다. 상자 뚜껑이 열리는 것을 확인하며 산희는 먼저 바지부터 챙겨 입었다. 그리고 나서야 다리를 굽히고 앉아 내용물을 정리하기 시작했다.

"어? 이건 내가 준 선물이잖아?"

노트를 찢어 대충 그려 만든 쿠폰이며 그림, 카드랍시고 준 편지들이었다. 추억에 잠겨 이것저것 살펴보고 있는데 뒤에서 잠든 줄로 알았던 늘천의 목소리가 들려왔다.

"그게 선물이냐?"

갈라진 그 목소리가 제법 다정하다. 섭섭했던 마음들이 눈 녹듯 녹아 사라지자 빈자리에 여린 새싹들이 피어났다.

"다 버렸다더니."

"버린 거야. 그게 휴지통이거든."

자리에 앉은 채 기지개를 켠 늘천이 빈 침대 위로 올라가 침대 헤드에 등을 기대고 앉았다. 그 모습을 가만히 바라보고 있던 산희가 활짝 웃으며 침대 위로 기어 올라갔다.

"휴지통을 몇 십 년간 안 비운 거야? 더럽다, 에이."

"알았으면 정리해서 다시 넣어놔."

입술을 비쭉거리는 모습이 웃음을 참는 것 같다. 하지만 그런 산희의 사정은 중요하지 않았다. 늘천은 평소보다 더 퉁명스러운 태도로 산희를 대했다.

"멋대로 쪼르르 올라오지 말고 내려가."

"에이, 왜? 부끄러워서 그래?"

"내려가."

"싫은데?"

"그것부터 정리하라니까."

약간의 짜증이 섞여 있었지만 이미 마음이 녹아버린 산희는 생글생글 웃었다. 그러다 무심결에 그 사랑스러움에 늘천에게 기습적으로 뽀뽀를 했다.

쪽!

놀란 늘천이 두 눈을 동그랗게 떴다. 보면 볼수록 사랑스러움이 솟아나는 매력이 있는 하늘천이다.

"지금 뭐 한 거야?"

"이뻐서 그런다, 이뻐서."

산희가 발그스름한 볼을 하고 다시 몸을 기울였다. 두 번째 기습은 그녀의 입술을 막은 늘천으로 인해 수포로 돌아갔다. 뽀뽀가 막힌 순간, 깊어지던 그녀의 눈빛도 충격으로 엷어졌다. 무안함에 얼굴이 붉어지는데 늘천은 배려도 없이 냉정한 태도로 그녀를 밀쳐냈다.

"너, 그만 가라."

"뭐?"

"이젠 집에 오지 마."

사랑스러움이 꽃비처럼 내리던 순간, 꽃잎들은 새카맣게 타버려 잿더미로 변해버렸다. 산희의 마음도 마찬가지였다.

"가슴을 모으고, 그의 팔에 기댄 다음에 눈에 힘을 풀고 올려다보는 거야. 그리고 입에 모든 신경을 모아 그를 바라봐. 눈을 반쯤 감고, 입술은 살짝만 내밀고 기다려."

유혹도 웬만큼 뻔뻔하지 못하면 하기 힘들다는 것을 몸소 체험한 산희. 몇 번의 망설임 끝에 욕구가 민망함을 이겼고, 술기운을 빌려 용맹해진 산희는 늘천에게 적극적인 대시를 선보였다. 동물들이 하는 구애의 춤, 혹은 구애의 노래가 훨씬 쉽겠다는 생각을 하면서 늘천의 팔에 바싹 붙은 산희가 민망해질 때 즈음, 늘천이 그녀의 등에서 흘러내리려는 재킷을 단단히 여며 주었다. 한마디 말과 함께.

"취했어? 술 좀 그만 마셔."

여자의 마음을 몰라주는 무심한 남자라며 산희, 수아를 붙잡고 연거푸 술을 들이켰지만 그녀가 모르는 실상은 달랐다. 이 모든 것은 '산희의 욕구불만에 대처하는 하늘천의 자세'라는 것을.

팔을 모아 힘을 주는 그녀 탓에 가슴이 봉긋하게 솟아오른다. 봉긋해진 가슴 계곡에 팔을 끼우기라도 하겠다는 건지, 지그시 압박해 오는 그녀 탓에 늘천은 끊임없이 샘솟는 욕망과 한바탕 씨름 중이었다.

그뿐이면 다행인가. 우연히라도 남자라고 착각할 수 없는 실루엣, 가느다란 곡선, 동그란 엉덩이와 그 아래로 뻗은 매끈한 다리가 움직일 때면 늘천은 자신이 이다지도 욕정적인 남자였는가, 다시금 자문해야 했다. 꿈틀거리며 반응하려고 대기 중인 그곳을 내려다보며 사뭇 충격에 휩싸이기까지 했다.

내재되어 있는 깊고도 어두운 욕망 덩어리를 알아갈수록 더한 충격에 휩싸이는 늘천이 욕망의 근원지인 산희에게서 조금씩 멀어지는 것도 틀린 말은 아니었다. 산희가 곁에 있지 않더라도 머릿속은 산희 생각으로 가득한데 실물이 곁에 있으니 이제는 육체까지 그의 말을 듣지 않는다.

지켜주겠다 했다.

싫으면 기다리겠다고까지 했다.

산희를 향한 이 마음이 그저 단순한 욕망에 지나지 않는다는 것을 증명하려면 욕망의 분출부터 막아야 했다.

"우쒸, 하늘천 너!"

얼마나 마신 건지, 웬만해서는 취하지 않는 산희가 동공이 풀린 채 비척비척 걸어왔다. 검지로는 척, 늘천을 가리키며.

"짜증나아, 진짜아."

그러다 우욱, 소리를 내며 앞으로 고꾸라졌다. 다행히 그녀가 바닥으로 곤두박질치기 전, 늘천이 받아냈지만. 그녀를 안고 수아가 있는 테이블로 걸어가는 늘천보다 빨리, 희건이 자리에 앉으며 씨근 덕대는 수아에게 귀띔했다.

"아아, 더미가 오해했구나?"

"무슨 오해요?"

"이쯤 되면 남자들의 매직 스틱이 제어 기능을 잃게 되기 십상이 거든."

"아, 그……. 제어할 수 없다면 질주하고야 만다는."

수아의 시선이 늘천의 얼굴에서 아래로, 아래로, 천천히 내려갔 다. 그 시선을 느낀 늘천은 산희를 안은 채 불쾌하다는 얼굴로 수아 를 쏘아봤다.

"그 얼굴 치우지 못해?"

"으흐흐."

"그렇게 웃지도 마. 넌 무슨 여자애가."

"으이구, 그랬어요? 한번 시작하면 멈추질 못할 것 같았어요? 너 설마…… 동정이냐?"

수아의 직접적이다 못해 대놓고 하는 질문에 희건의 시선도 함께 향했다. 그보다 더 늘천의 얼굴을 달아오르게 한 것은 수아의 질문 을 듣고 반사적으로 흥미롭다는 시선을 던진 주변 몇몇 테이블의 사 람들이었다.

하여간 이 화상!

벌겋게 달아오른 얼굴을 한 늘천이 주변을 휙 훑고는 목소리가 컸던 수아를 책망하듯 노려봤다.

"그럼 안 되냐?"

"아니, 천연기념물이 여기 둘씩이나 있구나 싶어서."

"그게 나쁜 거야? 사랑하는 사람과의 동의하에 나누는 성스러운 의식이 언제부터 쾌락만을 쫓는 것으로 변질한 건지, 나는 도대체가 알 수가 없……."

"알았으니까 설교는 그만해."

수아가 질린다는 듯 손을 내저으며 한숨을 푹 내쉬었다. 장난 한번 제대로 하지 못하게 매번 진지한 얼굴로 대꾸하는 녀석 때문이다.

"꼰대도 아니고. 참 그렇게 안 생겨서 엄청 고지식하다니까. 조선 시대도 아니고, 뭐야?"

"사람마다 스타일이 있는 거야."

늘천의 대답을 희건이 날쌔게 채 갔다. 늘천의 속내를 읽어 내려가는 희건은 꼭 모든 것을 득도했다는 듯한 얼굴이었다.

"그치, 스타일이 그러니 혼란스러운 거지. 고고한 사랑을 한다고 여겼는데 욕망이 폭풍처럼 휘몰아치니 자기 자신에 대한 회의가 몰려오는 거야. 나는 누군가, 여긴 또 어딘가."

"선배는 어떻게 그렇게 잘 알아요?"

"남자라면 한 번쯤 거쳐 가는 시기라고나 할까? 자신의 욕망에 눈을 떴을 때의 그 생경함이랄까."

언젠가 손에 잡힐 정도로 생생한 욕망을 경험했을 적, 그 시절을 떠올리는 희건의 눈이 아련했다. 애매모호한 욕정과 달리, 상대까지 뚜렷하고 정확하게 다가오는 그것은 제정신으로는 견디기 힘든 것이었다.

열병을 앓는 듯 매일 밤 뜨거운 몸을 한 채 고통으로 몸부림친다. 무엇이 현실이고, 무엇이 꿈인지 그 경계마저 모호해진 상태로 몇 번이고 그 누군가를 범하고, 차지한다. 열락의 그 순간, 현실로 되돌아오고 나면 사정의 뜨거움은 온데간데없이 사라지고 차가워진 이성이 몸을 지배한다. 그 끝은 언제나 더럽다.

마음이 깊고, 올곧은 만큼 네가 겪는 그것도 보다 더 어지럽고 현란한 태풍이겠지.

하지만 그 또한 언젠가는 겪어야 할 일. 그를 알기에 희건은 덤덤하게 늘천을 응시했다.

"네가 그 신데렐라 이야기를 해서 하는 말인데. 사실 보면 조선시대가 더 음란했을지 몰라. 성춘향과 이몽룡도 그 어린 나이에 눈 맞아서 알몸으로 어화둥둥 내 사랑을 외쳤다던데 너라고 또 못할 건 뭐⋯⋯."

"선배!"

"아니, 뭐. 그렇다고."

매서운 질책이 서린 늘천의 시선에 희건이 입을 다물고는 어깨를 으쓱거렸다. 하지만 그것으로는 성이 차지 않은 모양이다. 희건과 수아가 놀릴 때마다 침묵이나 눈빛으로 힐난하던 그가 펑, 터져 버렸다.

"선배가 나빠요!"

"뭐?"

"왜 나한테 이런 시련을 줘요? 안 그래도 힘들어 죽겠는데!"

"자식이 앙탈은. 왜, 요즘 몽정도 하냐?"

아아악!

세심함이라고는 눈을 뜨고 찾아볼 수 없는 두 사람이다. 사디스트적인 성향은 둘째로 치고서라도 민감한 배려 따위는 눈곱만큼도 겸비하지 못한 두 사람은 아무래도 하늘에서 내린 천생연분일지도 모른다는 생각을 하며 늘천은 미친놈처럼 고함을 질러댔다.

그래, 희건의 말이 맞다. 요즘 여자의 신체에 처음으로 눈을 뜬 청소년처럼 마음이 휘청댄다. 휘장 너머의 실루엣뿐만 아니라 점점 여자 티가 나는 산희 때문에도 마음이 심란한데 밤마다 나오는 농도 짙은 꿈 때문에 늘천은 더욱 괴로웠다.

바람 든 오이처럼 속이 쓰다. 엉망으로 젖은 앞섶도, 몇 번이고 엉망진창으로 그녀를 범하는 제 머릿속도, 자신의 것이 아닌 것만 같아 미쳐버릴 것만 같다.

더럽고, 구역질이 나고.

강산희를 향하는 이 마음이 그렇게까지 진흙탕이었는지 처음 알 았기에 늘천의 마음에는 더욱 거센 비바람이 몰아쳤다.

자신 외에는 아무도 알 수 없고, 알아서도 안 되는 속내.

"그만 갈게요."

늘천이 자리를 박차고 일어났다. 산희가 어떤 차림을 하고 있든, 그 차림을 눈여겨볼 남자들이 어떠하든, 상관하지 말고 자신 먼저 챙겼어야 한다고 후회하는 중이었다. 하지만 몸과 머리는 다른 생물 인 것처럼 각기 다른 매개체라 생각한 대로 움직여지지가 않았다.

술에 취해 정신없는 산희를 내버려둔 채 밖으로 나가려던 늘천이 성질이 난다는 듯한 걸음걸이로 되돌아왔다. 그리고는 누워있는 그 녀를 안아들고 밖으로 나갔다.

문제는 그다음이었다.

집 앞까지 도착한 것은 좋았는데 현관벨을 아무리 눌러도 산희 의 집은 묵묵부답이다. 부모님끼리 함께 여행을 가신 거야 다 아 는 사실이었지만 이놈의 사랑은 어디로 갔는지 나올 생각을 하지 않는다.

집을 찬찬히 살펴도 봤다. 2층 창문만 불이 켜져 있을 뿐이다. 외출을 할 때면 누군가의 침입을 막기 위해 2층에 불을 켜놓는 습관이 있다는 것을 아는 늘천의 입가에 한숨이 맴돌았다.

"좀 일어나봐, 강산희."

산희를 흔들어 깨워보려고 해도 한 번 잠들면 아침까지 깨지 않는 그녀가 일어날 리 만무했다.

"비밀번호 뭐야? 응? 야!"

한 손에는 산희를 둘러메고, 다른 한 손으로는 핸드폰을 두드려 댔다. 사랑에게 전화를 거는 중이었다.

"안 받을 거면 전화를 왜 들고 다니는 거야?"

그보다, 동생이 집에 없는데 걱정도 안 되는 건가? 아, 미쳐버리겠다.

둘러메고 있는 몸이 주르륵 미끄러진다. 후덥지근한 날씨 탓에 몸에서 흘러내리는 땀 때문이다. 더 이상은 힘들겠다 싶어 산희를 고쳐 안은 늘천은 자신의 집으로 향했다.

그녀를 힘겹게 침대 위에 내려놓고 나서야 그는 해방이 되었다. 하지만 짧은 원피스 길이는 산희가 몸을 뒤척일 때마다 점점 위로 올라갔다. 해결책으로 이불을 덮어줬지만 30도를 훌쩍 넘기는 열대야를 견디지 못한 그녀가 본능적으로 이불을 걷어차고 말았다.

"하아."

깊은 한숨을 내쉬며 고개를 돌렸을 때였다. 몸을 꽉 조이는 원피스가 불편했던지 산희가 꼬물대며 원피스 탈의를 시도했다. 새하얀 허벅지가 드러나고 매끈한 허리 곡선이 그를 유혹했다. 푸르스름하기까지 한 속살이 원피스에 쓸렸다. 뒤이어 속살과 대비되는 까만

브라에 싸인 동그란 가슴이 드러났다.

"유혹하는 거냐?"

움직이지도 못한 채 무언가에 홀린 듯 산희를 바라보고 있던 늘천이 앓는 소리로 중얼거렸다.

"아니겠지. 너런 놈은 그냥 원피스가 불편할 뿐이겠지. 그런데 반응하는 나는 병신인가보다."

매일 자신이 뒹굴던 침대 위에 산희가 있다. 그가 덮고 자던 이불을 걷어차며 속옷 바람이 된 채 가만히 누워 있다. 하늘천으로 들어찬 그의 공간에 강산희의 향기가 스며드는 중이었다. 향수를 뿌리지 않더라도 달콤할 그녀의 살냄새가 문득 궁금해졌다. 이렇게 떨어져 있지 말고, 그녀의 살에 코를 파묻어 그 향기를 빨아들이고 싶어졌다. 입술을 문지르고, 그녀의 살을 비비며 그렇게 함께이고 싶어졌다.

"아아, 젠자앙!"

그녀를 눈에 담고, 마음에 담을수록 커져만 가는 것은 마음만이 아니었다. 그의 분신도 함께 크기를 달리했다. 앞섶이 부풀어 오르는 것을 지켜보는 늘천의 얼굴은 그 어느 때보다 차가웠다.

몸은 뜨거워지는 데 반대로 머리는 냉랭해진다.

"지금껏 참았는 데 더는 못 참겠냐."

강산희가 자신을 원할 때를 기다리겠다고 했다. 하지만 그녀의 유혹에 그는 꼼짝할 수 없었다.

그렇게 너를 가지게 된다면 난 쉽게 멈추지 못할 테니까.

어젯밤 꿈이 눈앞에 그려졌다. 울며 밀쳐내는 그녀를 엉망진창으로 범했다. 이제는 그만 하라며, 아프다는 그녀를 속수무책으로 가졌다. 그녀의 마음은 상관하지 않고 육욕을 채우는데 급급했다.

짐승이 되어 간다.

야수가 풀려난다.

그렇게 자유가 된 그것은 지금껏 고이 간직한 그의 정원을 엉망으로 만들 것이다. 온실의 유리를 부수고, 여린 꽃가지를 꺾고, 잔인하게 짓밟을 것이다.

보이지 않는 꽃송이가 시든다. 하얗고 탐스러웠던 꽃잎이 하나둘 떨어지고, 가느다랗던 꽃대가 잘리고, 선연한 핏방울이 투두둑 떨어진다. 그렇게 만드는 것이 그의 사랑이기에 늘천은 뒷걸음질을 쳤다.

옷장 속에서 커다란 셔츠 하나를 꺼내 서둘러 산희에게 입혔다. 그녀의 몸이 부푼 그의 중심에 닿지 않도록 조심조심 그녀를 감쌌다. 그리고 그는 곧장 욕실로 향했다. 얼음장처럼 차가운 물을 온몸으로 뒤집어쓴 그는 그 후로도 몇 번이나 욕실로 향해야 했다.

그렇게 동이 텄다.

꼼짝 않고 자는 산희를 등진 채, 침대 앞에 무릎을 굽히고 앉아 있던 늘천이 뜬눈으로 밤을 새우다시피 했을 때였다. 아주 잠시 새우잠에 빠졌던 그의 곁에 인기척이 느껴졌다.

"으응."

깊은 잠에 빠졌던 산희의 목소리였다.

쪽!

기습이었다. 전혀 예상치 못했던 산희의 키스에 오랜 시간 공들여 가라앉혀 놓은 분신이 꿈틀거리기 시작했다. 이불로 가려놓은 그의 앞섶은 욕망을 분출시킨 적이 없는 만큼 빠르게 성장했다.

"지금 뭐 한 거야?"

"이뻐서 그런다, 이뻐서."

산희가 발그스름한 볼을 하고 다시 몸을 기울였다. 그녀에게는 큰 셔츠가 어깨를 타고 주르륵 흘러내렸다. 어깨에 매달린 검은색 끈이 어젯밤에 본 그녀의 몸을 떠올리게 만들었다. 검은 속옷에 가려진 동그란 속살, 뽀얀 복숭아 같은 그 가슴을 한 입 베어 먹는 상상이 머릿속을 강타한 순간! 늘천은 빠르게 산희의 입술을 막았다.

손바닥에 그녀의 입술이 말캉하게 와 닿았다. 촉촉하고 뜨겁고 부끄러우면서 용기 있는 그 입술. 한 입에 집어삼키는 것으로 모자라 남들 눈에 보이지 않게 엉망으로 만들고 싶게 만드는 도톰한 그것.

뽀뽀가 막힌 순간, 깊어지던 그녀의 눈빛도 충격으로 옅어졌다. 무안함에 얼굴이 붉어지는 산희의 얼굴은 늘천의 두 눈을 아프게 물들였다. 하지만 다른 한편, 잔인한 쾌감이 그를 뒤채었다.

그의 분신이 꼿꼿하게 발기했다. 당장이라도 브리프를 뚫고 나올 것 같은 그것은 앞섶을 축축하게 적시며 그녀를 원한다 고함치고 있었다. 더 이상은 일어설 수 없을 정도로 굵고 커다랗게, 산희를 원하는 만큼 녀석은 장성했다.

늘천은 배려도 없이 냉정한 태도로 그녀를 밀쳐냈다.

"너, 그만 가라."

이성의 끈이 끊어질 것처럼 쇠약해지고 있었다. 그대로 끊어진다면 미친놈처럼 그녀를 아프게 할 게 분명하다.

"뭐?"

"이젠 집에 오지 마."

그대로 쓰러트려서 아프다고 소리치는 널 갖기는 싫어!

하늘천이 그의 정원을 지키는 일은 단 하나뿐. 너무나도 쉽게 짐승을 풀어놓는 그의 공간에 그녀를 들이지 않는 것이었다.

그의 이성이 끊어지기 바로 직전, 그는 그녀를 밀어낼 수 있었다. 집 밖으로 그녀를 몰아낸 뒤, 그는 사정했다. 아무런 쾌감도 없이, 그저 본능에 따라.

축축하고, 비리고, 더러운 기분이 늘천을 잠식했다.

"욕구불만, 욕구만족이 내외의 상황에 의해 방해되고 있을 때."

인터넷의 녹색 창을 뚫어져라 바라보고 있던 산희가 복잡 미묘한 얼굴로 중얼거렸다. 속이 답답하고, 안달이 나고, 괜한 화가 치밀어 오르다가도 우울해지는 이 현상은 그 어떤 말로도 설명이 되지 않을 것 같지만 그나마 비슷하게 표현하자면 그래, 욕구불만이 확실하다.

"너, 그만 가라."

늘천의 말을 따라 하는 산희의 입술 한 쪽이 빈정거림을 담은 채 들려 있었다.

"이젠 집에 오지 마."

늘천이 자신에게 했던 말을 곱씹으며 산희는 가자미 같은 눈을 하고 창문 너머 하늘천의 방을 노려봤다. 이 더운 날씨에 창문까지 꼭꼭 걸어 잠그고 커튼으로 프라이버시까지 지키고 계시는 조선의 선비, 하늘천 님. 안에서 천자문이라도 외고 계시나?

"나 참, 누가 자기네 집에 데려다놓으랬어? 멀쩡한 우리 집 놔두고 집에 데려간 게 누군데 나한테 손가락질을 하는 거야? 그리고, 나도 웃겨. 거기서 반박을 했어야지! 멍청하게 집 밖으로 끌려 나오기나 하고 말야. 아, 생각할수록 열받네?"

산희는 바락바락 소리를 지르며 발을 쿵쿵 굴렀다. 옆방에서 언니, 사랑의 쌍욕이 들려오고 나서야 소리를 낮춘 그녀는 베개를 안고 입을 묻었다. 그리고 빼액, 고함을 쳤다.

"그래, 내가 이제 슬슬 하늘천을 좋아하기 시작했다 이거야. 그래서 좀 눈치도 보고, 소심해지기도 하고, 이래저래 끌려다닌 건 사실이긴 한데. 왜 이러서? 나 강산희야. 이런 식으로 나오면 곤란하지, 스카이블루!"

말을 하다 보니 더 열받는다. 베개를 내팽개친 산희가 책상서랍에서 작은 철제통을 꺼내왔다. 통 안에는 가지각색의 조약돌이 들어있었다. 침대에 자리를 잡고 앉아 창틀에 통을 놓은 산희가 조약돌 하나를 집어 들었다.

조준, 발사!

통!

소리를 내며 튕겨져나가는 조약돌을 바라보며 창문 주인이 반응하기를 기다리고 있는데 이게 웬일? 묵묵부답이다.

"이렇게 나온다 이거지?"

얇은 커튼 너머 인영이 보이건만, 제대로 씹어 넘기시는 하늘천이다. 부아가 치밀어 오른 산희가 다른 조약돌을 들었다.

통─ 터억!

아까보다 큰 조약돌은 세기를 달리해 그의 문을 두드렸다. 그런데도 반가운 얼굴은 나와 볼 생각을 하지 않는다.

"어제 부로 문자도 건성에다 전화도 안 받고. 지금 나랑 뭐하자는 건데, 하늘천!"

한 주먹 가득 조약돌을 집어든 채 그의 방 창문을 향해 투척하려던 순간, 창문이 열렸다. 조약돌은 그녀의 손에서 우수수 떨어져 창틀 사이에 안착했다.

"뭐…… 쿨럭, 쿨럭."

하룻밤 사이에 수척해진 늘천의 얼굴에 산희가 놀라 몸을 길게 뺐다.

"어? 뭐야? 감기 걸렸어?"

"야, 너 위험…… 쿨럭."

"하여간 몸이 약해요. 여름 감기는 개도 안 걸린다는데."

산희의 타박에 늘천이 원망스럽다는 듯 그녀를 바라보다 커튼을 잡아 쥐었다.

"할 말 없으면 됐어."

"아니야, 아니야! 잠깐만!"

당장이라도 커튼을 닫고 들어가 버릴 것 같은 그의 모습에 산희가 다급히 그를 불렀다. 무슨 말을 하려고 그러냐는 듯 빤히 바라보는 그의 눈길을 가만히 받고 있던 그녀가 짐짓 귀엽게 제안했다.

"내가 간호해줄까?"

"……됐어."

"지금 부모님도 안 계시잖아."

"형 있어."

"산이 오빠가 널 간호해줄 위인은 아니지 않아?"

말하고 나니 구질구질하다. 대놓고 매달리는 꼴이 아닌가. 언제 이렇게 상황이 역전되고 만 것인가, 신세를 한탄하는데 늘천에게서 답이 없다. 단박에 잘라버리지 않는 그의 태도에 일말의 희망을 찾은 산희가 눈썹을 추켜세웠다. 최대한 불쌍하게.

"응? 응? 응?"

"……내가 말했지? 당분간 우리 집에 오지 말라고."

"그게 당분간이었어?"

"……오지 말라면 오지 마. 널 위한 거니까."

"그게 어떤 식으로 해석해야 날 위한다는 결론이 나올 수가 있어? 난 아무래도 모르겠는데?"

이만하면 대충 알았다며 물러서지, 꼭 끝까지 물고 늘어지는 산희다. 구구절절 설명하기도 구차하고, 꼴도 우스워지겠다 싶어 늘천은 한숨만 푹 내쉬며 중얼거렸다.

"네가 내 깊은 속을 알 리가 있냐?"

"그러는 넌 내 깊은 속은 아냐?"

산희가 지지 않고 바락 소리 질렀다. 울먹거리는 얼굴에 서운함이 가득 넘실거렸다.

늘천의 입장과 다르긴 하지만 같은 점도 있는 산희였다. 구구절절 말하기는 구차하고, 대놓고 말하자니 꼴이 우스워지는 그것.

나를 더 원해봐. 더 만져줘. 더 간절하게…….

"입이 찢어져도 그 말은 못하지."

산희는 입에 지퍼를 채우는 시늉을 하며 고개를 내저었다. 그 모습에 멀리 떨어져 있던 늘천이 인상을 쓰며 물었다.

"뭐?"

"아, 됐어!"

퉁명스럽게 대꾸한 산희가 먼저 커튼을 치고 그에게서 등을 돌렸다. 깊은 한숨 소리가 등 뒤에서 나는 것 같았지만 알 바 아니다. 산희는 결연한 눈을 하고 한동안 자리에 서서 씩씩거렸다.

"내 방식대로 하면 돼."

산희는 주방으로 내려가 음료를 만들어 보온통에 챙겨 들고는 곧
장 옆집으로 향했다. 사뿐히 담을 넘자 세콤이 시끄럽게 울려댔지만
그것 역시 알 바 아니었다. 늘천이 인상을 구긴 채 세콤 해제를 하는
것을 바라보며 당당히 집 안으로 들어간 산희는 소파에 털썩 주저앉
았다. 쫓아내려면 쫓아내 보라는 투였다.

그런 산희를 가만 바라보던 늘천은 한숨을 내쉬고 곧장 이층으로
올라갔다.

"윽."

무슨 반응이라도 보일 줄 알았던 늘천의 무시에 기분이 상한 산
희는 곧장 몸을 일으켜 그의 뒤를 따랐다. 늘천이 방으로 쏙 들어간
뒷문을 닫으려는 찰나, 닫는 문틈에 발을 끼워 넣었다.

"으아악!"

문틈에 낀 발이 금방이라도 아작날 것 같은 통증이 산희를 덮쳤
다. 복숭아뼈가 뭉개지는 그 순간, 늘천이 빠르게 문을 열지 않았더
라면 분명 발목이 나갔으리라.

"미쳤어?"

"아니!"

발목이 주는 고통에 털썩 자리에 주저앉은 그녀는 발목을 감싸는
것보다 먼저 방 안으로 쏙 들어갔다. 안으로 쏙 들어간 다음에야 발
목을 감싸고 뒹구는 그녀의 모습에 늘천이 허탈한 웃음을 터트렸다.

"좀 봐봐."

"됐어. 또 쫓아낼 궁리를 하는 거지? 어제처럼 쉽게는 안 나가."

"그런 거 아니야. 꽤 세게 찧은 것 같은데 좀 보자는 거야."

아까보다 한결 느슨해진 얼굴을 한 늘천이 손을 내밀며 다가왔다. 그런데도 산희는 고집스런 얼굴로 발목을 사수했다. 대신 그녀가 가지고 온 보온병을 내밀었다.

"이게 뭐야?"

"일단 한 잔 쭉 들이켜."

"뭔데?"

"빨리."

산희의 재촉에 늘천이 긴가민가한 얼굴을 하고 보온병을 열었다. 간간이 터져 나오는 기침을 참으며 보온병을 열어 냄새를 킁킁 맡아보던 그가 뚜껑에 액체를 따랐다. 무색무취의 액체를 가만 바라보며 늘천이 산희에게 물었다.

"침 뱉은 거 아니지?"

"침 뱉었다면 거품이 동동 떠 있겠지."

"독약 탄 건 아니지?"

"사랑의 묘약이 아니라?"

"흐음."

늘천이 머뭇거리며 산희의 반응을 살폈다. 묵묵부답의 진지한 그녀의 얼굴에 의심이 조금 가셨다. 액체를 한 모금 입에 머금고 1초, 2초, 3초, 푸아악!

"야!"

마신 액체를 분수처럼 뿜어낸 늘천이 티슈를 뽑아 입을 닦으며 원망스럽게 산희를 바라봤다. 깔깔거리며 웃을 줄 알았던 산희는 그 어느 때보다 심각한 얼굴을 하고 늘천을 바라봤다.

"맛이 어때?"

"소금을 넣으려거든 작작 넣던가. 아주 소태야!"

"내 눈물 맛이야."

"뭐?"

"내가 지금까지 너 때문에 흘린 눈물 말이야."

할 일이 없어서 이런 장난을 치냐고 물으려던 말이 목구멍에서 맴돌았다. 피부가 붉어진 채 울먹거리는 산희의 얼굴이 무척이나 서러워보였기 때문이다.

"지금도 날 것 같아."

가늘게 떨리는 그녀의 목소리에 늘천의 손이 자연스럽게 그녀에게로 향했다. 그러다 멈칫.

이렇게 쉽게 손을 댔다가 멈추지 못하게 되면 어쩌지?

그의 망설임이 산희의 두 눈에 와 닿았다.

한 번 망설이기 시작한 저 손은 앞으로도 쭉 망설이겠지.

"행복하게 해준다며. 그게 고작 이거야?"

산희가 울먹였다.

"나, 지금 전혀 행복하지 않아."

"난…… 그저…….."

가까스로 입을 연 늘천이 짜증스러운 손길로 머리를 쥐어뜯었다. 스스로에게 화가 난 건지, 이 상황이 유쾌하지 않은 건지는 알 수 없었다.

그 모습을 바라보며 산희는 어젯밤, 수아와 했던 통화를 떠올렸다.

"정말 희건 선배가 그렇게 얘기했어?"

-그렇다니까. 그 말이 맞는 건지 하늘천도 동의했고.

"정말 그랬다고? 자신이 욕, 욕망……."

—그러니 자신감을 가져. 뭣하면 네가 은근하게 물어봐.

"뭘?"

—내일 집 빈다고. 놀러 오지 않겠냐고. 그 말 속에 숨은 의미를, 설마 하늘천이 모르겠어? 남잔데.

수아의 말을 믿지 못하는 것은 아니다. 다만, 진심이 어떻든 늘천에게 거절당하는 것이 익숙하지 못해 아플 뿐이다.

한참 동안 입술을 오물거리던 산희가 늘천을 직시했다.

"우리 집에 놀러 올래?"

"뭐?"

"오늘 부모님 안 계셔. 여행 다녀오신 뒤에 곧장 할머니댁 가신다고 하셨거든."

마지막 끈을 부여잡는다는 심정의 산희가 애써 물었다. 유혹하는 처자답지 않게 오만상 찌푸린 채로. 그 얼굴을 가만 바라보는 늘천의 심경도 산희 못지않게 복잡해졌다.

"너 그게……."

무슨 말인지나 알고 하는 거야?

"……아니다."

늘천이 고개를 저었다. 순진무구 무지의 대명사로 불리던 강산희다. 얼마 전부터 그녀가 유혹을 해온다고 생각했지만 이제 그것마저도 다 자신의 착각일지 모른다는 생각이 들었다.

너는 그저 할 게 없고 심심할 뿐인데 내가 멋대로 반응하는 걸지도.

콜록, 콜록, 콜록.

늘천의 기침이 강도를 더했다. 그를 빤히 바라보고 있던 산희도 노선을 변경했다.

"그럼 나 오늘 여기 있어도 돼?"

"오늘따라 왜 고집을 부리는 거야?"

"집에 있을래."

부루퉁한 얼굴로 물러나지 않겠다 배짱부리는 산희가 낯설어 늘천의 미간이 좁혀질 때 즈음, 산희가 자리에서 일어났다. 막무가내의 손길로 늘천을 침대 위로 쓰러트리고 바들바들 떨리는 손으로 그의 셔츠를 말아 올렸다.

"뭐하는 거야, 지금?"

"간호."

"간호하는데 왜 옷을 벗겨?"

허리 골반에 걸친 트레이닝 바지 위로 그의 치골이 선명하게 드러났다. 돌돌 말려 올라간 셔츠 아래로 매끈하게 이어지는 그의 납작한 배와 단단한 가슴이 드러났다. 산희의 손길이 아주 잠깐 스치는 것만으로도 움찔거리며 반응하는 그의 몸에, 그녀는 벌써 몸 한 구석이 뜨거워지는 것을 느꼈다.

"몸이 뜨거워. 물수건 가지고 올게."

아랫배가 뜨끈해지는 느낌에 참지 못하고 자리를 박차고 일어난 산희가 서둘러 욕실로 향하려는데 늘천이 그녀의 손목을 잡았다.

"열 안 나. 기침만 날 뿐이야. 그리고 그렇게 중환자도 아니라 옷은 내가 갈아입을 수 있어."

늘천의 말에 산희의 걸음이 우뚝 멎었다. 그에게 잡힌 손목이 타들어갈 것만 같다.

"그만 가."

산희의 손목을 조이던 그의 손에 힘이 풀렸다. 힘없이 미끄러져 내리는 그의 손목을 아쉽다는 듯 바라보고 있던 산희는 고개를 저으며 침대 머리맡에 바짝 붙어 앉았다.

"안 가."

"가."

"안 가!"

"무슨 일이 생겨도 난 책임 못 져. 그러니 가."

"책임 못 진다는 게…… 정말이야?"

늘천의 말에 산희가 부들부들 몸을 떨었다.

하늘천이, 감히 하늘천이 그런 말을 하다니!

충격에 젖어 들어가는 눈망울을 마주 본 늘천은 고개를 저으며 그녀의 오해를 풀었다.

"할 수만 있다면 나, 너랑 평생 함께이고 싶어. 그럴 마음으로 만나는 거고. 하지만 미래의 일은 아무도 모르는 거잖아. 그런데 내가 어떻게 확신을 줄 수가 있어?"

"이, 이, 이 바보야!"

산희가 빼액 소리를 질렀다.

참 남자는 이상하다. 이상하리만치 로맨틱하다가도 냉정하고, 어린아이 같다가도 곧장 성인 남자의 흉내를 낸다. 흔들림 없이 강건한 듯 보이지만 금세 불안해하기도 한다.

대체 그렇게 날 원하던 하늘천은 어디에 있는 건데?

그렇게 확신에 차 저돌적이던 하늘천은 어디로 사라진 건데?

"현재가 미래가 되는 건데, 현재에 충실하면 미래도 충실해질

수 있는 건데. 넌 어떻게 그런 말을 할 수가 있어? 예전에는 그렇게
나 로맨틱하더니 왜 날 만나기 시작하니까 자꾸 변해가는 거야! 왜
예전의 하늘천은 사라지고 자꾸 현실적이고 낯선 남자가 나타나는
거야!"

산희가 방울방울 떨어져 내리는 눈물을 문질러 닦으며 쌕쌕 거친
숨을 내쉬었다. 한동안 늘천을 내려다보던 산희는 그에게서 휙 몸을
돌렸다.

네가 원하면 그래, 가준다! 더럽고 치사해서 안 매달린다, 진짜!

당장이라도 고함치고 싶은 속내를 숨긴 산희가 한숨 섞인 목소리
로 중얼거렸다.

"지켜주다 지치겠다."

덜컥!

그녀의 조용한 중얼거림에 굳건하던 늘천의 마음의 빗장이 풀
렸다.

자리에서 일어난 늘천이 빠른 속도로 산희의 팔목을 잡아채 그녀
를 잡아당겼다. 예상치 못한 몸짓에 산희의 몸은 어렵지 않게 그에
게 끌려갔고, 그녀가 정신을 차렸을 때엔 늘천과의 자리가 바뀌어
있었다.

"이거 봐. 책임 못 진다고 했잖아."

침대에 누운 채 난감하기 짝이 없다는 늘천의 얼굴을 바라보며,
산희는 허벅지 근처에 와 닿는 묵직한 느낌에 두 눈을 동그랗게 뜨
고 말았다.

째깍, 째깍, 째깍……

초침 흐르는 소리가 방 안을 가득 채웠다.

꼴딱.

이 상황에 침 넘어가는 소리까지 커다랗게 들린다. 이래서야 그가 덮쳐주길 바랐던 여자 같잖아.

끄응, 신음인지 한숨인지 모를 탄성을 내뱉으며 자신의 양팔을 고정시킨 늘천을 올려다봤다. 무슨 생각을 하는지 전혀 알 수 없는 얼굴이었다.

문제는 그의 얼굴을 보자 속절없이 설레는 마음이었다. 떨리는 시선으로 담백하고 매끈하게 생긴 그의 외모와 푸르고 깊은 그의 두 눈을 훑었다. 시선이 끈적끈적하게 얽혀 들자 늘천의 밑에 깔린 산희의 가슴이 가쁘게 들썩였다.

묘한 기대와 흥분, 두려움과 설렘이 공존하는, '처음'에만 느낄 수 있는 그런 기분이 산희와 늘천을 강하게 휘감았다.

명확히 알 수 없는 흥분이 목을 졸랐다.

"도망치려거든 지금밖에 없어."

늘천의 쉰 목소리가 산희의 귀를 간질였다. 목소리가 귓바퀴를 훑고 귓구멍 속으로 미끄러져 들어갔다. 달팽이관까지 도달해 둥글게 말린 그것은 솜털을 잔뜩 곤추세운 벌레처럼 꿈틀거리며 배 속까지 점령해 들어갔다.

저절로 꼬이는 다리가 불편하다. 발끝까지 전해지는 감각에 발가락을 꼼지락거리고 있던 산희가 불안하게 그녀의 답을 기다리는 늘천을 끌어안았다. 겨드랑이를 파고든 그녀의 손이 그의 넓은 등으로 미끄러져 올라갔다.

도망치기 싫어. 도망치지 않을 거야.

말하지 않아도 산희의 마음은 전해졌다.

"윽!"

그녀의 욕망은 투명하리만치 깨끗해서 그를 괴롭혔다. 부풀어 오른 페니스가 터져버릴 것처럼이나 아팠다.

"제정신이 아니야."

늘천이 양손으로 산희의 얼굴을 잡고 그녀에게 입을 맞추었다. 부드럽고 조심스러웠던 예전과 달리 흉포하고 거친 감각이 아프면서도 짜릿하게 산희를 감쌌다.

"이게 더 좋아."

산희는 겨드랑이 사이에서 빼낸 손을 들어 그의 목을 감쌌다.

입술이 뭉개질 것 같은 그의 키스가 좋다. 볼을 눌러 열린 입 안으로 미끄러져 들어오는 그의 혀가 좋다. 유영해 들어와서는 입 안 구석구석을 훑어내며 보다 깊게 찔러 넣는 그의 움직임이 좋다. 이 모든 것이 자신을 원한다는 소유욕을 대변해주기 때문이다.

이대로 가다가는 심장이 터져버릴지도 몰라!

늘천은 서투르게 다가가 산희의 혀를 감쌌다. 주춤거리는 그녀의 혀를 잡아 입 안으로 끌어들인 그는 그녀의 혀뿌리가 뽑혀나갈 정도로 빨아들였다. 막대사탕처럼 달콤하다는 듯, 처음 키스하는 남자처럼 게걸스럽게 그녀의 혀를 천천히 맛봤다.

"으음."

그에게 끌려간 산희가 그의 어깨를 짚었다. 아프다고, 좀 천천히 하자고, 그런 메시지를 전하고자 몸을 비틀었다. 그 순간, 따악! 앞니가 부러질 것처럼 부딪혔다.

"아앗!"

"윽!"

두 사람의 입에서 동시에 터져 나온 단말마에 두 사람의 시선이 허공에서 맞물렸다. 그리고 약속이라도 한 것처럼 큭. 그러다 푸하하하하하하! 청량한 웃음이 터져 나왔다.

"아, 아파."

앞니를 감싸 쥔 산희가 칭얼거리자 그녀를 내려다보고 있던 늘천이 웃으며 고개를 저었다. 그리고는 빙글, 산희를 안고 몸을 굴려 그녀를 자신의 위에 엎드리게 만들었다.

"너무 서둘렀어. 그치?"

"몸이 마음을 따라가지 못하는 상황인 거지?"

산희가 늘천의 가슴에 턱을 대고 중얼거렸다. 그의 몸이, 손이 파르르 떨리는 것이 온몸으로 느껴졌다.

"으휴. 널 어쩌면 좋냐?"

"치명적인 매력의 강산희라?"

제법 뻔뻔한 산희의 물음에 늘천이 헛웃음을 터트렸다.

"그래, 어쩌다 그렇게 됐는지는 모르겠지만, 그래."

"어쩌냐, 하늘천. 빼도 박도 못하게 됐네. 내 매력의 늪에 빠져, 빠져?"

"이 시끄럽게 종알대는 입을 콱."

산희의 셔츠 목덜미를 멱살 쥐듯 잡은 늘천이 그녀를 잡아당겼다. 그리고 곧장 그녀의 작은 입술을 삼켜버렸다. 이번에는 서두르지 않고 차분히, 그녀의 보드라운 입술부터 하나씩 입에 머금었다.

퍼즐처럼 품 안에 쏙 들어온다. 태초부터 하나였던 것처럼 딱 들어맞는 느낌이 기분 좋아 늘천의 입술이 그녀의 입술 위에서 희미한 곡선을 그렸다.

산희의 어깨를 잡고 있던 그의 커다란 손이 등줄기를 훑으며 내려왔다. 닿을 듯 말 듯 가벼운 터치에 온몸의 감각이 일순 깨어나는 느낌이 들었다. 간지럽고 짜릿해서 온몸이 비틀렸다. 처음 느끼는 감각을 참지 못한 산희가 몸을 뒤채자 그의 입술 사이로 끄응, 신음 소리가 뿜어져 나왔다. 그녀의 몸에 맞닿은 그의 분신에 묵직한 무게가 실린 까닭이었다.

그건 산희도 느꼈다. 딱딱하고 커다란 무언가가 그녀의 엉덩이를 자꾸만 찔러대고 있었다. 그것이 늘천의 욕망이라는 것을 알기까지 그리 오랜 시간이 걸리지 않은 그녀는 앓는 듯한 그의 신음에 묘한 쾌감을 느꼈다. 그리고 한 가지 사실을 배웠다. 그녀의 움직임에 그 또한 자극받는다는 것을.

그녀의 움직임은 일종의 본능이었다. 늘천의 페니스가 얇은 천을 사이에 두고 그녀를 찌르는 것을 느낀 순간, 산희는 자신도 모르게 엉덩이를 들썩거렸다.

"윽, 너……. 잠깐."

"싫어, 싫어, 싫어."

산희가 도리질을 치며 늘천의 몸에 꼭 달라붙었다. 그녀의 동그란 가슴이 늘천의 위에서 으깨어졌다. 납작한 배가 서로 맞닿았고, 촉촉하게 젖어 달라붙은 팬티 위에 그의 분신을 맞대었다. 두 사람을 방해하는 천을 뚫어내 달라는 듯, 산희는 엉덩이를 흔들며 그를 자극했다.

"아, 젠장."

여유를 찾으려던 늘천의 계획이 모두 수포로 돌아갔다. 반쯤 열린 창문 사이로 후덥지근한 바람이 새어 들었지만 두 사람의 열기를 식히기엔 역부족이었다. 컴컴한 방 안, 습도 높은 날씨, 서로에게 몸 달아 있는 두 남녀. 샤워를 해야 할 정도로 두 사람은 땀에 흠뻑 젖어 있었다.

늘천이 몸을 돌려 산희를 다시 뉘었다. 그는 그녀의 위로 묵직하게 무게를 실고 손을 움직였다. 새하얀 셔츠 사이로 그의 손이 들어갔다. 땀에 젖어 매끈해진 그녀의 살점이 손바닥에 한가득 잡힌다. 끈적끈적한 땀 덕분에 손에 휘감기는 그 느낌마저도 찰지다.

허리의 가느다란 선을 따라 손은 헤엄쳤다. 그리고 오래지 않아 브래지어 속에 감춰진 그녀의 가슴살을 찾아냈다. 그녀의 가슴을 움켜쥐는 그의 욕심은 셔츠 바깥으로 드러났다.

"하악!"

새된 비명을 흘리는 산희의 다리는 늘천이 충분히 들어가고도 남을 정도로 벌려져 있었다. 그 점에 만족하며 늘천은 천천히 몸을 움직였다.

돌돌돌 셔츠를 말아 올린 뒤, 몇 번의 헛손질 끝에 브래지어를 벗겨냈다. 그의 눈앞에 봉긋한 언덕이 드러났다. 미칠 듯 두근거리는 심장을 감추고자 산희가 몇 번 허리를 움직였지만 그뿐이었다. 허리에 단단히 감긴 그의 손은 그녀가 움직이는 것조차 허용하지 않았다.

예술품을 바라보는 시선으로 늘천은 자신의 밑에 깔린 산희를 감상했다. 촉촉하게 젖은 피부, 둥근 가슴, 분홍빛 젖꽃판, 그 위에 앙증맞게 놓인 작은 앵두까지. 날카로운 시선으로 모든 것을 샅샅이 살폈다.

"부, 부끄러워. 그렇게 보지 마."

몸을 가리려는 산희의 모습에 늘천이 빠르게 움직였다. 그녀의 양손을 잡아 머리 위에 고정시킨 그는 그토록 갈망했던 그녀의 살에 얼굴을 파묻고 냄새를 맡았다.

"땀 흘려서 더, 더러워."

"하나도 안 더러워."

산희의 냄새가 난다. 땀 때문에 짙어진 그 향기에 마음이 내달리는 속도도 빨라졌다.

늘천이 혀를 내밀어 그녀의 피부를 맛봤다. 짭조름한 맛이 썩 괜찮다. 중독성이 있어 앞으로도 죽 그녀를 원할 것만 같다. 동그란 가슴을 일그러트린 그는 그 위에 볼록 솟은 젖꽃판을 욕심껏 차지했다. 그녀의 분홍빛이 점점 검붉게 타오르는 것을 눈으로 확인하며 그는 혀로 젖꼭지를 굴렸다.

"아, 잠깐……. 하…… 늘천!"

산희가 발정 난 암고양이처럼 몸을 비벼댔다. 참기 힘들다는 듯한 손으로 시트를 잡고, 다른 한 손으로 늘천의 머리칼을 움켜쥐었다. 그녀의 움직임이 썩 마음에 든 늘천은 그녀의 가슴을 한참 동안 주무르다 천천히 고개를 내렸다. 그녀의 배꼽을 핥자 산희가 소스라치게 놀라며 상체를 일으키려 했다.

"뭐, 하는 거야? 잠깐, 그만해! 더럽단 말이야."

"난 강산희의 온몸 구석구석을 다 맛보고 싶어."

"흑! 잠깐…… 만. 나, 정신이 하나도 없어. 미칠 것 같아."

"나도 그래. 미칠 것 같아."

그렇게 중얼거린 늘천이 산희의 반바지 버클을 풀었다. 지퍼를 내리고 바지만 벗긴 그가 그녀의 다리 사이에 자리를 잡았다.

"잠깐! 불공평해."

팬티만 입은 채 누워 있던 산희가 볼멘 목소리로 중얼거렸다. 다리를 세운 채 그를 가두고 있던 그녀는 한 손으로 가슴을, 다른 한 손으로는 중심을 가리고 입술을 비죽거렸다.

"넌 그대론데 나만 다 벗었잖아."

산희가 채근하기도 전, 늘천이 빠른 속도로 상의를 탈의했다. 그와 동시에 산희의 목울대가 움직였다. 꿀꺽, 침 넘어가는 소리가 빈 공간을 가득 채웠다.

"이제 됐어?"

트레이닝 바지마저 벗고 브리프만을 남겨둔 늘천이 남자의 얼굴로 되물었다. 그 물음에 산희의 시선이 그의 맨 가슴에서 아래로 천천히 미끄러졌다. 몸에 달라붙는 브리프 위로 배꼼, 그의 분신이 올라와 있었다.

그것을 확인하기 무섭게 늘천이 성난 얼굴로 그녀에게 달려들었다. 가느다란 양다리를 어깨에 올리고 팬티에 가려진 그녀의 샘을 조심스럽게 쓰다듬었다.

"많이 젖었어."

"그런 말 하지 마."

"팬티 색깔이 바뀔 정도로."

"하늘천!"

"난 기분 좋은데? 네가 이 정도로 날 원하고 있었다니 말이야."

짓궂게 변한 늘천의 태도에 산희는 몸을 가리는 대신 붉게 타오르는 얼굴을 감쌌다. 그 모습을 바라보며 쿡쿡 웃은 늘천은 그녀의 중심을 매만지며 그 감도를 느끼다 말고 일어나 그녀의 손을 자신의 중심에 잡아끌었다.

"나도 이만큼이나 널 원하고 있어. 억울해할 것 없다고."

늘천의 중얼거림에 산희가 입술을 배죽거리더니 그의 중심을 세게 그러쥐었다.

"윽!"

단번에 그의 기세가 꺾였다.

"지금, 어디 해보자는 건데 해볼 테면 해보자고."

"너, 지금 완전 섹시해."

늘천이 단번에 산희의 팬티를 벗겨버렸다. 그리고는 그녀의 뜨거운 샘을 찾아 페니스를 문지르기 시작했다.

"음, 키스해줘."

산희가 저돌적으로 늘천을 향해 손을 뻗었다. 늘천은 미소를 지으며 그녀의 요구에 응했다. 탐하고 탐해도 모자르다는 키스를 퍼부으며 늘천이 자신의 분신을 묻으려 했다. 하지만 이게 또 쉽지만은 않아 몇 번이고 입구에서 미끄러지고 말았다.

"앗, 거기 아니야."

샘보다 더 높은 곳을 파고들었다가 산희에게 혼이 났다.

"앗, 거긴 더 아니야."

샘보다 낮은 곳을 돌파하려다 또 혼이 났다. 산희가 허리를 들어 제대로 된 입구를 말해주자 늘천이 뾰로통한 얼굴로 그녀에게서 물러났다.

"어떻게 그렇게 잘 아냐?"

"뭐?"

"능숙하다, 강산희."

순식간에 시무룩해져서 중얼대는 늘천의 모습이 웃기고도 귀여워 산희가 까르르 웃음을 터트렸다.

"와, 어이없어. 나 의심하는 거야?"

"능숙하다는 거지."

"내 몸 위치 내가 모르면 어쩌게?"

이제는 정확히 맞닿은 그곳에 밀어 넣기만 하면 된다. 서로의 애액이 끈적끈적하게 뒤섞인 그곳이 타들어갈 것처럼 뜨겁다. 서로를 품에 안지 않으면 당장이라도 죽어버릴 것 같이 간절하게 서로를 바라보던 두 사람이 엉덩이를 움직였다.

"하악!"

"크윽."

짧은 탄성과 비명이 입 안에서 뒤섞였고 더 이상 커질 수 없을 만큼 부풀어 오른 분신의 머리가 그녀의 속살에 뜨겁게 파묻힐 때 즈음, 늘천이 고개를 들었다.

"왜?"

"쉿."

쿵쿵쿵.

어딘가에서 발걸음 소리가 들려왔다. 그러고 보니 옆방에서 시끄럽게 울려대던 헤비메탈 음악 소리가 뚝 멎어 있었다.

"야, 하늘천."

어디선가 들려오는 불유쾌한 방해에 머리 꼭대기로 등반했던 심장이 쿠웅, 하산을 했다. 그래, 하산이다.

하산이 집에 있었다는 사실을 까맣게 잊고 있던 늘천의 미간이 좁아졌다.

"아, 이 망할 형."

미안하지만 강산희, 이미 돌이킬 수가 없다. 요단강 저 너머를 이미 건너버렸단 말이다.

다가오는 산의 발걸음 소리를 들으며 늘천은 조금씩, 조금씩 산희의 좁은 통로를 꿰뚫고 있었다. 엉덩이에 잔뜩 힘을 준 그가 불도저처럼 밀고 들어오는 것을 느끼며 산희는 덥석 겁을 집어먹었다.

"무, 뭐야? 산이 오빠야?"

"그런가보지, 뭐. 신경 꺼. 계속하자."

"뭘 계속해. 오빠, 지금 이리로 오는 거 아냐?"

"알게 뭐야."

"자, 잠깐. 빼! 빨리! 당장 안 빼면 나 너 안 봐!"

아픔과 쾌감을 번갈아 주던 그의 물건은 산희의 협박 한 번에 쉽게 물러났다. 자신을 채우던 그가 물러나자 산희는 묘한 아쉬움에 한숨을 내쉬었다. 산에게 들키지 않아 다행인 건지, 그도 아니면 누군가 다가오는 동안 벌어지던 은밀한 정사의 짜릿함 때문인지는 알 수 없었다.

바닥에 떨어진 옷가지들을 한 번에 휘감아 침대 속에 넣고는 산희가 이불을 덮었다. 단숨에 이불은 늘천의 하체와 산희를 감쪽같이 먹어치웠다.

분출하지 못한 열기는 그대로 몸에 축적되었고, 서로를 탐하던 분위기의 불씨는 꺼졌다.

아아, 허탈하기 짝이 없는 이 순간!

내 주변 인간들은 어째 날 도와주는 사람이 하나도 없어.

아무것도 모르겠다, 대자로 뻗은 늘천은 발기한 채 욱신거리는 중심을 무시하려 애를 쓰며 기절한 듯 누워버렸다. 누운 후에야 생각이 났다.

아, 어차피 끝까지 갈 수는 없겠구나. 콘돔이 없잖아.

젠장! 누가 이럴 줄 알았나? 오늘, 그것도 훤한 대낮에 이성이 모래성처럼 형체 없이 무너질 줄은 꿈에도 몰랐다. 그러니 남은 방법은 인내하고 또 인내해 본능을 이성의 울타리 안에 가두는 것뿐이다.

어차피 네가 날뛰어도 오늘은 안 되는 날이다. 그러니 제발 좀 가라앉아라.

벌컥, 예고도 없이 문이 열렸다.

"야, 너 그때 사다 둔……."

"뭐야, 노크도 없이!"

풀어내지 못한 욕망에 날카로워진 늘천이 형, 산에게 분풀이를 해댔다. 갑작스런 동생의 공격에 산의 미간이 찌푸려졌다.

"미친. 어디서 감히 노크 타령이야? 어울리지 않게."

동생에게 핀잔을 주고 나니 핼쑥한 녀석의 얼굴이 눈에 들어왔다. 녀석답지 않게 올해 들어 몇 번이나 감기에 드는 것으로도 모자라 땀까지 뻘뻘 흘리며 누워있는 모습에 조금 미안한 감정이 든 산이 조심스럽게 물었다.

"뭐야, 너 많이 아프냐?"

"오지 마."

"열이 나는 거야, 더운 거야. 이불이나 젖히고 있을 것이지."

"오지 말라니까?"

"왜?"

"감기 걸려."

"얼씨구. 네가 퍽이나 내 걱정해준다."

산이 콧방귀를 픽 끼고는 어두운 방 안을 둘러봤다. 낌새가 좀 이상하다. 불 꺼진 방, 휘날리는 커튼, 불룩한 이불, 다 벗은 채 이불을 덮고는 신경질만 내는 동생, 방 안의 묘한 끈적거림.

이상하다는 의심만 하며 방 안으로 들어선 산이 옷장 문을 열며 물었다.

"그때 내가 빌려준 카디건 어디 있어?"

늘천의 옷장을 뒤지다 카디건을 발견한 산이 문을 닫지 않고 자리에 멈춰 섰다. 불현듯 스치는 언젠가의 기억 때문이었다.

아아, 이거야 원. 내 '첫 경험'과 흡사하잖아. 꼴에 지도 남자라고.

피식 웃은 산이 떠보듯 산희를 불렀다.

"아, 강산희."

침대가 움찔, 늘천도 움찔.

"사, 산희가 뭐."

"잘 되는 중이냐고. 한 번 물어본 것뿐이야."

더듬는 녀석의 말투만으로도 100퍼센트 확실해졌다.

녀석들, 조마조마하게 내가 나가기를 기다리고 있겠지.

"나 지금 나갈 거야. 근데."

"근데 또 뭐."

"혹시나 해서 하는 말인데, 아우야."

산이 주머니를 뒤적여 지갑을 꺼냈다. 그리고는 지갑 깊은 곳에 숨겨두었던 작은 봉지 하나를 늘천의 가슴께로 툭 던져주었다.

"나중에 시간 나면 말이다, 편의점 가서 이렇게 생긴 거 한 통 사와라."

그렇게 말하고 나가는 산의 뒷모습에 늘천의 시선이 꽂혔다. 아우의 시선을 뒤통수로 느끼며 산은 자기만족에 씨익, 미소를 지었다.

나 좀 멋진 듯.

최악으로 느꼈던 형의 등장이 늘천에게는 구원으로 변해버렸다. 덕분에 그의 방해에 대한 저주가 한풀 사그라졌다. 형이 던지고 나간 그 작은 봉지 하나가 이토록 감동적으로 다가올 수가 없었다. 태어나서 처음으로 형제간의 우애를 다시 한 번 확인해볼 수 있는 계기가 됐다. 그 계기가 형이 던진 콘돔이라는 것이 함정이었지만.

문을 닫고 나가는 소리가 들렸다. 터벅터벅, 계단을 내려가는 소리가 나고 뒤이어 현관문까지 완전히 닫히는 소리가 나고 나서야 가슴 졸이던 늘천이 가늘게 한숨을 내쉬었다. 중간에 그만두는 것은 참을 수 없었지만 그렇다고 혈육에게까지 사랑의 한 장면을 보여주고 싶지는 않았기 때문이다.

휴우우.

이불도 늘천을 따라 안도의 한숨을 내쉬었다. 꼼지락대기 시작한 이불 속 산희를 바라보며 늘천이 중얼거렸다.

"답답하지 않아? 그만 나와도 돼."

늘천의 말에도 산희는 나올 생각조차 하지 않는 듯 묵묵부답이다. 이불이 아니라 무덤으로 변해버린 게 아닌가 싶다. 질식사로 의심될 수 있는 사망원인을 밝히고자 이불에 손을 댈 무렵, 산희의 조그만 목소리가 벌어진 이불 틈을 타고 흘러나왔다.

"이상해."

"뭐가?"

"풍선에 바람이 빠지듯 푸쉬쉭."

산희의 그 말에 늘천의 가슴 한구석이 뜨끔거렸다. 설마, 그 말은 아니겠지, 대놓고 할 말은 아니지 않은가. 마지막 남은 남자의 자존심을 지키고자 침묵으로 대응할 무렵, 그녀의 한 마디가 그를 단박에 침몰시켰다.

"쪼그라들었어."

아, 잊고 있었다. 콘돔이 생기면 무얼하나, 토막 난 분위기 수습이 안 되는 걸.

오늘 밤도 편히 잠들기는 글렀다고 생각할 무렵, 아랫부분에 묘한 감각이 되살아났다. 무슨 일인가 싶어 이불을 확 걷어내려는데 산희가 놀란 토끼 눈을 한 채 그를 바라보는 것이 보였다. 그녀의 한 손은 그의 중심에 닿아 있었다.

"뭐, 하는 거야?"

"실, 험?"

호기심 가득한 두 눈이 별을 가득 담고 반짝거렸다. 그 눈빛에 늘천은 깊은 한숨을 내쉬며 일으켰던 상체에 힘을 뺐다. 침대에 털썩 눕기 무섭게 산희가 그의 다리 사이를 비집고 들어왔다. 그리고 감감무소식의 브리프를 빤히 내려다봤다.

산이 오빠 때문일까, 아니면 내 매력이 부족한 까닭일까?

"어떻게 하면 되살아날까?"

"심폐소생술의 기초가 뭔지 알아?"

"인공호흡?"

"정확히 아네."

늘천이 산희를 놀리듯 빙긋 웃었다. 그의 말에 산희는 심각해진 얼굴로 곰곰이 생각을 하다가 브리프 속에 숨겨져 있는 그의 중심을 조심스럽게 양손으로 감쌌다. 늘천의 허리가 움찔하고 떨렸다.

이불로 몸을 가린 산희가 고개를 숙이자 그의 하반신마저 이불 속에 숨게 되었다. 그녀의 북슬거리는 머리칼이 그의 가랑이를 간질인다 싶을 무렵, 브리프 위로 말캉하고 산희의 입술이 닿는 느낌이 둔하게 났다.

온몸의 피가 머리로, 또 아래로 몰렸다. 그의 분신은 생각보다 어렵지 않게 되살아났다.

"아, 일어났다!"

천진난만한 목소리와 함께 산희가 상체를 일으킨 순간, 그녀의 어깨에 걸쳐져 있던 이불이 스르륵 미끄러져 내렸다. 그리고 지금껏 숨겨놓았던 그녀의 알몸을 고스란히 보여주었다.

뜨거운 열기를 이겨내고 이불로 감싸고 있던 그녀의 하얀 나체가 붉게 달아올라 있었다. 게다가 방금 전 늘천의 손길을 기억하고 있다는 것처럼 그녀의 가슴 주변에 자잘한 잇자국이 나 있었다. 그것만으로도 아랫배에 잔뜩 힘이 들어가는데 문제는 그의 시선이 닿은 그녀의 가슴 돌기가 점점 부풀어 오른다는 점이었다.

"넌 타고난 요부가 틀림없어."

늘천은 당장이라도 뚫고 나올 듯한 자신의 심장이 터져버리지는 않을까 걱정을 하며 자신의 다리 사이에 무릎을 꿇고 앉은 산희를 바라봤다. 그의 분신은 벌써 산희의 손안에서 천천히 부풀어 오르고 있었다.

"딱딱해."

산희가 실황중계를 멈추지 않았다. 말은 상상만큼의 파급력이 있어서 눈으로 보는 것보다 더 자극적으로 다가왔다.

한 손에 쏙 들어올 만큼 작고 뭉클거렸던 그의 분신은 이미 양손으로 감싸 쥐기 힘들 만큼 그 크기를 달리했다. 당장이라도 해방되고 싶다고 꿈틀거리기까지 하는 그것은 뜨겁고 단단했다. 허벅지와 엉덩이로 느낄 때와는 사뭇 다른 기분이 산희를 휘감았다. 놀랍고, 경이롭고, 무섭기까지 했다.

"이게…… 어떻게 들어갈 수 있지?"

"날 유혹할 땐 언제고, 갑자기 무서워진 거야?"

늘천이 가볍게 웃었다. 그를 제압하는 포즈로 앉아 있으면서도 자신이 어떤 식으로 남자를 유혹하고 있는지 전혀 모르는 모양이었다. 부푼 아랫입술이 매혹적이다. 봉긋한 가슴 위로 뾰족해진 돌기마저 황홀하다.

"무서워도 하는 수 없어. 멈추려거든 한참 전에 도망쳐야 했어, 너."

늘천은 형이 던지고 간 봉지를 입에 물고 간단히 찢어버렸다. 브리프는 간단히 벗어 버렸고, 허공을 향해 꼿꼿이 고개를 든 녀석 위로는 몇 번의 시도 끝에 콘돔을 끼웠다. 모든 준비는 끝이 났다.

"나도 참 정신이 나갔지. 평소라면 절대 생각하지 못했을 일을 이렇게 벌이고 있다고. 형이 집에 있다는 사실조차 잊어버릴 정도로 네게 몰두해 있었어."

늘천이 상체를 일으켜 앉았다. 배 위에 걸터앉은 산희와 마주 보고 앉은 그는 한 손으로는 그녀의 허리를 단단히 잡고, 다른 한 손으로는 그녀의 팬티 위를 천천히 어루만졌다. 그녀는 그의 손길 아래 쉽게 젖어들었다. 팬티를 젖힌 그의 긴 손가락이 그녀의 여린 살갗을 헤집었다.

아앗! 하는 짧은 탄성과 함께 앓는 듯한 신음이 이어졌다. 고양이 같은 울음소리가 듣기 좋아 늘천은 애타게 그녀를 괴롭혔다. 그림을 그리듯 천천히, 그녀를 쓰다듬었다. 그러다 손가락 하나를 들어 그를 맞을 준비가 되어 있는 질척한 살을 헤쳤다. 낯선 침입자의 방문에 긴장한 속살이 그의 손가락을 꽉 죄어왔다. 밀어내는 듯한 그 수축성에 묘한 쾌감을 느끼며 늘천은 손가락을 움직여 그녀의 속을 휘저었다.

"하앗!"

부드럽게 쓸어 올렸다가 단번에 긁어내리는 그의 움직임에 산희가 버티지 못하고 그의 어깨 위로 쓰러졌다. 어깨에 뺨을 댄 채 그가 주는 감각에 몸을 떨고 있는데 늘천의 손가락이 다시 한 번 단번에 그녀의 몸을 갈랐다.

"하악!"

몸을 잔뜩 옹송그린 그녀의 허벅지가 파르르 떨렸다. 잔뜩 벌어졌다 움츠러든 발가락은 그녀가 느낀 희열과 쾌감을 증명하고 있었다. 몇 번의 확인 끝에 그가 침입을 끝맺었다. 아쉬운 얼굴을 하고 일어난 산희가 늘천을 바라보자 그는 그녀의 어깨에 자잘한 키스를 하며 침대에 눕혔다.

"내가, 사랑이라는 말을 하면 우습게 보일지도 몰라."

늘천이 자신의 중심을 잡고 산희의 샘을 찾았다. 방금 전의 자극으로 충분하게 젖은 그녀의 몸은 늘천의 굵은 분신을 받아들일 준비가 되어 있었다. 매끄럽게 그녀의 젖은 속살을 파고들었다.

"하악!"

가는 허리가 악기의 현처럼 튕겨져 올랐다. 고개를 젖힌 그녀의 턱을 우악스럽게 깨문 그가 함께 튕겨져 오른 젖가슴을 양손으로 일그러트렸다.

"나이가 어리니까 사랑의 깊이를 잘 모른다고 생각해. 그런데 난 내가 살아온 만큼, 너를 사랑해. 아마 살아가면서 세월을 쌓고, 또 그만큼의 사랑도 늘어갈 거야. 사랑해, 강산희!"

"나도, 나도 사랑해!"

삽입이 주는 충격은 그야말로 컸다. 진입하는 그도, 받아들이는 그녀도, 두 사람이 처음인만큼 고통스러웠고 또 행복했다.

가로막던 무언가가 파열되는 느낌이 들었다. 늘천은 해방됐고, 산희는 여자가 됐다. 천천히, 시간을 들여, 또 정성을 들여 그녀를 달랬고, 애무했다. 그렇게 늘천은 자신의 뿌리까지 온전히 그녀의 안에 묻을 수 있었다.

"종소리가 들린다는 거, 다 거짓말이야."

늘천을 꼭 끌어안은 채 통증을 견디던 산희가 이제는 괜찮아졌는지 볼멘소리로 중얼거렸다. 정말이지 하나가 되는 기쁨보다 몸을 가르는 통증이 더 커 눈물이 찔끔 배여 나왔다.

"아팠다구, 정말."

그렇게 말한 산희가 훌쩍거렸다. 그럴 때마다 그녀의 안이 심하게 조여 왔다.

"윽."

모르고 하는 것이 분명하다. 늘천은 식은땀을 흘리며 야생마를 풀어놓지 않도록 안간힘을 썼다. 하지만 얼마 지나지 않아 한계가 찾아왔다.

"너, 지금 괜찮은 거야?"

"음, 조금 아픈데."

아프다. 아픈데 아픔 속에서 아까까지 없었던 열기가 피어오르는 것이 느껴졌다. 찌릿찌릿한 감각이 하나로 연결된 부위에서 머리로 올라가고 있었다. 그래, 하나의 롤러코스터처럼 그렇게 꼭대기를 향해 올라가는 느낌이다.

스르륵, 그녀를 가득 채우던 늘천이 빠져나가는 것이 느껴진다. 순간 허전해지는 그 느낌에 산희는 저도 모르게 그의 허리에 다리를 둘렀다. 그리고 천천히 그가 움직이기 시작했다. 하지만 처음인 두 사람, 제대로 움직이기도 전에 삐거덕거렸다.

늘천이 움직이려 하면 간신히 삽입했던 그의 페니스가 빠져 나오고 또 엉덩이를 돌려보면 이게 제대로 하는 건지 의아하기만 하다. 영화나 만화 속 주인공들은 쿵작쿵작 박자에 맞춰 잘도 움직이던데, 움직이며 숨넘어가는 교성을 질러대던데, 실제는 영 그렇지가 않다.

한 번 미끄러진 페니스가 능숙하게 좁은 입구를 찾아 들어가려면 시간과 경험이 필요한 법. 얼마간 끙끙대던 늘천은 허리를 감고 있던 산희의 다리를 풀어내 양 어깨에 하나씩 걸쳤다. 활짝 벌려진 그녀의 다리 사이에 제대로 자세를 잡은 그가 다시 삽입을 시도했다.

"하아악!"

그녀의 신음이 깊어졌다.

"다리를 드니까…… 이상해."

"기분이 더 좋아?"

"몰라, 이상해. 뭔가 더 느껴져……."

그녀의 수줍은 고백이 늘천을 궁지로 몰았다. 머릿속이 펑, 터져나가는 느낌에 그가 거칠게 움직이기 시작했다. 한 번, 두 번, 그리고 세 번. 절제되지 않은 동작으로 막무가내 움직임을 선보인 그는 얼마 지나지 못해 파정하고 말았다.

산희는 그녀의 깊은 곳으로 순식간에 밀려 들어와서 꿈틀거리는 그를 느꼈다. 무어라 설명할 수 없는 감정이 가슴 속에 소용돌이쳤다. 그녀의 위에 묵직하게 자리 잡은 그가 힘없이 쓰러지는 것을 받아내며 한 번도 보지 못한 하늘천의 모습에 나른하게 전율했다.

완전한 절정이 주는 쾌감은 없었다. 다만 정신적인 결합이 있었을 뿐이다.

"아아, 이렇게 될까 봐 자제했던 건데……."

산희의 쾌감이 절정에 다다르기 전 끝나고만 자신을 탓하며, 더불어 쓰러려 하는 그녀의 꽃잎을 어루만지며, 늘천은 후회로 얼룩진 만족을 토해냈다. 그 모습을 가만 바라보고 있던 산희가 씩씩하게 답했다.

"내가 책임져, 평생 사랑해줄게."

"내가 해야 할 말 아닌가?"

"여자는 뭐, 책임지면 안 되나? 여자가 남자를 사랑해줄 수도 있는 거 아닌가?"

그녀의 말에 늘천의 입에서 훗, 웃음이 터져 나왔다. 모든 것을 공유한 남자의 여유로운 웃음이었다. 지금까지의 안달이 꿈처럼 느껴질 만큼의 해방감을 느끼며, 또한 그의 소유욕이 충만해지는 것을 느끼며 늘천은 산희의 맨 어깨를 매만졌다.

"태산이 높다 하되 하늘 아래 뫼이로다."

"또 무슨 말을 하려고?"

"뛰어봤자 벼룩이고, 발버둥 쳐야 부처님 손바닥이란 뜻이야. 과정이 어땠든 넌 내 아래 뫼일 운명이라는 거지."

늘천의 말에 산희가 한쪽 눈을 가늘게 뜨고 그를 바라봤다. 그런 그녀의 시선이 썩 기쁜 것 같지만은 않아 늘천은 고개를 들어 그녀의 젖은 머리칼을 귀 뒤로 넘겨주며 말했다.

"왜, 기분이 나빠? 나, 지금 고백하는 거잖아. 널 사랑한다고."

"아까도 했거든?"

"그러게. 그리고 보니 너도 뭐라고 했던 것 같은데?"

그의 말에 산희가 두 눈을 동그랗게 떴다. 제정신이 들고 나니 이게 무슨 추태인가 싶다. 숨넘어가게 자지러지는 소리로 나도, 나도 널 사랑해애! 망할 기억력이 자동재생을 하자 산희의 얼굴이 순식간에 달아올랐다.

"못 들었으면 무효."

산희가 그의 맨 가슴을 밀어내고 옆으로 도로록 굴렀다. 늘천은 옆으로 밀려나 누우며 돌아눕는 산희를 붙잡았다.

"그런 게 어디 있어? 제대로 말해."

이대로는 못 참겠다. 제대로 된 고백을 듣고야 말겠다. 그래서 힘겨웠던 이 통한의 짝사랑, 보상받고 말겠다!

의지 한 번 대단한 하늘천, 그녀의 진심을 듣겠다며 허리를 공격했다. 산희는 카랑카랑한 웃음을 터트리며 그의 가슴에 얼굴을 묻었고 뒤이어 발갛게 달아오른 얼굴로 수줍은 고백을 터트렸다.

"좋아한다고, 하늘천. 너밖에는 안 보인다고, 스카이블루!"

서툴기만 한 어린 연인들은 이제부터 시작이었다. 맨몸으로 뒹구는 두 사람의 얼굴에 행복과 사랑이 그득했다. 반짝반짝.

멀리 한 연인이 보인다. 남자친구의 아르바이트가 끝날 때까지 기다렸다가는 도도도 달려가 폭 안기는 여자가 꽤나 낯설다.

"어떻게 생각해요?"

"어떻긴 뭘. 작전 성공이지."

"그런데 왜 실패한 느낌이죠?"

"그거야…… 우리가 솔로니까."

그래, 문제는 그거다. 두 사람은 솔로고, 나머지 둘은 연인이 됐다는 점. 그 덕에 친구 녀석과 매일같이 함께 하던 일상이 박살 났고, 그 일상을 함께 하려면 남자 녀석의 아르바이트 근처 커피숍까지 오게 됐다. 수아는 그저 평소 하던 대로 산희와의 티타임을 갖고 싶었을 뿐이었다.

"내 소원이 그렇게 대단한 거였나요?"

"소박하기 그지없지."

"그런데 신은 왜 내게 이런 시련을 주시나요?"

"그거야 네가 솔로니까."

희건의 답에 수아가 분노했다. 지금까지의 티타임을 '시간 때우기'로 만들어 버리는 절친의 처사가 가혹하기 짝이 없었기 때문이다.

"남친이 일 끝났다고 저렇게 가버려도 돼요?"

"여자들 우정이야 종이만큼 가볍다니까."

"우리의 우정은 그렇지 않아요!"

"널 버리고 곧장 뛰어가는 저 모습을 보고도 그런 말이 나오냐?"

윽, 할 말이 없다.

수아가 이를 으드득 갈며 창문 너머로 재회하는 연인을 바라봤다.

"누가 보면 한 일 년은 떨어져 있었던 줄 알겠네."

"막 불타오른 연인들은 일 초가 일 년 같다더라."

"개뿔."

"넌 무슨 여자애가⋯⋯."

희건이 경악하며 수아를 바라보자 수아는 빨대를 질겅질겅 씹으며 창문 너머의 커플을 응시했다. 산희가 수고했다고 땀을 닦아주면 늘천은 그녀의 이마에 뽀뽀를 했다. 입을 축이라고 생수를 따 주다가 물이 튀자 늘천이 옷으로 그녀의 얼굴을 닦아주었다. 산희는 괜찮다는 듯 손을 내저으며 까르르 웃었고, 그녀가 땀방울을 훔쳐 주고자 내민 손을 그가 잡았다. 그녀의 손가락이 늘천의 입 안으로 쏙 들어갔다.

악!

두 사람을 바라보던 수아가 두 눈을 찌르고 싶은 심정으로 고개를 돌렸다. 소꿉친구로만 여겨왔던 두 사람의 애정행각이 살에 와 닿을 것처럼 실감 났기 때문이다.

"너, 너무 오버다."

"선배는 몰라."

"뭘 모르는데?"

"태어나서 몇 년을 제외하고 지금까지 죽 친구였던 난 쟤네랑 친구 이상이라고요. 친척이자, 형제이자, 가족인 녀석들인데 그런 녀석 둘이 저러는 걸 보면……."

수아가 고개를 흔들며 양손에 얼굴을 묻었다.

"꼭 근……. 꼭 패……. 꼭 엄마의 남친을 보는 것 같달까. 엄마와 아빠의 보고 싶지 않은 애정행각을 목격한 것 같달까. 아아, 이 기분 선배는 몰라. 이래서 사람들이 친구와 자신의 혈육이 이뤄지는 것을 탐탁지 않아 하나 봐."

둘이 답답하게 구는 것이 복장 터져서 이뤄줬더니 이제는 대놓고 애정행각을 해 그녀를 미치게 만들었다.

"땀 닦아주는데 왜 손가락을 입에 넣는 거예요? 난 저 대목이 제일 이해가 안 가."

"먹고 싶은가 보지. 놔둬."

"남의 더러븐 손가락을 왜 빨아 대냐고."

"아, 변탠가 보지. 놔둬!"

희건은 나른한 얼굴을 하고 턱을 받친 채 시시각각 변하는 수아의 얼굴을 감상했다. 언제쯤 이 아이는 자신을 놓아줄 것인가, 이제는 그 고민을 하는 것도 질렸다. 희건이 수아의 곁에 남아 있는 이유 중 하나, 그것은 미스터리를 풀기 위해서다.

"아, 원. 더럽고 치사해서. 솔로는 죽으라는 거냐?"

주먹을 움켜쥐고 소리를 질러봤자.

희건이 고개를 절레절레 저으며 수아를 바라봤다. 차수아와 강산희, 모든 면으로 봤을 때 남자한테 가장 인기 있을 법한 사람은 단연수아다. 그런데 그녀가 솔로인 채 남아 '솔로 천국, 커플 지옥'을 외치고 있으니 어찌 이게 미스터리하지 아니한가.

"선배, 그냥 나 만나볼래요?"

마시던 음료를 코로 뿜을 법한 것을 가까스로 피하며 희건은 티슈로 얼굴을 가렸다.

"내가 말했지? 계륵은 싫다고."

"피차 마찬가진데, 뭘. 이대로 가다간 크리스마스까지 혼자 보내게 생겼잖아."

희건이 눈썹을 들어 올리며 의미심장하게 웃었다.

정말 그렇게 생각해? 피차 마찬가지라고?

애써 내뱉지 않은 그 말이 전해졌는지, 희건과 눈을 맞추고 있던 수아는 더욱 절망적인 얼굴을 하고 자리에 털썩 쓰러지고 말았다.

솔로…… 만쉐이!

친구는 이미 머릿속에서 깨끗하게 지워졌다. 도원결의를 방불케하던 어린 날 수아와의 우정은 사랑 앞에 민들레 솜털처럼 하늘하늘흩날렸다. 이게 다 곁에 있는 하늘천 때문이다.

"나, 수아한테 버림받으면 다 네 탓이야."

손을 잡고 흔들며 걷던 산희가 한숨을 폭 내쉬며 중얼거렸다. 그말에 늘천이 픽 웃었다.

"잘 됐네. 내 오랜 소원이 드디어 이루어지는 건가?"

"차라리 수아가 희건 선배랑 사귀게 되면 좋을 텐데."

"으. 왜?"

"좋잖아? 더블데이트도 하고."

"그런 이유라면 둘이 평생 이루어지지 않았으면 좋겠다."

늘천의 중얼거림에 함께 발맞춰 걸어가던 산희가 고개를 들었다. 대체 무슨 이유 때문에 그렇게 말하는 거냐며 순진무구한 눈빛을 빛내는데 아아, 사나이 하늘천의 마음이 또 한 번 녹아내린다.

"이제는 차수아, 필요 없잖아?"

"왜?"

"내가 있는데 뭐."

"친구랑 애인이랑 같나, 뭐?"

"친구보다 애인이지. 붙어 다닐 생각은 하지 마. 내 옆에 꼭 붙어 있어."

의기양양한 얼굴로 산희의 허리를 잡아 힘주어 끌어당긴 늘천이 당당하게 걸었다. 고개를 갸웃하며 조심조심 그의 허리에 손을 올렸던 산희가 불쑥 무슨 생각이 들었는지 걸음을 딱 멈췄다.

"왜?"

"생각이 났어. 네가 수아를 경계하는 이유."

"그게 뭔데?"

아무것도 모르겠다는 투로 늘천이 되묻자 산희가 입술을 부루퉁하게 내밀고 그를 빤히 바라봤다. 단 한 번도 누군가의 과거를 끄집어내거나 그에 다른 마음을 품어본 적 없던 산희는 지금의 감정이 생경하면서도 낯설었다. 부글부글 끓는 이 기분은 내놓지 않는 것이 현명한 선택이라는 것을 알면서도, 말을 해서 이 불편한 마음을 늘천에게 전하고 싶다는 충동이 거세게 일었다.

"수아가 네 여자친구였다는 거."

"……정말 그렇게 생각해?"

"생각해보면 그래. 나를 좋아한 지 그렇게 오래됐다고, 마음이 너 덜너덜해졌다고 말할 때 뭔가 이상했어. 날 좋아한다고 했으면서 넌……. 수아도 있었고, 수지도 있었고."

과거를 슬그머니 꺼내는 산희의 모습에 늘천의 얼굴이 싸늘하게 굳었다. 산희가 투정을 하고 있다는 사실도 모른 채 그는 진지한 얼굴로 되물었다.

"아직도 내 마음이 확신을 주지 못하나?"

"그건 아니지만."

"내가 그렇게 못 믿을 놈이었어, 너한테?"

"아니. 아닌데……."

생각과 다르게 심각해지는 분위기에 주눅이 든 산희가 우물쭈물거리며 늘천의 눈치를 봤다. 그러다 에라, 모르겠다. 서운한 건 말해서 풀자는 식으로 고개를 빳빳하게 추켜올렸다.

"머리로는 아는데 솔직히 기분 나빠. 억울해. 수아도, 수지도, 내가 모르는 네 모습을 알고 있다는 거잖아? 내가 아는 네 모습도 알고 있을 거잖아. 서로 맞닿았을 걸 생각하면……."

아아, 이 망할 눈물샘!

하늘천과 만난 뒤로 시도 때도 없이 작동하려 드는 눈물샘 때문에 평소 그렇게 싫어하던 여자의 표본이 되어가는 것만 같다. 무슨 일만 생기면 눈물로 해결하려 드는, 당당하지 못한 여자들을 지적하던 입이 사랑하는 연인의 앞에서는 녹이 슬어 버린다.

산희가 울컥하는 마음을 달래고자 말을 멈추고 씨근덕거렸다. 에이 씨, 작은 욕설과 함께 손등으로 눈가를 문질러 닦은 그녀가 심호흡을 길게 내뱉자 그 모습을 지켜보고 있던 늘천이 허탈하게 웃으며 산희의 머리를 잡아 쥐었다.

"대체 이 조그만 머리통은 뭘 상상하는 거지?"

"야한 상상하는 거 아니야. 평범한 연인들을 떠올렸던 거지."

퉁명스럽게 대꾸하는 산희의 목소리에 늘천이 한풀 꺾인 목소리로 물었다.

"그래서 그렇게 기분이 나빴어?"

그렇게 묻고 있는 지금, 늘천의 입가가 파르르 떨렸다. 웃으면 안 되는데, 안 되는데…… 자꾸 웃음이 피어오른다.

어떡하냐, 강산희. 널 생각하면 지금의 내 과거가 미안해야 하는데 난 다행이라고 생각하고 있으니.

그런 늘천의 마음을 아는지 모르는지, 산희는 애꿎은 발을 바닥에 비벼대며 웅얼거렸다.

"네 온기를 알잖아. 네 피부도 알잖아. 네 감촉도 알고, 네 목소리도 알고. 네 입술까지…… 알지도 모른다는 생각을 하면 싫어."

첫술에 배불렀다! 진심을 말하는 일이란 한편으로는 그 어떤 일보다 힘든 일이라. 애써 용기를 끌어내 진심을 말한 산희는 묵묵부답으로 멀거니 서 있는 늘천의 얼굴을 보기 위해 고개를 들었다. 그런데 이게 웬일? 남은 기껏 진심을 말했는데 정작 듣고 있던 당사자는 웃음을 참느라 바들바들 떨고 있다.

"윽!"

산희가 짧게 신음했다. 그 목소리에 늘천은 정신을 차렸다. 금방이라도 와앙, 울음을 터트릴 것 같은 얼굴에 덜컥 겁이 났기 때문이다.

"나도 어디 가서 연습하고 와야 할까 봐. 억울하게, 나는 네가 질투할 상대가 하나도 없잖아."

이젠 아주 막말이다. 한 대 쥐어박고 싶은 것을 꾹 참아내며 늘천이 웃음기가 쏙 빠진, 매서운 얼굴로 되물었다.

"어딜 가서 연습을 해?"

구체적인 상대를 떠올리라면 희건이다. 하지만 희건이 아니어도 충분히 화가 치밀어 오르는 상상이다. 다른 누군가에게 가 자신에게 했던 그 모든 것을 똑같이 할 산희를 떠올리는 것만으로도 온몸의 핏기가 빠져나가는 느낌에 늘천은 몸을 떨었다.

"누가 그래? 내가 질투할 상대가 하나도 없다고."

자신이 한 말에 다시금 성질이 나는 늘천이다. 오래전, 온갖 무관심으로 핍박의 세월을 견뎌왔던 자신의 짝사랑을 떠올리며 그는 확신했다. 이건 눈물 없이는 듣기 힘든 이야기라고.

"난 네 시선이 닿은 것조차 질투했던 사람이야. 어릴 적 좋아하던 강아지도 미웠고, 네가 좋다고 한 달 동안 목을 매던 고로케도 싫었어. 쪽쪽대던 수아는 더 싫었고, 날 볼 때마다 널 껴안던 사랑 누나도 싫었어. 이런 난데, 네가 희건 선배를 좋아한다고 했을 때 심정이 어땠을 것 같아?"

이런 난데, 이 정도 심술은 애교 아니야?

턱을 세우고 도도하게 내려다보는 늘천의 얼굴이 귀엽기 짝이 없다. 나 이렇게 잘했으니 칭찬해줘, 라는 말을 얼굴에 써놓은 강아지 같은 느낌이니 더 이상 질투할 여력도 없다. 그렇게까지 말해주는 늘천이 예쁘고도 고마워 산희가 백기의 미소를 지었다. 대신, 그에게 어리광을 부리며 입을 내밀었다.

"……뽀뽀해줘."

다른 사람에겐 말고 나한테만.

세상 모든 사람 말고 오직 나 하나에게만.

이 세상, 나만이 유일한 사람인 것처럼. 그런 느낌이 들도록!

늘천의 입에서 새된 한숨이 흘러나왔다.

이 여자를 어쩌면 좋을까.

하나를 보고 열 개를 배우는 똑똑한 학생이 썩 좋지만은 않다고 느꼈다. 얼마나 학습능력이 좋은지, 이제는 수시로 그의 마음을 들었다 났다 하는 중이다. 만날 때마다 설렘을 주는 이 여자, 다시 갖고 싶다!

순식간에 불타오른 늘천이다.

"귀여운 말만 골라서 하지."

할 수만 있다면 당장이라도 자리를 깔고 그녀를 덮치고 싶은 마음이다. 세상의 눈이 뭔데! 소셜 포지션이 뭔데! 다 알게 뭐야!

한숨을 푹 내쉰 늘천이 산희의 턱을 붙잡고 가만히 그녀를 들여다봤다.

"어떡하면 좋냐. 점점 예뻐지고 있잖아."

"네 눈에만 그런 거 아니고?"

"내 눈에만 예뻐 보인다면 다행인데 그렇지만은 않은 것 같아. 다른 남자들이 채 갈까 두려워서 잠도 못 자겠다."

"난 다 네 건데?"

배싯 웃으며 대꾸하는 산희가 예뻐 또다시 한숨이 푹 나온다. 뽀뽀해달라고 조르기까지 하는 그녀에게서 페로몬이 폴폴 풍겨온다는 것을, 그녀는 모르는 걸까?

그걸 아는 내 분신만 불쌍할 뿐이지.

산희를 바라보던 늘천이 그녀의 통통한 볼을 한 입 큼지막이 베어 물었다. 깨물자 산희가 파르르 놀라며 그에게서 떨어져 나갔다.

"아파!"

짧게 신음한 산희가 얄미운 늘천을 지그시 바라보다가 그의 어깨를 악물었다. 그러자 늘천이 웃음기 있는 얼굴로 그녀의 콧방울을 살짝 깨물었다. 산희가 눈을 찌푸린 채 다시 반격에 나섰다.

이번에는 어디를 깨물어야 할까, 고민을 하다가 까치발을 들어 그의 목덜미를 콱 깨물었다.

"읏!"

아픔을 느끼라는 의도와 달리 늘천은 쾌감을 느낀 모양이다. 신음소리가 미묘한 차이를 보였다.

"스위치가 켜졌다."

"뭐?"

"여기."

늘천이 목덜미를 톡톡 두드리며 유혹하듯 미소 지었다.

"내 스위치는 여기 있거든."

말이 끝나기 무섭게 주변을 둘러본 늘천이 산희를 붙잡아 근처 어두운 골목으로 밀어 넣었다. 갑작스러운 움직임에 놀란 산희가 주변을 살펴보기도 전, 늘천이 그녀를 벽으로 몰아세웠다. 등에 아플 정도로 딱딱한 시멘트벽이 와 닿았다. 하지만 그것이 아프다고 느끼기도 전 다가온 부드러운 입술로 인해 모든 것을 잊어버리고 말았다.

"네게 키스하는 사람이 누군지 똑바로 봐."

"으음."

그가 윗입술을 살포시 머금더니 뒤이어 아랫입술을 잘근, 깨물었다. 고개를 기울여 그녀의 입술과 자신의 입술을 맞물리게 만들더니 이내 자연스럽게 입을 벌리고 그녀를 맛보았다. 가볍게 닿았다 떨어진 입술이 바로 위에서 속삭였다.

"널 만지는 사람도, 만질 수 있는 사람도 나뿐이야. 알았다고 해."

"응, 알아. 알았으니까……."

산희가 늘천의 어깨를 붙잡고 그에게 매달렸다. 늘천은 쓸데없는 말은 삼키고 대신 입술로 그녀를 향한 마음을 증명해나가기 시작했다.

산희의 다리 사이에 그의 다리가 자리 잡았다. 본능적으로 그녀의 중심을 압박한 그는 한 손으로 그녀의 허리를 감싸고, 다른 한 손으로 그녀의 뺨을 잡았다. 그리고는 천천히 그녀의 입안을 점령해나가기 시작했다.

몇 번을 탐해도 질리지가 않는 입술이다. 자꾸만 허기가 지고 갈증을 일으키는 그런 입술이다. 할 수만 있다면 온종일 머금고 있었으면 좋겠다는, 그런 멍청하고 비현실적인 생각을 하게 만드는 마력의 입술이다.

도망치는 그녀의 혀를 낚아채 혀를 감았다. 강하게 한 번 빨아보니 달큼하고 시큼한 맛이 입으로 전해져 왔다. 늘천이 쩝쩝, 입맛을 다시며 입술을 떼어냈다.

"뭐 먹었어?"

"음. 무슨 맛 나?"

"맛있어. 달달하고, 새콤하고."

"베리베리 히비스커스."

"네가 제일 좋아하는 음료수?"

산희는 대답 대신 빙그레 웃으며 그의 목에 팔을 둘렀다. 입술을 맞댄 채 본격적인 키스에 돌입하려는 순간.

"했네, 했어."

스마트폰을 들여다보며 걷던 행인의 목소리가 두 사람의 귓전을 때렸다. 그 말에 지레 화들짝 놀라 떨어진 두 사람은 옷매무새를 가다듬으며 멋쩍게 웃었다.

들어갈 때는 쉽지만 나올 때는 어렵다. 두 사람이 어둠 속에서 무슨 짓을 했는지 아는 사람도, 궁금해하는 사람도 없건만 어둠을 틈타 서로의 입술을 훔친 두 도둑은 발이 저린 얼굴을 하고 양지로 나왔다.

주변의 눈치를 보며 빠른 걸음으로 골목을 빠져나온 두 연인의 손이 하나처럼 꽉 맞닿아 있었다.

"이렇게 걸어도…… 괜찮아?"

아무 생각 없이 빨리 걷던 늘천이 속도를 줄였다. 산희를 염려하는 그의 말투에 그를 따라 걷던 산희가 고개를 갸웃했다.

"응?"

"아니, 그게……. 하고 나면 여자들은 몸에 무리가 가잖아. 아프다고 들어서."

"누구한테 들었는데?"

"인터넷."

늘천의 고백에 산희가 푸핫, 웃음을 터트렸다. 하늘천이 컴퓨터 앞에 가까이 붙어 앉아 검색하고 있을 장면을 생각한 까닭이다. 웃음

뒤에 따뜻함이 가슴 속에 스며들었다. 세심한 부분까지 신경을 써주는 그의 마음이 고스란히 느껴졌기 때문이다. 마음 꼭대기에 반짝, 동그란 해가 떴다.

"아파. 여자가 되는 게 이렇게 아픈 건 줄 몰랐어. 그런데 한편으로는 신기해. 내가 아닌 기분? 기분이 엄청 좋고 그렇지는 않았는데 그거 하나는 좋았어."

"뭐?"

"너랑 가까워진 거. 남들이 모를 만큼 더 가까워진 거."

사랑으로 충만한 산희가 더없이 사랑스러운 미소를 지었다. 손을 대면 바스스 부서질까, 푸르르 날아갈까 걱정하는 마음으로 맛보았던 분홍빛깔 솜사탕처럼 달콤하고 예뻤다.

아, 그래도 좀 충격이다.

늘천의 남성성을 건드린 한 마디. 또한 그의 도전정신을 불태우게 한 한 마디. 그것은 바로 '기분이 엄청 좋지는 않았다'는 것.

'챌린지냐, 강산희?'

도전! 당신의 클라이맥스는?

한 손을 주머니에 꽂은 늘천이 결연한 눈빛으로 결의를 불태웠다.

"나에게 이달의 목표가 생겼어."

"뭔데?"

늘천이 산희의 손을 잡아 자신의 주머니에 넣었다. 산희의 손바닥에 각진 상자 하나가 잡혔다. 뭐냐고 묻기도 전, 늘천의 능글맞은 웃음에 눈치를 챘다.

"이거 다 쓰기."

산이 던져주고 나간 그 골무들로 빼곡히 차 있을 상자를 떠올리는 산희의 얼굴이 발갛게 물들었다.

"언제는 나 지켜주고 싶다더니."

"널 지키지 못하게 한 건 너였어."

이제는 널 사랑으로 지켜줄게.

미소를 짓는 늘천의 얼굴이 그 어느 때보다도 밝게 빛났다. 함께 걸어가는 이 길의 끝엔 행복만이 있기를, 간절히 바라는 두 연인의 뒷모습이 다정했다.

"그런데 지금 집에 누구 있어?"

"아니."

"그럼 좀 빨리 걷자."

늘천의 채근으로 인해 아름다운 결말은 좀 무리일 수도.

"부모님 나가셔서 내가 저녁 만들기로 했는데?"

"사랑 누나 들어와?"

"언니랑 내기해서 내가 졌어. 내가 저녁 당번이야."

"그럼 빨리 장 보고 들어가자."

늘천이 산희의 손을 잡아끌었다. 산희가 속으로 어휴, 남자들이란. 이래서 다 늑대라고 하나 봐. 한숨을 내쉰 것도 모른 채 사랑에 새롭게 눈뜬 어린 청년의 얼굴이 기대로 반짝거렸다.

후일담.

뷰티샵 '워너비'의 자동문이 열렸다. 바깥과 차단된 듯 다른 세상이 펼쳐진 공간은 공기마저 달랐다. 안으로 한 발자국 내딛기 무섭게 데스크의 아가씨들이 화사한 미소를 지어 보였다.

"어서 오세요. 예약하셨나요?"

때 타지 않은 유니폼, 완벽하게 틀어 올린 머리, 프로페셔널한 화장과 응접하는 미소까지. 모든 것이 완벽한 그들이었다. 산희가 잠시 주춤거리며 주변을 둘러보았다.

"예약은 아니고, 누굴 좀 찾아왔는데요."

산희가 두 눈을 깜빡거리며 들고 온 쇼핑백을 쥔 손에 힘을 주었다.

"하산이라고……."

"아, 하산 선생님이요? 지금 예약 손님을 받고 계신데."

"아, 그럼 기다려도 될까요?"

산희의 물음에 졸지에 안내역이 된 두 아가씨가 서로 마주 보다 조심스럽게 질문했다.

"실례지만 누구신지."

"아, 저기 산이 오빠 이웃인데요. 동생한테 전해줄 물건을 부탁받고 온 거라서요. 강산희라고 말하면 알 텐데."

이름을 대면 분명 산을 만날 수 있다던 늘천의 가르침을 떠올리며, 산희는 어딘가에 꽁꽁 숨어 얼굴조차 볼 수 없는 산을 찾아 두리번거렸다. 그런 산희를 바라보고 있던 아가씨 중 한 명이 데스크에서 나와 앞장섰다.

"그럼 따라오시겠어요? 응접실로 안내해드리겠습니다."

"아, 응접실까지야. 너무 황송한데……."

유러피안 스타일의 인테리어에 부담스러움을 느낀 산희가 머리를 긁적이며 웃자 아가씨는 괜찮다는 얼굴로 앞장서 걸었다. 마사지숍, 미용실, 메이크업, 부티크로 이루어진 뷰티숍의 2층 내부로 응접실이 따로 마련되어 있는 듯했다.

아가씨가 안내를 해준 곳으로 간 산희가 주춤거리며 소파에 앉았다. 때 하나 묻지 않은 새하얀 가죽 소파는 디자인부터가 남달랐다.

'바로크 시대로의 회귀야, 뭐야?'

조심스럽게 엉덩이만 걸치고 있는데 안내를 해준 아가씨가 불쑥 메뉴를 내밀었다. 공짜로 언제든 마실 수 있는 음료란다. 언제부터 한국이 이렇게 좋아졌담, 감탄을 하며 과일 음료를 하나 시킨 산희는 조용히 산을 기다리기로 했다.

그로부터 30분 후. 손님이 와 있다는 귀띔을 받은 산이 허겁지겁 응접실로 왔다. 무슨 사이인가 궁금해하는 한가한 직원들도 몇몇, 삼삼오오 모여들었다.

"네가 웬일이냐?"

파릇파릇한 산희의 등장에 친한 듯 보이는 여직원들이 까르르 웃음을 터트리며 그들을 에워쌌다. 그리고는 내숭으로 위장한 갖가지 질문 세례를 퍼붓기 시작했다. 동생이냐, 애인이냐, 무슨 일로 왔느냐, 어떻게 친해지게 되었느냐, 그러고 보니 산 쌤에게 여친이 있었던가, 솔로던가, 솔로라면 나랑 사귀자…….

순식간에 시끌시끌해진 응접실 분위기에 놀란 산희가 눈을 데굴데굴 굴려 벽시계를 확인했다. 아까까지 바쁘던 사람들의 단체 휴식시간인가 싶어서다. 점심시간은 훨씬 지났는데 참 이상도 하지.

남의 일에 관심 많은 사람들을 제치고 산희는 묵묵히 부탁받은 일을 했다. 산에게 늘천이 보내는 감사의 메시지였다.

"나는 그냥 심부름꾼이야."

"생일도 아닌데 무슨 선물이야?"

"전해달라는 메시지도 있었어. '이걸로 우리 사이에 빚은 없는 거' 라던데?"

"빚?"

산이 되묻자 산희는 싱긋 웃는 것으로 대답했다. 척 보기에도 고급스러운 포장이라 그런지 주변 사람들도 내용물을 썩 궁금해하는 듯했다.

"그만 갈게."

부탁받은 일을 완벽히 수행해낸 산희가 자리에서 일어났다. 음료수는 맛있었고, 산의 직장 구경도 괜찮게 했으니 어느 정도의 수확은 있었다.

"참, 오빠. 그 선물, 아무도 없는 곳에서 열어보는 게 좋을 거야."

그 말을 끝으로 쌩하고 사라지는 산희의 뒷모습을 바라보며 산은 목청 터져라 웃어댔다.

"나 참, 이것들. 왜 이런 선물을 주는지 충분히 알겠다. 얼마나 고마웠으면 나한테 선물을 다 주냐, 너희들이. 아, 이러지 않아도 되는데 괜히. 내가 좀 멋지긴 했지, 그때."

전후 사정 알 리 없는 사람들이 우오오, 산의 허세에 격하게 반응할 때 즈음 산이 화려한 리본으로 장식된 상자를 열었다. 한지로 곱게 싸인 내용물을 확인하고자 한지를 여는 그 순간, 산의 얼굴이 사정없이 구겨졌다.

"살려놨더니 이것들이 쌍으로 엿 먹이려고 드네?"

산이 분개했다. 그가 성질을 부리자 내용물이 궁금해 몰려들었던 사람들은 애매한 얼굴로 쿡쿡 웃음을 터트리며 뿔뿔이 흩어졌고, 그들이 사라진 자리에는 빈틈 하나 없이 콘돔으로 가득 채운 상자만이 남아 있었다.

산은 어이가 없다는 듯 웃으며 맹랑하기 짝이 없는 동생 녀석을 떠올렸다.

언젠가는 제대로 되갚아주리라.

형제애 대신 핏빛 복수가 얼룩진 하루였다.

14.

데이트에 장바구니를 챙겨오는 여자는 강산희밖에 없으리라. 플라스틱 봉투 한 장에 50원, 지갑도 지키고 경제도 지키고 나아가 지구도 지킨다며 조잘조잘 떠드는 그녀와 함께 늘천이 집에 도착했다.

"그런데 정말 그걸 할 생각이야?"

"왜? 이상해?"

"소시지야채볶음을 네가 아무리 좋아한다고는 해도 술안주는 술안주 아닌가 싶어서."

식탁 가득 구입한 물건을 꺼내놓으며 늘천이 고개를 갸웃거렸다. 입이 심심하다며 술 한잔하자고 우길 사랑이 떠올랐고, 그런 사랑의 전화를 받고 달려올 산이 연상됐다고는 절대 말 못한다. 두 사람이 연합해 늘천을 약 올리고, 순진한 산희까지 꼬드길 생각에 불안해졌다고도 말 못한다.

늘천은 이래저래 복잡한 마음으로 저녁 준비를 시작하는 산희를 바라보았다. 늑대 무리에 사로잡힐 양 한 마리, 제물처럼 보이는 그녀였다.

"송이버섯, 파프리카, 양파를 큼직하게 썰어 넣고 볶는 거라 반찬으로도 좋거든요. 집에 밑반찬 있으니까 소시지야채볶음이랑 오징어찌개나 대충 끓여 먹으면 좋을 것 같은데."

"먹을 수는 있는 거지?"

"내 솜씨를 무시하는 거야?"

"죽지 않으면 다행이고."

"이게 진짜."

산희가 눈을 흘기는데 그 모습마저 그렇게 예쁠 수가 없다.

아무래도 이제 내 여자라 그런가.

싱크대에 붙어 달그락대며 그릇도 곧잘 씻고, 도마 앞에 서서 통통 칼을 두드리면서 재료도 손질한다. 망설이지도 않고 뚝딱뚝딱 요리를 해나가는 모습에 늘천의 마음이 보골보골 끓기 시작했다.

주방에서 밥을 하는 그녀의 부산한 모습을 가만 바라보고 있던 늘천이 슬그머니 그녀의 등 뒤로 다가왔다. 그러다가는 이내 그녀의 허리에 양팔을 두르고 정수리에 코를 묻었다.

"으음."

나른하고 만족스러운 그의 한숨에 산희가 팔꿈치로 그를 밀어내며 중얼거렸다.

"나, 칼 들었다?"

"윽. 이런 로맨틱한 순간에 꼭 그런 말을 해야 돼?"

"미안하지만 나에게는 일분일초 바쁜 순간이거든."

"낭만이 없네, 이 아가씨."

"남자들의 로망 아니야? 백허그?"

"여자들의 로망으로 알고 있는데."

늘천의 말에 산희가 입술을 배죽거리더니 칼을 멀찌감치 치워놓고는 자세를 고쳤다.

"자, 이제 제대로 해봐."

어디 백허그의 설렘 한 번 제대로 느껴보자.

산희의 그 말에 늘천이 조심스럽게 그녀를 껴안았다. 단단한 팔이 납작한 배를 감싸고, 그의 온기가 뒤에서부터 다가왔다. 떨리는 숨결은 정수리 어딘가를 맴돌다가는 곧장 가느다란 목으로 내려와 자잘한 키스를 퍼부었다.

"하아."

산희의 입에서도 만족스러운 한숨이 뿜어져 나왔다. 그녀의 신음과도 같은 한숨에 늘천의 손길이 변했다. 실크를 쓰다듬는 듯한 부드럽던 손길에 욕망이 묻었다. 그녀를 안은 팔에 힘을 주더니 완벽히 자신의 몸에 밀착시켰다. 덕분에 산희는 날 것처럼 팔팔한 그의 욕망을 고스란히 느낄 수 있었다.

두른 앞치마 뒤쪽으로 손이 들어오더니 이내 셔츠 자락을 거침없이 헤치기 시작했다. 산희의 맨살이 그의 손바닥에 감싸이자 그녀가 부르르 몸을 떨었다. 그 떨림이 늘천에게 기분 좋게 전해졌다.

그녀의 자극에 조금 더 용기를 얻은 그가 손을 움직였다. 힘이 실린 그의 손길은 가벼운 터치라기보다 지그시 문지르는 것처럼 느껴졌지만 흑심이 묻어 있었기에 그냥 문지르는 것보다는 조금 더 감각적이었다.

"언제 내가 좋았어?"

몰캉몰캉한 배를 문지르다 그녀의 등으로 자리를 옮겼을 때, 잔뜩 긴장했던 몸이 풀어진 모양이다. 산희가 몽롱한 눈빛을 하고는 물어왔다. 그 물음에 늘천은 천천히 등을 쓸어 올리던 손을 앞으로 미끄러뜨렸다.

"하아."

가슴을 움켜쥐는 순간, 산희의 호흡이 흐트러졌다. 그리고 늘천은 그런 그녀의 목덜미에 대고 숨결이 섞인 대답을 토해냈다.

"문득."

정말이지, 문득.

곁에 있던 공기처럼 여겼던 녀석, 친구라기보다는 어린 동생처럼 느껴졌던 그녀, 왈가닥에 말괄량이에 와자지껄 친구들과 떠드는 녀석이 목젖까지 드러내며 웃는 모습에 혐오감을 드러내기도 했었는데…….

그러게, 딱히 제대로 된 이유가 없다. 기점도 불분명하다. 하지만 한 가지 정확히 기억하는 것은 그녀에게 심장이 뛰기 시작한 날이 어제와 다를 것 없던 다음 날이었다는 것. 엄마에게 혼이 난 뒤, 뒷마당에서 혼자 숨죽이고 울던 그의 앞에서 해맑게 웃어주던 모습에, 끌어안아주던 품에, 깔깔 웃을 줄 알았던 그녀가 곁에 함께 있어주는 모습에…… 마음이 색깔을 달리한 것뿐.

"이상해."

"구체적이어야 해? 언제부터 심장이 뛴 건지 기억하는 게 더 이상하지 않아?"

"언제부터 내가 예뻐 보였는데?"

"이에 김 묻힌 채로 껄껄 웃어 보일 때."

"치이, 그게 뭐야."

산희가 입을 부루퉁하게 부풀리자 늘천이 툭 튀어나온 그녀의 입술을 악물었다. 그리고는 느릿느릿 손가락을 움직이기 시작했다.

그녀의 봉긋한 가슴을 움켜쥔 그의 손가락이 섬세하게 모양을 더듬었다. 그럴 때마다 그녀의 신음소리가 작은 폭죽처럼 톡톡 터져 나왔다.

언제쯤이어야 큰 불꽃이 되려나. 스스로를 자제할 힘은 아직 없지만 그래도 연애에 면역력 없는 산희보다야 나았기에 늘천은 짓궂은 장난을 쳐보기로 했다.

엄지와 집게손가락으로 그녀의 가슴 돌기를 잡아 쥐었다. 작은 열매가 그의 손에 잡히자 산희의 입에서 얕은 신음이 새어나왔다. 그 소리에 자극을 받은 것은 늘천이었다.

"윽."

짧은 신음을 흘린 늘천이 저절로 움츠러들어 폴더처럼 허리를 접힌 산희의 위에 몸을 겹쳤다. 침착해야지, 여유를 되찾아야지 하면서도 몸이 머리를 배신하고 본능에 따라 멋대로 움직이는 탓에 그녀에게 빈틈없이 달라붙어 버렸다.

참지 못한 늘천이 그녀의 새하얀 목덜미에 입을 맞췄다. 정을 갈구하는 어린아이처럼 그녀의 목덜미를 빨아대던 그가 솟구치는 감정을 참아내지 못하고 치아를 세웠다.

"앗!"

그의 치아가 목덜미의 여린 살점을 잘근잘근 씹었다. 씹힌 자리는 이내 그의 두툼한 혀가 욕심껏 쓸고 지나갔다. 탐욕적이고 진득하게, 그녀의 통증을 위로했다.

그 순간, 산희가 몸을 비틀었다.

"지금은…… 안 돼."

본능적으로 위험을 감지한 탓이다.

가슴 돌기를 어루만지는 그의 손길이 다급해지기 시작하면서 엉덩이에 닿는 그의 분신이 꿈틀거리는 것이 느껴지자 산희가 눈치 빠르게 선을 그었다. 자신을 원하는 그가 좋다. 그녀 역시 그를 원한다. 하지만 문제는 그게 아니었다.

언제 닥칠지 모르는 언니, 사랑을 포함한 가족. 더불어 가족들이 편안하게 쉬는 공간을 더럽히고 싶지 않은 묘한 도덕심—도덕이라고 표현하기에는 어폐가 있지만—이 그녀를 괴롭혔기 때문이었다.

"제발, 제발, 제발."

본능과 이성 사이는 열정과 냉정 사이와 똑같았다. 그 중간 어디쯤 서서 갈팡질팡하던 산희의 마음을 안 것일까. 말로는 그녀의 허락을 기다리면서 몸으로는 그녀를 탐하는 늘천의 손길이 바쁘기 그지없었다.

순식간에 바지를 말아 내린 그가 전희도 없이 한 번에 그녀의 안을 밀고 들어왔다. 약간의 통증이 동반됐다. 하지만 묵직한 느낌과 함께 아래가 촉촉이 젖어들었다. 그와 동시에 묘한 쾌감이 온몸을 휘감았다.

'아무래도 나, 변태인지도 몰라. 하늘천의 막무가내 괴롭힘이 이렇게나 짜릿할 수가 있다니.'

느꼈다.

싱크대를 잡은 두 손에 힘이 들어갔다. 하나로 연결된 부위가 타들어갈 것처럼이나 뜨거웠다.

"안……돼."

멀어지려는 이성을 힘겹게 붙잡아 애처롭게 늘천을 밀어내려 해보지만 안타깝게도 그의 귀에는 부정적인 대답은 일절 들리지가 않는다.

"잠깐만."

대체 뭐가 잠깐만이야! 외치고 싶은 것이 뜻대로 되질 않는다. 산희의 양 어깨를 굳게 잡아 쥐고 몸을 움직여대는 그로 인해 정신이 쏙 빠질 지경이다.

부글부글, 푸쉭!

불 위에 올려놓은 냄비의 물이 끓어 넘치는 소리가 들렸다. 소시지를 한 번 데치려고 올려두었던 냄비다. 그 소리에 깜짝 놀란 산희가 제정신을 찾고 늘천을 밀어냈다. 냄비 뚜껑을 열고 불 세기를 줄인 후에야 안도의 한숨을 내쉰 산희는 두근거리는 심장을 안은 채로 한동안 그 자리에 서 있어야만 했다.

'미쳤어. 정말 제대로 미쳤나봐!'

정신이 돌아오고 나니 심장이 덜컹거린다. 만족하지 못한 늘천과 마찬가지로 자신의 안에도 꺼지지 않은 불씨가 남아 있다는 사실이 충격적이다.

'사실 몰랐는데 옹녀인 거지, 내가.'

마음속 브레이크가 있어 그렇지 할 수만 있다면 하늘천 옆에 꼭 달라붙어 온종일 지내고 싶은 산희다. 마음껏 사랑받고, 마음껏 되돌려주고, 웃고 뒹굴며 지내고 싶지만……

'나이도 어리고, 장소도 없고.'

산희가 휴, 짧은 한숨을 내쉬었다. 틈을 보이는 순간, 늑대처럼 달려들어 강산희를 남김없이, 뼈째 꼭꼭 씹어 먹고 말 것처럼 구는 하늘천을 보면 귀염성 하나 없이 그를 밀어내야만 한다. 그 상황마 저도 불만스럽다.

"가서 앉아나 있어."

늘천을 거실로 몰아내고 마저 음식을 하고 있는데 간발의 차로 사랑이 집에 돌아왔다. 늘천을 쫓아내는 게 조금만 더 늦어졌더라면 큰일 날 뻔했다는 생각을 하며 산희가 눈을 굴리는데 눈치 빠른 사 랑은 집 안에 흐르는 이상한 기류를 느끼며 가자미 같은 눈으로 둘 을 훑어봤다.

"아휴, 힘들다. 맥주나 하나 꺼내지, 동생?"

"일에 찌든 샐러리맨의 퇴근 같네. 놀다 온 주제에."

"시끄럽고 맥주나 내놔."

산희의 손에서 맥주를 빼앗아 한 입 시원하게 들이켠 사랑이 파 아, 만족스러운 탄성을 터트리며 거실로 향했다. 그녀가 움직이는 동선을 따라 가방이니 스타킹이 허물처럼 떨어져 있었다. 그 모습을 못마땅하게 바라보고 있는 하늘천 곁에 털썩 앉은 사랑이 커피 테이 블에 발을 올려놓으며 중얼거렸다.

"근데, 쟤는 벌써 주부 코스프레 하니? 아님 신혼부부 코스프레니? 사람이 바뀌면 죽을 때가 다 된 거라던데 너흰 너무 확획 바뀐다."

"사랑의 힘이지."

"내 힘이었구나? 그래, 난 몰랐네."

늘천이 하는 말이 무슨 말인지 알면서도 알고 싶지 않다는 듯 다 른 말을 하는 사랑이다. 그 덕에 늘천의 심기는 계속 불편해졌다.

같은 배에서 태어난 자매건만 왜 이렇게 다른 건지.

솔직담백한 산희의 성격보다 배는 직설적인 사랑은 여자를 넘어서 아저씨의 성격과 흡사했다.

얼굴만 예쁘장하면 뭐해.

늘천이 무덤덤한 얼굴로 사랑을 바라보자 그녀가 눈살을 찌푸리며 시선을 던지는 그를 바라봤다.

"뭐야, 그 눈은?"

늘천의 속내가 훤히 들여다보이는 모양이다. 사랑이 지지 않는 눈빛으로 늘천을 바라봤다. 그러자 늘천이 참지 못하고 한마디를 했다.

"뭐 대단한 일 하고 왔다고 그러는 거야? 자기 물건은 주워서 정리하면 되잖아."

"네가 왜 잔소리냐? 잔소리할 거면 네 집 가."

"저렇게 벌려놓으면 다 산희가 치워야 하잖아?"

대단하신 팔불출 나셨다. 이제는 대놓고 산희를 감싸는 늘천의 태도가 사뭇 거만하기까지 하다. 친언니 사랑은 늘천에게는 눈엣가시나 다름없는 모양인지, 제대로 영역표시를 하는 모습에 헛웃음밖에는 나오질 않는다.

"너 무서워서 집에도 못 들어오겠다, 야."

"그러게. 눈치가 좀 있었으면 늦게 들어오지 그랬어?"

사랑에게 지지 않고 대꾸하는 늘천이다. 집주인의 타박에도 기가죽지 않는 그 모습이 뻔뻔하기까지 하다.

"차라리 고양이에게 생선가게를 맡기라고 해라."

사랑이 큿, 콧방귀를 뀌고는 남은 맥주를 입 안 가득 털어 넣었다. 마음앓이 하는 게 안타까워 도와줬더니 녀석이 숨은 공신도 알아보지 못하고 건방지게 군다.

때맞춰 산희가 주방에서 두 사람을 불렀다.

"밥 다 됐어. 다들 와!"

식탁에 저녁을 차려놓고는 뿌듯한 얼굴을 하고 있는 산희를 보자마자 늘천의 얼굴에 미소가 번졌다. 신부가 차려주는 상을 처음 받아본 새신랑처럼 화색이 도는 그 얼굴에 사랑의 눈이 다시금 가늘어졌다.

'뭔가 수상한데.'

묘하게 자연스러운 터치, 목각인형처럼 삐걱대던 예전과 달리 촉촉한 눈빛, 오가는 시선 속 스며들어 있는 애정표현.

했네, 했어.

사랑이 고개를 설레설레 저으며 두 사람에게서 시선을 거두었다. 산희가 이렇게 사랑을 받으며 평범히 연애를 하는 데에 대한 안도감과 동시에 아이에서 어른이 된 딸을 바라보는 심경이 차례로 교차했다.

울리기만 해봐라. 콱 그냥.

예전에는 귀여운 동생이었다가 이제는 어떤 짓을 해도 얄미워 보이는 늘천을 한 번 흘겨본 사랑은 장식장에서 큰 접시 하나를 가져왔다.

"언니, 안 앉고 뭐해?"

"맛나게 먹으려다가 체할 것 같아서."

사랑이 어깨를 으쓱거리고는 큰 접시에 밥과 반찬을 조금씩 덜었다. 뷔페에 온 듯 음식을 덜고 수저를 챙겨 방으로 올라가려던 사랑이 고개를 돌려 경고를 했다.

"나 간다고 너희, 야한 짓 하지 마라?"

"언니!"

"저거 믿지 마, 하늘천 저거. 남자는 다 늑대야, 동생아."

사랑은 늘천을 경계하라는 지속적인 충고를 계속했다. 하지만 산희를 향하는 부드러운 늘천의 눈빛을 보고는 가벼운 웃음을 터트렸다.

"뭐, 예전에 비해 많이 느슨해지긴 했다만. 너랑 연애해서 그런가 보다, 야. 다가가기 쉬워졌어."

"너 다가오라고 쉬워진 거 아니거든."

"싸가지 없는 건 여전하다만."

쯧쯧, 혀를 찬 사랑은 곧장 방으로 올라갔다. 그런 언니를 물끄러미 바라보고 있던 산희는 조금의 복잡한 심경에 사로잡혀 늘천의 맞은편에 자리를 잡고 앉았다.

"왜 거기 앉아? 옆으로 와."

늘천이 옆자리를 두드렸다. 산희는 못 이기는 척 늘천의 곁에 자리를 잡고 앉았다. 그녀가 앉기 무섭게 의자를 바싹 끌어당긴 늘천은 단둘이 되어 기쁘다는 얼굴로 그녀가 만들어 준 음식을 맛보기 시작했다.

"이햐, 맛있다."

"그래?"

"완전! 좋은 아내가 되겠다, 강산희."

음식을 만드는 여자의 뒷모습이 그렇게나 예쁜 줄은 꿈에도 몰랐던 늘천이다. 가끔 어머니가 부엌에 서 있으면 그 모습을 바라보는 아버지의 얼굴이 흐뭇해지곤 했었는데 이제야 그 이유를 알겠다. 자신을 위해 음식을 해주는 사실도, 그 모습도 너무나 아름다워 보인다. 맛이 없을 리가 없다.

음식 찬송을 하는 늘천을 물끄러미 바라보고 있던 산희는 들고 있던 젓가락을 가만히 내려놓았다. 대신 물을 한 모금 마시는 그 모습에 늘천이 고개를 갸웃거리며 그녀를 바라봤다.

"왜 그래, 먹다 말고?"

"왜일까?"

"뭐가?"

"하늘천에게 다가가기 쉬워진 이유 말이야."

심각한 산희의 물음에 늘천이 풋, 웃음을 터트렸다. 방금 전 사랑의 그 말이 가시가 되어 박힌 모양이다.

"내가 다가가기 어려운 남자였으면 좋겠어? 언제는 빡빡하게 군다고, 그러다 사회생활하기 힘들어진다고 걱정만 하더니."

"그건 그렇지만."

"날 독점하고 싶다 이거지."

늘천의 정확한 지적에 산희의 얼굴이 발갛게 달아올랐다. 단 한 번도 생각해본 적 없던 독점욕에 목구멍이 죄여왔다.

"정 불안하면 도장이라도 빨리 쾅 찍어놓던가."

가볍게 말하는 늘천과 달리 산희는 제법 심각했다. 도장이라는 말에 잠시 고민하더니 쪼르르 올라가 빨간 립스틱 하나를 공수해온 산희가 입술에 꼼꼼히 바르더니 이내 늘천의 목에 입술을 꼭 눌렀다. 입술이 뭉개질 정도로.

기습 공격에 밥을 먹던 늘천이 당황하고 말았다. 젓가락으로 소시지 한 점을 집은 채 그대로 굳어버린 늘천은 눈만 굴려 자신에게

달려든 산희를 바라봤다. 갓 피어오른 꽃송이가 여인의 향기를 뿜어
내고 있었다.

"네 말이 맞아. 난 널 독점하고 싶은 모양이야."

"그럼 이런 도장으로 되겠어? 제대로 된 키스마크를 새겨줘야지."

"키스……마크?"

아무것도 모른다는 얼굴을 한 산희가 눈을 끔벅거리다가 이내
늘천의 다른 쪽 목으로 입을 가져다댔다. 늘천의 다리 사이에 무릎
을 대고 허리를 숙인 산희가 늘천의 목덜미를 잘근잘근 씹기 시작
했다. 혀를 내밀어 키스를 하고, 쪽 빨아대다가는 다시 이를 세우는
그녀 탓에 늘천의 손에 들려 있던 젓가락은 바닥으로 곤두박질 치
고 말았다.

"야한 짓 하기만 해봐라! 가만두나."

사랑의 경고에도 불구하고 늘천의 머릿속은 금방 복잡해지고 말
았다.

목에 든 멍이 평생토록 남아 있었으면 좋겠다.

분홍빛 키스마크, 그것은 늘천의 독점욕까지 단번에 불타오르게
만들기 충분했다.

*

"네 말이 맞아. 난 널 독점하고 싶은 모양이야."

산희가 갈수록 성장한다. 이 일을 어찌하면 좋을까. 기쁘기도 하고 난감하기도 하다. 솔직한 그녀가 반응할 때마다 행복하면서도 무의식중에 튀어나온 진심이 늘천의 남성성에 깊은 흠집을 남겼다.

"신기해. 기분이 엄청 좋고 그렇지는 않았는데 그거 하나는 좋았어. 너랑 가까워진 거. 남들이 모를 만큼 더 가까워진 거."

생채기가 났으니 만회하기 위한 방법은 단 한 가지. 공부뿐이다. 이론보다 실전 경험이 더 도움된다는 것쯤은 알고 있는 늘천이지만 첫사랑인 산희를 두고 어디를 다녀올 수도 없는 일. 이론부터 빠삭하게 익혀두는 편이 좋겠다 싶었다.

그래서 등장한 것이 그 유명한 야동이다. 이야기가 있는 것부터 없는 것까지, 소프트부터 하드코어까지, 그러다 정신이 혼미해질 즈음이면 만화와 소설로까지 다양하게.

처음 알았다. 파도, 파도 넓은 그런 세계가 있는 줄은. 끝이 없는 깊이와 다양성에 놀라고 당황한 것도 처음이지 보다 보니 또 이게 중독이 된다. 일주일 정도에 걸쳐 놀람, 당황, 중독, 해탈의 경지까지 두루두루 맛본 늘천은 사뭇 초췌해진 얼굴로 자신의 방, 동굴을 빠져나왔다. 곰이 인간이 되듯, 남은 것은 실전뿐이다.

산희를 맞이할 준비를 하다 거울을 봤다. 목덜미의 키스마크가 꽤 옅어져 있었다. 그녀가 오면 다시 만들어 달라고 해야겠다는 생각을 하며 방을 둘러보았다.

시트는 깨끗하게 빨았고, 청소도 오케이, 케이크도 퍼펙트, 와인 대신 포도 주스에 소주를 타긴 했지만 괜찮겠지? 돈이 부족한 학생

인걸.

이로써 만반의 준비는 끝났다.

집 앞에 와서 조용히 대기하는 산희를 데리고 조심조심 2층으로 올라왔다. 숨을 죽이고, 발소리를 죽이고. 그러다 삐걱, 계단 한 부분에서 낡은 나무 소리가 나면 흠칫 놀라기까지 하며.

"부모님은 안 계시고, 형은 나갔다니까."

"저번에도 그런 줄 알았는데 산이 오빠 있었잖아."

"그땐 있는 줄 알고 있었어."

"알면서 자빠트린 거야?"

"야, 말을 해도 꼭. 덮쳤다고 해주라."

방에 올라오자마자 침대에 걸터앉은 산희가 한숨을 폭 터트리자 늘천이 웃으며 그녀의 맞은편 바닥에 가부좌를 틀고 앉았다. 산희의 양손을 맞잡고 손등에 쪽쪽, 버드키스를 퍼붓자 그런 늘천을 바라보고 있던 산희는 입술을 배죽거렸다.

"도둑고양이 같아."

"애묘인으로서 한마디 할게. 길냥이라고 하는 거야."

"표현을 하자면 그렇다 이거야."

떳떳해야 할 사이이건만 살금살금 집에 기어 들어오는 이 상황이 마음에 들지 않는다. 물론 서로를 원하는 일이야 자연스러운 행동인데다가 함께 호텔을 드나들고 싶지도 않지만.

아이러니의 끝이다.

"서로 사랑을 하는 게 나쁜 일이야?"

"……아니지."

"그런데, 싫어?"

단도직입적으로 묻는 늘천의 기세에 눌린 산희의 입술이 오리처럼 비죽 튀어나왔다.

좋다, 혹은 싫다. 그렇게 간단한 흑백논리로 설명할 수 있는 문제가 아니다.

하늘천이 좋긴 한데 장소와 시간을 정해두고 관계를 갖는 것은 싫다. 좋은 건지 조금은 헷갈릴 때도 있고, 불안할 때도 있다. 이렇게 하는 것이 늘천을 향한 충동적인 사랑 때문임을 알면서도 그와 동시에 죄의식을 느낀다. 이 사회의, 그리고 부모님의 오랜 가르침에 세뇌가 된 것인지 아니면 그것이 정말 정당치 않은 것인지. 나아가 도덕과 자아의 사이에서 갈팡질팡하게 되고 마니 더 어렵기만 한 문제다.

"데이트하는 게 목적인데 하다 보니 잿밥에 더 관심이 있는 것 같아, 너."

"난 데이트도, 잿밥도 다 관심 있어."

늘천의 간단한 대답에 산희의 입속 한숨은 더욱 짙어져만 갔다.

"하다 보면 꼭 그런 생각이 들어. 내가 좋은 건가, 몸이 좋은 건가."

"무슨 그런 말도 안 되는 소리가 다 있어?"

"왜, 젊을 때는 한창 불타오른다잖아. 남자들이 한창 욕구 조절이 안 될 시기가 이때라고 하고."

"네가 모르나 본데 남자는 서른부터야."

"네가 어떻게 알고?"

"해보니 알겠어. 넌 내가 서른이 된 후부터 매일 세계 일주를 하게 될 거야."

자신만만하게 대답하는 늘천의 모습에 산희는 풋, 웃음을 터트리고는 진지한 얼굴로 그를 바라봤다. 얼굴만 봐도 사랑이 샘솟는 지금, 욕심 많은 강산희의 작은 소망을 털어놓고 싶어졌다.

"우리, 만나기 시작한 이후로 줄곧 이런 이야기만 하는 거 알고 있어?"

"네가 하고 싶은 이야기가 뭔데?"

"학업이나, 네 속마음이나, 우리의 미래라던가. 왜, 연인들만 하는 좀 더 깊은 대화."

너와 나의 마음이 더욱 단단하게 이어질 수 있는 그런 것. 조금 더 깊게 서로를 이해할 수 있는 것. 그녀가 그의 버팀목이 되어줄 수 있고, 그가 그녀의 포근한 의자가 되어줄 수 있는 그런 관계.

산희를 빤히 바라보고 있던 늘천이 그녀의 손을 만지작거리던 것을 멈추었다. 진지한 얼굴을 한 그가 찬찬히 머릿속을 더듬었다.

"학업은 요즘 너 때문에 힘들고, 내 속마음은 별다른 고민 없이 평온하고, 남은 건 우리의 미랜데……."

말을 잇던 그가 뒤통수를 벅벅 긁었다. 산희가 원하는 것을 당장 이루기란 좀 힘들다고 생각한 모양이다.

억지로 진지해질 필요가 있을까, 진심이라는 게 고작 말로 전해지는 거였던가?

"어렵게 생각하기 시작하면 다 어려운 것 같지 않아? 난 최대한 단순하게 생각하고 싶어."

"단순의 끝판왕이 나야, 강산희. 그런데 있지, 생각처럼 마음이 잘 전해지지 않아. 눈빛을 보고, 행동을 보고, 그래서 전해지는 것들이 있는가 하면 말로 하지 않으면 전해지지 않는 것들도 있어. 그건 우리가 제일 잘 아는 거 아냐?"

산희가 차분해진 얼굴로 또박또박 문제점을 짚었다. 그제야 늘천은 고개를 끄덕였다. 서로가 원하는 바를 제대로 이야기하지 않아 좀 더 오래 돌아왔던 두 사람이 떠오른 탓이다.

끊임없이 생각하고, 자문하고, 그래서 비로소 확실해진 다음에야 말을 꺼내는 성격의 늘천은 머뭇거리며 자신의 이야기를 꺼냈다. 누구에게도 하지 않았던 자신의 미래를.

"의대에 진학하긴 했는데 아무래도 난 의사 쪽은 안 될 것 같아. 여러 가지 동물 실험에 반대하는 입장이거든. 베건(veggan)은 되기 힘들지만 무의미한 살생은 피하고 싶어. 발전을 위해 꼭 필요한 일이라는 건 알아. 하지만 공부를 하다 보면 생명을 하나의 실험도구로 생각하는 사람이 많다는 걸 알게 돼. 발전을 하기 위해 수많은 인재를 양성해야 하고, 그러려면 초보를 전문가로 만들어야 하지. 그 과정에서 얼마나 많은, 이미 세상에 나와 있는 실험이 반복되어야 한다고 생각해?"

자신의 미래를 이야기하는 늘천의 눈이 그 어느 때보다도 진솔하게 빛났다. 그런 그를 자세히 들여다보는 산희의 가슴이 두근거리기 시작했다.

"환경보호나 야생동물을 보호하는 쪽에서 일하고 싶어. 의학 전문 변호사가 되고 싶은 마음도 있어. 수술 도중 의사의 실수로 일어나는 사고나 사건 등을 전문적으로 맡아서 환자나 그 가족들을 변호해주는 거야. 일반 사람들은 수술 경위, 과정, 용어를 어려워하잖아? 눈 뜨고 코 베이는 일 없게, 내가 도와주고 싶어. 생각은 많이 하는 중이야. 물론 내가 하고 싶은 쪽으로 가려면 더 공부를 해야 하고. 그전에 군대도 다녀와야겠지."

"군대라……."

늘천의 언급에 산희의 얼굴이 순식간에 어두워졌다. 앞으로 통과해야 할 수많은 관문 중 가장 앞에 닥친 것이 실감이 났기 때문이다. 단 한 번도 생각해본 적 없었고, 주변 동기들이 군대에 간다고 해도 별 감흥이 없던 산희의 심장이 처음으로 군대라는 단어에 반응해 덜컹했다.

그녀의 모습을 잠자코 지켜보던 늘천이 웃으며 그녀의 뺨을 어루만졌다.

"어디 걱정돼서 널 두고 군대나 다녀올 수 있을지 몰라. 곰신이, 바람피우는 거 아니지?"

"요즘 바람은 군대에서 잘 분다던데."

산희가 눈을 흘기자 늘천이 웃으며 자리에서 일어났다. 아직은 먼일의 이야기라고 생각한 그는 대수롭지 않게 넘겨버리고 책상 밑에 숨겨왔던 케이크를 꺼내왔다.

"자, 이제 현실적인 이야기는 그만 하고."

"동화 속 세계로 들어오라고?"

"우리 사귀는 게 동화처럼 꿈같은 일인가?"

"해피엔딩으로 끝나야 하는 일이지."

장난스럽게 대꾸하는 산희의 얼굴이 기쁨을 숨기지 못하고 있다. 서프라이즈 이벤트는 어쨌든 성공은 한 모양이다. 케이크를 꺼내 그 위에 '100'이라는 초를 꽂았다. 옆에 두었던 페트병을 들어 싸구려 와인잔에 포도 소주를 쫄쫄 따라준 늘천이 조금은 거만하게 턱을 추켜올렸다.

"우리의 100일을 축하하며."

"다른 사람에게는 차갑지만 내 여자에게는 따뜻하겠지. 그런 콘셉트야?"

"당신의 눈동자에 건배 콘셉트다, 짜샤."

늘천이 잔을 부딪쳐왔다. 그리고는 주머니를 뒤져 늘천의 이름이 적힌 은 목걸이 하나를 꺼냈다.

"사귄 지는 비록 100일이 된 거지만 우리가 만난 시간은 그보다 더 많잖아. 오랜 세월 동안 널 알았고, 널 봐왔어. 미웠던 적도 있었고, 싫었던 적도 있었고, 그러다 불쑥 네가 마음에 들어왔어. 그래서 난 지금 이렇게 사귀는 게 다른 사람들처럼 가볍게 스쳐 지나가는 일이라고 생각하지 않아. 불안한 미래도 생각나지 않아."

"지금 목줄 채우는 거야? 도망가지 못하게?"

산희가 발개진 눈가를 하고 후후 웃었다. 산희가 등을 기대고 있는 매트리스 위에 앉은 그가 산희의 목에 목걸이를 걸어주었다. 그리고는 그녀의 등 뒤에서 포근히 감싸 안아왔다.

"현재에 충실하게 널 사랑할 거야. 그럼 분명 미래에서도 널 충실히 사랑하겠지."

"충실한 대답이네."

산희가 늘천의 무릎에 얼굴을 파묻고 눈물을 쿡쿡 찍어냈다. 킁, 코를 마시며 호흡을 가다듬은 그녀가 역시 주머니를 뒤져 무언가를 바스락거리며 꺼냈다. 그리고는 자신을 안고 있는 그의 팔목에 무언가를 걸었다. 산희의 이름이 새겨진 팔찌였다.

"우리, 너무 오래 보긴 했어. 선물도 비슷한 걸 가져오는 걸 보면. 그치?"

"야, 이런 분위기에서는 '우리 운명인가 봐!' 귀엽고 깜찍하게 말해줘야 남자의 하트에 화살이 꽂히지."

"나한테 너무 닭살멘트를 요구하진 마."

산희가 웃으며 그의 팔목에 팔찌를 채웠다.

"사실 네가 좋아하는 물건을 사줄까 많이 고민했었어. 하지만 앞으로도 좋아하는 건 사줄 수 있으니까 이걸로."

"좋네, 강산희 거라는 티 팍팍 나고."

"수갑이야. 나한테서 떨어질 수 없다고, 너."

산희가 늘천의 팔목에 가볍게 입을 맞췄다. 그러자 늘천이 몸을 부르르 떨며 산희를 감싼 팔에 힘을 주었다.

"그것도 꽤 짜릿하다."

"내 포로가 된 기분이 어때?"

"무척 만족스러워."

"포로가 만족스러우면 안 되는 건데."

산희가 키득키득 웃고는 늘천의 손을 잡아 케이크를 그의 검지로 푹 찍었다. 그리고는 그 손에 묻은 새하얀 크림을 혀로 날름 핥아먹었다.

"이렇게 내가 만족스러워야 하는 건데."

유혹하는 법을 어디서 배우기라도 한 것 같다. 상대가 강산희라는 사실 하나만으로도 버티기 힘든데 이제는 분홍빛 혀를 날름거리며 유혹을 한다. 굵은 그의 손가락을 혀로 감싸며 가볍게 빨아들인 그녀가 반쯤 풀린 눈을 한 채로 입맛을 다셨다. 자그마한 혀가 입술을 핥아 올리는 그 순간.

젠장! 늘천이 졌다. 늘 있는 일이지만.

"전생에 요부였을 거야. 나라를 쥐고 흔들 만큼의 요부."

"네 앞에서만 이렇게 변하는 걸."

그 말에 얼마만큼의 파괴력이 있는지 모르는 걸까. 악의 없는 말이 더 나쁘다는 것을 느끼며 늘천은 산희의 입술에 크림을 묻혔다.

"이런 용도로 사용할 생각은 없었는데."

순식간에 산희의 입술을 덮친 늘천이 그녀에게로 몸을 붙였다. 크림이 묻은 곳을 찬찬히 핥았다. 입술에서는 달콤한 크림 맛이 났다. 그 맛이 늘천을 재촉했다. 영상으로 보고 배운 이론들이 머릿속에 스쳐 지나갔지만 이내 펑! 산산조각으로 분해돼 흩어져 버렸다. 남은 것은 본능뿐이다.

늘천의 움직임이 빨라졌다. 그는 거추장스러운 옷을 벗어젖히고 그녀의 웃옷에 손을 뻗었다. 환한 불빛 아래 처음으로 산희의 가슴이 고스란히 드러났다.

"나, 부끄러워."

"예뻐. 정말로."

늘천이 그녀의 가슴에 손을 댔다. 기다란 손가락이 천천히 그녀의 가슴 모양을 따라 움직였고 그와 함께 그의 진득한 시선이 따라 붙었다. 늘천의 아래에 깔려 그의 모습을 지켜보는 산희의 심장이 거세게 뛰기 시작했다.

"흐읏."

실핏줄까지 보이는 새하얀 가슴이 예쁘다. 늘천의 손가락이 배회할 때마다 뾰족하게 튀어 오르는 분홍빛 젖꼭지도 더없이 사랑스럽다. 그에게는 미지의 세계나 다름없는 여체의 아름다움을 알려준 산희를 바라보며 늘천은 유리 공예품보다도 더 조심스러운 손길로 그녀를 애무했다.

누구도 손댈 수 없는 정점의 열매가 그의 가느다란 손에 잡혔다. 그의 손안에서 부풀어 오르는 열매를 굴리던 그는 고개를 내려 입에 머금었다. 산희의 살냄새가 향긋하게 풍겨 왔다. 그녀의 맛이 입 안 가득 퍼져 나갔다. 낙원 그 자체다.

늘천은 탱글탱글하고 탄력 있는 그것을 다른 한 손으로 잡아 쥐었다. 동그랗던 그것이 그의 손안에서 모양을 바꾸는 모습에 그의 눈동자가 열기로 일렁거렸다.

"하악!"

산희의 입에서 새된 탄성이 터져 나왔다. 늘천은 고개를 들어 그녀의 교성 하나 남김없이 입 안으로 삼켜버렸다. 조심스러운 손길과는 달리 키스는 야만적이었다.

"내가 네 전부였으면 좋겠다."

불꽃처럼 타오르는 늘천의 고백에 산희가 숨을 토해 내며 두 눈을 동그랗게 떴다. 그에게서 옮은 불씨가 그녀의 가슴속에서 뜨겁게 타오르는 것이 느껴졌다. 넘실거리는 불꽃이 그녀를 몽땅 삼켜버릴 것처럼 커다래졌다.

"넌 내 거야. 기억해, 강산희."

그가 어린아이 같다. 이글거리는 두 눈으로 어린아이처럼 칭얼대며 보채는 그 모습에 마음이 사르르 녹아내린 산희가 웃으며 양팔을 들어 올렸다. 그리고는 덩치만 크지 아직 불안정한 늘천을 보듬어 안았다.

"태산이 높다 하되 하늘 아래 뫼이로다."

그 어떤 말로도 대신할 수 없는 고백에 늘천이 미소 지었다. 그리고 그를 끝으로 두 사람은 말이 필요 없다는 듯 서로에게 몰두했다.

늘천의 입술이 그녀의 입술에 내려앉았다. 아까와 달리 부드러운 키스로 그녀를 달랜 그는 눈, 코, 뺨, 목덜미, 쇄골에 자잘한 키스를 퍼부었다. 그러다 그녀의 손을 든 늘천이 그녀의 약지를 강하게 깨물었다. 그리고는 산희가 그랬듯 그녀의 손가락 위에 작은 키스마크를 만들었다.

"예약한 거야. 언젠가 너의 손에 끼워줄 반지의 주인은 나라는 걸 기억해."

동그란 어깨와 둥글게 솟아오른 가슴 주변을 뱅뱅 돌던 늘천의 입술이 그녀의 납작한 배로 향했다. 천천히 입술을 내린 그는 산희의 새하얀 허벅지를 벌려 그곳에 흔적을 남겼다.

"하악, 읏! 하늘……!"

그를 원하는 그녀의 교성은 진실했다. 청명했고, 솔직했다. 그만하고 자신에게 와달라는 그 울부짖음에 늘천은 짓궂게 심술을 부렸다. 자꾸, 더, 그녀가 매달렸으면 좋겠다. 울었으면 좋겠다. 안달했으면 좋겠다. 그의 욕심이 그녀를 괴롭혔다.

"제발, 제발!"

아직은 안 된다.

늘천은 고개를 저으며 그의 탐구 정신을 불태웠다. 허벅지 사이로 보이는 그녀의 은밀한 부분은 잔뜩 젖은 채 그를 원하고 있었다. 그가 혀를 내밀어 그녀의 팬티 위를 쓸어 보았다.

"하악!"

새된 신음이 뿜어져 나왔다. 산희가 허리를 튕기자 늘천은 놓치지 않고 그녀의 엉덩이를 잡았다. 탱탱하고 탄력 있는 엉덩이를 잡아 단단히 고정시킨 그는 그녀의 오아시스에 얼굴을 묻었다.

"너…… 무해."

금방이라도 숨이 넘어갈 것 같다. 그와 동시에 그의 머리털도 한 움큼 뽑혀 나갈 것 같다. 이러다가는 대머리가 되고 말겠다는 생각에 그가 몸을 일으키며 느긋하게 입술을 핥았다. 그녀의 맛이 입 안 가득 퍼져나갔다.

"사랑해, 강산희."

그의 달콤한 고백이 산희의 눈을 뜨게 만들었다. 얼굴을 가리고 있던 그녀가 손을 치우고 고개를 빠끔 내밀자 늘천이 기다렸다는 듯 입을 맞췄다.

"그만 얼굴 좀 보여줘. 네 얼굴 보고 싶어."

늘천이 빠른 속도로 바지를 벗더니 산희의 안으로 질주해 들어갔다. 생각하지 못한 타이밍에 놀란 산희가 신음을 삼키며 그에게 매달렸다. 오랜 시간 동안 공을 들인 덕에 진입은 수월했다. 산희도 아파하지 않았고, 몇 번의 시도도 필요하지 않았다.

늘천의 이마를 타고 땀방울이 흘러내렸다. 산희가 손을 뻗어 그의 이마를 훔쳤다. 그러자 그가 더욱 거칠게 몸을 움직였다. 예전에는 그저 넣고 흔드는 것뿐이었던 그의 동작이 제법 자연스러워져 있었다. 박자를 맞추는 피스톤 동작도 그러했고, 은근히 강약을 조절하는 세기도 마찬가지였다. 늘천의 노력이 헛되지 않았다는 것을 증명하듯 산희는 천천히 언덕을 올랐다.

"하아……."

에베레스트 정상으로 등반하기까지는 아직 시간이 걸리리라. 늘천의 테크닉은 아직 뒷산 언덕 등반 수준이었지만 산희는 처음에 비해 잔뜩 느끼고 있었다. 아픔뿐이었던 처음에 비하면 대단한 발전이 아닐 수 없었다.

"난 네 곁에 이렇게 있어."

산희의 그 말에 늘천이 웃었다. 그녀가 좋아하는 새하얀 이를 드러낸 소년, 그녀만의 영원한 소년!

"아훗."

그녀의 뜨거운 몸 안에서 늘천이 요동했다. 들썩이는 그의 몸에 딱 맞게 맞물린 그녀의 몸이 사정없이 그를 죄여왔다. 뜨거웠고, 부드러웠고, 포근했다. 그와 동시에 그를 천국으로 몰아붙였다.

끝은 언제나 함께였다. 시작이 그러했듯. 앞으로도 그러길 바라면서.

산희의 몸 위로 무너진 늘천은 가쁜 숨을 내쉬며 젖은 그녀의 몸을 매만졌다. 그녀와의 일체감이 그에게 무한한 만족감을 주는 중이었다.

"남자는 다 늑대야, 정말."

"하늘천도?"

"인정하고 싶진 않지만 나도. 하지만 한 가지 덧붙이자면 늑대는……."

"평생 한 마리의 암컷만 보며 산다고? 식상해."

"아니, 늑대는 웬만한 먹이로는 성에 안 찬다고. 늘 굶주려 있다고. 아직도 나는 배고프다고."

"꺄악!"

산희가 늘천에게서 도망치고자 몸을 움직이자 그보다 먼저 그가 그녀를 품에 안았다.

"어딜."

어디에도 보내지 않겠다는 듯 그녀를 안고 몇 바퀴 구른 그는 강아지처럼 그녀와 장난을 치다 그만 까무룩 잠이 들고 말았다. 잠에서 깨어난 것은 어느 정도 시간이 지난 뒤였다.

똑똑똑.

잘못 들었나 싶어 몸을 곧추세우며 긴장한 늘천의 귀에 다시 한 번 노크 소리가 들려왔다.

똑똑똑.

이번에는 똑똑히 들었다.

"늘천이, 안에 없니?"

문 하나를 사이에 둔 사람이 엄마라는 것을 안 순간, 비몽사몽 한 얼굴로 서로를 바라보던 두 사람의 행동이 바빠졌다.

방문이 열리기까지 꽤 오랜 시간이 걸렸다. 아무리 숨죽여 옷을 입고 준비를 한다고 해도 얇은 문 너머의 소란을 모를 엄마가 아니었다. 아들의 방 앞에서 기다리는 배 여사의 마음이 시시각각 변해가고 있을 무렵, 늘천이 배꼼 고개를 내밀었다.

"무슨 일이에요?"

한 손에 들린 편지봉투를 팔짱을 낀 팔에 소리 나도록 내리치고 있을 무렵이었다. 나른하면서도 벌게진 얼굴을 하고 나온 늘천의 머리가 잔뜩 눌려 있었다. 얼굴만 봐도 무슨 일인지 알 수 있는 '내가 낳은 자식'의 뒤로 옆집 산희가 슬그머니 고개를 내밀었다.

"아, 아줌마, 안녕하세요."

"어머, 산희야. 네가 왜 거기서 나오니?"

"아, 그게……."

뭔가 이상하다는 것을 '어머니의 육감'으로 느끼고 있던 배 여사였지만 산희의 등장은 예상하지 못했던 탓에 당황하고 말았다. 아이들의 두 배 넘는 세월을 살아온 만큼 두 사람 사이에 있었을 법한 일들이 머릿속을 스쳐 지나간 탓이다.

늘천이 재빠르게 변명했다.

"나 병문안 온 거야."

"너, 어디가 아픈데? 오늘 아침까지 멀쩡했잖아."

"아, 약간…… 감기 기운이 있어."

변명치고는 그럴듯하지 못하다. 병문안이라는 단어가 늘천의 입에서 나오자마자 산희의 얼굴은 구겨졌고, 배 여사의 얼굴에는 의심이 더 짙어졌다.

가만히나 있지. 바보, 하늘천!

배 여사가 두 사람을 번갈아 보며 못마땅하다는 투로 말을 꺼냈다.

"병문안 와서 둘이 한숨 자기라도 한 거니? 둘 다 꼴이……."

하여간 사내자식들이란. 저것들은 내 뱃속으로 낳은 자식들이지만 아주.

하지만 아무리 욕을 하더라도 팔은 안으로 굽기 마련. 산희를 살펴보는 배 여사의 얼굴이 못마땅하게 구겨졌다. 오랫동안 산희를 봐온 배 여사로서 산희는 친구로서는 괜찮지만 아들의 애인으로서는 마땅치 않은 상대라고 생각했기 때문이다. 아들이 하는 연애, 아들 마음에만 들면 됐다고 생각하는 마음이 한편에 있지만 또 엄마로서 바라는 아들의 연인 역시 다른 쪽에 자리 잡고 있었다.

엄마의 욕심이란.

배 여사가 한숨을 푹 내쉬고는 묘하게 들떠 있는 두 사람의 얼굴을 차례로 확인했다. 그리고는 이제까지 아껴왔던 속내를 털어놓았다.

"아무리 너희 둘이 소꿉친구고 허물이 없다고는 하지만 산희 너도 이제 대학생이야. 늘천이 방에 함부로 드나드는 건 자제해야 하지 않겠니?"

"엄마, 그게 아니라……."

늘천이 나서서 역성을 들려는 순간, 산희가 그의 팔을 잡아당겼다. 하지 말라는 듯 고개를 젓는 탓에 불끈 솟아오르던 마음을 가까스로 참아낸 늘천이 입을 다물었다.

두 눈에 쌍심지를 켜고 산희의 편을 드는 늘천이 낯설지 않다는 듯, 배 여사는 한동안 아들을 바라보고 있다가 몸을 돌렸다.

"그나저나 일단 밑으로 내려가자. 자세한 이야기는 그때 듣기로 하고."

따라오라는 듯 먼저 계단을 내려가는 배 여사의 등을 가만히 바라보고 있던 늘천이 다부지게 산희의 손을 잡았다. 어떤 말을 듣게 되더라도 내가 네 방패가 되겠다, 그리 말하는 그의 어깨가 듬직했다.

매번 이런 패턴이야!

노크 소리에 놀라 허겁지겁 매무새를 고치면서 울상을 지었던 산희다. 산이 들어왔을 때도 심장이 떨어지는 줄 알았는데 이번에는 어머니다. 배 여사에게 들킨 사실을 걱정하며 내가 다시는 하늘천 방에 오나봐라, 굳게 다짐을 하며 거실로 내려간 그녀는 깜짝 놀라고 말았다. 늘천의 아버지 하 박사와 배 여사, 막 들어온 것처럼 보이는 하산이 모여 앉아 있었기 때문이었다. 집에 가야 하나, 아니면 가족 모임에 끼어야 하나 눈치를 보던 산희는 늘천을 따라 곁에 다소곳이 자리를 잡고 앉았다. 처음으로 느껴보는 숨 막히는 분위기에 압도되어 눈치를 살펴야만 했다.

"무슨 일이에요, 다들?"

무겁게 가라앉은 분위기가 낯설었던 늘천이 먼저 입을 열었다. 산희를 보면 반갑게 맞이해주던 하 박사도, 평소와 다르게 잔뜩 날이 선 배 여사도 참 이상했다.

"유학 말이다."

신중한 성격의 하 박사가 침묵을 깼다. 그의 입에서 나온 단어에 산희의 눈이 휘둥그레졌다.

"이제 곧 졸업반이고 해서 한 1년 정도 유학을 보낼 생각이었는데 말이다."

"저, 안 갑니다."

"아버지 말씀 끝까지 들어."

배 여사가 눈치를 주며 늘천의 태도를 탓했다. 경직된 어머니의 말에 늘천이 불만스럽게 입을 다문 채 하 박사를 응시했다.

"흠흠. 할 수만 있다면 최대한 미뤄보자고, 그렇게 말하지 않았었니? 내 의견에 너도 동의했다고 생각했다만. 지원했던 거냐? 해병 신검 날짜가 잡혀서 왔더구나."

배 여사가 한숨을 내쉬며 들고 있던 봉투를 탁자 위에 내려놓았다. 봉투에 찍힌 주소만으로도 알 수 있는 내용물이었기에 늘천은 두 눈을 커다랗게 떴다. 놀라지는 않았다. 다만, 현재 상황이 여의치 않기에 마음이 무거워졌을 뿐이다.

'운명인지도 몰라.'

'희건 선배가 좋아.'

산희를 알아오고, 외사랑에 마음 앓이를 하던 어느 날. 자기 이외에는 아무도 없으리라 자만했던 그의 앞에 나타난 희건의 존재, 그와 함께 흔들리던 산희의 마음. 그 마음을 처음 접한 순간, 고백에 충격을 받고 술에 취해 충동적으로 입대지원을 했던 게 떠올랐다.

지금껏 미뤄왔던 일이었고, 한 번은 꼭 가야 하는 곳이기도 했지만 늘천이 떠올릴 수 있는 단 하나의 도피처이기도 했다.

"대학을 졸업하기 전이나 졸업한 직후에 유학을 가는 게 어떻겠니? 언어연수 겸 1년 정도 있어도 좋고, 대학원을 아예 미국으로 가는 것도 좋겠지. 모든 것이 확실히 정해지기 전까지 잘 알아보고. 군대 문제가 가장 걸리니까 그것도 잘 체크해보고. 최대한 미룰 수 있을 만큼 미뤄보거라."

아버지와의 대화도, 미래에 대한 계획도 사랑 앞에서는 다 무용지물로 변해버리고 말았다는 것을 지금에 와서 말한다 한들 소용없는 짓이었다. 모든 비난을 산희에게 향하게 하고, 자신은 의지가 없는 한심한 아들이 될 것이 분명했다. 하지만 한 가지 분명하게 하고 싶었다. 도망을 치고 싶었던 마음도 있었지만 사실은 꼭 그렇지만은 않다는 것을.

"미래를 진지하게 생각해본 적 많습니다."

늘천이 불끈 쥔 두 주먹을 무릎 위에 올려놓은 채 말을 꺼냈다. 대단한 아버지와 프라이드 강한 어머니 밑에서 자라오면서 단 한 번도 의심해본 적 없던 자신의 '정해진' 미래에 대한 반발이었다.

"고등학생 때까지 저, 자율적으로 살아본 적이 없어요. 선생님들이 시키는 대로, 부모님이 원하시는 대로 그렇게 제 앞길을 생각했어요. 공부하는 것도 꽤 재미있었고, 성적도 원하는 대로 나오고, 그래서 전 당연히 의사가 되어야 한다고 생각해왔습니다. 그런데 대학에 와서부터 그런 생각이 들었어요. 내가 왜 의사가 되고 싶은가."

언제부터인가 나의 미래는 내가 정한 것이 아니라 부모님이 정한 것이 되어버렸다. 사회에 나가 기득권을 가질 수 있는 소수 계층으로, 부모님이 자랑할 수 있을 만한 권력을 지닌 것으로.

늘천은 맞은편에 앉아 묵묵부답으로 입장을 고수하는 형, 산을 바라봤다. 늘천보다 더한 기대를 한 몸에 받고 있던 형, 언제부터인가 '속을 모를 아이'처럼 행동하며 기대에 어긋났던 형.

"아버지는 늘 형을 못마땅하게 생각하셨죠. 능력도 있으면서 미용사가 되겠다던 형이 마음에 차질 않으셨죠. 분명 형이 택한 길을 하찮게 여기셨을 겁니다. 저도 그랬어요. 어릴 적엔 막 나가는 형이 이상하고, 또 이해도 안 됐죠. 편한 길을 놔두고 굳이 힘든 곳으로 향하는 형이 미친 것 같았죠. 그런데 아니었어요. 지금, 전 형이 어느 때보다도 대단하게 느껴져요. 형은 자신이 무얼 원하는지, 어떤 형태의 인간이 되고 싶은지는 정확히 알고 있으니까요."

말을 엮다 보니 머릿속 안개가 깨끗하게 걷히는 느낌이 든다. 늘천은 그 어느 때보다도 더 맑아진 눈으로 아버지와 시선을 똑바로 맞췄다.

"전 꿈이 없습니다, 아버지. 형처럼 가슴이 뜨거워지는 일이 무엇인지, 전 몰라요. 하고 싶은 것이 없으니 당연히 해야 하는 일도 모르죠. 아버지는 절 자랑스럽게 여기시지만 전 제가 자랑스럽지 않습니다. 내가 제일 잘하는 것이 공부라는 거, 솔직히 역겹거든요."

"꿈이 없어서 선택한 것이 고작 군대로 도망가는 거냐?"

"제대로 방황하고 싶어서 선택한 겁니다. 스스로 땀도 흘려보고, 지금까지 쌓아왔던 지식도 다 버리고, 틀에 박힌 생활을 하면서 머리를 백지화시키고 싶어요. 그다음엔 뭔가가 좀 보이겠죠. 내가 앞으로 무엇을 하고 싶은지. 실컷 방황한 후에, 늦더라도 헤맨 뒤에, 제 스스로 제 미래를 결정하고 싶어요."

산희를 만나 처음으로 자신이 무엇을 원하고 있는지 깨달았다. 원한다는 것이 이토록 절박해질 수 있구나, 원하는 것이 이토록 강렬하게 사람을 속박할 수 있구나, 처음으로 느꼈다. 그와 동시에 지금까지의 자신의 삶이 얼마나 무미건조하고 덤덤한 것이었는지 깨달았다. 의대 공부를 꾸역꾸역 하기만 했지 왜 해야 하는가, 어째서 하고 싶은가, 구체적인 생각을 해본 적 없다는 것을 깨달았다. 돈이 아닌 희생, 지위가 아닌 봉사, 명예가 아닌 노력이 요구된다는 사실도 잊고 있었다. 어쨌든 의대 공부는 그의 가슴을 뜨겁게 하지 못한다는 것을 알았다. 그리고 공부 이외에 자신이 무엇에 소질이 있고, 무엇에 관심이 있는지 알 수 없었다.

학생이라는 신분을 벗어던지고 난 다음, 나에게 남는 것은 무엇인가?

자문하기 시작하면서부터, 청춘의 방황은 무르익었다.

"이런 식으로 알리려던 건 아닙니다. 죄송해요, 기대에 부응하지 못해서."

사춘기 한 번 겪지 않았던 아들이었다. 부모의 기대대로 따라주던 순종적인 아들이었다. 제 고집이 세지만 그래도 묵묵히 갈 길을 가던 아들이었다. 그런 아들의 반항이 대학생이 된 지금 시작될 줄은 꿈에도 몰랐던 배 여사는 흥분을 감추지 못하고 입을 열었다.

"엄마가 그랬지? 너보다 오래 살아본 결과, 부모님 말이 옳아."

"옳은 길로만 가야 하는 건 아니지 않습니까? 옳고, 평탄한, 누군가 닦아놓은 길로 가고 싶지 않습니다. 제 길을 개척해보고 싶어요. 오르막이 있어도 좋고, 구불구불해도 좋아요. 제가 가는 길이 저에게는 옳을 수도 있다는 걸 왜 몰라요, 어머니?"

"너……."

배 여사가 흥분한 채 자리에서 일어나 한마디를 더 하려던 순간, 멈칫했다. 멍하니 앉아 있던 산희가 눈에 걸린 까닭이다. 배 여사는 들썩거리는 가슴을 감추지 못한 채 산희를 향해 날카로운 화살을 던졌다.

"산희야, 미안하지만 집에 돌아가 줄래? 아무래도 우리 가족이 좀 더 대화를 해야 할 것 같구나."

"네? 아, 네……."

산희가 몇 번 눈을 깜빡인 다음에야 자리에서 비틀비틀 일어났다. 앉아 있던 늘천이 그녀의 손을 꼭 잡으며 전화한다 속삭인 것도 같았지만 산희의 귀에는 제대로 들리지 않았다. 그 어느 때보다도 확고한 늘천의 의지와 함께 그가 선택한 군대만이 머릿속에 차올랐기 때문이다.

인사를 했는지도 기억이 나질 않는다. 왜 곁에 산이 있는지도 모르겠다. 한 가지 알고 있는 사실은 하늘천이 군대에 간다는 것이었다.

"어떡해, 말이 씨가 됐나봐."

어질어질한 기분을 감추고 담벼락에 손을 짚었다. 울어버릴 것 같은데 차마 눈물은 나지 않았다. 심장만 계속해서 벌렁거릴 뿐이었다.

"군대 한 번 가는 게 뭐 그리 큰일이라고."

산이 대수롭지 않게 중얼거렸다. 위로랍시고 하는 말인지, 아니면 불난 집에 기름마저 부어대는 것인지. 위로였다면 실패했다. 산희가 느끼는 감정은 후자였으니까.

"오빠."

"고작 해야 2년이야. 요즘은 2년도 채 안 돼. 뭐가 문제야?"

다녀온 사람이나 할 수 있는 담백한 답이다. 사회에 채 나가지도 않은 햇병아리 강산희가 견디기엔 조금은 커다란 관문이었고.

"지금 내가 느끼는 2년은 20년 같아. 태어나서 지금까지 이렇게 오래 떨어져 본 적 없었어."

"너도 떨어진 김에 찬찬히 생각해봐. 하늘천이 남친으로 괜찮은가."

"오늘처럼 찬란하기 짝이 없는 기념일에 폭탄을 맞았어. 기분이 어떨 것 같아? 그런데 오빠는 꼭 그렇게 이야길 해야겠어?"

"참 어리다, 너희 둘."

충격으로 얼룩진 얼굴을 하고 두 눈에 그렁그렁 눈물을 매단 산희를 어떻게 해야 할까. 산은 그녀의 등을 밀었다.

"어서 들어가라. 고민은 방에서 하라고."

마침 밖으로 나오는 사랑에게 눈짓을 해 산희를 인수인계한 산은 머리를 긁적이며 집으로 발길을 옮겼다.

늘천과의 오랜 대화 끝에 하 박사는 안방으로 들어가 버렸다. 냉랭하게 얼은 분위기 속에서 침묵만을 고수하고 있던 배 여사가 굳은 얼굴로 입을 열었다.

"그래, 어차피 한 번은 가야 할 곳이니 그렇게 하자고 치자. 아까 산희는 왜 네 방에 있었던 거니? 방에 불이 꺼져 있던데……."

쉽게 직역하자면, 너희 둘 거기서 뭘 했니?

배 여사가 잊어버리고 있길 바랐건만 그녀의 기억력이 녹록하지가 않다. 아들에 대해서라면 누구보다 날카로운 어머니의 레이더를 가만 바라보고 있던 늘천이 고민을 하다 조용히 진실을 털어놓았다.

"……오늘이 만난 지 100일이었어요."

"뭐?"

"저희 둘, 사귀는 중이에요."

차라리 거짓말이라도 했으면 좋았을 거라는 메시지가 배 여사의 얼굴에 떠올랐다. 방금 전, 단둘이 방 안에 있었다는 것에 대해 혼이 날 줄 알았지 두 사람이 사귄다는 사실에는 기뻐할 줄 알았던 터라 대답한 늘천의 얼굴에 당황이 떠올랐다.

"산희랑 네가?"

"엄마, 산희 마음에 들어 하셨잖아요."

"난 그런 적 없어."

"평소에 예뻐하셨잖아요?"

"그건 친하게 지내는 옆집 이웃 딸이었을 때의 이야기지."

단호하게 대답하는 배 여사의 모습에 놀란 늘천이 혼란스러운 얼굴로 물었다.

"엄마…… 산희가 마음에 안 드세요?"

배 여사는 그저 묵묵부답.

"왜요?"

그렇게 묻는 늘천에게 배 여사는 말을 아꼈다. 사내아이 같은 외모, 천방지축 개구쟁이 같은 성격, 그보다 더 싫은 것은 산희의 뒤치다꺼리를 하는 늘천이다. 어릴 적부터 늘 그랬다. 산희의 무거운 짐은 다 늘천이 들고, 산희가 원하는 게 있다면 가져다 바치고, 산희가 하자는 일에 옳다구나 따라나서는 모습을 보아왔던 배 여사는 두 사람의 미래가 눈앞에 그려졌다.

하지만 엄마 마음을 모르는 늘천은 좋다고 산희의 편을 든다.

"나도 뭐 하나 잘날 것 없어요."

"네가 왜 잘난 게 없니? 너 정도 외모에, 그만한 학벌에, 우리만한 집안에."

"엄마!"

이제는 다 컸다고 엄마를 향해 소리까지 지른다. 그 모습이 은근히 충격적이라 배 여사는 머리를 짚으며 소파에 등을 기댔다.

"산희도 귀여워요. 학벌? 나랑 같은 대학 다니잖아요. 집안은 또 어때서요."

"애, 내가 산희까지 예뻐해야 하니? 내가 원하는 스타일의 아이도 있어. 네가 좋아한다고 내 마음에까지 들어야 하는 법은 또 어디 있니?"

두 사람의 실랑이가 벌어지는 가운데 산희를 데려다 준 산이 돌아왔다. 그는 현관에서 운동화를 벗고 들어오며 한숨을 내쉬었다.

"좀 봐줘요. 밖에서까지 다 들리잖아. 이러다가 신고 당한다니까?"

산이 질렸다는 투로 머리를 헝클어트리며 저벅저벅 걸어왔다. 그리고는 제법 신랄하게 지껄였다.

"그리고 엄마도 좀! 놔둬요. 아직 애들이잖아. 지금 결혼을 한다는 것도 아니고. 나중에 헤어질 수도 있는데 지금 그래서 뭐해요?"

산의 지적에 배 여사는 신경질 난 얼굴을 한 채 안방으로 들어가 버렸고 남은 늘천은 태연하게 2층으로 올라가는 산을 바라보며 으드득 이를 갈았다.

방에 들어오자마자 음악부터 틀었다. 걸치고 있던 옷을 허물처럼 벗어 던지고 곧장 침대 위에 누운 산은 선반에 올려두었던 잡지를 집어 들었다. 자기만의 여가를 즐기려는데 방문이 노크도 없이 벌컥 열렸다. 늘천이었다.

"뭐냐, 너?"

무시무시한 얼굴을 하고 들어온 늘천을 바라보는 산의 얼굴이 무참하게 구겨졌다. 무작정 들어온 늘천은 밑도 끝도 없이 버럭 성질을 부렸다.

"네가 뭔데 그따위로 말을 해?"

"너?"

산이 들고 있던 잡지를 소리 나게 닫으며 상체를 일으켰다. 하지만 늘천의 귀에는 형의 경고가 들리지 않는 모양이었다.

"왜 멋대로 그딴 식으로 말을 하는 건데!"

"이제 돌았나. 입영 통지서 받았다고 막 나가냐? 네가 지원한 것 가지고 누구한테 화풀이야, 새끼야!"

산이 들고 있던 잡지를 늘천에게 던졌다. 늘천의 이마에 세로로 꽂힌 잡지가 흘러내리며 얇은 상처를 냈지만 늘천은 눈 하나 까딱하지 않고 산을 노려봤다. 실핏줄이 터져 붉어진 두 눈을 하고 고집스럽게 입을 앙다문 모습이었다.

"네가 뭔데 우리가 헤어질 수도 있다고 단언하는 건데?"

"어디서 뺨 맞고 나한테 와서 화풀이야? 그럼, 헤어질 수도 있는 거지, 사람 일이 마음대로 되는 줄 아냐?"

"안 헤어져. 쉬운 마음으로 만나는 거 아니야. 형이야 그 가벼운 마음이 갈대처럼 흔들리는 줄은 몰라도 난 아니라고!"

늘천은 고함을 질렀다. 힘겹게 매달려 있던 눈물 한 방울이 꼴사납게 뺨을 타고 흘러내렸다. 힘줄이 터져나갈 것 같은 주먹 쥔 손으로 눈가를 문질러 닦으며 그는 처음으로 형에게 난폭하게 굴었다.

"병신. 지금 네가 하는 사랑만 사랑 같지? 평생 이렇게 불타오를 것만 같지? 그 마음이 영원히 때 타지 않고 남아 있을 것 같지? 아니야. 시간은 흐르기 마련이고, 너도 변하기 마련이야. 그런데 사랑이라고 안 변할까."

"다른 모양으로는 변하겠지. 하지만 산희를 향한 마음은 안 변해. 그렇게 쉽지 않아. 예전부터 지금까지 죽 그래 왔어! 그렇게 쉽게 한 단어로 치부하지 마!"

모든 것이 변할 것 같다는 두려움은 늘천에게도 있었다. 아무리 자신이 지원한 것이더라 할지라도 부담스러운 것은 매한가지였고, 잃을 것이 없었던 예전과 소중한 것이 생긴 지금의 상황은 180도 바뀌어 있기도 했다. 덤덤한 척을 하긴 했어도 겁이 났다. 불안하지 않다고 했어도 불안했다. 세상 경험을 하지 못한 20대 청년에게는 무엇 하나 확신할 수 있는 것이 없었다.

그 중 가장 불안한 것이 산희였다. 방금 전 사랑을 맹세했던 그
녀. 할 수만 있다면 24시간 내내 붙어 있고 싶은 그녀. 이제 막 늘천
의 연인이 된 그녀.

그런 산희를 두고 2년이라는 시간을 견디기에 늘천은 어렸고, 산
희는 서툴렀다. 그런 산희를 생각하면 할수록 늘천은 스스로를 제어
할 수가 없었다. 지금 이 순간, 자신이 산희를 위해 할 수 있는 것이
아무것도 없다는 사실에 절망하고 말았다.

두 사람의 인생에 대해 결정 내릴 수가 없다.

이토록 무력하기만 하다.

"네가 여자 집까지 끌어들이는 거, 엄마가 모를 줄 알아? 다 알아.
아는데 모르는 척하는 거야. 오죽하면 나도 알겠는데 엄마가 모를까.
근데 이 새끼는 뭐 잘난 게 있다고 바득바득 기어오르는 거야?"

"형은 몰라."

산에게 버럭 고함을 지른 늘천이 자리에 털썩 주저앉았다.

"형은…… 몰라."

늘 당당하던 늘천의 고개가 풀썩 꺾였다. 동생을 바라보는 산도
더 이상 몰아치지 못했다.

집에 들어오자마자 욕조로 숨었다.

"뭐야, 무슨 일인데?"

쫓아 들어오려는 사랑을 밀어내고 문도 굳게 잠가버렸다. 늘천의
방이 보이는 방에 가기보다 창이 없는 욕실로 꼭꼭 숨어버렸다. 욕
조에 들어가고 나서야 거친 숨이 진정이 됐다. 하지만 몸은 여전히

바들바들 떨리고 있었다.

"윽!"

서로 떨어지지 말자던 게 바로 몇 시간 전이다. 마음이 닿고, 몸이 닿아 행복했던 순간이 바로 얼마 전이다. 그런데 지금은 모든 행복 따위 손가락 사이로 빠져나간 것처럼 공허하기 짝이 없다.

아까까지만 해도 멍하기만 했던 산희의 눈에서 왈칵 눈물이 쏟아졌다. 이건 분명 충격에서 나오는 눈물이다.

'한 번이라도 언제쯤 군대 갈 생각이라는 걸 이야기해줬더라면 마음의 준비라도 할 수 있었을 텐데.'

마음의 준비도 없었던 지금 이 상황을 받아들이기가 벅찼다. 산희는 눈물을 닦아내고는 핸드폰을 뚫어져라 바라봤다. 아까부터 울려대던 핸드폰이 잠잠하다.

"바보야, 이럴 때는 계속 전화를 해야 될 것 아냐."

산희는 핸드폰을 내려놓고는 무릎에 얼굴을 묻고 말았다.

지원입대, 해병대 면접일, 면접 통과 시 두 달 후 입대.

머릿속이 뱅글뱅글 돌기 시작했다. 무슨 일이 있어도 당당하고 뭐든 해낼 것 같던 늘천의 입에서 나온 말들이 떠오르며 심경이 복잡해지는 중이었다.

지금까지 늘천의 곁에 친구라고 있으면서 그가 어떤 생각을 하는지 모르고 있었던 것에 충격을 받았고, 더불어 지원을 해서 입대를 한다는 소식에 발밑이 꺼지는 쇼크를 받았다.

"100일 선물이야? 서프라이즈 이벤트라고 해도 이건 너무 심하잖아."

100일 전까지만 해도 이렇게 약해질 줄은 상상도 못했다. 아마 그전의 강산희였다면 입대를 한다는 늘천의 말에 덤덤하게, 하지만 조금은 섭섭하게 웃으며 녀석의 등을 두드렸을 것이다. 위문편지 쓰겠다고, 네가 없는 동안 이 동네는 잘 지켜주겠노라고, 2년 금방 갈 게 분명하다고. 하지만 지금은 자신이 위로를 받고 싶다. 눈물이 한 강을 이룰 것처럼 펑펑 터져 나오고, 벌써부터 그와 헤어질 것을 생각하니 앞길이 막막하다.

"이렇게까지 의존적이었니? 거지 같다, 진짜. 강한 걸로 따지면 강산희 따라올 자가 없었는데."

산희가 한숨을 내쉬며 핸드폰을 바라보는데 기계음이 들리며 액정 화면에 문자가 떠올랐다.

[전화 좀 받아줘.]

보고 싶지 않아 액정을 덮어버렸다. 그런데 또 수신음이 울린다.

[하고 싶은 말이 있어.]

나는 지금 당장 듣고 싶지 않아. 산희는 문자를 확인하고 단호하게 고개를 돌렸다. 하지만 마지막으로 온 문자에 마음이 약해지고 말았다.

[나, 힘들어. 산희야. 힘드니까 네가 더 보고 싶어.]

보고 싶다. 이렇게 잠깐 떨어져 있었는데도 보고 싶어 죽겠다. 그런데 어떻게 2년을 참아!

산희의 눈시울이 다시 붉어졌다. 그녀는 핸드폰을 쥔 채 자리에서 일어나 방으로 향했다. 작게 열린 문틈으로 슬피 우는 풀벌레 소리가 들렸고 그 소리를 듣고 있을, 늘천이 있을 방이 보였다. 커튼 너머로도 보이는 환한 방. 이제 2년 동안 그 방의 불을 밝힐 주인은 없을 것이다. 가슴이 아려왔다.

"고작 2년인데, 뭘."

산희가 덤덤히 중얼거리다 말고 고개를 휘저었다.

"2년이나 돼. 그때쯤이면 난 졸업했겠지. 2년은 너무 길어."

일에 지치거나 사람에 치였을 때, 그래서 울고 싶을 때 그는 없다. 외로워서 그가 보고 싶을 때 볼 수가 없다. 그가 힘들어하면 달려가 안아줄 수도 없다. 헤어짐이란 그런 거다.

방에 들어와서 오도카니 창가에 앉아 있는 산희의 귀로 톡, 토독, 창문 두드리는 소리가 들려왔다. 거센 빗방울이 떨어지는 것 같은 그 소리가 건넛집 창가에서 조약돌 던지는 소리라는 것을 알게 된 산희의 얼굴이 울음이 섞인 웃는 얼굴로 묘하게 일그러졌다.

창문을 열어다오. 나의 사랑, 줄리엣!

창문만 올려다보며 마음 졸였을 로미오의 심정으로 하얀 조약돌을 하나, 둘 던지는 늘천이다. 자신을 부르기 위해 정원의 조약돌을 주워 다가 하나씩 던졌던 산희를 떠올리며, 늘천은 창틀에 끼어 있었던 그것들을 빼내 다시 산희에게 되돌리고 있었다.

"제발 좀 내다봐라. 이 쇠심줄보다 질긴 강산희야."

톡, 토독.

늘천이 안타까움에 혼잣말을 하며 불 켜진 산희의 방문만 하염없이 바라봤다. 그러면서 커튼을 내다볼 생각도 하질 않는 냉정한 강산희의 얼굴만 그리고 또 그렸다.

"산희야."

늘천의 간절한 바람이 전해진 것일까. 커튼이 일렁거리더니 실루엣이 움직이기 시작했다. 열린 커튼 사이로 슬그머니 산희가 고개를 내밀었다. 그녀의 얼굴을 보자마자 늘천이 웃음을 터트렸다.

그가 웃을 것을 예상했다는 듯, 산희는 커튼 뒤로 재빨리 숨어버렸다.

"웃지마아!"

"얼굴이 그게 뭐야?"

"그래서 안 나오려고 했는데."

늘천의 반응을 보겠다며 커튼을 잡아 엉망진창인 얼굴을 가린 산희가 배꼼 고개를 내민다. 그 모습이 귀엽고 또 안쓰러워 늘천은 잔웃음만 남기고 몽땅 삼켜버렸다.

빨간 눈에, 빨간 코에, 빨간 뺨에. 금방이라도 눈물을 툭 터트릴 것 같은 얼굴을 하고. 그렇게 쳐다보면 마음이 단단하게 묶여버려 어디도 갈 수가 없잖아.

벌써부터 그렇게, 불을 환하게 밝힌 채 울어버리면……. 나는 어떻게 해야 할까?

"산희야."

늘천의 부드러운 음성에 산희가 흔들리는 눈으로 그를 바라봤다.

"산희야……."

이름을 부르는 그의 목소리가 오늘처럼 마음이 깊이 꽂혔던 적도 없었던 것 같다. 그저 강산희, 세 글자일 뿐인데 늘천의 울림은 누구보다 남다르게 느껴졌다.

어디서부터 어떻게 말을 꺼내야 할지 고민하는 늘천을 알기에 산희가 먼저 입을 열었다. 그러려고 한 건 아닌데 볼멘소리가 뭉툭하게 튀어나왔다.

"헤어져 있어야 한다는 사실도 그렇지만 그보다 더 마음 아픈 이유가 뭔지 알아? 네가 아무 말도 해주지 않은 거야. 네 미래에 대한 이야기, 네가 어떻게 해야 한다는 이야기……. 군대나 유학 이야기는 처음 듣는 거란 말이야. 그래서 문득 그런 생각이 들었어. 내가 그렇게 의지가 되지 않는 사람이었나. 나는 하늘천에게 무슨 의미인가."

"널 의지하지 않은 게 아니야. 나도. 잊어버리고 있었어. 강산희 네가 내 것이 되었다는 사실에 들떠서 새삼 잊어버리고 말았어."

늘천은 넋이 나간 얼굴을 하고 한숨을 내쉬었다. 인생의 중요한 한 부분을 놓치고 있었다는 사실에, 그로 인해 많은 사람들이 배신감 비슷한 감정으로 상처를 입고 말았다는 사실에 그 누구보다 아파하는 얼굴이었다.

"오늘, 가장 행복해야 하는데. 너랑 함께 축하하고 싶었는데. 미안하다, 정말."

그렇게 수긍해버리면…… 어떡하라고!

평소의 날카로운 하늘천이 되라고. 자존심 강하고, 자존감도 하늘을 찌르고, 그래서 대수롭지 않다는 듯 '고작 2년 가지고 뭘' 이라며 웃고 넘기라고!

웃고 넘겨야 인정을 할 텐데. 그래야 웃으면서 편하게 보내줄 수 있을 텐데.

산희는 복받쳐 오르는 감정을 참아내지 못하고 울음을 터트렸다.

"못 보게 되는 거 싫어. 난 싫단 말야!"

"어린애같이."

자신보다 더 솔직하게 감정을 토해내는 산희 덕분에 슬픔이 가신다. 미안하고, 감사하고, 예쁘고, 안타깝고.

"어린애 할래. 어린애처럼 울면서 매달려서 네가 곁에 있어준다면…… 할래."

와아아앙-!

창문 너머로 산희가 목이 터져라 울음을 터트렸다. 그런 산희를 바라보는 늘천의 시야가 뿌옇게 흐려졌다. 구름 한 점 없는 맑은 날, 안개라도 낀 모양이라 생각하며 늘천은 한마디 말도 꺼내지 못한 채 침묵을 지켰다. 입을 열면 자신도 산희를 따라 울어버릴 것 같았기 때문에.

16.

이사를 하고 싶은 이유 중 하나는 언덕이라고 하기에는 높고 산이라고 하기에는 낮은 곳 중턱에 위치하고 있다는 사실이다. 태어나서 지금까지 평생을 살았으면 적응이 될 법도 한데 이놈의 산은 오를 때마다 숨이 차고 힘겹다.

언젠가 꼭 엘리베이터가 있는 아파트로 이사 가리라!

다짐을 하고, 또 다짐을 해도 서울 내 아파트로 이사 가는 것이 그리 녹록하지 않은 것임을 깨달을 때마다 산희는 자신이 얼마나 터무니없이 무력한지, 쓰디쓴 현실을 되새겨야만 했다.

"오죽하면 사람들 소원이 자기 집을 갖는 거겠어."

한숨을 폭 내쉰 산희가 다시 웃샤, 힘을 내서 걷기 시작했다. 등이 땀으로 축축하게 젖을 때 즈음, 골목에서 불쑥 등장한 차량에 놀라 옆으로 피하던 산희는 발에 걸려 넘어지고 말았다. 구르지 않은 것만 해도 다행이라 여기며 넘어진 채 멍하니 있는데 새삼 실감이 난다. 늘천이 곁에 없다는 사실이.

"멍청하기는. 어떻게 네 발에 걸려 넘어질 수가 있냐?"

"도와주지도 않을 거면서 사람 속이나 긁고 말이야. 가만 보면 성격 무지하게 나쁘다니까."

"쯧쯧. 앞날이 어찌 될는지. 자."

돌부리에 걸려 넘어지고, 발에 걸려 넘어지고, 이상한 곳에서 툭하면 부딪히던 산희의 곁에는 늘 늘천이 있었다. 투박하게 잔소리를 하긴 했어도 마지막에는 꼭 손을 내밀던 그.

"참, 새삼스럽게."

산희는 자리에 주저앉은 채로 멍하니 '그날'의 일을 떠올렸다.

"체력 평가에서 40분 만점을 받았어!"

면접을 보고 난 뒤 통과되었다는 입영 통지서를 받은 후, 우울한 나날을 보내고 있었던 산희에게 다가와 늘천은 해맑게 말했었다.

"자랑이네."

"자랑이지, 그럼. 윗몸 일으키기 1분에 58회 이상, 팔굽혀 펴기 1분에 52회 이상. 신검에서 1급을 넘어선 특급이라고, 나."

"진짜 사나이네."

"나란 놈, 어찌나 멋진 놈인지."

알고 있었다. 늘천이 자신을 위해 애써 덤덤한 척 장난을 치고 있다는 사실을. 하지만 산희는 그런 늘천의 노력에도 기분이 나아질 기미를 보이지 않았다.

그녀에게 두 달은 이틀과도 같은 속도로 흘러갔고 시간이 흐를 때마다 더해지는 외로움을 견디기 힘들어졌다. 그런데도 늘천은 가타부타 말도 없이 보다 밝은 모습으로 행동했다. 그렇게 입대 날은

코앞으로 다가왔다.

늘천의 머리가 짧다. 길던 머리카락을 짧게 깎아버린 채 어색하게 민머리를 매만지는 그의 모습에 코끝이 시려졌다. 발갛게 물드는 콧방울을 쓸어버린 채 먹먹한 얼굴로 그를 바라보는데 마중 온 희건이 크게 웃으며 그의 등을 두드렸다.

"2년이 20년처럼 느껴질 테지만 잘 다녀와라. 빡세게 구르겠지만 힘내고."

"선배, 이미 다녀왔다고 너무한 거 아닙니까?"

"아무리 여친이 있다고 방심하지 말고."

"선배."

"보장할 수 없는 불투명한 미래건만 기다려달라고 하는 저 뻔뻔함. 난 박수를 보낸다."

염장 지르는 희건의 목소리에 늘천이 기운 빠진 얼굴로 웃었다. 곁에 있던 수아가 불쑥 물었다.

"부모님은?"

"집에 계시라고 했어."

"그런다고 집에 계신다고?"

"아버지는 출근해야 하셔서 어쩔 수 없고, 엄마도 일이 있으시니까. 아버지랑은 아직 사이가 안 좋기도 하고, 엄마랑은 어젯밤에 미리 인사했어. 대화도 많이 했고, 또 엄마가 산희에게 배웅을 부탁하기도 했고."

늘천이 머리를 긁적거리자 수아가 어깨를 으쓱거리며 고개를 주억거렸다. 산희에게서 들은 이야기도 있고, 대충 두 사람의 상황을 짐작하고 있는 그녀였기 때문이다.

"낯설어. 내가 알고 지내던 늘천이네 부모님이 아니신 것 같아. 날…… 마음에 안 들어 하셔."

"널? 착각 아니야? 널 무척 예뻐해 주셨잖아."

"눈빛만으로도 알 수 있어. 늘천이 방에서 나오는데 눈치 못 채셨을 리 없잖아. 솔직히…… 섭섭하지만 이해는 돼. 하늘천이 내 아들이었다면 말이지, 나 같은 여자애는 싫을 거야. 어릴 때부터 늘천이 넘어트리고, 상처 나게 하고, 죽자 사자 덤벼들어 싸우던 애가 대학생이 돼서도 나아지는 꼴 없이 천방지축에 사내아이 같아. 그런데 그런 아이가 아들의 여자친구가 된대. 심지어 그 아들은 고집도 세고, 신중하기까지 해. 먼 미래를 생각할 정도로. 그럼 이 여자친구는 며느리가 될 텐데 그건…… 나라도 싫을 거야."

"야, 더미."

"나, 지금까지 단 한 번도 내가 부끄러운 적 없었거든? 세상의 잣대에 날 맞추려는 생각도 없었고, 그러고 싶지도 않았어. 그런데 있지, '엄마의 마음'을 생각해보니 또 다르더라. 정말 달라."

처음으로 봤던 산희의 의기소침한 모습을 떠올린 수아가 늘천의 어깨를 짚었다. 그리고는 잔뜩 낮춘 목소리로 그의 귓가에 속삭였다.

"내가 너라면 말이지. 아직 꽃봉오리가 맺히지 않았을 때 군대를 다녀왔을 거야. 이제 막 터질라 말라 꽃이 피려는데 네가 군대에 가다니. 벌떼들이 기가 막히게 꼬여도 난 몰라."

"네가 왜 몰라. 네가 잘 지키고 있어야지."

늘천이 참지 못하고 버럭 소리를 지르자 수아는 곁눈질로 멀찌

감치 떨어져 있는 산희를 바라봤다. 울고불고 난리를 칠 거라는 첫 번째 예상을 가뿐히 뛰어넘고, 헤어지기 직전까지 꼭 붙어 떨어지지 않을 것이라는 두 번째 예상도 담담하게 빗겨갔다. 정신이 나간 것 같지도 않고, 그렇다고 깊은 슬픔에 잠긴 것도 아닌 덤덤한 그 모습이 사뭇 불안하기까지 했기에 수아는 한숨을 폭 내쉬었다. 그건 바라보고 있던 늘천도 마찬가지였던 모양이다. 섣불리 산희에게 다가가지 못한 채 안타까운 시선만 던지고 있을 뿐이었다.

"이제 그만 가야겠다."

버스 배차 시간표를 확인한 늘천이 주섬주섬 자리에서 일어났다. 빈 플라스틱 컵을 정리하는 모습에 수아가 입을 열었다.

"벌써? 아직 시간 남았잖아."

"그냥, 미리 타고 있을게."

더 이상 시간을 끌어봤자 헤어지기 어려워진다는 것을 알고 있는 늘천이다. 그 마음을 알기에 희건은 별다른 말없이 순순히 자리에서 일어났다. 산희 역시 마찬가지였다. 반팔 소매 아래 드러난 팔을 감싼 채 터덜터덜 버스 터미널로 걸어갔다.

"그럼……."

늘천이 사람들을 둘러보며 말했다. 늘천의 시선이 산희에게 꽂혔다. 침묵을 고수한 채 시선을 피하고 있는 산희를 물끄러미 바라보던 늘천이 입고 있던 카디건을 벗어 산희에게 걸쳐주었다.

"쌀쌀해졌다. 춥지 않게 잘 챙겨 입고 다니고."

늘천의 말에 고개 숙인 산희가 입술을 잘근 깨물었다.

"마지막으로 할 말 없어?"

늘천의 물음에 산희가 절레절레 고개를 저었다. 그 모습을 확인한 늘천은 미련이 남는다는 듯 자리에 가만히 서 있다가 등을 돌렸다. 버스에 올라타려는데 아까까지 가만히 있던 산희가 달려와 그의 팔에 작은 쇼핑백 하나를 걸어 주었다.

"이게 뭐야?"

"나중에……."

늘천의 물음에 대답하려고 입을 연 산희가 재빨리 입을 닫아버렸다. 울컥하는 탓이다.

입을 꼭 다문 산희를 바라보던 늘천이 밋밋하게 웃으며 산희의 어깨에 가만 손을 올렸다. 그리고는 버스 안으로 걸음을 옮겼다.

늘천은 버스 맨 끝 창가에 자리를 잡고 앉았다. 고개를 내밀어야 입구 쪽에 서 있는 세 사람이 보일 정도로 먼 좌석이었다. 그들이 잘 보이는 앞에 앉으면 담담하게 이별을 할 수 없을 것 같았기 때문이었다. 눈물을 보이고 싶지는 않았다.

그건 산희도 마찬가지였겠지.

그렇게 생각하니 그녀의 무심한 듯한 배웅에 섭섭하지만은 않다.

늘천이 무릎에 올려놓은 쇼핑백으로 시선을 옮겼다. 나중에 열어보라던 산희의 말이 떠올랐지만 그는 성급하게 쇼핑백을 열었다. 삼층의 도시락통 하나와 편지가 들어 있었다.

[도착하거든 봐.]

경고의 메시지가 봉투에도 적혀 있었지만 늘천은 경고를 무시했다. 편지의 처음은 '강산을 아우르는 나의 하늘에게'로 시작되고 있었다.

강산을 아우르는 나의 하늘에게.

한 번도 이런 편지는 써본 적이 없어서 어떻게 시작을 해야 할지 모르겠다. 내가 누군지는 잘 알겠지? 하늘 아래 뫼이는 강산희야.

하늘천을 알아온 후로 처음으로 이렇게 오래 떨어져 있는 것 같네. 군대라는 게 평소 대수롭지 않게 여겼던 일이었는데 막상 네게, 또 내게 닥치니…… 말로 형용할 수 없을 정도로 가슴이 먹먹해진다.

어디서든 잘 적응하는 하늘천이니 걱정은 없어. 하지만 네가 어떻게 지낼지 모르는 난 매일 네 걱정을 하고 있을 것 같아. 하루에도 열두 번씩 꿈을 꿔. 눈만 감으면 네가 나와. 잠에서 깬 나는 창문부터 확인해. 그리고 아직 네가 내 곁에 있다는 사실에 안도하곤 했어. 몰랐지? 헤헤. 나도 처음 알았어. 내가 이렇게 겁쟁이였다는 거. 벌써부터 무섭다.

첫째도 건강, 둘째도 건강, 셋째도 건강이야. 시간은 상관없으니 건강하기만 했음 좋겠다. 다치지 말고, 구박받지 말고, 밥은 잘 챙겨 먹고.

널 배웅하는 내일, 난 울지 않을 예정이야. 웃으면서 배웅하고 싶지만 웃는 건 차마 못 할 것 같아. 온종일 거울을 보면서 연습했는데 아무래도 무리인 것 같아. 얼굴이 잔뜩 일그러지거든. 그냥 눈물을 보이지 않는데 주력할 예정이야. 잘 될지는 모르겠다. 내가 울지 않아서 서운한 건 아니지? 히히.

네가 없는 2년. 착실하게 성장하고 있을게. 4년이면 강산도 변한다지만 난 딱 절반만 변할 생각이야. 널 향한 마음은 그대로인 채로, 지금보다 훨씬 성숙하게. 네가 내게 보여준 것처럼, 나도 끈질기게 널 기다릴게. 날 믿고 편하게 다녀와.

한 번도 제대로 하지 못한 것 같은데 지금 할게.

사랑해. 오늘보다 내일 더 많이. 그리고 네가 생각하는 것보다 훨씬 더 크게.

남몰래 간직한 사랑을 보여준 늘천에게.

변치 않는 사랑을 보여줄 강산희가.

편지를 다 읽은 늘천이 붉어진 눈으로 도시락을 확인했다. 삼단 찬합에는 산희가 새벽부터 싼 게 분명할 김밥과 유부초밥, 과일이 꽉꽉 들어 있었다. 목메지 말라며 챙겨준 음료수까지 확인한 늘천이 자리에서 벌떡 일어났다.

"이제 곧 출발할 겁니다."

버스 기사의 만류에도 불구하고 버스에서 내린 늘천은 세 사람이 있을 입구로 향했다. 버스를 기다리는 사람들로 북적거리는 터미널 입구, 의자에 그들이 앉아 있었다. 산희도 있었다. 떠나가는 늘천의 뒤를 보지 못한 채 의자에 앉아 울고 있었다. 엄마를 잃어버린 아이 처럼 엉엉, 목 놓아 울고 있었다.

"강산희."

산희를 부르는 늘천의 목소리가 가늘게 떨리고 있었다. 늘천을 확인한 희건과 수아가 자리를 비켜주었고, 산희는 눈물이 범벅된 얼 굴을 들었다.

"……왜 왔어, 바보야."

"넌 왜 울어."

"흑."

산희가 양손으로 얼굴을 감쳤다. 감정을 주체하지 못하고 바들

바들 떨면서 눈물을 흘리는 산희를 바라보던 늘천이 그녀를 꼭 품에 안았다. 양손으로 그녀의 젖은 뺨을 닦아주고는 입을 맞췄다.

"그렇게 울면 어떻게 해."

"안 울려고 했는데……. 꼭 우리만 헤어지는 연인 같잖아. 정말 꼴불견이야."

산희가 늘천의 목에 팔을 둘렀다.

"자꾸 잡고 싶어. 이렇게 뜬금없이 헤어져 있어야 한다고 생각하지 못했잖아. 짧나고, 짧다고 생각하려 하는데 그게 안 돼. 너무 길어, 정말 길어."

산희가 매달리자 늘천이 그녀를 부서져라 꼭 안아주었다. 그리고는 그녀의 얼굴에 자잘한 키스를 퍼부었다. 심장이 터져나갈 것 같다. 부모님을 두고, 산희를 두고 떠나려는 발걸음이 무겁기만 하다. 산희는 그런 늘천의 등을 밀었다.

"어서 가. 잘 견디고 있을게."

제정신을 차렸다. 그녀는 젖은 얼굴을 한 채 웃었다. 애처롭게.

그것이 마지막이었다.

언젠가의 꿈에서 나타난 2년 뒤의 모습을 떠올려 본다. 헤드폰을 낀 채 먼지투성이의 멜빵바지를 입고 여전히 각종 기계와 장비들 더미에 묻혀 있던 모습이었다. 그때의 꿈을 상기시켜본 산희의 입가에 미소가 머물렀다.

"또 같은 꿈을 꿨네."

지금의 현실과는 사뭇 달랐던 그때의 꿈이 귀엽기까지 하다. 한 손에는 트렁크를 든 채 비행기에서 내리던 산희의 시선이 입구에 서서 환한 미소를 짓고 있던 스튜어디스에게 꽂혔다.

"편안한 여행 되셨습니까? 감사합니다."

비행의 꽃, 스튜어디스 언니의 얼굴을 뚫어져라 바라보던 산희가 고개를 까닥했다.

"꿈까지 꿀 정도로 편안했습니다. 언니, 이름이 뭐예요? 전화번호 뭐예요?"

산희의 장난에 스튜어디스의 복장을 하고 있던 수아의 얼굴이 미묘하게 일그러졌다.

"닥치고 내려."

입을 다문 채 복화술을 한 수아가 고개를 팩 돌린 채 뒤에 선 손님을 향해 미소를 지었다.

비행이 끝난 뒤 두 시간 후, 수아에게서 연락이 왔다. 한 줌 정도 될 법한 허리를 강조하는 스커트를 입은 그녀는 길게 내려트린 머리를 하고 도도하게 다가왔다. 미용실 의자에 앉아 머리를 말고 있던 산희는 수아를 바라보며 생긋 웃어 보였다.

"여어."

"너 혼자 머리 말기 싫어서 나 부른 거지?"

수아가 새초롬한 얼굴로 산희를 흘겨보며 옆자리에 자리를 잡고 앉았다.

"가볍게 다듬어주세요."

커피와 과자를 시킨 채 여유롭게 다리를 꼰 수아가 한숨을 폭 내쉬었다.

"힘들어 죽겠다, 정말."

"나도 마찬가지야. 출장 다녀온 거라고, 이래 봬도."

"넌 비행기에서 잤잖아. 난 일했다고."

수아가 투덜거리기 무섭게 아래층에서 산이 올라왔다. 긴 머리를 한데 묶은 그가 꽤나 능글거리는 얼굴을 해보였다.

"네, 아가씨들. 날 찾았다면서요?"

"어머, 아닌데."

두 여자가 시크하게 대답하자 산은 콧방귀도 뀌지 않은 채 산희의 머리에서 캡을 벗기고는 모발 상태를 점검했다. 산희는 그런 산을 투명인간 취급하며 수아와 대화를 이어나갔다.

"아, 벌써 여름이네."

"그러게."

"눈코 뜰 새 없이 바쁘게도 살았다, 우리."

"그렇지."

"이렇게 보면 강산희, 참 많이 예뻐졌어. 그치, 오빠?"

수아가 곁에 앉아 있던 산희를 꼼꼼히 바라보다가 산에게로 대화를 토스했다. 수아의 물음에 산희의 머리를 살펴보고 있던 산이 고개를 끄덕이며 대답했다.

"길거리에 마주치면 못 알아볼 정도지. 긴 머리에, 스커트에, 화장에. 이제는 진짜 어엿한 여자처럼 보인다."

"행동이나 말투도 바뀌고 말이야."

"사람이 순식간에 변해도 안 된다던데."

쿵짝도 참 잘 맞는다. 본인을 앞에 두고 이러니저러니 평가를 하는 두 사람의 대화에 산희가 입술을 비죽거리며 끼어들었다.

"성숙해진 거라고 해줄래, 둘 다?"

산희의 핀잔에 산이 불현듯 화제를 돌렸다.

"그래서, 너희는 어떻게 되어가고 있는 거냐?"

"뭐가?"

"안 물어보려고 했는데 궁금해서 말이지."

산이 지칭하는 인물이 늘천임을 어렵지 않게 파악한 산희가 입을 조개처럼 꼭 다물어 버렸다. 대화를 거부하는 산희의 모습에 산이 한숨을 내쉬며 고개를 저었다.

"기억상실증에라도 걸린 거 아니야?"

"뭐야, 그게."

"그렇지 않고서야 이 모든 게 설명이 안 되잖아?"

산은 어깨를 으쓱하며 산희에게 다시 캡을 씌워주고는 의자를 끌어다 앉았다.

"3년이나 지났어. 늘천이 전역한 지도 벌써 1년이 넘게 지났다고. 만나지 않는 이유가 뭐야?"

"어머, 그렇게 말하다니. 그 모든 게 다 내 탓처럼 들리는데?"

산희는 표정 하나 변하는 것 없이 덤덤하게 대답했다.

"교환학생으로 외국에 나가 있는 건 내가 아니라 늘천이야. 그리고 나도 신입사원이라 이래저래 적응하기도 힘들었고."

"만나려는 노력조차 하지 않는 것 같아, 너희 둘은."

"인연이라면 만나겠지."

"대단하신 운명론자 납셨다."

산이 비꼬는 투로 대꾸하자 산희의 얼굴에 피곤한 기색이 역력하게 서렸다. 산희는 눈가를 문지르며 거울에 비치는 산을 바라봤다.

"오빠가 왜 그렇게 신경을 곤두세우는지, 나로서는 전혀 이해가 안 되는데."

"그냥, 너희 둘만큼은 현실과 동떨어져 있기를 바랐거든. 너희 둘이 내 판타지였어."

"현실에서 동화는 없다며."

"그거야 대다수 사람이 현실적으로 살아가니까."

그렇게까지 생각해주는 줄은 몰랐다. 물론 그 안에 동생을 향한 연민과 걱정이 서려 있음을 모르지 않는 산희였지만 그와 대등할 정도의 진심이 느껴졌다.

"근데 솔직히 나도 산 오빠 말에 동감."

가만히 두 사람의 대화를 듣고 있던 수아가 젖은 머리를 감싼 채로 의자에 앉으며 말했다. 직원이 드라이어기로 머리를 말려주는 동안 수아는 무슨 생각인지 모를 산희를 바라봤다.

"나도 궁금하긴 했다고, 정말. 너, 늘천이 편지에 답장 쓴 적 한 번도 없다며."

"정말?"

처음 안 사실에 산이 놀라며 산희를 바라봤다.

"매일 위문편지를 쓸 것처럼 굴더니."

묘한 배신감에 휩싸인 산이 산희를 흘겨보자 그녀는 잠자코 말을 아꼈다.

"남녀 관계에 끼어들 수는 없는 노릇이지만 나도 요즘 산희 네가 무슨 생각을 하는지 모르겠어. 늘천이가 나를 통해 몇 번이나 연락했는지 알아?"

"그랬어?"

"전화번호도 싹 바꾸고, 집에서도 나가버리고, 심지어 넌 나한테 주소도 알려주지 않았어."

"말했잖아. 사택에서 산다니까."

"그래도 주소는 알려줄 수 있는 거잖아? 늘천이한테 전화번호도 말하지 말라고 하고."

3년 동안 참아왔던 질문이었다. 초반에는 늘천의 이름만 나와도 울 것 같은 그녀가 안타까워서, 나중에는 무의식중에 늘천에 대한 언급을 피하는 그녀를 배려하고자 단 한 번도 물어보지 않았던 화제였다.

수아의 질문에 산희는 담담하게 대답했다. 고개를 숙인 것도 아니고, 시선을 피하는 것도 아니었다. 올곧게 정면을 바라보는 그녀의 프로필이 무척 성숙해져 있었다.

"준비가 필요해. 내 스스로 당당해질 수 있는 준비. 그건 하늘천도 마찬가지라고 생각하는데?"

아직 멀었다. 그녀가 생각하던 목표까지, 또 그녀가 상상하는 어른이 되기까지. 좀 더 성숙하게, 또 훨씬 더 할 수 있는 것이 많아지게. 어린 시절 느꼈던 무력함은 다시 느끼고 싶지 않다.

그건 누구도 알아주지 않겠지.

산희는 눈을 감으며 앞으로 어떻게 될지 모르는 미래를 상상했다.

*

산희가 제일 견디기 힘든 일은 주말 근무나 야근이 아닌 회식이었다. 퇴근 후 밤새 이어지는 술자리와 분위기가 무르익을수록 음탕해지는 남자들의 성희롱적 발언들은 산희를 정신적으로 지치게 만들었다.

"힘드시죠, 강 대리님?"

곁에 앉아 있던 기주가 조용히 물었다. 산희를 신입사원으로 발탁한 BK기업이 자금난으로 허덕이다가 LH그룹에 인수되었다는 사실은 얼마 전 미디어 매체를 통해 세상에 잘 알려져 있었다. 기주는 그 LH그룹의 사원 중 한 명이었다.

장래가 촉망되는 인턴이라는 말만 무성했던 그를, 희건을 통해 소개받게 되면서 안면을 튼 두 사람은 종종 마주칠 때면 가벼운 담소를 나누곤 했었다.

"희건 형은 잘 지내죠? 형에게서 소개를 받고 놀란 게 엊그제 같은데."

"그러게요. 그쪽이 진래랑 잘 아는 사이인 줄은 꿈에도 몰랐어요. 세상 참 좁죠?"

"그러게요. 진래는 어떻게 아세요?"

"희건 선배한테 소개받았어요. 결혼식에도 갔었고요."

"아, 진래랑 강후 결혼식요? 녀석들이 유난을 떨긴 했죠."

기주의 물음에 산희가 가볍게 웃었다. 신문이나 텔레비전 속에 오르락내리락하는 유명 인사가 희건의 제부라는 사실을 알고 무척 놀랐던 것을 기억해냈다. LH그룹의 막내아들이라는 사실에, 또 어린 나이에 결혼을 결심했다는 것에, 희건이 대한민국 톱스타 조건욱의 아들이라는 사실 역시 희대의 사건이었다.

"말로 표현할 수 없는 멍청이들이야, 그 녀석들은."

그때, 희건은 무척 화가 난다는 얼굴을 했었다. 신문에 양가 가족들에 대한 기사까지 대서특필 된 것이 불쾌했던 모양이었다. 대학생이 갓 된 스무 살 어린 나이에 멋대로 혼인신고서까지 제출했다는 설명을 듣고 난 후에야 산희는 경악을 금치 못했었다.

"몰래 빠져 나갈래요, 우리?"

"네?"

"지겹잖아요. 상사 눈에 거슬리지 않을 만큼은 자리를 지키고 있었으니 의무는 다한 것 같고."

갓 스물하나가 된 기주가 한쪽 눈을 찡긋거렸다. 솜털 보송보송한 어린아이치고 묘한 남성적인 매력이 있었다. 그를 가만히 바라보고 있던 산희가 웃으며 자리에서 일어났다.

그럼 어디 실력을 발휘해보시지?

산희는 능글맞은 얼굴을 한 기주를 바라보며 그의 활약상을 지켜보기로 했다.

기주의 도움으로 무사히 탈출에 성공한 산희는 마른기침부터 토해냈다. 폐에 그득하게 낀 담배 연기를 내뿜어낸 그녀는 맑은 산소를 들이마시며 기주를 밉지 않게 흘겨봤다.

"꽤 능청스럽네?"

"요령이 있어야 잘 살아남는다는 걸 어릴 적부터 터득해서요."

별거 아니라는 듯 대수롭지 않게 말하는 기주의 모습에 산희가 흥미롭다는 눈을 빛냈다. 여자가 호감을 느낄만한 언변을 구사하면서 정작 본인은 여자를 배척하는 느낌이 묘했다.

기주를 가만 바라보고 있던 산희가 검지로 방향을 가리켰다.

"나는 이쪽 방향인데."

이제 그만 찢어지자는 말뜻을 알아들은 기주가 시원한 미소를 보였다.

"얼마나 걸려요?"

"뭐, 걸어서 10분?"

"그럼 같이 가시죠."

"왜?"

"페미니스트거든요. 게다가 혼자 가도록 내버려뒀다가 내일 신문에라도 나면 큰일이고요. 심적으로 고통당하며 남은 생을 살고 싶진 않거든요."

기주의 말에 가만 생각에 잠긴 산희가 고개를 주억거렸다.

"하긴. 요즘 세상이 무서워지긴 했더라. 부녀자들을 노린 성범죄며 장기밀매 기사를 볼 때마다 섬뜩해져. 계획적 납치도 그렇고."

"예를 들어도 꼭. 머릿속이 삭막하네요."

"뭐, 그렇다 이거지. 어쨌든 삭막한 생각 속에 사는 날 데려다 준다니, 나야 고마워."

산희가 산뜻하게 기주의 매너에 응했다. 다른 뜻이 있거나 허세작렬의 작업멘트가 아닌, 정말 담백한 '매너'라는 것을 간파했기 때문에 거절할 이유도 없었다.

한참을 걸었을까. 집이 보이는 길목에 다다랐을 무렵, 자연스럽게 대화를 이어나가던 기주가 자리에 멈춰 섰다. 그러더니 뜬금없이 질문을 했다.

"남자 형제 있어요?"

"없는데."

"아직 미혼이죠?"

"아직 미혼이지."

"그럼 지금 저쪽에서 날 죽일 듯 노려보는 남자는 완벽한 타인이 겠네요?"

기주의 말에 산희의 고개가 그의 시선이 향한 곳으로 향했다. 골목 가로등 밑에서 불빛을 등지고 있는 한 남자가 보였다. 그 얼굴을 확인한 순간, 3년째 휴면 중이던 산희의 심장이 기지개를 폈다.

두근, 두근, 두근!

"계획적 납치를 생각하고 있는 모양인데요, 저 남자. 수상한데…… 신고할까요?"

곁에 서 있던 기주의 질문에도 산희는 꿈쩍도 하지 않았다. 그런 그녀의 얼굴을 확인한 기주가 낮게 웃었다.

"얼굴을 보니 안 해도 될 것 같네. 인수인계 제대로 하고 갑니다, 그럼."

"……고마워."

"별말씀을."

기주가 물러났다. 그가 완전히 사라지고 나자 가로등 밑의 남자가 천천히 다가왔다. 꿈에 그리던 모습으로, 그보다 더 성숙한 얼굴로.

"생각보다 더 멀끔하네."

조금은 수척해지길 바란 걸까? 대체 뭘 기대한 거야, 강산희.

참 어리석은 여자의 마음이다. 건강하게 잘 지내길 바라면서도 한편으로는 조금 아팠으면, 힘들었으면 하고 기대하게 된다.

산희의 앞으로 바싹 다가온 늘천이 완전한 성인남자의 얼굴을 하고 그녀를 바라봤다.

"나, 많이 화났어."

"알아."

"알아?"

"그럴 거라고 생각했어."

산희가 조곤조곤 답하는 동안, 늘천의 눈은 쉴 새 없이 그녀를 탐했다. 변해버린 머리길이도, 낯설기만 한 차림새도, 훨씬 아름다워진 외모까지. 늘천의 오감은 그녀를 탐색하느라 바빴다.

"왜?"

"내가 연락하지 않았으니까."

"설마. 네 하늘이 그 정도로 작을 거라고 생각했어?"

그보다 조금 더 작다, 사실. 이래서야 이름에 걸맞지 않은 남자가 되겠다, 늘천은 걱정했다.

"내가 없는데, 넌 웃네. 내가 아닌 다른 남자 앞에서 그렇게 웃네. 그걸 보고 있던 내 심정이 어땠을 거라고 생각해?"

"나……."

"네 전화번호, 알고 있었어. 주소도 알아. 오래전에 희건 선배가 말해줬거든."

알지만 찾지 않았다. 버티기 힘들 때면 잠깐 그 앞을 서성이긴 했지만 그뿐이었다. 손으로는 번호를 눌렀지만 그 역시 통화가 연결되기 전에 끊어버렸다.

그런 늘천을 앞에 둔 산희가 조용히 되물었다.

"그런데…… 안 찾아온 거야?"

"너와 같은 이유면 용서가 되려나?"

서로 당당하게 사랑할 수 있는 위치가 되는 것. 그것이 두 사람의 '같은 이유'였다. 그 어떤 상황에서도 무력하게 헤어지지 않게, 조금 더 단단해질 수 있게, 모진 풍파 속에서 살아남을 수 있는 어른이 되는 것.

"생각보다…… 일찍 왔어, 너. 생각보다 늦기도 했고."

산희는 금세 젖어버린 눈으로 늘천을 훑었다. 살은 조금 더 빠진 것 같고, 예전보다 훨씬 단단해졌고, 여유도 생겼고, 하지만 그 두 눈은 열기로 가득하고.

"내가 없는 동안, 꼬박꼬박 집에 들렀더라. 엄마가 왜 너 안 데려오느냐고 성화셔, 이젠."

늘천의 그 말에, 산희가 그를 멍하니 바라보며 물었다.

"나, 이제 좀 괜찮아?"

성숙해지려고 노력했다. 책도 많이 읽고, 자기 계발도 꾸준히 하고, 외모도 가꾸려고 노력했고, 직장에서 인정받고자 발바닥에 땀 나도록 뛰어다녔다. 틈틈이 막내아들의 부재로 서운할 늘천네 부모님을 찾아뵙는 것도 게을리하지 않았다. 그렇게 3년이다.

"네 곁에 당당하게 서도 괜찮을 것 같아?"

"너, 바보다."

"내가 연락하지 않는다고 너도 연락을 안 하면 어떡해? 다른 사람이 생기면 어쩌나, 조마조마했잖아. 평생 날 안 찾으면 어쩌나, 무서웠잖아."

"너, 정말 바보네."

"네가 날 바라봐 온 만큼, 나도 한자리에서 꿋꿋하게 버티고 있으려 했는데 그게 그렇게 쉽지만은 않았어. 힘들더라. 당장이라도 달려가고 싶은 걸 참는 게 제일 어려웠어."

아아, 이러면 안 되는데.

늘천의 얼굴을 보고 있자니 어릴 적 강산희로 되돌아가려고 한다. 눈시울이 붉어지고 콧날이 시큰하다. 마지막으로 봤을 때처럼 엉엉, 울음을 터트릴 것만 같다.

그런 산희의 얼굴을 가만 바라보고 있던 늘천이 한숨을 내쉬었다.

"미안하지만 나도 여유가 없어."

늘천이 애달픈 얼굴로 미소를 지었다. 그리고는 산희를 향해 양팔을 벌렸다.

"돌아왔어, 나."

온전히 네 곁으로.

아까 전, 잔뜩 화났던 얼굴이 뭉글뭉글 풀어지며 그 어느 때보다도 부드러워졌다. 강산희가 사랑하는 하늘천의 얼굴이 되돌아왔다. 그 모습을 확인한 산희의 눈에서 완두콩 같은 눈물이 뚝 떨어져 내렸다.

"어, 어서 와."

산희가 비틀비틀, 늘천의 품으로 다가갔다. 그리고는 그의 허리를 조심스러운 손길로 잡았다. 그러자 늘천이 품 안 가득 산희를 끌어안았다.

"내가 모르는 향기."

"너도 마찬가지야."

"그래도 맡다 보면 익숙한 네 살냄새가 나."

"너두."

늘천의 품에 코를 박은 산희가 키득거리며 그를 마주 안았다. 오랜만에 느껴보는 온기가 차가웠던 산희의 마음을 따뜻하게 녹여주고 있었다. 바야흐로 그녀의 마음에 봄이 찾아왔다. 이 상태로 가다가는 조만간 여름의 계절을 따라잡을 것 같다. 숨이 막힐 정도의 열병을 충분히 상상할 수 있다.

"이젠 다시는 떨어져 있지 않을 거야."

"너무 오랫동안 기다렸어."

"사랑해."

"나도…… 사랑해!"

어른이 되겠다는 것은 허세에 불과했다는 것을 알게 된 지금이다. 재고, 따지고, 복잡하게 생각하지 말고 마음이 원하는 대로 움직였으면 더 일찍 행복해질 수 있었을 거라고 생각하는 지금, 두 사람은 서로를 보듬어 안은 채 미래를 약속했다. 남몰래 간직하는 것이 아닌, 더없이 솔직한 미래가 어린 연인 앞에 펼쳐져 있었다.

에필로그.

   그를 보지 못하는 시간이 지나면 지날수록 불안했던 것은 사실이
었다. 떳떳하게 그의 앞에 설 수 있게 노력을 하면 할수록 조금만
더, 외치게 되는 자신을 알게 되면서 그만큼 그와 멀어지고 있다는
사실도 체감할 수밖에 없었다. 욕심을 부릴수록 그와 만나는 시간은
멀어지고, 멀어지다 보니 괜히 겁이 나기까지 했다.

   하지만 믿음이 있었다. 그렇게 쉽게 사라지고 말 마음이 아니었
고, 오래 떨어져 있다고 끊어질 인연이 아니었다. 처음부터 지금까
지 그가 보여준 마음을 믿으면 될 일이었고, 지금 그를 바라보고 있
는 순간에도 그러길 잘했다는 생각이 들었다.

   뜻하지 않은 재회를 하고 난 뒤, 산희의 집으로 자리를 옮겼다.
그리고 나서야 산희는 자신의 몸이 경직되어 있다는 사실과 자신의
숨소리가 부자연스럽다는 것을 깨달았다. 예전에는 함께 있는 것이
숨 쉬는 것보다도 편했었는데 언제 이렇게 불편해졌는지 알 수가 없
었다. 다만 한 가지 확실한 것은 지금 이 순간, 두 사람에게는 촛불

이나 음악, 달콤한 케이크나 분위기 따위는 필요하지 않다는 것이었다. 그저 닿는 것만으로도 꿈결 같은 서로의 눈빛과 한 공간에 마주보고 있다는 현실, 두 가지면 충분했다.

"뭐라도 좀 먹을래?"

"아니, 괜찮아."

"그럼 마실 거라도 줄까?"

"그냥 이리 와서 앉아."

"아니야. 커피라도……. 아, 밤이라 커피는 좀 그런가? 그럼 차라도……."

챙강.

집에 들어오기 무섭게 부엌을 서성이던 산희가 결국 일을 내고 말았다. 찬장에 놓여 있던 찻잎을 꺼내려다 손이 미끄러지는 바람에 그만 바닥에 떨어트리고 말았다. 반쯤 열려 있던 뚜껑이 완전히 열려버리는 바람에 찻잎이 바닥에 우수수 쏟아지고 말자 산희는 속상함에 입술을 질끈 깨물고 무릎을 굽히고 앉았다.

'평소에는 이러지 않다가 하필 오늘 실수할 게 뭐람.'

실수에 대해 강박관념이 있는 산희가 한숨을 깊게 내쉬고는 떨리는 손으로 바닥을 정리하기 시작했다.

"괜찮아? 내가 도와줄게."

늘천이 다가와 산희의 앞에 무릎을 굽히고 앉았지만 산희는 냉정하게 그의 손을 쳐냈다.

"내가 해."

"강산희."

"가 있어."

"도와준다니까?"

"이런 거 하나 정리 못 할 정도로 어린애도 아니고, 예전처럼 실수만 하는 덜렁이도 아니라고. 가서 앉아 있어, 그게 도와주는 거니까."

처음으로 산희의 예민한 모습을 보는 늘천의 두 눈이 동그래졌다. 그녀의 모습에 그가 별다른 말없이 자리에서 일어났고, 그의 무릎만 바라보고 있던 산희는 조금 더 깊이 고개를 숙였다. 그런 그녀의 머릿속에 언젠가의 기억이 떠올랐다.

"산희야, 아줌마가 부탁하고 싶은 게 있어서 불렀어."

늘천의 유학 소식을 듣고 그의 집에서 쫓겨나다시피 밖으로 나왔던 그 다음 날, 생각지도 못한 사람에게서 문자를 받은 산희는 허겁지겁 옆집으로 향했다. 늘천이 없는 집이 처음으로 낯설고 불편하게 느껴졌던 그날, 산희는 식탁에 늘천의 모친, 배 여사와 마주보고 앉았다.

"네, 네?"

"천이한테 들으니 너희 둘이 사귀는 사이라고?"

"네."

"아줌마가 산희 예뻐하는 거, 알지? 아줌마는 산희가 참 예뻐. 밝고 씩씩하고 잘 웃고. 언제나 늘천이랑 친하게 지내줘서 고맙기도 하고."

서론의 길이에 맞춰 산희의 불안감도 가중했다. 지금 이 상황이 무엇을 의미하는지조차 모를 산희가 아니었기에 그녀답지 않게 헐렁한 청바지만 부여잡고 있었다.

"그런데 아직 대학생이잖니? 기껏해야 스물 갓 넘었어, 너희 둘. 함께 자라왔으니 둘밖에 없다고 생각할 텐데, 아니야. 너희보다 오래 살아온 인생 선배로서 말하자면 세상은 생각보다 넓고 사람은 많아. 그러니까 내 말은, 너희가 서로에게 국한된 채 살아가는 것보다 서로 좀 더 넓은 시야를 가지고 경험을 쌓는 게 좋지 않겠느냐 말이야."

배 여사의 말에 산희는 두 눈을 질끈 감아버렸다. 배 여사가 산희에게 전하고픈 메시지가 무엇인지 정확히 그 뜻을 읽어버린 탓이었다.

아들이 유학을 가지 않으려고 한다. 원인은 네게 있는 것 같다. 너희 둘이 사귀는 것도 썩 탐탁지 않은데 유학까지 안 가겠다고 하니 네가 앞길을 막는 것밖에 더 되겠느냐. 서로 죽고 못 산다고 하기에는 어린 나이고, 눈앞의 사랑을 좇다 서로 나락으로 빠지지 말아라.

한 마디로, 하늘천의 여자친구로는 인정할 수 없으니 그만 만나렴.

산희는 긴장감에 축축해진 손바닥을 바지춤에 대충 문질러 닦은 뒤, 앞에 놓인 찻잔으로 손을 뻗었다. 바들바들 떨리는 손이 잔의 손잡이를 움켜잡자 찻잔이 받침대와 부딪쳐 요란한 소리를 냈다. 그러다 챙그랑, 소리와 함께 찻잔을 엎고 말았다.

뜨거운 찻물이 바지춤을 적셨음에도 산희는 어떤 감각조차 느끼질 못했다. 배 여사가 급하게 키친타올을 뜯어와 산희의 바지와 식탁을 훔쳤을 때야 허벅지가 화끈거리는 것을 느낄 수 있었다.

"쯧, 조심 좀 하렴. 너도 이제 성인이고, 어엿한 여자아이 아니니? 예전처럼 남자아이들과 허물없이 지낼 수도 없고, 그래서도 안 되고.

좀 조심하게 몸가짐을……."

처음으로 듣는 배 여사의 잔소리였다. 배 여사는 잔소리를 하다 자신도 놀랐는지 금방 입을 멈추고 산희를 바라봤다. 울먹거리는 산희의 모습에야 낮은 한숨을 내쉰 배 여사가 입을 꼭 다물어 버렸다.

산희는 그 와중에도 배 여사가 원하는 것을 또 알아버렸다. 여자 아이처럼 굴 것, 괄괄한 소년처럼 늘천이나 다른 남자아이들에게 허물없이 대하지 말 것.

고개 숙인 산희의 눈에서 유리구슬 같은 눈물이 뚝 떨어져 찻물이 든 청바지 위로 떨어졌다.

"부탁 좀 할게, 산희야. 아줌마는 늘천이가 조금 더 넓은 세상을 배우고 왔으면 좋겠어. 아직 나이도 어리고, 너희 사귄 지도 100일 정도밖에 되지 않았다며. 네가 한발 물러서 주면 안 될까?"

그 말이 무척이나 서러웠다. 나이가 어리다고 그 사랑까지 얕다고 생각하는 것일까? 어린 나이라도 진심을 다해 마음을 부딪치는 것은 같은데 왜 우습게 여기는 것일까. 어쩌면 재고 따지는 어른들의 사랑보다 무모해서 더욱 깊을 수도 있는 마음인데…….

시간이 짧다고 사랑이 얕은 것도 아니고, 만나 온 시간이 길다고 사랑이 깊은 것도 아니지 않나요?

그렇게 묻고 싶은 것을 애써 참으며 산희는 두 눈을 질끈 감았다 떴다. 어리고 나약한 자신이 할 수 있는 것이 무엇일지, 진정 늘천과 자신을 위하는 길이 무엇인지 생각하는 산희의 두 눈빛은 보다 성숙해져 있었다.

그때를 떠올린 탓이다. 눈물이 나는 것은.

산희는 굽힌 무릎 위에 얼굴을 묻어버린 채 나오는 눈물을 애써 참지 않았다. 어차피 거실 소파로 갔을 늘천에게는 보이지 않을 테니 다행이라는 생각과 함께.

그때였다. 바닥에 늘천의 발이 보였다. 눈꺼풀을 깜빡여 눈물을 털어낸 산희는 보다 맑아진 시야로 그 발을 확인했다. 눈물을 닦아내기도 전, 늘천이 무릎을 굽히고 앉아 양손으로 산희의 뺨을 감싸 올렸다.

"어린애 맞네, 뭐."

늘천이 눈을 맞춰오자 마를 것 같았던 눈물이 다시 진하게 배어나왔다. 줄기를 그리며 떨어지는 눈물이 늘천의 엄지에 닿았다. 그 엄지가 뜨거운 눈물을 문질러 닦자 또 다른 방울이 그의 피부를 적셨다.

"이건…… 눈물 아니야."

"그래, 콧물이다."

산희의 말을 억지스럽게 받아친 늘천이 풀어진 표정으로 그녀를 바라봤다.

"이제야 내가 아는 강산희 같아서 마음이 한결 가벼워졌어."

"보고 싶었어."

늘천의 말에 맞지 않는 말이 툭 튀어나왔다. 뜬금없는 산희의 말에 늘천의 눈이 커졌다가 다시 작아졌다.

"뭐?"

"헤어지고 싶지 않았어. 떨어지고 싶지 않았어. 계속 보고 싶었어. 당장 만나러 가고 싶었어. 꾸준히 연락하고 얼굴도 보러 가고,

그러고 싶었어."

산희가 바닥에 주저앉아 으앙, 울어버렸다. 3년, 짧다고 자신을 세뇌했던 그 기간이 정말 버티기 힘들었음을 토해내버렸다. 어른이 되려고 노력했던 3년의 시간이 물거품이 되어버리는 순간이었다.

"어른이 되려고, 성숙해지려고, 그래서 네 앞에 서려고 노력했는 데……. 왜 지금 나타나서 그래, 이 바보야! 어엉."

"어른이 된 후에나 나를 보려고 했단 말이야? 참 못됐네, 강산 희."

늘천은 산희에게 그렇게 보고 싶었으면서 왜 미리 오지 않았냐는 이유를 묻지 않았다. 묻지 않아도 그 마음을 잘 알 수 있었으니까. 다만 그녀를 탓했다.

"누가 어른이 된 너랑 만나고 싶댔어? 같이 어른이 되고 싶다는 거지."

"난……. 난……!"

그동안 꾹 참아왔던 3년 치의 눈물이 다 쏟아지려는 모양이다. 엉 망진창으로 쏟아지는 눈물 탓에 화장은 녹아내렸고, 콧물이 줄줄 새 어나왔다. 그런데도 늘천은 예전보다 어른이 된 얼굴로 그녀를 끌어 안았다.

"으, 드러. 이렇게 못생겨서 시집이나 갈 수 있겠냐?"

"흑, 못된 말만 하고오."

"뭐, 데려갈 사람 없을 테니 내가 데려가야지. 책임져 준다, 이 말 이야."

"흐어어엉."

그렇게 한동안 늘천의 품에 울음을 토해냈다. 그러다 점점 진정이 되자 늘천은 클렌징 티슈로 엉망이 된 산희의 얼굴을 조심조심 닦아 주었다.

"어휴, 진짜 못생겼네."

"야."

"그런데 이젠 좀 여자처럼 보이긴 한다?"

"시비 거는 거야?"

산희가 뾰족해진 눈으로 늘천을 흘기자 그는 눈을 반달처럼 접고 웃으며 그녀의 눈에 쪽, 뽀뽀를 했다.

"오랜만에 보니 반가워서 그렇지."

"반가우면 반갑다고 말을 해. 괜히 시비나 걸지 말고. 우리가 초 등학생도 아니고, 그게 뭐야?"

"내가 진지해지면 너만 불편해질 텐데?"

"오늘 처음 만났을 땐 불편하긴 했다."

"뭘 모르네, 강산희. 그건 불편한 게 아니지. 설레는 거지."

늘천의 말에 산희는 눈을 감고 그의 손에 얼굴을 맡긴 채 피식 웃 었다. 처음으로 올라가는 입꼬리가 마음에 들어 늘천이 그 초승달 같은 입술에 입을 맞췄다. 차가운 클렌징 티슈가 아닌, 따뜻하고 보 드라운 피부가 와 닿자 산희가 발작적으로 움찔거리며 두 눈을 동그 랗게 떴다.

"읍?"

입을 맞춘 상태에서 늘천과 눈이 마주쳐버렸다. 그 순간, 묘한 전율이 온몸을 훑고 지나갔다. 더불어 두 사람의 시간마저 멈춰버 렸다.

"흐읍."

산희가 가슴을 들썩이며 숨을 가득 들이마시자 늘천이 그녀의 입술 위에서 빙그레 웃는 것이 느껴졌다.

"낯설어?"

여유롭게 묻는 늘천이 낯설었다. 그랬기에 산희는 대답도 하지 못한 채, 눈꺼풀을 깜빡일 생각도 못한 채 그렇게 두 눈을 동그랗게 뜨고 있었다.

익숙하지 않은 남자의 몸이 바싹 다가와 있는 탓에 산희의 몸이 잔뜩 긴장했다. 사이에 약간의 틈이 있었지만 산희는 늘천의 품에 폭 안긴 것 같았다. 그의 몸에서 아지랑이처럼 피어오른 뜨거운 열기가 그녀에게 전염이 됐다.

"웃."

숨이 거칠어질 때마다 서로의 피부가, 옷깃이 스쳤다. 그럴 때마다 산희의 입술을 비집고 참을 수 없는 신음이 흘러나왔다. 그녀의 앓는 소리에 늘천이 산희의 허리를 부둥켜안았다.

"앗!"

"너무 오래 기다렸어. 이렇게 아무렇지 않은 척 참고 있는 것조차 힘들다고."

팔 안에 쏙 들어오는 산희의 몸을 힘주어 끌어당긴 늘천이 그대로 자리에 주저앉았다. 그의 다리 사이에 앉아 어깨에 기대고 있던 산희는 그의 셔츠 깃을 잡은 손에 힘을 주었다.

"어디서부터 어떻게…… 시작해야 할지 모르겠어."

"그런 것도 모르면서 그렇게 날 피해 다녔던 거야?"

늘천의 물음에 산희가 입술을 질끈 물고는 그대로 늘천의 품에 얼굴을 묻었다. 드러난 그녀의 귀가 새빨갛게 달아오른 것을 확인한 늘천이 그녀의 턱을 들어 올렸다.

"이젠 피하지 마."

그의 나직한 목소리가 산희를 흠뻑 적셨다. 산희는 물기로 촉촉한 눈빛을 한 채 오랜 친구이자, 짧은 연인이자, 이제는 낯설게 느껴지는 한 남자를 바라봤다.

"안 피해."

산희의 대답을 들었다. 그 순간, 늘천의 눈빛이 깊어졌다. 그 속에는 그녀를 향한 사랑과 그리움, 소유욕과 욕망이 뒤섞여 있었다.

두근! 심장이 주책맞게 뛰어대는 소리가 그에게 들릴 것만 같아 산희는 피가 나올 것처럼 입술을 깨물었다.

"보고 싶었다, 강산희."

늘천은 한 손으로 산희의 얼굴을 가볍게 쓸었다. 그의 손길이 한 번, 두 번, 늘어갈 수록 그의 마음도 한 겹, 두 겹 산희에게 전해졌다.

그가 커다란 손으로 산희의 턱을 감산 뒤, 엄지로 그녀의 아랫입술을 살포시 눌렀다.

"사랑해."

나지막이 속삭인 늘천의 입술이 곧장 산희의 입술을 살포시 덮었다. 보송보송한 첫눈처럼 이질적이지만 부드러운 그의 입술이 천천히 그녀의 피부와 온도를 맞춘 순간, 늘천이 피식 웃었다. 산희가 두 눈을 질끈 감은 채 온몸에 힘을 주고 있는 게 보였기 때문이었다.

쪽!

늘천이 소리 나게 뽀뽀를 하자 산희가 슬그머니 눈을 떴고, 그러기 무섭게 늘천은 산희의 입술을 순식간에 삼켰다.

"흐읍!"

놀라 숨을 들이켜는 산희의 소리를 들으며 늘천은 그녀의 몸을 부드럽게 끌어안았다. 그리고는 한 손으로 그녀의 허리를 쓸어 올렸다. 그러자 산희가 깜짝 놀랐는지 몸을 파르르 떨었다. 늘천밖에 모른다는 그 반응이 좋았다. 서투르기만 한 그 느낌에 무척 안심이 되었다. 그는 마음껏 그녀의 아랫입술과 윗입술을 번갈아 빨아들이고는 부드럽게 그녀의 입 안으로 혀를 밀어 넣었다.

늘천은 숨기시 않고 그의 정복욕을 고스란히 드러냈다. 그녀의 입 안의 부드러움을 모두 느끼겠다는 듯이, 그의 두꺼운 혀는 그녀의 입 안을 가득 채웠다가 빠져나갔다. 그러다가는 그녀의 혀를 살짝살짝 건드리다가 낚시꾼이라도 되는 것처럼 그녀의 혀를 낚아채고는 놓아주지 않았다.

"흐읍! 읍!"

서툴기 그지없는 그녀가 귀여워 한없이 장난을 치고 싶어졌다가도 서둘러 그녀를 갖고 싶다는 욕망이 끓어올랐다. 늘천은 천천히, 또 조심스럽게 손을 움직였다. 등을 문지르고 있던 손이 늘씬한 허리로 내려갔다가 다시 봉긋하게 솟아오른 가슴으로 올라왔다.

"윳!"

가슴을 감싸 쥐자마자 산희가 몸을 튕겼다. 그는 다시 한 번 그녀가 뻥튀기처럼 튕겨나가지 않도록 그녀의 허리를 단단히 잡아 쥐고는 다른 손으로 그녀의 가슴을 지그시 쥐었다.

"음, 잠깐……."

"기다릴 시간 없다니까?"

쪽! 쪽쪽.

늘천은 자잘한 키스로 산희를 달랬다. 달래기 위한 키스였다, 맹세코. 하지만 그 키스는 어느 순간부터 뜨거운 열기를 동반했고, 그 열기가 온몸으로 퍼져나가는 순간 욕망이 되었다. 늘천은 그녀의 입술에, 뺨에, 콧잔등에, 턱에 흩뿌리던 입술을 미끄러트렸다.

늘천이 그녀의 목덜미에 입술을 묻었다. 그녀의 목줄기를 강하게 한 번 핥아 올리자 산희의 입에선 어쩔 줄 모르는 탄성이 터져 나왔다.

"하앗! 기다려, 잠깐만……!"

아랫배가 뻐근해져왔다. 다리가 절로 꼬이고, 오래전 느끼지 못했던 어느 한 중심이 뜨끈해졌다. 묵직하면서, 아프면서, 축축하게 젖어오는 그 느낌이 어쩐지 부끄러웠다. 다만 해결하지 못한 욕망이 그녀를 따끔거리게 만들고 있었다.

산희가 엉덩이를 들었다. 그의 다리 위에 올라탄 그녀는 자신이 무슨 짓을 하고 있다는 사실도 모른 채 그의 목에 팔을 두르고 열렬히 키스를 퍼부었다.

"음, 으음."

그녀는 다리 사이에 낀 늘천의 두꺼운 허벅지에 자신의 중심을 힘주어 비벼대는 중이었다. 천천히 달아오르는 그녀의 몸을 느낀 늘천이 만족스런 미소와 함께 더없이 사랑스럽단 눈빛으로 그녀를 바라봤다. 본능적인 움직임으로 그를 갈구하는 그녀의 볼에 홍조가 피어 있었다.

"침대로 가자."

"으응."

늘천의 말에 산희가 몽롱한 눈을 몇 번 깜빡였다. 조용히 속삭인 그는 망설일 것 없이 그녀를 가볍게 안아 들었다. 그러자 산희가 늘씬한 다리를 자연스럽게 그의 허리에 감았다.

그녀의 방을 찾아 헤매는 와중에도 늘천은 산희에게 지금껏 참아 온 숱한 키스를 퍼부어댔다. 발로 방문을 열어 안으로 들어간 그는 방 안의 침대를 대충 확인한 뒤, 품에 안겨 있는 여자에게서 입술을 떼지 않은 채 그녀를 침대 위로 눕혔다. 입술을 맞춘 채 입고 있던 재킷을 벗어 어딘가로 던져버린 그는 넥타이를 풀고 셔츠 깃을 젖히다 말고 급하게 그녀에게로 손을 뻗었다.

"흡, 으음."

산희의 신음소리가 그의 욕망에 불을 붙이고 있었다. 금방이라도 터져버릴 것만 같은 폭탄을 안고 있었기에 늘천의 손은 뜻처럼 움직여주지 않았다. 성급한 손놀림으로 산희가 입고 있던 옷을 찢어버릴 것처럼 벗겨 낸 뒤, 그는 자신이 입고 있던 옷까지 마저 벗겨 냈다.

"하앙."

그 어떤 음악보다도 듣기 좋은 그녀의 신음에 취한 늘천이 산희를 몰아붙였다. 그대로 그녀의 위에 올라타 그녀의 얼굴을 바라본 늘천은 잠시 멈춰 있었다.

"왜……."

왜 움직이지 않느냐는 물음이었다. 몽환적인 얼굴로 묻는 산희의 뺨을 쓸어내린 늘천은 부드럽게 웃었다.

"그냥. 보고 싶어서."

함께 있는데도 보고 싶다면 미친 것일까?

그만큼 늘천은 산희를 보고, 또 봐도 그리웠다. 떨어져 있던 시

간 동안 그리워했던 것들이 한 번에 뿜어져 나오기라도 할 것 같
았다.

부끄러움에 산희가 제 몸을 가리려고 움직였지만 늘천이 훨씬
더 빨랐다. 그에게 손목을 잡힌 채로 저지당한 산희가 고개를 돌리
자 그녀는 하나의 피사체가 되었다. 커다란 창을 통해 쏟아져 내리
는 하얀 달빛이 그녀의 가슴 위에서 부서져 내리는 모습은 흡사 늘
천의 억센 손아귀 아래서 금방이라도 망가질 것 같은 하얀 나비처
럼 보였다.

산희의 숨결이 거칠어질 때마다 그녀의 뽀얀 가슴이 들썩였다.
아래로 위로, 번갈아 가며 흔들리는 그 모습에 늘천이 혀를 내밀어
마른 입술을 축였다.

"정말…… 아름다워."

"그렇게 보지 마. 부끄럽단 말이야."

늘천이 단숨에 그녀의 가슴을 집어삼켰다. 그의 뜨거운 혀가 집
어삼키자 산희의 허리가 자연스럽게 튕겨져 올랐다. 혀로 주변을 훑
고, 이로 잘근잘근 물다, 이내 어린아이처럼 쪽쪽 빨아댄 그가 고개
를 들었다. 가슴 골짜기에 얼굴을 묻고 그녀의 체향을 깊이 빨아들
인 그는 그녀의 목줄기에서부터 천천히 손을 내렸다. 가슴을 지나
납작한 배, 배꼽, 그리고 더 아래로 내려간 그는 그녀의 허벅지를 열
어 사이에 자리를 잡았다.

"무서워?"

"무서워. 너무 오랜만이라서."

"그건 나도 그래."

"네가 실망할지도 몰라."

"그건 나도 마찬가지야."

"……네가 좋아, 하늘천."

그가 없는 시간 동안 변할 줄 알았다. 적어도 퇴색이 될 줄은 알았다. 그런데 그가 곁에 있든 없든 그 마음이 한결같을 수 있다는 것을 알았다. 그런 사랑도 있을 수 있다는 것을 깨달았다. 서운할 때도, 그리울 때도, 외로울 때도 많았지만 색이 변치 않는 푸르른 소나무처럼 하늘천이 그녀의 마음속에 뿌리내리고 있었기에 버텨낼 수 있었다.

이런 게, 사랑인지도 모르겠다.

사시사철 계절 따라 변하긴 해도 좋아하는 마음만은 변하지 않는 이런 게, 사랑인지도 모르겠다.

고개를 들어 늘천을 바라보는 산희의 두 눈에 반짝거리는 별이 한가득 차올랐다. 기대로, 희망으로, 사랑으로, 진실함으로 반짝이는 그녀의 눈빛이 과거에서 벗어나 미래를 향해 내달리고 있었다. 두 사람이 함께 할 행복할 미래를 향해.

늘천이 그녀의 눈꺼풀 위에 키스를 했다. 소중하게 대해주는 그 느낌에 그녀의 눈꺼풀이 바르르 떨렸다. 그의 입술은 눈꺼풀을 지나 미간, 콧잔등, 인중, 입술, 그러다 다시 이마로 살포시 내려앉았다. 그녀를 아껴 준다는 마음이 절절히 느껴졌기에 산희는 그가 주는 감촉을 온전히 느낄 수 있었다.

떨리고, 설레고, 기분이 좋았다.

산희가 입가에 미소를 머금었다. 그리고는 아까 전부터 눈앞에서 아른거리던 늘천의 탄탄한 가슴을 향해 손을 뻗었다. 단단하고, 뜨겁고, 부드러우면서도 까칠까칠한 피부가 손바닥에 가득 찼다. 온전히 느껴지는 감각에 가볍게 몸을 떤 산희는 그의 피부 위로 입술을 움직였다.

끄응, 남자의 짧은 신음이 아드레날린처럼 산희의 온몸을 훑고 지나갔다. 덕분에 그녀의 움직임이 보다 적극적이 되었다.

늘천은 그동안의 여유를 집어던지곤 그녀가 주는 감각에, 그가 느끼는 감촉에 몰두했다. 새하얀 달빛 아래로 그녀의 몸에 빨간 열꽃이 피었다.

"예뻐, 강산희. 나와 몸을 겹치고 있을 때, 가장 예쁜 것 같아."

잠시 입을 뗀 그가 밀어를 속삭였다. 그의 속삭임에 귓가의 솜털이 몽땅 일어나며 소름이 돋았기에 산희는 상체를 일으켜 그의 목을 끌어안았다. 그녀의 동그랗고 탐스러운 가슴이 그의 단단한 가슴에 눌려 찌그러졌다. 참을 수 없는 흥분으로 뾰족해진 끝이 그의 가슴에 닿았다.

늘천이 그녀의 허리를 받친 채 손을 내려 그의 탐스러운 엉덩이를 움켜쥐었다. 그녀의 몸의 모든 근육이 긴장하는 것을 철저히 느끼며 그는 엉덩이 골짜기 아래로 손을 미끄르트려 그녀의 은밀한 곳으로 접근했다.

"하악! 흐으응!"

그녀가 참지 못하고 엉덩이를 들썩거리기 무섭게 늘천이 그녀의 엉덩이를 잡아버렸다. 그리고 그 샘이 충분히 젖어 있다는 것을 확인한 다음 곧장 자신의 중심을 그녀의 꽃잎에 깊숙이 묻어버렸다.

"하악, 하악! 아! 그, 그만!"

산희의 신음이 갈수록 요란해졌다. 앓는 듯 끙끙거리는 그녀의 엉덩이를 잡아 더욱 깊숙이 들어가면 들어갈수록 늘천은 그녀가 고통에 이마를 찌푸리고 있다는 것을 알게 됐다. 그건 늘천도 마찬가지였다. 그녀가 주는 달콤한 고통에 함께 아파하다 그 고통이 쾌감으로 변해갈 때 즈음 늘천과 산희는 하나가 되었다.

"멈출까? 여기서 그만할까?"

"아니…… 그만두지 마."

늘천의 물음에 산희가 고개를 저었다. 그의 말과 함께 그녀의 몸에서 긴장이 빠져나갔다.

"움직일게."

아픈 걸까, 아프지 않은 걸까.

뜨거운 걸까, 뜨겁지 않은 걸까.

간지러운 걸까, 간지럽지 않은 걸까.

이유를 모를 여러 가지 감각들이 밑바닥부터 요동치며 끓어오르는 탓에 정신이 나갈 것만 같았다.

"천천히 움직이진 못할 거야."

늘천이 경고를 했다. 하지만 산희는 그 경고조차 제대로 듣지 못했다. 그저 휘몰아치는 감각에 휩쓸려 늘천에게 매달리는 수밖에.

늘천은 그녀의 얼굴을 확인하고 웃었다. 그리고 그녀가 원하는, 휘몰아치는 폭풍과도 같은 몸짓을 시작했다. 그 폭풍은 이내 산희를 집어삼킬 것처럼 굴다가 그녀와 함께 호흡을 맞춰 움직이기 시작했다.

만 하루가 지나서야 밖으로 나올 수 있었던 두 사람의 얼굴에는 묘한 홍조와 생기가 가득 차 있었다. 서로를 바라보는 것만으로도 미소가 번졌고, 손을 맞잡는 것만으로도 세상이 반짝반짝 빛났다. 두 사람의 미래가 꿈처럼, 동화처럼 예쁘기만 하지는 않을 테지만 함께 있다는 사실만으로도 그 모든 것을 이겨낼 수 있을 것처럼 느껴졌다.

콰앙.

사랑과는 거리가 먼 철문이 닫히고 오토 락이 걸리는 소리가 들리기 무섭게 옆집 대문이 열렸다.

"어후."

짧은 신음과 함께 문틈으로 고개를 내민 사람은 수아였다.

"뭐야, 너."

문을 열고 나온 사람이 수아라는 것을 알게 된 늘천의 미간이 좁아졌다.

"바로 옆집 살면서도 주소를 안 알려준 거야? 차수아!"

"오케이, 오케이."

늘천의 말에 수아는 피곤한 얼굴로 손을 내저었다.

"알았다 이거야. 두 사람 지금 오랜만에 만나 행복하고, 그래서 눈에 보이는 것 없고. 다 이해하는데, 잠 좀 자자."

"뭐?"

"막 비행 마치고 집에 들어왔는데 옆집에서 하루 종일 신음소리가 이어지는 바람에 잠을 못 자겠다고. 미치겠다고!"

수아가 바락 소리를 지르자 늘천과 산희가 민망한 얼굴로 눈만 껌뻑거렸다. 그런 수아의 뒤로 한 남자가 배꼼 고개를 내밀었다. 희건이었다.

"좀 격렬하긴 하더라, 너희."

"우리야 한창때니까……. 어? 그런데 선배."

늘천이 수아와 희건의 얼굴을 번갈아가며 바라보다 두 눈을 동그랗게 떴다. 의심스러운 눈으로 두 사람을 지켜보던 늘천과 산희가 서로 마주보며 한 손으로 입을 틀어막았다.

"두 사람!"

이런 반응을 충분히 예상했다는 듯 수아와 희건은 서로를 마주보며 어깨를 으쓱거렸다. 그러다가는 이내 늘천과 산희를 바라보며 환한 웃음을 터트렸다.

이것은 모두에게는 새롭기만 한 날, 그리고 앞으로 이어질 일상이었다.

〈끝〉

후기.

히비스커스.

유명 커피점에서 마실 수 있는 달콤한 분홍빛의 음료의 이름과 같은 이 글은 아마 그런 달콤한 맛이 아닐까 생각합니다. 하지만 맛이 아니라 의미가 궁금하신 분들께는 이 제목이 꽃의 이름이라는 것을 알려드리고 싶습니다.

이집트의 신 히비스와 그리스의 신 이스코의 합성어라는 이 꽃은 '아름다움을 닮다' 라는 뜻이 있습니다. 동양에서는 '섬세한 아름다움', 서양에서는 '남몰래 간직한 사랑' 이라는 뜻을 가지고 있는 이 꽃은 꼭 산희 같기도 하고, 늘천 같기도 합니다. 오래 함께 해온 친구 둘의 사랑, 그들의 청춘, 그리고 그 마음이 이 꽃과 꼭 닮아 있다는 생각이 듭니다.

이 글은 복합적으로 얽혀 있습니다. 이 글이 나오는 1년 동안 제가 구축해 온 세계가 넓어졌기 때문입니다. 물론 글의 내용은 최대한 간단하고 곧게 쓰려고 노력했지만요. '희건' 은 〈엄마가 돌아왔다〉의 주인공의 아들이고요, 그 글은 역시 〈에필로그〉로 이어집니다. 마지막 부분에 나온 기주 역시 〈에필로그〉에 등장함과 동시에 곧 출간이 될 〈인생은 멜로, 사랑은 에로〉의 주인공이기도 합니다. 제 글을 접하셨던 분이 보신다면 이런 부분이 반갑게 느껴지실 수 있을 거라고 생각합니다.

글을 쓰는 초짜인 지금도 저는 고민합니다. 저 나름대로의 새로운 시도를 하면서 제 세계를 구축해나가는 중이지요. 물론 저의 시도가 어떨 때엔 입맛에 꼭 맞으실 수도, 어떨 때엔 영 아니게 느껴지실 수도 있습니다. 하지만 한 가지 중요한 것은 나아가고 있다는 것입니다. 느리든 빠르든, 저는 제 속도로 꾸준히 성실하게 글을 쓰려고 합니다.

조금 더 자주, 더 발전적인 모습으로 읽으시는 독자 분들을 찾아뵐 수 있기를 바라면서 이만 히비스커스라는 이름을 달고 떠났던 여정을 정리하겠습니다.

이 책이 세상 빛을 보게 해주신 조은세상에 다시 한 번 감사드립니다. 부모님, 옆에서 늘 큰 힘이 되어주는 새신랑 N군, 그리고 새 가족 모두에게 감사의 인사와 함께 사랑의 고백도 조심스럽게 해봅니다.

아직 많이 부족하다는 것을 알고 있습니다. 그렇기에 늘 초심으로 돌아가 재미있는 이야기들을 자아내겠습니다. 이 책을 선택해주신 독자님들께 감사의 인사를 드리며, 저는 다른 글로 찾아뵙겠습니다.

늘 발전하는 모습 보여드리겠습니다.

2014년 2월,

천미의 해에, 이경하 드림